国家社会科学基金冷门"绝学"和国别史等研究专项项目"河西民间宝卷文献考订集成与研究暨数据库建设"（19VJX093）阶段性成果

河西学院中国史省级重点学科"历史文献学（含敦煌学、古文字学）"资助项目

河西宝卷研究

李贵生　王明博 ◎ 著

中国社会科学出版社

图书在版编目（CIP）数据

河西宝卷研究 / 李贵生，王明博著 . —北京：中国社会科学出版社，2021.3

ISBN 978-7-5203-8183-3

Ⅰ.①河⋯ Ⅱ.①李⋯②王⋯ Ⅲ.①宝卷(文学)—文学研究—甘肃 Ⅳ.①I207.76

中国版本图书馆 CIP 数据核字（2021）第 054970 号

出 版 人	赵剑英
责任编辑	李金涛
责任校对	王 丹
责任印制	李寡寡

出　　版	中国社会科学出版社
社　　址	北京鼓楼西大街甲 158 号
邮　　编	100720
网　　址	http://www.csspw.cn
发 行 部	010-84083685
门 市 部	010-84029450
经　　销	新华书店及其他书店
印刷装订	三河弘翰印务有限公司
版　　次	2021 年 3 月第 1 版
印　　次	2021 年 3 月第 1 次印刷
开　　本	710×1000　1/16
印　　张	19
插　　页	2
字　　数	264 千字
定　　价	98.00 元

凡购买中国社会科学出版社图书，如有质量问题请与本社营销中心联系调换
电话：010-84083683
版权所有　侵权必究

序

甘肃张掖河西学院李贵生、王明博两位教授的大著《河西宝卷研究》即将付梓，这一研究是作为国家社会科学基金冷门"绝学"和国别史等研究专项项目——"河西民间宝卷文献考订集成与研究暨数据库建设（19VJX093）"的阶段性成果，呈现给读者的。其中两个关键词"冷门绝学""数据库建设"，引起我极大的兴趣。通读书稿，《河西宝卷研究》的确是近些年来中国宝卷研究的新成果。这一成果是建立在文献考订与田野作业基础之上的，着意探讨河西宝卷传承的历史和现状，构建河西宝卷的内容和转换程式，有许多理论新意，可喜可贺。

河西宝卷研究，是不是冷门"绝学"，学界可能有不同的理解。但作为入选国家级非物质文化遗产代表性项目名录的河西宝卷，其传承由于历史的沧桑，已变得濒危可及，这是不争的事实，因而对它的研究和保护，意义显得更为重大。宝卷研究（包括河西宝卷）虽有不少的学者倍加关注，目前尚未构成"热门显学"，也是事实。涉及"数据库建设"，这是大数据时代对宝卷研究提出的新的要求。以前宝卷手工作坊式研究（指文本的搜集、整理、研究等），无论是对历史和现状的梳理，还是对某一宝卷的微观研究，都显得比较薄弱。历史的，地域的，语言的鸿沟，使宝卷研究变得有点支离破碎，形不成宏观的判断。如今进入大数据时代，为宝卷文本和音像的储存、分类研究带来极大的方便。数据从何而来？来自历史文献和田野考察。中

河西宝卷研究

国宝卷文献浩如烟海，中国及海外的图书馆、博物馆存量巨大，这些宝卷收藏，如果建立数据库，无疑对宝卷的研究提供极大的方便。当然，作为非物质文化遗产的宝卷，特别是民间的宝卷创作和传承至今生生不息，还在活态传承。文献和宝卷的文本及口头传承，无疑是宝卷数据库建设的两大资源，缺一不可。就宝卷的地域传承而言，数据库建设对河西宝卷研究，也是非常有益的，尽管它的研究重点并不强调于此。

我从小生活在甘肃河西农村，和宝卷似乎有着不解之缘。幼年时期就曾聆听过村民念唱宝卷。特别是歌颂孝行的《鹦哥宝卷》，那如泣如诉的念唱，给我留下深刻的印象。没想到离开故乡 60 多年之后，又一次邂逅河西宝卷，而且是和国家级非物质文化遗产代表性项目相遇，又一次零距离地接触了许多河西宝卷的国家级、省级代表性传承人和研究河西宝卷的地方学者。其中，学者中就有河西学院的李贵生教授和王明博教授。和两位年轻的教授相识，是在张掖多次召开的宝卷学术研讨会和由中国民间文艺家协会组织的河西宝卷田野考察中。两位教授都是土生土长的河西走廊人士，从小都受到过河西宝卷文化的熏陶。大学毕业回到故里，又都在位于张掖的河西学院任教。对宝卷文化的热爱，使他们在教学之余，全身心地投入河西宝卷的考察和研究，成绩颇丰。王明博、李贵生教授的论文《近 70 年来中国宝卷研究回顾》被《新华文摘》2019 年第 11 期全文转载，李贵生教授还有《凉州贤孝唱词整理与研究》《凉州方言词汇研究》两部专著问世。加之长期以来，他们深入民间，悉心考察河西民间宝卷传唱及其传承现状，掌握了大量的第一手资料，这为撰写《河西宝卷研究》打下了深厚的基础。

宝卷的传承遍及全国各地，大概以江苏宝卷和河西宝卷的传承最具代表性，其中甘肃河西宝卷以活态传承著称。2006 年，甘肃"河西宝卷"首批进入国家级非物质文化遗产代表性项目名录，这也许并没有引起许多人的关注。十多年过去了，没想到在非物质文化遗产的保护中，这一流传千年的文化，像祁连山的雪水一样，仍然滋润着生活在这块土地上的民众的心田。在武威、张掖、酒泉、嘉峪关广袤的土地上，凡绿洲掩映的村庄，宝卷的吟唱像涓涓溪流，静静流淌。值得一提的是，在每个传承人家中都会发现大量的宝卷文本。如张掖甘州区花寨乡"宝卷传承世家"代兴位家中，就收藏有上百种宝卷文本。代兴位是河西宝卷的国家级代表性传承人，他的儿子代继生是省级代表性传承人，河西宝卷从代兴位的祖父到他的孙子，已传了五代。像代氏这样的宝卷传承世家，在河西走廊星罗棋布，覆盖面很广。如武威市凉州区的中路乡、张义乡、上泉乡，古浪县的古丰乡、大靖镇、土门镇、干城乡、黄羊川乡，天祝县的朵什乡、西大滩乡；张掖市甘州区的碱滩镇、三闸镇、安阳乡、花寨乡、大满镇、小满乡、龙渠乡，山丹县的霍城镇、老军乡、陈户乡、李桥乡，以及民乐县、临泽县、高台县等地；酒泉市肃州区的红山乡、丰乐乡、银达乡、怀茂乡、西峰乡，瓜州县的踏实乡、布隆吉乡等，均有宝卷传承活动。这还仅仅是河西走廊地区。据我所知，在甘肃的洮河流域、陇南地区也有宝卷传承。仅甘肃岷县地区，目前发现的宝卷文本就有几百部。甘肃全境从南到北，宝卷传承不仅历史悠久，覆盖面广，而且活态传承，延续至今。由此认定甘肃是宝卷文化传承的宝地，并不为过。如此丰厚的宝卷传承沃土，为李贵生、王明博的《河西宝卷研究》提供了丰富的滋养，成就了《河西宝卷研究》这一丰硕的成果。

河西宝卷创作并传承于民间，是以文本创作为依据，口头说唱为传承形式的民间文学，兼具文本与口述特点。所以对其研究来说，如何摆脱以往学院派研究的窠臼，关照历史和现实，是不能回避的问题。《河西宝卷研究》把握了这一特点，对其历史渊源与发展、内容分类、研究轨迹做了细致的梳理，确定了河西宝卷在中国宝卷传承中的历史坐标和价值。河西宝卷的传承历史悠久，特别值得珍惜的是，它至今仍在民间活态传承，这也是《河西宝卷研究》立论的基础。从其研究来看，作者始终没有脱离田野作业的足迹，理论需要田野，田野需要理论，二者的结合，是贯穿整个研究的思路。

在河西宝卷研究中，发现一种奇特的现象，即所有宝卷文本都是传唱者历时的创作。其中的许多卷本有没有文人的参与，是值得探讨的问题。因为从河西宝卷的内容考察，无论宗教宝卷（神道故事宝卷、修行故事宝卷）或民间宝卷（家庭伦理道德故事宝卷、忠义故事宝卷），均来自中国传统文化的大传统（儒释道的观念和伦理）。这种大传统是自上而下传承的。因此难免有文人的参与。如宗教宝卷，可能留下宗教职业者的说教；家庭和忠义故事宝卷，可能更多地留有文人的墨迹，这是不可避免的。不可否认的是，这些宝卷在民间流传时，语境发生了变化（比如由道士、僧人的讲唱变成普通民众的念唱等），加之地域文化，传承语言（方言）的渗入，念卷人情感的表露，必然会引起宝卷内容和形式的变异，使受众更容易接受和产生互动。在《河西宝卷研究》成果中，不乏这样的例证。

《河西宝卷研究》用力最勤的是关于宝卷的程式研究。包括语词程式及其转换，情感程式、动作程式的种种表现等。更为重要的是对河西宝卷的结构程式作了细致入微的解读。这对宝卷研究者从宏观和微观角度，把握河西宝卷内容和形式（曲牌、曲调的运用等）、念唱情景与动作的变化等，都是很有帮助的。其实，宝卷传承是一种仪式文化。这种仪式感，不仅表现在念卷的全过程，同样表现在日常生活中，如抄卷、宝卷的珍藏，同样被认为是宝卷传承仪式的重要环节。《河西宝卷研究》是将这种仪式细化为程式构件，展现出河西宝卷从创作到传承的每一个节点或在传承过程中的作用，这对帮助传承者、研究者了解宝卷文化的真谛，是很有帮助的。

河西宝卷是珍贵的国家级非物质文化遗产。自2006年首批进入国家级非物质文化遗产代表性项目名录以来，得到各级政府的重视和保护，也得到了众多宝卷研究者的关注。不过以往的研究多局限在宝卷的源流、分类和文本内容的解读上，《河西宝卷研究》突破了这一局限，对河西宝卷的传承，作了深刻的民俗学思考。既关注河西宝卷的人文历史，源流及其演变，又注重它的活态传承。作者在田野考察的基础上，对河西宝卷的传承语境，特别是传承人，给予更多的关注。如何保护和传承非物质文化遗产，是一个全新的课题。为什么保护，保护什么，怎样保护，是政府、学者、传承群体和个人都在关心的问题，《河西宝卷研究》也在试图回答这一问题。为此书中特别撰写了河西宝卷的表演属性和保护传承两章，对河西宝卷活态传承中出现的种种问题，做了有益的探讨，提出了保护建议。非物质文化遗产的保护，说到底是如何保护宝卷传承的生态环境，保护其传承主体（传承人和传承群体），弥补信仰的缺失。

感谢李贵生、王明博两位年轻教授的信任和厚爱，让一位年逾耄耋之年的宝卷文化研究的旁观者，为大著《河西宝卷研究》作序，盛情难却，写了如上的读后感，恳请方家指正。

陶立璠

2021年（辛丑）新春于五柳居

目　录

绪　言 ·· (1)
 一　河西走廊的历史地理 ·· (1)
 二　河西走廊的古代文化 ·· (3)
 三　作为口头说唱文学的河西宝卷 ································ (6)

第一章　宝卷研究综述 ··· (8)
 一　中国宝卷研究概述 ··· (8)
 二　河西宝卷研究概述 ·· (25)

第二章　河西宝卷的渊源与发展 ······································ (32)
 一　河西宝卷的源头是唐代变文 ································· (34)
 二　河西宝卷的说唱结构异于敦煌变文 ························ (36)
 三　河西宝卷的近源是宋元佛教科忏 ··························· (41)
 四　念卷仪式与说唱结构的简化 ································· (51)
 五　表演场域与讲唱主体的演变 ································· (57)

第三章　河西宝卷的内容分类 ·· (62)
 一　宗教宝卷 ·· (63)
 二　民间宝卷 ·· (65)

第四章　河西宝卷的婚姻家庭观 ……………………（81）
　　一　父母之命、媒妁之言 ………………………（83）
　　二　一夫多妻 ……………………………………（89）
　　三　婚姻天定 ……………………………………（94）
　　四　妇女守节 ……………………………………（97）
　　五　孝敬公婆 ……………………………………（104）
　　六　嫡庶和谐 ……………………………………（105）

第五章　河西宝卷的语词程式 ……………………（109）
　　一　开经赞程式 …………………………………（115）
　　二　时间程式 ……………………………………（116）
　　三　"富有"程式 …………………………………（118）
　　四　天人感应程式 ………………………………（119）
　　五　"死亡"程式 …………………………………（120）
　　六　转换程式 ……………………………………（126）
　　七　情感程式 ……………………………………（135）
　　八　动作程式 ……………………………………（147）

第六章　河西宝卷的结构程式 ……………………（162）
　　一　开头 …………………………………………（162）
　　二　结尾 …………………………………………（168）

第七章　河西宝卷的典型场景 ……………………（173）
　　一　基本典型场景 ………………………………（173）
　　二　一般典型场景 ………………………………（195）

第八章　河西宝卷的说唱结构 ……………………（204）
　　一　六段式说唱结构 ……………………………（204）

二　五段式说唱结构 …………………………………………（210）
　　三　四段式说唱结构 …………………………………………（213）
　　四　三段式说唱结构 …………………………………………（219）
　　五　两段式说唱结构 …………………………………………（229）

第九章　河西宝卷的表演属性 …………………………………（236）
　　一　河西宝卷的表演语境 ……………………………………（237）
　　二　河西宝卷的曲牌曲调 ……………………………………（242）

第十章　河西宝卷的保护传承 …………………………………（251）
　　一　河西宝卷传承人基本信息 ………………………………（251）
　　二　河西宝卷的传承与保护 …………………………………（256）
　　三　河西宝卷的传承困境 ……………………………………（261）
　　四　河西宝卷活态传承对策 …………………………………（265）

参考文献 …………………………………………………………（270）

后　记 ……………………………………………………………（292）

绪　言

一　河西走廊的历史地理

河西走廊东起古浪峡口一带，西迄疏勒河下游甘肃新疆交界处的库木塔格沙漠东缘，南北介于南山（祁连山、阿尔金山）和北山（自西向东有马鬃山、合黎山和龙首山）间，东西长约900千米，南北宽50—120千米，面积约8.3万平方千米，海拔1000—3200米。[①]因南北两山之间形成了一条西北—东南走向的狭长通道，形如走廊，又地处黄河以西，故称河西走廊。河西走廊主要由敦煌—瓜州盆地、酒泉—张掖盆地和武威盆地三个独立的内陆盆地构成。

北山山地位于甘肃省西北端北纬41°—42°之间，海拔高度1500—2000米，年均气温4°—8°C，年降水量仅50—75毫米，气候干燥寒冷，植被稀缺，几乎无人定居。南边的祁连山山势高峻，终年积雪，为河西走廊提供了较为充足的水资源。河西走廊大大小小50多条内陆河流均发源于祁连山，这些河流汇集成石羊河、黑河和疏勒河三大水系。石羊河发源于祁连山脉冷龙岭北麓，河流短，无主次之分，全长约300千米，流域面积约4.2万平方千米，主要支流自西向

[①] 本节凡涉及河西走廊自然地理的内容，主要参阅高荣主编的《河西通史》（天津古籍出版社2011年版）、冯绳武主编的《中国自然地理》（高等教育出版社1989年版）以及伍光和、江存远主编的《甘肃省综合自然区划》（甘肃科学技术出版社1998年版）的相关章节内容。下面不再一一注明。

东有西大河、东大河、西营河、金塔河、杂木河、黄羊河、古浪河和大靖河等。黑河发源于青海省境内的走廊南山—托赖山之间，在祁连县与八宝河汇合后流入甘肃，再经鹰落峡流入河西走廊，过正义峡经鼎新向北流入内蒙古额济纳旗（称为弱水，即额济纳河），最后注入居延海，全长956千米，流域面积约7.7万平方千米。黑河是甘肃第一、全国第二大内陆河，主要支流有讨赖河、洪水坝河、丰乐河、肃南马营河、梨园河、大都麻河、洪水河和山丹马营河等。疏勒河发源于疏勒南山东段，自昌马峡出山，流经玉门、瓜州等地，在哈拉诺尔消失，全长945千米，流域面积约10万平方千米，主要支流有党河、榆林河等。河西走廊凭借三大水系的灌溉，形成了三块面积较大的绿洲，即武威绿洲（5120平方千米）、张掖绿洲（5650平方千米）和酒泉绿洲（7100平方千米），是甘肃最为发达富庶的农牧业区。① 河西走廊雪山与绿洲相映成趣，素有"不看祁连山顶雪，错将甘州当江南"的美誉。

春秋战国至西汉前期，河西走廊曾经是羌族、月氏、乌孙和匈奴等游牧民族的乐园。汉元狩二年（前121），骠骑将军霍去病两次深入河西走廊出击匈奴，匈奴受到重创，浑邪王杀休屠王降汉，河西走廊正式归入汉朝版图。河西归汉是河西走廊历史上最重大的事件之一，为了巩固对河西的统治，汉王朝先后向河西走廊迁入大量移民，修筑了长城烽燧，并先后设置了酒泉、张掖、敦煌、武威四郡，还派驻军队，进行大规模的屯垦经营。魏晋十六国时期，河西走廊吸引了大量的内地人口，经济得到进一步发展，同时也推动了河西文化的繁荣，特别是五凉时期，"学者埒于中原"②，"凉州号为多士"③。隋唐时期，河西走廊出现了自汉武帝以来的第二个大发展高峰期。隋朝

---

① 本节凡涉及河西走廊历史地理的内容，主要参阅高荣主编的《河西通史》（天津古籍出版社2011年版）的相关章节内容。下面不再一一注明。
② （唐）李延寿：《北史》卷八十三《文苑传》，中华书局1974年版，第2778页。
③ 《资治通鉴》卷一二三（宋文帝元嘉十六年十二月条），胡三省音注，上海古籍出版社1987年版，第826页。

绪言

时期，河西走廊经济繁荣，贸易兴盛，大业五年（609），隋炀帝西巡河西，在燕支山（又名焉支山、胭脂山、大黄山）大会高昌王及西域27国首领、使者和商人。唐代前期，河西走廊"牛羊被野，路不拾遗"；开元、天宝之际，河西走廊"闾阎相望，桑麻翳野""商旅往来，无有停绝"，是天下最为富庶的繁盛之区。"安史之乱"后，河西走廊为吐蕃所控制，大中二年（848），沙州人张议潮起兵推翻吐蕃统治，其后甘州回鹘控制了以甘州为中心的河西大片土地，河西东部则为西凉六谷部所控制，河西走廊四分五裂。天圣六年（1028）党项族占领甘、凉、肃、瓜、沙诸州，河西走廊遂为西夏所统治。元朝实行行省制度，河西走廊隶属于甘肃行省。明代，河西走廊是边疆战略经营的要地。清代前期，河西走廊是清廷经略新疆的"军需总汇"，由此进入继两汉、隋唐以来的第三个大发展时期。

二 河西走廊的古代文化

河西走廊是古代丝绸之路的必经之地，是联系我国东部地区与新疆、中亚、西亚和欧洲等地的重要经贸通道，现在第二条亚欧大陆桥（兰新铁路线）经过此地。陈寅恪先生在他的《隋唐制度渊源略论稿》一书中指出，西晋战乱后，中原文化被保留在江东，同时也被甘肃的河西所保留，河西文化为北魏、北齐所接纳、吸收，成为后来隋唐文化的重要来源。

汉魏河西走廊公私学校兴起，社会风俗变革，各类人才涌现，经济发达，政令畅通，地方官吏礼贤下士，提倡儒学，从而吸引了许多中原学者到河西避难、传业。① "永嘉之乱"期间，中州士人避乱河西者"日月相继"，络绎不绝。汉魏河西文化的发展，为五凉（前

---

① 高荣：《河西通史》，天津古籍出版社2011年版，第531—540页。下文关于河西走廊的儒释道文化，大都参阅《河西通史》第十一章《河西的古代文化》，恕不一一注明。

凉、后凉、南凉、北凉、西凉)文化的繁荣准备了条件。五凉政权崇尚文教,倡明学术,使得河西走廊教育振兴,文化复苏。

河西走廊作为中西交通要道,也是佛教东渐的前沿和中转站。特别是五凉时期,佛教首先在这里留驻兴发。史称:"凉州自张轨后,世信佛教。敦煌地接西域,道俗交得其旧式,村坞相属,多有塔寺。"① 西域高僧来河西者络绎不绝,月氏人竺法护、龟兹人鸠摩罗什、中印度人昙无谶、西域人浮陀跋摩等高僧都曾在河西翻译佛经,弘扬佛法。随着佛教在河西的传播,五凉后期凿窟造像之风盛行,天梯山石窟、敦煌莫高窟的开凿就始于北凉时期。

永嘉乱后,汉魏宫廷乐舞传入河西,为前凉所获,河西走廊继承汉魏传统乐舞的深厚底蕴,又吸收了本土和西域乐舞的精华,不断创新发展,成为隋唐宫廷乐舞的重要组成部分。《隋书》卷一四《音乐志中》:"('西凉乐') 盖苻坚之末,吕光出平西域,得胡戎之乐,因又改变,杂以秦声,所谓'秦汉乐'也。"②

五凉文化为河西文化的进一步发展奠定了坚实的基础,并孕育了高度发达的敦煌文化,为隋唐文化的发展注入了新的活力因子。

陈寅恪说:"西晋永嘉之乱,中原魏晋以降之文化转移保存于凉州一隅,至北魏取凉州,而河西文化遂输入于魏。其后北魏孝文、宣武两代所制定之典章制度遂深受其影响,故此(北)魏、(北)齐之源其中亦有河西之一支派,斯则前人所未深措意,而今日不可不详论者也。"③

魏晋南北朝的河西走廊是北中国的佛教中心,到了唐代,河西走廊佛教依然兴盛。前凉张天锡所建宏藏寺,武则天时更名大云寺,寺内铜钟至今犹存。莫高窟自北凉以来开凿不断,其中唐代开凿240

---

① (北齐)魏收:《魏书》卷一百一十四《释老志》,中华书局1974年版,第3032页。
② (唐)魏征:《隋书》卷十四《音乐志中》,中华书局1973年版,第313页。
③ 陈寅恪:《隋唐制度渊源略论稿》,生活·读书·新知三联书店1954年版,第2页。

绪　言

窟，塑像遗存600余躯。

河西走廊一直以来多民族杂居共处，民族艺术交流融合，隋唐时，艺术成就独树一帜，"凉州七里十万家，胡人半解弹琵琶"成为唐朝河西走廊的一道亮丽的风景线。隋初，以西凉乐等为七部乐，隋炀帝又以清乐、龟兹、西凉、天竺、康国、疏勒、安国、高丽、礼毕等为九部乐，唐太宗平定高昌后，又增加高昌乐为十部乐。西凉乐以"中国旧乐而杂以羌胡之声"，融胡汉于一体，"自周、隋已来，管弦杂曲将数百曲，多用西凉乐，鼓舞曲多用龟兹乐，其曲度皆时俗所知也"①。西凉乐为乐部名，王国维《唐宋大曲考》说："西凉自为乐部总名，而凉州则为曲名。"② 今存唐大曲中，最重要的是《凉州大曲》，它不但形成早，而且对唐代全国的音乐发展产生了重大影响。杜牧《河湟》："唯有《凉州》歌舞曲，流传天下乐闲人。"王昌龄《殿前曲二首》："胡部笙歌西殿头，梨园弟子和《凉州》。"凉州大曲外，《甘州子》《甘州》《八声甘州》等（即甘州大曲）也很有名。

如果说凉州、甘州是音乐舞蹈之乡的话，唐代的敦煌则是文化美术之邦。唐代敦煌是国际贸易都市、佛教圣地，佛教的兴盛孕育了多种宣传佛教的艺术形式，以壁画、雕塑为主的石窟艺术达到了创作的高峰，同时也出现了说唱文学——敦煌变文。郑振铎说："在'变文'没有发现以前，我们简直不知道：'平话'怎么会突然在宋代产生？'诸宫调'的来历是怎样的？盛行于明清二代的宝卷、弹词及鼓词，到底是近代的产物呢？还是'古已有之的？'许多文学史上的重要问题，都成为疑案而难以有确定的回答，但自从三十年前斯坦因把敦煌宝库打开了而发现了变文的一种文体之后，一切的疑问，我们才渐渐地可以得到解决了。"③

---

① （后晋）刘昫：《旧唐书》卷二十九《音乐志》，中华书局1975年版，第1068页。
② 王国维：《唐宋大曲考》，载《王国维遗书》第15册，上海古籍书店1983年版，第31页。
③ 郑振铎：《中国俗文学史》，商务印书馆2005年版，第143页。

五凉隋唐时期河西走廊音乐、舞蹈、石窟等艺术的辉煌，为河西走廊后世民间口头艺术的发展奠定了坚实的基础，河西宝卷、凉州贤孝、河西小曲戏、河西汉族民歌、裕固族民歌等口头传统就是继西凉乐、敦煌变文之后在民间流传历史较为悠久的口头艺术形式。

三 作为口头说唱文学的河西宝卷

河西宝卷是流传于甘肃省河西走廊一带的宝卷，是中国宝卷的一个地域分支。车锡伦先生认为河西宝卷同北方的民间念卷和宝卷属于同一个系统，与内地宝卷有同源同流的关系①。中国宝卷产生于宋元时期，至今已延续了约800年，在今天的吴方言区和北方一些地区仍在活态传承，河西宝卷即是活态传承的宝卷之一。

敦煌变文是说唱文学成熟的标志，其内部体制各不相同，有"说"类、"唱"类和"说唱"类三类，项楚、张鸿勋等著名的敦煌学专家对此都有论述。项楚先生说："（敦煌变文）有的是纯韵文，有的是纯散文，有的却是韵散合用。"②张鸿勋先生说："（敦煌讲唱文学）体制多样，既有说唱兼行的变文、讲经文，又有只唱不说的词文，或只说不唱的话本，还有介于说唱之间韵诵体的故事赋等等。"③敦煌变文中大部分是"说唱"类："敦煌讲唱伎艺，基本上是歌唱和表白轮流相间表演。"④"变文的体制是散韵组合，说唱兼行，演述故事。"⑤

"说唱"类讲唱文学在文本形态上表现为散韵相间，在表演形态

---

① 车锡伦：《中国宝卷研究》，广西师范大学出版社2009年版，第275页。
② 项楚：《敦煌变文选注·前言》（增订本），中华书局2006年版，第2页。
③ 张鸿勋：《敦煌讲唱文学韵例初探》，《敦煌研究》1982年第2期。
④ 张鸿勋：《敦煌讲唱伎艺搬演考略——唐代讲唱文学论丛之一》，《敦煌学辑刊》1982年第00期。
⑤ 张鸿勋：《敦煌讲唱文学的体制及类型初探——兼谈几部文学史的有关提法》，《文学遗产》1982年第2期。

绪 言

上表现为说唱结合，说说唱唱，循环往复，一直到终了。"说"与"唱"（散文和韵文）的一次组合形成一个说唱（或"散韵"）结构或说唱单元。

河西宝卷是散韵相间的"说唱"类说唱文学，是念卷的底本，散文用来念（即"读"），韵文唱词用一定的曲牌曲调演唱，它的说唱结构直接承袭了早期民间教派宝卷的说唱形式，在发展演变中逐步简化，而又灵活多变，形成了具有地域特色的讲唱形式。

河西宝卷是书面文本，主要依靠手抄而世代流传，然而其信仰、教化、娱乐功能的发挥却是通过口头说唱实现的，所以，河西宝卷属于口传文学的范畴，口头属性是河西宝卷的本质属性。口头说唱河西宝卷在当地称作"念卷"，其他地区如南方吴方言区称作"宣卷"。研究河西宝卷，不仅要研究书面文本，更要研究其口头属性。河西宝卷的起源与发展、保护与传承离不开它的口头属性，其文本中的话语表达、结构形式、故事情节都具有很强的程式性，也充分体现了它的口头性。

现存河西宝卷有宗教宝卷（主要是民间教派宝卷）和民间宝卷两大类，其中绝大多数是民间宝卷。河西宝卷以惩恶扬善的方式宣扬忠孝思想，受佛教的影响，具有浓厚的因果报应、转世轮回色彩，其民间信仰体现了"万灵崇拜"与"多神崇拜"的特征。

目前，河西宝卷受到越来越多的专家学者的关注，但是，研究的重点在宝卷渊源、音乐以及卷本的整理刊印等方面，对河西宝卷的发展演变、思想内容、说唱程式、表演属性、保护传承等关注较少，同时，也没有综合研究河西宝卷的专著问世。本书在已有研究的基础上，将进一步探讨河西宝卷的渊源与发展演变，全面考察河西宝卷的思想内容及婚姻家庭观，深入分析河西宝卷的语词程式、结构程式、典型场景和说唱结构等口头程式，在研究河西宝卷表演属性的基础上，揭示河西宝卷的生存困境，并对河西宝卷的保护传承建言献策，为其提供一定的理论指导。

第一章　宝卷研究综述*

中国宝卷从产生到现在已有800年左右的历史，宣唱宝卷作为一种司空见惯的民俗文化现象，在一个相当长的历史时期一直未受到研究者的重视。直到敦煌遗书的问世，学者们才认识到宝卷与敦煌变文的关系，认识到宝卷的功能与价值，开始关注、研究宝卷。仅仅百年的时间，中国宝卷的研究也已成了"显学"。

一　中国宝卷研究概述

中国宝卷的研究始于20世纪20年代，首创者是顾颉刚和郑振铎，顾颉刚将宝卷推荐给学术界，郑振铎将宝卷纳入俗文学的研究范畴，其后傅惜华、向达、李世瑜等学者对宝卷研究也有涉猎。

中华人民共和国成立后，中国宝卷研究从初步探索走向深入。改革开放前近30年，中国宝卷的研究仍处于初创阶段，20世纪50年代及60年代初，在宝卷编目方面取得了可喜的成果。1951年傅惜华的《宝卷总录》收录宝卷349种，1957年胡士莹的《弹词宝卷书目》收录宝卷200余种，1961年李世瑜的《宝卷综录》收录宝卷577种。

改革开放后，中国宝卷的研究开始走向繁荣，研究宝卷的学者倍增，成果丰硕，研究领域主要在文学、宗教学等方面，研究的对象主

---

* 本章的大部分内容以《近70年来中国宝卷研究回顾》为名发表于《社会科学战线》2019年第3期。

要是民间宝卷,其次是宗教宝卷,研究成果主要体现在五个方面:宝卷的渊源、产生、分类和发展研究,宝卷的信仰、娱乐和教化功能研究,宝卷的仪式和演唱形态研究,中国宝卷的编目与整理刊印,中国宝卷的地域性研究。在民间宝卷研究方面,车锡伦是领军人物,《中国宝卷总目》《中国宝卷研究》《中国民间宝卷文献集成·江苏无锡卷》是车先生宝卷研究的重要成果。致力于宗教宝卷研究的学者有马西沙、濮文起等,他们借宝卷探求民间宗教的发展历史及其教规、教义,《中华珍本宝卷》《民间宝卷》等是他们对宝卷进行搜集整理的重要成果。

(一) 宝卷的渊源、产生、分类和发展研究

近70年,宝卷的渊源、产生、分类和发展研究取得了可喜的成果。

关于宝卷的渊源,不少研究者坚守郑振铎"宝卷是变文嫡系子孙""谈经等的别名"的观点。车锡伦等学者在日本学者泽田瑞穗研究的基础上,以更为详尽的资料证明中国宝卷源于佛教的俗讲,直接脱胎于宋元时期佛教的忏法、科仪。《中国宝卷的渊源》一文通过考证认定宝卷渊源于佛教的俗讲,宝卷跟俗讲一样是佛教僧侣悟俗化众的说唱形式,且在民间的法会道场按照一定的宗教仪轨演唱,并进一步指出宋代佛教悟俗化众的活动孕育了宝卷,同时也否定了"宝卷即谈经等的别名"[①]的观点。《形成期之宝卷与佛教之忏法、俗讲和"变文"》中进一步分析了产生于宋元时期的三部佛教宝卷——《目连救母出离地狱生天宝卷》《金刚科仪》《佛门西游慈悲宝卷道场》,认为从这三种宝卷的题材看,早期宝卷同唐五代佛教俗讲的"讲经"和"说因缘"相同,说明宝卷继承了俗讲"讲经说法"的传统,但宝卷演唱形式和文本形式与唐五代佛教俗讲有很大的不同。宋元时期

---

① 车锡伦:《中国宝卷的渊源》,《敦煌研究》2001年第2期。

河西宝卷研究

净土宗的忏法《三时系念》不仅开始时的仪式与《金刚科仪》等宝卷相似，演唱过程、文体形式也与《金刚科仪》等宝卷极其相似，每个演唱段落都由五段形式不同的散说、歌赞构成。由此可见，"宋元时期产生的佛教宝卷接受了忏法仪式化的演唱形式"，从仪式和文本形式、演唱形态看，宝卷源于宋元佛教忏法。①

关于宝卷形成的时期，《民间秘密宗教与宝卷》② 一文中认为宝卷产生于明正德时期。《最早一部宝卷的研究》③ 考证了新发现的《佛说杨氏鬼绣红罗化仙哥宝卷》，认为这本宝卷形成于金崇庆元年（南宋宁宗嘉定五年，1212），这一观点在《中华珍本宝卷》"前言"中再次重申。《中国最早的宝卷》④ 认为"宣光三年"（即明洪武六年，1373）的抄本《目连救母出离地狱生天宝卷》年代可靠，中国宝卷产生于元代。《佛教与中国宝卷（上）》⑤ 一文进一步提出宝卷形成于南宋时期，因为《目连救母出离地狱生天宝卷》与南宋的《销释金刚科仪》演唱形态相同。"关于宝卷形成的时间，如果以'宝卷'之名的出现为准，则依据《目连救母出离地狱生天宝卷》题识的时间，可推论宝卷形成于元代。但是这部宝卷同产生于南宋的《销释金刚科仪》演唱形态相同，因此也可以说宝卷这种演唱形式形成于南宋时期。"⑥

关于宝卷的分类，曾友志将其分为佛道故事、伦理教化故事、法律公案故事和爱情故事。⑦《中国宝卷研究》将宝卷的发展和宝卷的内容、题材相结合，对宝卷进行分类。首先对宝卷的历史发展做了分

---

① 车锡伦：《形成期之宝卷与佛教之忏法、俗讲和"变文"》，《民族文学研究》2011年第1期。
② 该文是1991年李世瑜专门为"首届全国宝卷子弟书学术研讨会"撰写的论文，后因种种原因未出版。
③ 马西沙：《最早一部宝卷的研究》，《世界宗教研究》1986年第2期。
④ 车锡伦：《中国最早的宝卷》，《中国文哲研究通讯》（台北）1996年第3期。
⑤ 车锡伦：《佛教与中国宝卷（上）》，《圆光佛学学报》1999年第4期。
⑥ 车锡伦：《中国宝卷的形成及其演唱形态》，《敦煌研究》2003年第2期。
⑦ 参见车锡伦《中国宝卷研究》第一章之"宝卷的分类"注［2］，广西师范大学出版社2009年版，第5页。

期：以清康熙年间为界，分为两个时期，前期是"宗教宝卷"，后期主要为"民间宝卷"；宗教宝卷又可分为两个阶段，明中叶正德前是佛教世俗化宝卷，正德后是民间教派宝卷。① 然后，根据宝卷的发展，将其分为宗教宝卷和民间宝卷；根据宝卷的内容、题材，将其分为文学宝卷和非文学宝卷。车先生进而又将文学宝卷分为神道故事宝卷、妇女修行故事宝卷、民间传说故事宝卷、俗文学传统故事宝卷、时事故事宝卷。②

（二）宝卷的信仰、娱乐和教化功能研究

从宗教学角度研究中国宝卷的学者主要是马西沙、濮文起等。

《宝卷与道教》一文论述了明初到清代数百年间民间教派宝卷的发展，及其反映的教派教义、道教炼养思想等内容。

至少到明初，宝卷已经开始为民间宗教利用，明代中末叶是民间宗教兴起的时期，也是宝卷大量撰写刊行的时期，作为民间宗教教义的宝卷亦有二三百种。受禅宗和道教内丹派影响的新型民间宗教大批涌现，成为那一时代民间宗教的特点。据明末清初刊行的《古佛天真考证龙华宝经》记载，那时已出现了老子教、涅槃教、无为教、黄天教、弘阳教等18支大的教派。几乎所有的民间教派都以宝卷为名，撰写刊刻自己的经书。现在能见到的明刊本民间宗教宝卷不下百部，多为大字折装本，印制精美，"经皮卷套，锦缎装饰"，与正统佛经无异。③

明中末叶，民间宗教诸教派能够刊刻印行大量精美的宝卷，与其雄厚的实力分不开。明、清数百年间，曾经专营宝卷刊刻的书行、书铺不下130家。清代，专制统治更加酷烈，在当局眼中，宝卷成为"妖书""邪说"的同义语。然而即便在清代高压统治之下，仍有书

---

① 车锡伦：《中国宝卷研究》，广西师范大学出版社2009年版，第2—4页。
② 车锡伦：《中国宝卷研究》，广西师范大学出版社2009年版，第5—16页。
③ 马西沙：《宝卷与道教》，《北京联合大学学报》（人文社会科学版）2013年第1期。

局私刻宝卷，私刻私卖宝卷的现象贯穿着整个清代的历史。道光以后，内忧外患加剧，当局已无暇顾及如火如荼的民间宗教活动，宝卷刊印流传更如野火春风，一发不可收拾。①

宝卷包含道教的炼养思想。"宝卷包融的思想极为庞杂，兼杂儒、释、道等传统文化，又有历代积淀的各类民间宗教的思想资料，乃至民间神话、风俗、礼仪、道德规范等内容。就道教而言，影响也是多方面的，道教的哲学、炼养、斋醮、神话传说都深深渗透到多种宝卷之中，其中道教的内丹术及斋醮仪范对宝卷的影响最大。"② 明初《佛说皇极结果宝卷》是现存最早的民间宗教经卷，至少在明代初叶，内丹道已开始影响着民间宗教的教义。黄天道外崇佛而内修道，《普明如来无为了义宝卷》中修炼内丹的修行内容在道教中亦可找出根据。早期道教便主张服气、宝精，炼养精气神。由服气，逐渐导引出服太阳、太阴、中和之气，以增寿考。③

"至少到了明代，以道教为内容的宝卷大量出现，其中修身养性，修炼内丹的卷子比比皆是，如《太上老子清净科仪》《元始天尊说真武修行苦行宝卷》《护国威灵西王母宝卷》《护国佑民伏魔宝卷》《福国镇宅灵应灶王宝卷》《承天效法后土皇帝道源度生宝卷》《大道无相圆明结果十报恩宝卷》。至于道教神仙信仰宝卷类书，更多不胜计。这些宝卷的出现与宋、元时代道教内丹道大兴，并成为道教信仰的根基不无关系。"④

《中国民间宗教史》引证、分析明清宝卷二百部左右，"厘清了前人未解的多种谜团，还原了一部两千年的民间宗教史"⑤。

《〈如意宝卷〉解析——清代天地门教经卷的重要发现》等系列论文通过宝卷研究天地门教的创立者、组织传承、教义思想、道场仪

---

① 马西沙：《宝卷与道教》，《北京联合大学学报》（人文社会科学版）2013年第1期。
② 马西沙：《宝卷与道教》，《北京联合大学学报》（人文社会科学版）2013年第1期。
③ 马西沙：《宝卷与道教》，《北京联合大学学报》（人文社会科学版）2013年第1期。
④ 马西沙：《〈中华珍本宝卷〉前言》，《世界宗教研究》2013年第2期。
⑤ 马西沙：《〈中华珍本宝卷〉前言》，《世界宗教研究》2013年第2期。

第一章 宝卷研究综述

式、法术等。《〈如意宝卷〉解析——清代天地门教经卷的重要发现》一文认为《如意宝卷》是目前发现的第一部以"宝卷"冠名的天地门教经卷，它完整地记录了天地门教创立者董四海的宗教生涯，并系统地阐述了天地门教的教义思想。①《〈天地宝卷〉探颐——清代天地门教经卷的又一重要发现》一文认为《天地宝卷》为进一步厘清天地门教的组织传承、教义思想和道场仪式提供了弥足珍贵的史料。②《〈圣意叩首之数〉钩玄——清代天地门教经卷的又一重要发现》一文认为《圣意叩首之数》记载了天地门教"派功叩首"的内中理数、组织传承、内丹修炼术以及驱邪咒语、避灾剑诀等法术。③

宗教宝卷在宣扬教义、教规的同时也满足了民众的宗教信仰需要，充分发挥了宝卷的信仰功能。此外，学者们还研究了宝卷的教化和娱乐功能。

《论宝卷的劝善功能》专文探讨了宝卷的劝善功能。"宝卷的宣讲者对宝卷的劝善功能有着清醒而强烈的认定。差不多每一部宝卷，无论是佛教的，还是民间教派的，或世俗的，都会在卷中劝人行善修道，宣扬其教化主题。这已经成为绝大部分宝卷的常态与习惯。"④宝卷之所以能够发挥巨大的教化作用，是因为通过宣卷艺人的流动，使宝卷到达朝廷教化较难触及的田野乡村。其次，宝卷是在刑罚的强制措施之外通过感情、心灵的影响力来教导世俗弃恶从善，做社会的善民、顺民。而宝卷在民间普遍受欢迎的原因除了故事情节、艺人表演外，还因为其所演之事、所叙之语贴近老百姓的生活，比起文士之文更容易被百姓理解、接受。⑤

---

① 濮文起：《〈如意宝卷〉解析——清代天地门教经卷的重要发现》，《文史哲》2006年第1期。
② 濮文起：《〈天地宝卷〉探颐——清代天地门教经卷的又一重要发现》，《贵州大学学报》（社会科学版）2008年第6期。
③ 濮文起：《〈圣意叩首之数〉钩玄——清代天地门教经卷的又一重要发现》，《世界宗教研究》2009年第3期。
④ 陆永峰：《论宝卷的劝善功能》，《世界宗教研究》2011年第3期。
⑤ 陆永峰：《论宝卷的劝善功能》，《世界宗教研究》2011年第3期。

河西宝卷研究

《中国宝卷研究》中综合阐释了民间宝卷的信仰、娱乐和教化功能。民间宝卷尽管没有明显的宗教归属,但宣讲仍结合民间的信仰活动进行,它们承袭了宗教宝卷时期宣卷的某些仪式,例如宣卷时请神佛到场,靖江的讲经做会还穿插禳灾祈福仪式,河西走廊的念卷也要点香拜佛,表现了"善有善报"的信仰文化特征。① 宝卷的教化作用可以概括为"劝善",其所阐述的善行包括敬天地、尊神佛、尚礼仪、守国法、孝敬父母、家庭和睦、敬重邻里、救济贫困、广行善事,它们是封建社会平民世代相传并遵守的道德行为标准,在宝卷中又通过善恶果报和宿命论来实现,形成了宝卷的信仰教化模式。② 民间宝卷的娱乐功能跟信仰和教化相结合,"宝卷同一般民间说唱文艺不同,它首先是满足群众的信仰情怀,使他们在感情上得到慰藉,由'动人'而'娱人'"③。

(三)宝卷的仪式和演唱形态研究

关于宝卷的仪式,《中国宝卷研究》中已有论述,后来《吴方言区宝卷研究》中又进行了较为详细的阐述,说明宝卷袭取了佛教科仪的宣讲仪式,具有浓烈的宗教信仰色彩。《吴方言区宝卷研究》将《大乘金刚宝卷》与《销释金刚科仪》的宣讲仪式进行了比较,说明早期宝卷在仪式上多与佛教科仪相同,有力地论证了早期宝卷与佛教科仪的渊源性。为了充分说明问题,特将《销释金刚科仪》和《大乘金刚宝卷》的仪式分别摘引如下。

《销释金刚科仪》的仪式:

> 散叙赞佛—奉请十方贤圣现坐道场—信礼常住三宝—阐述听受《金刚经》的功德—先举香赞,宣讲法会缘起(大意言人生

---

① 车锡伦:《中国宝卷研究》,广西师范大学出版社2009年版,第16—17页。
② 车锡伦:《中国宝卷研究》,广西师范大学出版社2009年版,第20—21页。
③ 车锡伦:《中国宝卷研究》,广西师范大学出版社2009年版,第23页。

第一章　宝卷研究综述

短暂、无常，修佛为根本，先散叙后韵文吟唱，中间还宣念佛号）—请经：念"金刚经启请""净口业真言""安土地真言""普供养真言"；再奉请八金刚、四菩萨护佑道场—唱诵"发愿文""云何梵"—唱诵"开经偈"—开释经题—正讲（按照《金刚经》三十二分，引录原经，散韵相间，予以科释）—释经完毕（先以两段通格式的散韵相间的文字继续宣扬佛理，中间唱诵《般若无尽藏真言》）—诵《心经》—随意回向（散韵相间）—诵"结经发原（愿）文"—诵回向偈，散场。①

《大乘金刚宝卷》的仪式：

散叙赞佛—奉请诸佛菩萨现坐道场—信礼常住三宝—阐述听受《大乘金刚宝卷》的妙用—奉请八金刚、四菩萨，一切神佛降临道场—代大众发愿—请经：念"金刚经启请""净口业真言""安土地真言""虚空藏菩萨普供养真言"；再奉请八金刚、四菩萨护佑道场—唱诵"发愿文""云何梵"—唱诵"开经偈"—正讲（按照《金刚经》三十二分，引录原经，散韵相间，宣讲佛理）—结经（"结经"部分原卷已残缺）。②

二者相比，大同小异，甚至仪式中念的真言都是一致的。

《中国宝卷研究》第二编"中国宝卷的历史发展"比较详细地论述了民间教派宣卷的"开卷""结经"仪式。

"开卷"仪式：

（1）讽经咒。有的宝卷作"讽《心经》"。

（2）安坛、奉请十方神圣现坐道场（临坛）。

---

① 陆永峰、车锡伦：《吴方言区宝卷研究》，社会科学文献出版社2012年版，第16页。
② 陆永峰、车锡伦：《吴方言区宝卷研究》，社会科学文献出版社2012年版，第18页。

（3）举香赞：上香，唱香赞。

（4）三宝颂。

（5）开经偈。一般袭用佛教的开经偈：无上甚深微妙法，百千万劫难遭遇。我今见闻得授持，愿解如来真实意。

（6）提纲。讲唱本卷的缘起、内容、功德。一般用散说，由"盖闻"引起。

（7）信礼常住三宝。

（8）开卷（经）偈。一般用"××宝卷初展开"偈，进入宝卷本文的叙述。

"结经"仪式：先说唱"宝卷圆满"，另有"回向""发愿""忏悔""送神"仪式。

总之，教派宝卷仪式的主体形式，继承了前期佛教宝卷的传统。①

《中国宝卷研究》第二编对形成期的佛教宝卷和民间教派宝卷的演唱形态进行了详细的论述。车锡伦考察了产生于宋元时期的《金刚科仪（宝卷）》《目连救母出离地狱生天宝卷》《佛门西游慈悲宝卷道场》的演唱段落，指出宝卷文本说、唱、诵的文辞均是格式化的，除了《金刚科仪》的转读经文外，演唱段落都包括五部分：

（1）[白文]，是散说，是押韵的赋体。

（2）佛教传统的歌赞，七言二句。

（3）流行的民间曲调，七言的唱词有上下句的关系，也偶唱北曲曲牌，和佛。

（4）句式和押韵为"四四（韵）五（韵）四四（韵）四四（韵）四五（韵）"的一段歌赞，其中第三句偶用"三三"句式。

（5）佛教传统的歌赞，五言四句。②

---

① 车锡伦：《中国宝卷研究》，广西师范大学出版社2009年版，第147—150页。
② 车锡伦：《中国宝卷研究》，广西师范大学出版社2009年版，第83页。

第一章 宝卷研究综述

关于民间教派宝卷的演唱形态，车先生通过考察民间教派宝卷，认为民间教派宝卷继承了前期佛教宝卷的结构形式，但又有所发展，在每一个演唱段落末尾加唱小曲，并将每个演唱段落定为一"品"（或"分"），编入"品"（或"分"）标题，其演唱形态具体如下：

（1）散说，不像宋元佛教宝卷那样使用赋体的韵文，而用接近于口语的叙述。

（2）七言二句歌赞，亦可用四言、六言。

（3）主唱段，除用七言唱段外，大量使用源于说唱词话的十字句唱段。

（4）格律严整的长短句歌赞，句式和押韵为"四四（韵）五（韵）四四（韵）四四（韵）四五（韵）"的一段歌赞，个别宝卷中形式有变异。

（5）五言四句歌赞，亦可用四言、六言。

（6）小曲。①

车先生关于宝卷仪式与演唱形态的研究，对于阅读宝卷文本大有裨益，同时为学者研究民间宝卷的仪式与演唱形态的演变奠定了基础。

（四）中国宝卷的编目与整理刊印

近70年，投入全部精力研究宝卷的学者是车锡伦先生，他在中国宝卷研究方面取得了举世瞩目的成就，他的成就还表现在中国宝卷的编目与整理上。车先生历时15年编成《中国宝卷总目》，著录中国国内和海外公私收藏宝卷1585种、版本5000余种、宝卷异名1100

---

① 车锡伦：《中国宝卷研究》，广西师范大学出版社2009年版，第151—153页。

个，比傅惜华的《宝卷总录》(1951)、胡士莹的《弹词宝卷书目》(1957)和李世瑜的《宝卷综录》(1961)三目约多三倍。① 马西沙先生评价《中国宝卷总目》为"目前用力最勤、收集最为翔实的宝卷目录""为中外学术界提供了一部实用的工具书"。② 车先生在《中国宝卷研究》第五编"宝卷漫录"收录了二十多个宝卷，分别介绍了这些宝卷的收藏、版本、作者、流通、内容等信息，为研究者提供了方便。此外，车先生还以论文形式进行宝卷漫录，如《〈佛说王忠庆大失散手巾宝卷〉漫录》《〈泰山天仙圣母灵应宝卷〉漫录》《读清末蒋玉真编〈醒心宝卷〉——兼谈"宣讲"（圣谕、善书）与"宣卷"（宝卷）》《明代西大乘教的〈灵应泰山娘娘宝卷〉》《清代民间宗教的两种宝卷》《新发现的清初南无教〈泰山圣母苦海宝卷〉》《中国宝卷漫录四种》等。

20世纪90年代以来，中国宝卷的整理出版取得了巨大的成就。张希舜、濮文起、高可、宋军主编《宝卷初集》③（四十册），收录宝卷153部。王见川、林万传主编的《明清民间宗教经卷文献》④，收录明清民间经卷207部，其中大部分为宝卷。中国宗教历史文献集成编纂委员会编纂、濮文起分册主编的《民间宝卷》⑤，收录357部宝卷。王见川、车锡伦、宋军、李世伟、范纯武编《明清民间宗教经卷文献（续编）》⑥收录明清民间经卷204部，其中大部分为宝卷。车锡伦《中国民间宝卷文献集成·江苏无锡卷》⑦（共15册），收录宝卷134部，小卷偈文35个。马西沙的《中华珍本宝卷》"是继敦煌

---

① 周绍良：《中国宝卷总目·序》，载车锡伦《中国宝卷总目》，北京燕山出版社2009年版，第1页。
② 马西沙：《中华珍本宝卷·前言》，社会科学文献出版社2012年版，第15页。
③ 张希舜、濮文起、高可、宋军：《宝卷初集》（四十册），山西人民出版社1994年版。
④ 王见川、林万传：《明清民间宗教经卷文献》（十二册），台北：新文丰出版有限公司1999年版。
⑤ 濮文起：《民间宝卷》（共20册），黄山书社2005年版。
⑥ 王见川、车锡伦、宋军、李世伟、范纯武：《明清民间宗教经卷（文献）》（十二册），台北：新文丰出版有限公司2006年版。
⑦ 车锡伦：《中国民间宝卷文献集成·江苏无锡卷》（共15册），商务印书馆2014年版。

文书、中华大藏经、中华道藏之后,最重要的宗教典籍整理。它从一千五百余种宝卷中,搜集了一、二百部珍稀的元、明、清宝卷,内中孤本达数十部。《中华珍本宝卷》中多数宝卷未曾面世,更未曾出版。它不但具有宗教的经典性,而且具有古代绘画、书法、版刻的艺术性"。①《中华珍本宝卷》三辑三十册,"内中明代、清初折本占五分之四篇幅,皆为善本,其中孤本在数十种"②。第二辑中"未见著录或见著录之孤本达半数。而余皆善本,其精妙、厚重似又在第一辑之上。"③《中华珍本宝卷》每辑十册,第一辑收录36部宝卷④,第二辑收录58部宝卷⑤,第三辑收录44部宝卷⑥,共计138部宝卷。"第三辑延续了第一辑、第二辑的高水准。其中明代折本宝卷过半,明、清两代孤本达三十部。而孤本中珍品、令人叹为观止者不在少数。"⑦"中华珍本宝卷"的特点是或年代久远,或研究价值高,或属于海内外孤本,或图文并茂,或品相好,或内容极其丰富。《中华珍本宝卷》的出版倾注了马西沙先生收集、整理、研究宝卷三十年的心血,这部"有着深邃而灿烂思想文化底蕴的大型古籍文库"的面世必将推动中国宝卷研究更趋繁荣,取得更大成果。

(五)中国宝卷的地域性研究

在中国宝卷的地域性研究方面做得最深入、成果最丰硕的首推吴方言区宝卷研究,其次是河西宝卷研究(留待下节论述),山西宝卷和青海宝卷也有一定的研究成果。

---

① 马西沙:《〈中华珍本宝卷〉前言》,《世界宗教研究》2013年第2期。
② 马西沙:《中华珍本宝卷·前言》(第一辑),社会科学文献出版社2012年版,第18页。
③ 马西沙:《中华珍本宝卷·前言》(第二辑),社会科学文献出版社2014年版,第19页。
④ 马西沙:《中华珍本宝卷》(第一辑共十册),社会科学文献出版社2012年版。
⑤ 马西沙:《中华珍本宝卷》(第二辑共十册),社会科学文献出版社2014年版。
⑥ 马西沙:《中华珍本宝卷》(第三辑共十册),社会科学文献出版社2015年版。
⑦ 马西沙:《中华珍本宝卷·前言》(第三辑),社会科学文献出版社2015年版,第20—21页。

河西宝卷研究

1. 吴方言区宝卷研究

南方的民间宝卷主要流传于江苏南部和上海、浙江北部的吴方言区。车锡伦对吴方言区的宝卷进行了深入的田野调查,发表了一系列学术论文,相关的研究成果后来收入他的专著《中国宝卷研究》中。青年学者陆永峰对吴方言区的宝卷也有较系统的研究,他和车锡伦合著的《吴方言区宝卷研究》《靖江宝卷研究》集中反映了他们的研究成果。《吴方言区宝卷研究》对吴方言区宝卷的名称、类别、历史发展、分布状况、宝卷文本的形制、宝卷与佛教的关系以及宝卷的信仰、劝善、娱乐功能等进行了详细的分析考察。吴方言区宝卷主要分布在以上海话、苏州话为代表的太湖片,包括江苏境内使用吴方言的21个县市、上海市及其所属各县以及浙江境内的杭州、嘉兴、湖州、宁波、绍兴诸市。① 江浙吴方言区各地的民间宣卷和宝卷流传影响最大的是以苏州为中心的太湖流域的"苏州宣卷"和浙江宁波、绍兴的"四明宣卷"。② 江苏苏州吴江市同里镇的"同里宣卷"是苏州宣卷的重要一支,跟苏州其他地区的宣卷一样也经历了从"木鱼宣卷"向"丝弦宣卷"的发展过程。"同里宣卷"有四个流派,它们分别是许派、徐派、吴派和褚派。③ 江苏苏州张家港市的宣卷活动在整个苏州地区自具特色,该地称宣卷为讲经,主要在各种"善会"和"社会"(大家佛会)上演唱。"善会"主要为民众祈福禳灾,菩萨生日也做善会,讲经先生还做荐度亡灵的法会;"社会"为村落民众集体所做。讲经的宝卷分两种:一种是"神卷",讲神的故事;一种是"凡卷",为民间故事宝卷。荐度亡灵法会的仪式有请佛、拜十王、游地狱、破血湖、念疏头、开天门、献羹饭、解结散花、送佛等。④

---

① 陆永峰、车锡伦:《吴方言区宝卷研究》,社会科学文献出版社2012年版,第87—88页。
② 陆永峰、车锡伦:《吴方言区宝卷研究》,社会科学文献出版社2012年版,第143页。
③ 陆永峰、车锡伦:《吴方言区宝卷研究》,社会科学文献出版社2012年版,第150—153页。
④ 陆永峰、车锡伦:《吴方言区宝卷研究》,社会科学文献出版社2012年版,第159—168页。

第一章 宝卷研究综述

　　学界对江苏靖江宝卷的研究较为深入，而且成果颇丰，《靖江宝卷研究》即是代表性成果之一。《靖江宝卷研究》第四章专章论述了"靖江宝卷的类型"：靖江宝卷分圣卷（正卷）、草卷（小卷）和仪式卷三类。圣卷主要讲神佛的凡间身世和其得道成仙的故事，是靖江宝卷中历史最悠久、宣讲最多、最为庄重、最富特色的一种，已知圣卷有二十多种，书中详细论述了《三茅宝卷》《大圣宝卷》《梓潼宝卷》《观音宝卷》《地藏宝卷》《东厨宝卷》《月宫宝卷》《土地宝卷》等八种圣卷。草卷讲述历史传说、民间故事，属于后起的民间宝卷范畴，数量众多，书中较为详细地阐述了《独角麒麟豹》《文武香球》《白鹤图》《牙痕记》《罗通扫北》《香莲帕》等六部草卷。仪式卷主要用于做会，书中介绍了《李清卷》《九殿卖药》《梅乐张姐》等三个仪式卷。① 《靖江宝卷研究》第五章专章论述了"靖江宝卷的宣演"：江苏泰州靖江市的宣卷自成系统，最具地方特色，当地人称"做会讲经"，由佛头按照系统而严格的程式宣讲，有强烈的宗教信仰色彩。靖江宝卷做会讲经的艺人称为"佛头"，有些佛头世代家传，但大多师徒传授。靖江讲经与做会相交融，程式上也与做会密不可分。讲经做会日夜进行，有两个或两个以上佛头轮流讲经，讲经有固定的格式，佛头念唱"叫头"（或称"起卷偈"）、念诵"神谕"、讲唱"三友四恩"、讲唱正卷（先唱"开卷偈"）、结束（有时有"大叙团圆"结束语）。靖江讲经有伴奏乐器佛尺、木鱼、铃鱼，要和佛，有时也有"插花"以发噱、活跃气氛。②

　　《靖江宝卷研究》还论述了靖江宝卷的口头文学特征。靖江讲经与其他地方的宣卷相比有一个很大的区别，那就是宣卷是照本宣科，靖江讲经则是口头宣讲，没有固定的现成书面文本，这就使得靖江宝卷的宣演更多地体现出口头文学的特征。靖江宝卷除了个别当代人的

---

① 陆永峰、车锡伦：《靖江宝卷研究》，社会科学文献出版社2008年版，第43—119页。
② 陆永峰、车锡伦：《靖江宝卷研究》，社会科学文献出版社2008年版，第120—134页。

书面创作外，绝大部分是口头创作的记录本。①

吴方言区宝卷在其所反映的民俗的研究上也取得了较大的成果。黄靖的《宝卷民俗》②考察了靖江宝卷所反映的物质生产民俗、物质生活民俗、社会组织民俗、江湖民俗、人生礼仪、信仰民俗、民俗语言等，生动地揭示了宝卷的民俗特征。黄先生提出了宝卷民俗研究的四个价值，即强化民俗记忆、追溯民俗源流、探求民俗变异和重建民俗文化。

吴方言区宝卷的整理刊印上成果显著。尤红主编的《中国靖江宝卷》③根据录音或抄本搜集整理靖江地区流传的讲经宝卷54种，其中圣卷25种、草卷18种、科仪卷11种。

中共张家港市委宣传部、张家港市文学艺术界联合会、张家港市文化广播电视管理局编《中国·河阳宝卷集》④（上、下），收录163部宝卷，其中道佛叙事本40部，民间传说故事本96部，道佛经义仪式本27部。此外，还收录河阳宝卷曲谱24种。

中共张家港市委宣传部、中共张家港市锦丰镇委员会、张家港市文学艺术界联合会编《中国沙上宝卷集》⑤（上、下册），收录宝卷102部，宝卷曲谱6个，其中"沙上宝卷收藏与分布情况"列出宝卷389部。本书约有三分之二的宝卷《中国·河阳宝卷》未见收录，15部宝卷《中国宝卷总目》（2009）未见收录。

2. 山西介休宝卷研究

山西大学李豫教授和"山西介休张兰地区宝卷文学调查报告"课题组成员从20世纪90年代开始主要在张兰文物市场和太原南宫文物

---

① 陆永峰、车锡伦：《靖江宝卷研究》，社会科学文献出版社2008年版，第135页。
② 黄靖：《宝卷民俗》，古吴轩出版社2013年版。
③ 尤红：《中国靖江宝卷》（上、下），江苏文艺出版社2007年版。
④ 中共张家港市委宣传部、张家港市文学艺术界联合会、张家港市文化广播电视管理局：《中国·河阳宝卷集》（上、下），上海文艺出版社2007年版。
⑤ 中共张家港市委宣传部、中共张家港市锦丰镇委员会、张家港市文学艺术界联合会编：《中国沙上宝卷集》（上、下），上海文艺出版社2011年版。

市场进行介休宝卷的搜集，前后共搜集到介休宝卷48部，加上张领先生提供的宝卷，去其重复共64种。①《山西介休宝卷说唱文学调查报告》考察了介休宝卷的形式结构。明前期山西宝卷以《新刻佛说沉香太子开山救母宝卷》为代表，内容以"分"划分，正文形式结构没有规范的程序，呈现出一种随意性。俗曲曲牌往往联合出现，长篇七字句韵文与十字句韵文交替出现。明中后期至明末山西宝卷以《阗全孝义明理酬恩宝卷》为代表，正文基本上是一段散文、一段七字句韵文（或十字句韵文）相间，交替进行。清代前期山西宝卷以《金阙化身玄元上帝宝卷》为代表，宣唱之前有较为完整的程式，24品，每一品的形式结构相同，包括散文叙事、五言二句、七字句唱词、固定曲牌（即四五言长短句）、五言四句、曲牌曲词等六部分。清代中后期至民国时期的山西宝卷以《佛说红灯宝卷》等为代表，正文前的仪式简化，正文形式结构是散文与十字句交替出现，循环往复。

《山西介休宝卷说唱文学调查报告》为《鹤归楼宝卷》等16部宝卷写了内容提要，附录中较为详细地介绍了山西永济首阳山新近发现的六部清嘉庆至民国的《道情宝卷》——《白马宝卷》《三度杨氏宝卷》《阎君宝卷》《佛说四德三元仁义宝卷》《善恶报宝卷》《佛说阴功宝卷》，同时介绍了根据清代山西叩阍大案编写的《赵二姑宝卷》（又名《新刻烈女宝卷》）。

车锡伦《中国宝卷研究》收录"山西流传民间宝卷目"70部，②尚丽新在此基础上剔除了明显不是来自介休的宝卷，增补了新近经眼的一些介休宝卷，共得74种，收录于《北方民间宝卷研究》。③

关于永济宝卷，目前共发现29部，另列出存目10部。④杨永兵

---

① 李豫等：《山西介休宝卷说唱文学调查报告》，社会科学文献出版社2010年版，第34—35页。
② 车锡伦：《中国宝卷研究》，广西师范大学出版社2009年版，第257—259页。
③ 尚丽新、车锡伦：《北方民间宝卷研究》，商务印书馆2015年版，第117—123页。
④ 杨永兵：《山西永济道情宝卷文本研究初探》，《中国音乐》（季刊）2012年第3期。

对山西河东地区永济道情班社中尚存的《杨氏宝卷》《阎君宝卷》《白马卷》《送子卷》《药王卷》《牧羊卷》《祭祖卷》等卷本进行了文本、音乐等方面的研究,认为格式较为规范的是《白马卷》,每分均由白文、诗、十言、要箴(即四五言长短句)、诗五部分组成,其他各卷本有的还有曲牌。河东宝卷念唱时有乐器伴奏,唱腔以十字句和七字句为主,间用曲牌体,每段唱腔的演唱程式一般为"起佛""平唱""起波""落尾"。河东宝卷的伴奏乐器以渔鼓简板、四胡、笛子、三才板为主,也常加入本地域流行乐器,如板胡、二胡等,一般跟腔伴奏。①

3. 青海宝卷研究

刘永红对青海宝卷有较深入的研究。青海宝卷指青海东部农业地区的民和、乐都、互助、湟源和湟中等县传播的宝卷,它以河湟地区的宗教群体"嘛呢会"为载体。② 青海宝卷受藏传佛教的影响,和佛时念嘛呢六字真言。③ 青海宝卷中取材于传统民间故事、传说和明清以来的戏曲曲艺的宝卷如《方四娘宝卷》《黄氏女宝卷》等称作"闲经",以闲暇时娱乐为主要功能,兼有教化功能,类似于靖江宝卷中的草卷;一些宗教性强的宝卷,或在嘛呢会内的宗教实践、修行中演唱以完成宗教修持,或在民众的民俗宗教生活中满足民众宗教需求以度亡、祈求平安,这些宝卷称为"真经",类似于靖江宝卷"讲经做会"中的圣卷。"真经"还可以分为民间教派宝卷和小卷两种。④ 青海宝卷的内容有赞颂仙佛出家修行的、歌唱民间传说人物的、反映民众日常生活的,其中有关孝道、善行的内容占绝大多数。⑤ 刘永红的《青海宝卷研究》对青海宝卷中近 20 种故事宝卷和宗教宝卷进行了个

---

① 杨永兵:《山西河东地区宝卷及音乐研究》,《天津音乐学院学报》(天籁)2012 年第 2 期。
② 刘永红:《青海宝卷研究》,中国社会科学出版社 2013 年版,第 2 页。
③ 刘永红:《青海一部古老的宝卷〈黄氏女卷〉》,《西北民族大学学报》2012 年第 4 期。
④ 刘永红:《青海宝卷研究》,中国社会科学出版社 2013 年版,第 57—58 页。
⑤ 刘永红:《青海宝卷研究》,中国社会科学出版社 2013 年版,第 59 页。

案分析。尚丽新在刘永红研究青海宝卷的论文的基础上，总结出了青海宝卷的几个特点：青海宝卷与民间教派有着更为密切的关系；青海宝卷与当地民间宗教信仰活动"会"紧密结合，仪式性强，有强烈的宗教色彩；青海宝卷有"大经""真经"和"闲经"之分；青海念卷的参加者多为中老年妇女；青海宝卷至今仍保存了最古老的宝卷抄写方式。①

尚丽新对南北民间宝卷进行了比较，指出二者的差异主要表现在五个方面：二者的文本形式不同，北方宝卷的形式是教派宝卷繁杂形式的简化，南方宝卷看不出教派宝卷形式的影响，受弹词等民间文艺的影响更大；二者的表演形式不同，北方宝卷总体艺术水平不高，仅仅停留在简单的说唱水平上，南方宝卷吸收了弹词、滩簧的表演技术，发展成了成熟的曲艺；二者题材来源多不相同，北方宝卷多改编自鼓词，南方宝卷多改编自弹词；二者的归宿不同，南方宝卷沿着娱乐化、艺术化的道路发展成为成熟的曲艺，完成了商业化转变，北方宝卷始终未发展成成熟的曲艺，没有走商业化的道路；二者文本的艺术水平和艺术风格不同，南方民间宝卷的艺术水平总体上要高于北方宝卷。②

20世纪80年代以后，日本学者对中国宝卷的调查、整理与研究也取得了一定的进展，其成果在《日本研究中国宝卷的进程与启迪》③一文中有较详细的介绍，兹不赘述。

二 河西宝卷研究概述

国内对河西宝卷的研究始于20世纪80年代，研究河西宝卷的先驱要数段平、方步和二位先生。之后，特别是2006年河西宝卷被国

---

① 尚丽新、车锡伦：《北方民间宝卷研究》，商务印书馆2015年版，第180—182页。
② 尚丽新、车锡伦：《北方民间宝卷研究》，商务印书馆2015年版，第186—187页。
③ 陈安梅、董国炎：《日本研究中国宝卷的进程与启迪》，《图书馆杂志》2016年第9期。

务院列入第一批非物质文化遗产名录后,河西宝卷受到学界的高度关注。"不论从文本上还是表演上,河西宝卷都是北方宝卷中保存最完备的。"① 河西宝卷的研究主要表现在其渊源、说唱结构、音乐特征、编目和整理刊印上。

(一) 河西宝卷的渊源研究

敦煌变文是宋元时期所产生的宝卷的直接源头。宗教宝卷、民间宝卷跟讲经文、因缘、变文有着某种对应;宝卷讲唱佛教故事、中国传统的民间传说故事、历史故事等,其题材内容也跟敦煌变文很相似;宝卷的演唱仪式与转变和俗讲也有相似之处。因此,郑振铎认为宝卷是变文的嫡派子孙。河西走廊也有宝卷流传,因地域关系,研究河西宝卷的诸多学者对宝卷是变文嫡派子孙的观点深信不疑。谢生保从文体、音乐、讲唱形式、宗教思想等方面对变文和宝卷进行了比较,旨在印证"宝卷是变文的嫡系子孙"的结论。② 段平也说宝卷是变文的嫡系后代。③ 方步和认为河西宝卷是活着的敦煌俗文学。④ 个别学者将河西宝卷的研究纳入中国宝卷研究的大背景下,认同车锡伦河西宝卷与内地宝卷同源同流的观点,认为"河西宝卷是流行于甘肃河西走廊一带的宝卷,是中国宝卷的一个地域分支。"⑤

(二) 河西宝卷的说唱结构研究

李贵生根据车锡伦关于中国宝卷的仪式与演唱形态的论述,深入分析了河西宝卷的演唱形态及其演变,将散说与唱词相结合构成的一个演唱单元称为"说唱结构"。河西宝卷的一个"说唱结构"最多由

---

① 尚丽新、车锡伦:《北方民间宝卷研究》,商务印书馆2015年版,第157页。
② 谢生保:《河西宝卷与敦煌变文的比较》,《敦煌研究》1987年第4期。
③ 段平:《河西宝卷的调查研究》,兰州大学出版社1992年版,第51页。
④ 方步和:《河西宝卷真本校注研究》,兰州大学出版社1992年版,第1页。
⑤ 李贵生:《从敦煌变文到河西宝卷——河西宝卷的渊源与发展》,《青海民族大学学报》2015年第1期。

第一章 宝卷研究综述

六个段落构成,最少由两个段落构成,这在《河西宝卷说唱结构嬗变的历史层次及其特征》①一文中有详细的论述。

收录于《临泽宝卷》的《敕封平天仙姑宝卷》《护国佑民伏魔宝卷》两个民间教派宝卷的说唱结构继承了早期民间教派宝卷的说唱传统。早期民间教派宝卷的说唱结构如下:

1. 散说;
2. 七言二句诗赞;
3. 主唱段(十字句);
4. 四言、五言长短句;
5. 五言四句诗赞;
6. 小曲。

河西走廊流传的《敕封平天仙姑宝卷》《护国佑民伏魔宝卷》两个民间教派宝卷的说唱结构与早期民间教派宝卷的说唱结构稍异,即"小曲"在"散说"的前面,如《敕封平天仙姑宝卷》"玉帝降敕予仙姑分第十七"的说唱结构:

(1)【谒金门】天不远,只在丹田一点。盈盈方寸无尘染,云散月花满。空际仙霞冉冉,仙乐呖呖婉转。步虚无际好宽展,大地任舒卷。

(2)话说仙姑娘娘,永镇北方,屡显圣威,掌世间男女之籍,护国救民,继嗣痊疴,功德无量。时有东华教主,掌持仙籍,奏予玉帝说:"有一仙姑号'平天至圣,慈济冲和,洞妙元君',自受敕书后在合黎山为神,济生民忧苦之途,保国祚安和之福。上消天灾,下除毒害,剪邪助正,福善祸淫,应梦诸祥,随心演化,威光遍满于乾坤,慈泽善露于法界。如此功德,不可思议。伏望大帝降敕与她,永镇合黎,护国佑民。"玉帝闻言大喜,即令太白

---

① 李贵生、王明博:《河西宝卷说唱结构嬗变的历史层次及其特征》,《社会科学战线》2015 年第 11 期。

金星降敕于仙姑，永镇合黎，保安庶民。……正是：

（3）玉帝敕镇合黎山，福庇西陲亿万年。

（4）有娘娘，正在那，殿前端坐；忽听得，半空中，接旨一声。
即抬头，望云端，仔细观看；原来是，上方的，太白金星。
手捧着，玉祖的，敕旨一道；前幢幡，后宝盖，玉女金童。
有娘娘，即整冠，穿了朝服；跪在了，当天院，叩接表文。
有金星，到殿前，西南端坐；左金童，右玉女，幡盖两分。
有娘娘，上殿来，稽首朝拜；望敕旨，伏俯者，跪听喧（宣）文。

……

（5）玉帝敕命，播告九天，永镇合黎山。保生度厄，护国安边。皈依莫尽，称赞难宣。千祈万叩，随愿保平安。

（6）平天称至圣，慈济号元君。
志心皈命礼，普度救众生。①

据此，河西走廊民间教派宝卷的说唱结构可以概括为：

1. 小曲；

2. 散说；

3. 七言二句诗赞；

4. 主唱段（十字句）；

5. 四言、五言长短句；

6. 五言四句诗赞。

河西人根据当地仙姑娘娘的传说自编的《敕封平天仙姑宝卷》承袭了教派宝卷的六段式说唱结构，但是"小曲"在"散说"前。其后，河西宝卷的说唱结构在民间教派宝卷演唱形态的基础上进行演变，首先是"小曲"的消亡，其次是"四五言长短句"（格律严整的

---

① 《河西宝卷说唱结构嬗变的历史层次及其特征》中的这段文字引自程耀禄、韩起祥《临泽宝卷》，中国人民政治协商会议甘肃省临泽县委员会2006年编印，第30—31页。

长短句歌赞）的消失。这样就形成了散说、歌赞、主唱段、歌赞构成的四段式说唱结构。在此基础上，省减第二段歌赞，就形成了河西宝卷的三段式说唱结构，两段歌赞都省减则为两段式说唱结构。"河西宝卷以十字句为主唱段的四段式、三段式说唱结构是中国宝卷说唱结构嬗变后在河西走廊形成的独具地域特色的说唱结构类型。"①

（三）河西宝卷的音乐研究

王文仁从 1994 年开始调查河西宝卷的曲牌，至 2009 年，共收集到曲名 60 个，曲子 50 首。② 至 2010 年，他共搜集到曲牌 147 个，其中 39 个在河西宝卷中已永远地消亡了，有 108 个至今还在流传。河西宝卷的曲牌特点是：运用古曲牌，以韵文句子的字数定牌名，牌名带有宗教色彩，以唱腔定牌名，运用民歌小调的曲牌名，以历史人物名为牌名。河西宝卷曲牌曲调的调式特点表现为：一是以五声音阶为基础的七声、五声调式占据重要地位，二是徵、宫、商三音在构成调式中具有核心作用，三是角调式"无曲问津"。这些特点与西北汉族民间音乐调式类别的总体特征相比较，只是宫调式的运用多于商调式，其他基本相一致，说明河西宝卷曲牌曲调的构成中对宫调式更感兴趣。③ 吴玉堂在王文仁研究的基础上得到河西宝卷的曲牌 84 个。④

（四）河西宝卷的刊印与编目

迄今为止，河西宝卷的刊印本近二十种：段平的《河西宝卷选》（1988）、《河西宝卷选》（1992）、《河西宝卷续选》（1994），方步和的《河西宝卷真本校注研究》（1992），何登焕的《永昌宝卷》（上、下

---

① 关于河西宝卷的说唱结构请参阅李贵生、王明博的论文《河西宝卷说唱结构嬗变的历史层次及其特征》，《社会科学战线》2015 年第 11 期。
② 王文仁、柴森林：《河西宝卷的分类、结构及基本曲调的初步考察》，《星海音乐学院学报》2009 年第 1 期。
③ 王文仁：《河西宝卷的曲牌曲调特点》，《人民音乐》2012 年第 9 期。
④ 吴玉堂：《河西宝卷的调查研究》，硕士学位论文，西北师范大学，2010 年，第 47 页。

册)(2003),《凉州宝卷·民歌》(《西凉文学》,2003年3—4合刊),程耀禄、韩起祥的《临泽宝卷》(2006),王奎、赵旭峰的《凉州宝卷》(一)(2007),张旭的《山丹宝卷》(上、下册)(2007),徐永成、崔德斌的《金张掖民间宝卷》(一)(二)(三)(2007),徐永成、王立泰、崔德斌的《金张掖民间宝卷》(四)(五)(2009),宋进林、唐国增的《甘州宝卷》(2008),李中锋、王学斌的《民乐宝卷精选》(上、下)(2009),王学斌的《河西宝卷集粹》(上、下卷)(2010),何国宁、李爱文、单永生的《酒泉宝卷》(第四辑、第五辑)(2011),何国宁、李爱文、单永生的《酒泉宝卷》(第一辑、第二辑、第三辑)(2012),王吉孝的《宝卷》(共九册,2013),赵旭峰的《凉州宝卷》(2014),桂发荣的《金塔非物质文化遗产集萃》第九辑《民间宝卷》(2014),韩延琪的《民乐宝卷》(一)(二)(三)(2016),张天佑、任积泉的《丝路稀见刻本宝卷集成》(全十册,2019),张天佑、任积泉的《丝路稀见抄本宝卷集成》(全十册,2019)等。

  河西宝卷卷目编撰方面的成果有王文仁的《河西宝卷总目调查》、朱瑜章的《河西宝卷存目辑考》,车锡伦的《中国宝卷研究》附录中也有河西宝卷目。

  段平附在《河西宝卷选》(兰州大学出版社)[①] 和《河西宝卷选》(台湾新文丰出版公司)书后的河西宝卷编目,共列河西宝卷卷目108种。王学斌先生《河西宝卷集粹》下册的附录《待整理付梓的卷目》共列河西宝卷56部。[②] 宋进林、唐国增在《甘州宝卷》中列出张掖市甘州区流传的宝卷目99部。[③]《甘肃河西地区流传抄本民间宝卷目》共列河西宝卷卷目155种。[④] 王文仁《河西宝卷总目调查》一文称调查搜集的河西宝卷361部,凡150多种。[⑤] 吴玉堂的硕士论文

[①] 段平:《河西宝卷选》,兰州大学出版社1988年版。
[②] 王学斌:《河西宝卷集粹》(下),中国人民大学出版社2010年版。
[③] 宋进林、唐国增:《甘州宝卷》,中国书画出版社2009年版。
[④] 车锡伦:《中国宝卷研究》,广西师范大学出版社2009年版,第260—267页。
[⑤] 王文仁:《河西宝卷总目调查》,《丝绸之路》2010年第12期。

《河西宝卷的调查研究》列出河西宝卷 176 种,① 申娟的硕士论文《酒泉宝卷的调查研究》称河西宝卷 133 种,版本 265 种。②

朱瑜章先生遵循"眼见为实,耳听为虚"的原则给河西宝卷做了两个编目,即"已经公开印行的汇辑刊本卷目"和"非刊本编目"。朱先生对《金张掖民间宝卷》(全五卷)、《酒泉宝卷》(全五辑)、《河西宝卷集粹》(上、下)、《甘州宝卷》、《山丹宝卷》(上、下)、《民乐宝卷精选》(上、下)、《临泽宝卷》、《永昌宝卷》(上、下)、《凉州宝卷》(2007,2014)、《河西宝卷真本校注研究》、《河西宝卷选》(1988,1992)、《河西宝卷续选》等河西宝卷汇辑刊本进行统计,所收卷目共计 361 部,去除其中重复收录和同卷异名的 251 部,实有 110 种。朱先生又对车锡伦、段平、王学斌、王文仁、宋进林等五位学者所做的河西宝卷编目进行了统计,5 个河西宝卷编目共列未刊卷目 189 部,去除其中重复收录和同卷异名的 89 部,实有 100 种。河西宝卷存目合计 210 种。③ 朱先生的河西宝卷编目较为全面、信实,但是也有疏漏之处。比如,王吉孝 2013 年编印的《宝卷》(共九册)共收录 81 部河西宝卷,桂发荣主编的《金塔非物质文化遗产集萃》第九辑《民间宝卷》(2014)共收录 40 部河西宝卷,朱先生都没有关注到。再如,甘州代氏收藏宝卷近 80 部,其中约一半是民间很少流传的宗教宝卷,朱先生的编目也未涉猎。限于时间,朱先生的编目不涉及韩延琪主编的《民乐宝卷》(一)(二)(三)(2016)、张天佑和任积泉主编的《丝路稀见刻本宝卷集成》(全十册,2019)及《丝路稀见抄本宝卷集成》④(全十册,2019)等。

---

① 吴玉堂:《河西宝卷的调查研究》,硕士学位论文,西北师范大学,2010 年,第 116 页。
② 申娟:《酒泉宝卷的调查研究》,硕士学位论文,兰州大学,2011 年,第 2 页。
③ 朱瑜章:《河西宝卷存目辑考》,《文史哲》2015 年第 4 期。
④ 《丝路稀见刻本宝卷集成》《丝路稀见抄本宝卷集成》收录了一部分河西宝卷。

第二章　河西宝卷的渊源与发展

宝卷并非河西走廊独有，北方的青海、山西、陕西、河北、山东和南方的吴方言区都是宝卷流传的区域。根据车锡伦先生的《中国宝卷总目》《山西流传民间宝卷目》《甘肃河西地区流传抄本民间宝卷目》可以看出，一部分宝卷为河西走廊和其他地区所共有，这说明河西宝卷和其他地域的宝卷之间是同源同流的关系。尚丽新以车锡伦先生的宝卷编目为依据，参考近几年新刊印的几部河西宝卷集，将河西宝卷与北方其他地区的民间宝卷进行比较，认为河西宝卷与北方其他地区共有的民间宝卷有48种。不仅如此，她还将部分河西宝卷和北方其他地区民间宝卷在内容、情节、人物、唱词等方面进行了比较，发现二者具有高度的相似性。[①]

据文献记载，宝卷早在明英宗时就在河西走廊流传。中国唯一的编年体方志《镇番遗事历鉴》在（明）英宗正统十一年（1447）丙寅第二条所记一段文字，提及"宝卷"："是月（据前条时间指七月），凉州瞽者钱氏，来镇卖伎。所唱'侯女反唐''因果自报''莺歌宝卷'等，原以觅食计。"[②]《莺歌宝卷》一直流传到现在，又名《小莺鸽吊孝宝卷》《莺鸽盗梨宝卷》《鹦哥盗桃》等，因手

[①] 尚丽新、车锡伦：《北方民间宝卷研究》，商务印书馆2015年版，第159—160页。
[②] 谢树森、谢广恩：《镇番遗事历鉴》，李玉寿校订，香港天马图书有限公司2011年版，第19页。

第二章 河西宝卷的渊源与发展

抄的原因,"莺歌"又写作"莺哥""莺鸽""鹦哥""鹦鸽"等。所引资料中凉州瞽者钱氏所唱乃凉州贤孝,凉州贤孝大都取材于河西宝卷,"侯女反唐"今有《侯美英反朝宝卷》,也许明英宗时就已有之。从这条资料来看,明朝早期河西走廊就有宝卷流传,而且为民间故事宝卷。但是,除了这条资料外,别无其他资料说明明代宝卷在河西走廊的流传情况。现存河西宝卷中年代最早的《敕封平天仙姑宝卷》刊印于清康熙三十七年(1698),其他宝卷的抄写或刊刻年代大都是清光绪以后的,所以学者们大都认为河西宝卷是从内地传入的。

宝卷最初产生于何地,暂无足够的资料可考,但是,我们可以肯定地说,宝卷当是起源于某地,然后以此地为中心进行辐射式传播,这可以从河西现存的宝卷《护国佑民伏魔宝卷》①中得到一些相关的信息。《护国佑民伏魔宝卷》正文第一品开头交代这一宝卷的创作背景,作者假托正月初一日关老爷显圣让他写宝卷,他没敢答应,二月初三在"京都",关老爷指名叫他"造经",于是他去抽签,抽到三支上上签,才敢答应将已有的一些大众熟知的资料编辑成这部宝卷。"京都",在卷末明确说是北京。"想当初,造真经,不是非轻;伏魔爷,一梦中,叫我答应。着我造,伏魔卷,财粮浩大;空有法,无有财,怎得成功。今二月,初三日,昏沉熟睡;伏魔爷,在北京,显大神通。口声声,指着我,开版造卷;我弟子,醒回来,唬(吓)了一惊。慌忙地,我弟子,跪拜祷告;讨上上,三根签,我才应承。"② 从卷中文字来看,《护国佑民伏魔宝卷》当是宗教信徒在北京写就并刊刻的,后来此卷向四处传播,河西走廊也就有了《护国佑民伏魔宝卷》。

---

① 程耀禄、韩起祥:《临泽宝卷》,中国人民政治协商会议甘肃省临泽县委员会2006年编印。
② 程耀禄、韩起祥:《临泽宝卷》,中国人民政治协商会议甘肃省临泽县委员会2006年编印,第90页。

一　河西宝卷的源头是唐代变文

宝卷是民间口头说唱文学，说唱文学的源头可以追溯到唐代的变文①。敦煌藏经洞1900年被王道士发现②，震惊世界。敦煌遗书的文学作品中最有价值的是俗文学作品，这些说唱文学作品王国维最早称之为"通俗诗"或"通俗小说"，罗振玉称为"佛曲"，还有的学者称为唱文、俗文等等，直到20世纪20年代郑振铎称之为"变文"，这一名称很快被中外学者接受。郑振铎先生在《中国俗文学史》中说："'变文'是'讲唱'的。讲的部分用散文；唱的部分用韵文。这样的文体，在中国是崭新的，未之前有的。故能够号召一时的听众……"③ 他在《中国俗文学史》第十一章《宝卷》中说宝卷是变文的嫡派子孙④。后来随着研究的深入，学者们认识到敦煌遗书中的说唱文学作品，也有纯韵文的，如《大汉三年季布骂阵词文》《董永词文》等，也有纯散文（或以散文为主）的，如《庐山远公话》等，并且思想内容方面也有差异，因此学者们又将郑振铎所谓的"变文"细分为讲经文、变文、因缘、词文、话本、故事赋、俗赋、曲子词、通俗诗等不同的类型⑤。于是，变文就有了广义和狭义两个含义，广义的变文对应于敦煌遗书中的通俗说唱文学作品，狭义的变文只指其中标名"变文"或"变"的作品以及具有"变文"特征的作品。此后，学者们将宝卷的渊源具体上溯到讲经文、因缘、变文。

---

① 关于变文，有广义和狭义两种含义，在具体语境中不能够确定其含义时就在其后括号内注明是广义还是狭义。
② 关于藏经洞的发现时间有两种说法。项楚在《敦煌变文选注·前言》（增订本）中说是"十九世纪的最后一年"，荣新江在《敦煌学十八讲》第三讲中谈到藏经洞的发现时引谢稚柳《敦煌石室记》中王道士1900年发现藏经洞的一段话，似较为确凿，本书采用第二种说法。
③ 郑振铎：《中国俗文学史》，商务印书馆2010年版，第163页。
④ 郑振铎：《中国俗文学史》，商务印书馆2010年版，第521页。
⑤ 荣新江：《敦煌学十八讲》，北京大学出版社2001年版，第251—259页。

第二章　河西宝卷的渊源与发展

车锡伦先生认为"宝卷的渊源可以追溯到唐代佛教的俗讲"①。他进一步指出，佛教的俗讲可分为两类，一类是讲经，其底本是"讲经文"，一类是说唱因缘，其底本是"因缘""缘起"，或简称"缘"。陆永峰在《吴方言区宝卷研究》一书中探讨宝卷与变文的关系时，强调他所说的变文是狭义的变文，是指标名为"变文"或"变"以及与之特征相一致的作品②。方步和先生将河西宝卷分为佛教宝卷、非佛教宝卷，非佛教宝卷又分为神话传说、历史民间故事宝卷和寓言宝卷，指出俗讲（含佛变文）③是河西佛教宝卷的源头，俗变文是河西神话传说、历史民间故事宝卷的源头，敦煌《燕子赋》等是河西寓言宝卷的源头。

学者们的这些观点基于宝卷和变文（广义）有较多相似之处的事实。宝卷和变文在形式和内容两方面都有相似之处。从形式上看，二者的文本都是散韵相间，演唱形态都是说说唱唱。从内容上看，广义的变文包括僧徒依照经文为俗众宣讲佛教教义的讲经文，如《长兴四年中兴殿应圣节讲经文》《佛说阿弥陀经讲经文》《妙法莲华经讲经文》《父母恩重经讲经文》《金刚般若波罗蜜经讲经文》等；也包括讲解佛经故事以及讲唱中国传统历史故事、民间故事等的变文，如《大目乾连冥间救母变文》《降魔变文》《伍子胥变文》《董永变文》《秋胡变文》《孟姜女变文》《李陵变文》《张义潮变文》等；还包括讲唱因缘、弘扬佛法、宣扬因果报应故事的"因缘"，或称"缘起"

---

① 车锡伦：《中国宝卷研究》，广西师范大学出版社2009年版，第2页。
② 陆永峰、车锡伦：《吴方言区宝卷研究》，社会科学文献出版社2012年版，第1—2页。
③ 方步和先生同意"变文"起源于中国本土的说法，认为变文是有图有文、散韵相间说说唱唱的一种文体，是我国传统文学形式长期演变发展的结果。他将变文和俗讲加以区别，认为俗讲的内容包括通俗讲经和讲佛经故事两项，讲佛经故事的底本叫变文，为了与非佛经变文相区别，他将讲佛经故事的变文称为佛变文，将非佛教变文称为俗变文。（方步和：《河西宝卷真本校注研究》，兰州大学出版社1992年版，第370—375页）目前学术界普遍认为广义的变文包括讲经文、变文、因缘等，讲经文是俗讲的底本，变文是转变的底本，讲佛经故事，也讲世俗故事，方步和的佛变文和俗变文都属于狭义的变文，即转变的底本。

"缘",如《悉达太子修道因缘》《丑女缘起》《目连缘起》《频婆娑罗王后宫彩女功德意供养塔升天因缘变》等。宝卷的内容、题材分类跟广义的变文类似,有宗教性宝卷,如《大乘金刚宝卷》《目连救母出离地狱生天宝卷》[①]《香山宝卷》等;也有历史故事宝卷,如《昭君和蕃宝卷》《薛仁贵征东宝卷》《精忠宝卷》等;更多的是民间故事宝卷,如《赵五娘卖发宝卷》《双玉杯》《天仙配宝卷》《劈山救母宝卷》《黄马宝卷》等。方步和先生在《河西宝卷真本校注研究》中将河西宝卷和敦煌俗讲从内容、形式、仪式三个方面进行了详细的比较,认为宝卷和俗讲(包括佛变文)二者的关系十分密切;同时将《孟姜女变文》和《孟姜女哭长城宝卷》、《王昭君变文》和《昭君和北番宝卷》、《董永变文》和《天仙配宝卷》等在内容情节方面进行了比较,认为二者之间情节结构基本相同;最后将敦煌《燕子赋》与《老鼠宝卷》《鹦哥宝卷》进行比较,证明二者有继承关系。

从民间文学发展演变的规律来看,宝卷和变文之间的相似性可以从理论上阐明二者之间具有渊源关系,所以林聪明说:"郑氏之说,衡以文学演进的常道,似言之成理。"[②]

二 河西宝卷的说唱结构异于敦煌变文

从内容上看,河西宝卷与敦煌变文有很高的相似度,然而从说唱结构来看,二者的相似点少,差异大。敦煌变文的说唱结构很简单,每一个说唱单元都由一段说白和一段韵文唱词(一般是七言)构成;而河西宝卷说唱结构比较复杂,每一个说唱单元往往由一段说白和几段形式、作用不同的韵文唱词组成,且唱词以十

---

① 由于资料的局限性,一部分早期佛教宝卷、民间教派宝卷卷本,如《大乘金刚宝卷》《目连救母出离地狱生天宝卷》以及罗清的"五部六册"等,为现存河西宝卷所无,本人亦无缘亲阅其内容,所引名称来自《中国宝卷研究》《吴方言区宝卷研究》等著作。

② 林聪明:《敦煌俗文学研究》,台北东吴大学"中国学术著作奖助委员会"1984年版,第296页。

第二章 河西宝卷的渊源与发展

言为主,七言为辅。河西宝卷的说唱结构在上一章"研究综述"中已有初步的论述,本节探讨敦煌变文的说唱结构,通过比较,二者的不同便可一目了然。

敦煌变文中"说唱"类讲唱文学占了大多数,为我们研究讲唱文学的说唱结构提供了丰富的资料。敦煌变文的说唱结构比较简单,韵文的句式较有变化,因而学者们对敦煌变文说唱结构的研究侧重在韵文上。郑振铎的《中国俗文学史》认为变文的韵式全以七言为主而间杂以三言,仅有少数的例子杂以五言或六言。① 周绍良先生在《敦煌变文汇录·叙》中也从体制、句式等方面分析了变文的说唱结构。周先生认为变文的体制,散文除外,韵文大致可以分为长偈、短偈两种。短偈一般是七言八句,近于七律之体。长偈的上章,一律为七言,或间或用"三、三、七"句法,或叠用"三、三、七"句法。长偈的下章,句法与上章相同。② 张鸿勋对敦煌变文的韵文也有研究:"变文的韵文唱词,主要是七言,部分用五言、六言以至少数杂言;每段唱词少则二句,多则上百句。"③ 王重民先生的研究同时还涉及敦煌变文唱词的吟唱方法,他认为变文唱词的吟唱方法要遵循"平""侧"规律,唱词由七言、六言和三三七句构成,七言主要用【皇帝感】曲调演唱,六言用【儿郎伟】曲调演唱,三三七句用【十二时】曲调演唱。④

成熟期的讲唱文学以敦煌变文为代表,其说唱结构比较简单,一段散文讲说后紧接着一段韵文唱词,其后散文、韵文交替出现,依次反复;散文较多用整齐的四六对句,韵文以七言为主,偶尔杂以"三、三、七"句式或五言、六言。

---

① 郑振铎:《中国俗文学史》,上海书店1984年版,第194页。
② 周绍良:《敦煌变文汇录·叙》,上海出版公司1954年版,第7—15页。
③ 张鸿勋:《敦煌讲唱文学的体制及类型初探——兼谈几部文学史的有关提法》,《文学遗产》1982年第2期。
④ 王重民:《敦煌变文研究》,载周绍良、白化文《敦煌变文论文录》(上册),上海古籍出版社1982年版,第273—326页。

河西宝卷研究

下面是敦煌变文《双恩记》中的一个说唱结构,其中韵文以七言为主,间杂了一个"三、三、七"句式。

> 善友太子说偈赞已,即入王宫,白父王曰:"我为济贫,开王库藏;又恐虚竭,不欲破除。既乏力而无门,愿入海而求宝。请王教去,不要忧烦。远至半年,便即朝觐。
> 我今入海求珠宝,普向阎浮济孤老。
> 大把忧煎与改移,迨将贫困令除扫。
> 日不遥,人满道,除(随)分行装便应到。
> 特故朝参辞父王,愿王今去无忧恼。
> 坦然平道并无山,商侣稠盈不至难。
> 去约数旬谋采访,来朝半岁便归还。
> 何消驿递排家馔,自有程粮逐意餐。
> 只愿父王深体察,莫将忧恼作遮拦。
> 保持平善却归回,必没龙神与作灾。
> 损物人心终致患,利生天眼筭(算)应开。
> 稍宽日月时通信,暂假恩情莫系怀。"
> 想得父王闻譜(者)语,大应不乐也唱将来。①

关于敦煌变文散韵相间、说唱结合的说唱体制的形成,学者们有不同的看法,有人认为源于中国本土的民间说唱口头传统,也有人认为来自于印度的说唱传统。

敦煌遗书中绝大部分是佛教经典,变文中大量使用佛经的说唱结构程式,因而敦煌变文与佛教说唱有着密切的关系。佛经除开头和结尾外,"在中间的讲经说法中,叙事的基本结构是散体讲说与偈颂吟唱相互结合。一段散说,一段偈颂。依次往复,演绎经文。"② 佛经

---

① 项楚:《敦煌变文选注》(增订本),中华书局2006年版,第1077—1078页。
② 富世平:《敦煌变文的口头传统研究》,中华书局2009年版,第52页。

第二章 河西宝卷的渊源与发展

的这种散说与偈颂相结合的说唱结构在敦煌变文中随处可见,"变文韵散相间的结构方式,尽管学术界很多人在中国传统的各种文体中寻找其源头,但始终不能找到如佛经这样典型者。"① 所以,郑振铎先生认为敦煌变文这种散韵相间、说唱结合的文体在中国是崭新的:"'变文'是'讲唱'的。讲的部分用散文;唱的部分用韵文。这样的文体,在中国是崭新的,未之前有的。故能够号召一时的听众……"②

佛教以"散体讲说与偈颂吟唱"的方式讲经说法,译经者在将梵文翻译为汉语时采用的散韵结合体制、四六对句、七言、五言、"三三七"句式等则明显是受了中国本土文化的影响。

散韵结合的形式肇始于先秦,到了汉代,散韵结合的文体——汉赋正式形成。赋与诗、骚一样都是押韵的,但典型的汉赋多夹杂散文句式,如《子虚赋》《上林赋》首尾部分都是不押韵的散文。在"改梵为秦"的译经过程中,"雅好辞赋"的译经者以中土的散韵句式对译佛经的"经偈","在中国翻译佛教经典的宗师,为散韵相间、兼说兼唱之梵文经偈,找到了在中国本土早已成熟确立的楚汉辞赋这一对应的说唱文体。"③ 六朝赋到了后期有明显的诗歌化倾向,多夹杂五七言诗句,如庾信的《春赋》首尾都是七言诗,中间也夹杂有五七言诗句,"这种赋到唐初更盛,可说是骈赋的变体。"④ 骈赋的四六对句与五七言诗句相间的形式,对敦煌变文的说唱结构产生了直接而深刻的影响,敦煌变文中如《伍子胥变文》《双恩记》《破魔变》《降魔变》《长兴四年中兴殿应圣节讲经文》等很多篇目都是散说以四六对句为主,韵文以七言诗句为主。

七言、五言和四六对句在中国文学中源远流长。先秦荀子的《成

---

① 富世平:《敦煌变文的口头传统研究》,中华书局2009年版,第52页。
② 郑振铎:《中国俗文学史》,上海书店1984年版,第190页。
③ 牛龙菲:《中国散韵相间、兼说兼唱之文体的来源——且谈变文之"变"》,《敦煌学辑刊》1983年第00期。
④ 王力:《古代汉语》(校订重排本)第四册,中华书局1999年版,第1363页。

相》篇是模仿民间歌谣写成的七言、杂言体韵文,《汉书》所载《楼护歌》《上郡歌》等都是西汉七言谣谚,司马相如的《凡将篇》和史游的《急就篇》等童蒙字书也是七言韵语。七言歌谣东汉为数更多,其后魏晋南北朝一直在民间流传。曹丕的《燕歌行》两首是现存最早、最完整的七言乐府诗。宋鲍照改进了七言诗的形式,扩大了七言诗的影响,使七言诗在南北朝文人诗中日益繁盛起来。① 五言诗产生于汉代,西汉时见于民间歌谣与乐府诗,东汉文人五言诗大量产生,魏晋南北朝五言古诗达到鼎盛。汉赋继承了《诗经》和《楚辞》的句式,以四言、六言为主,也有三言、五言和七言等句式。魏晋南北朝骈体文、骈赋盛行,"往往全篇都是四字对和六字对"②。"魏晋南北朝,五言古诗达到鼎盛,骈文兴盛,骈文、骈赋在梁陈两代进入高峰,七言古诗确立并取得可喜的成就。"③ 到了唐代,五古、七古和五七言近体诗更是大放异彩。五七言诗形成后,五七言句式成了韵文的主流,除了文人的诗歌创作外,民间口头说唱也采用五七言句式,尤以七言句式作为韵文唱词的主要形式。无论是魏晋南北朝还是唐代的佛经翻译,将散说翻译为四六对句,将偈赞译为七言、五言偶或六言,这完全是受了中国文学韵文句式的影响,这是不容置疑的。

至于"三三七"句式,也是中土的产物。"三三七"句式早在先秦时就已产生,《荀子·成相》共五十六章,每章的句式基本是"三,三,七。四,七",如第一章:"请成相,世之殃,愚暗愚暗堕贤良。人主无贤,如瞽无相何伥伥。"汉魏南北朝,"三三七"句式一直在乐府诗中流行。汉乐府《战城南》:"战城南,死郭北,野死不葬乌可食。"北朝民歌《敕勒歌》:"天苍苍,野茫茫,风吹草低见牛羊。"唐代白居易的《新乐府》继承了乐府民歌的传统,其《新乐

---

① 游国恩等:《中国文学史》,人民文学出版社 1963 年版,第 318—319 页。
② 王力:《古代汉语》(校订重排本)第四册,中华书局 1999 年版,1363 页。
③ 袁行霈:《中国文学史》(第二版)第二卷,高等教育出版社 2005 年版,第 18 页。

府》五十首,采用了"三三七"句式的就超过了二十首,如《胡旋女》:"胡旋女,出康居,徒劳东来万里余。"

敦煌变文在佛教十分盛行的唐代大放异彩,它的产生是多元文化交流融合的结果。敦煌变文的说唱形式深受佛教讲经、唱导的影响,但其散韵相间的体制以及散文与韵文的句式选择却都打上了深刻的中国文化的烙印。敦煌变文是中印文化交流融合的产物。

敦煌变文散韵相间、说唱结合的讲唱体制对宋元以后的诸宫调、宝卷等讲唱文学的形成与发展产生了深刻的影响。"变文散韵组合、说唱兼行演述故事的体制,影响到宋元以后诗赞系、乐曲系讲唱文学,如鼓子词、诸宫调、词话、宝卷等的形成和发展。"①

河西宝卷的说唱结构承袭了民间教派宝卷的六段式说唱结构,并不断发展演变出五段式、四段式、三段式和两段式说唱结构,与敦煌变文的两段式说唱结构相比,二者存在很大的差异。那么,河西宝卷说唱结构的直接源头又是什么呢?

三 河西宝卷的近源是宋元佛教科忏

从敦煌变文到宝卷,中间时间跨度大,加之二者的说唱结构也存在很大的差异,于是一些学者认为宝卷不是变文的"嫡派子孙",并开始进一步探讨宝卷的直接源头。美国学者欧大年认为变文、讲经文与宝卷之间除了白文(散文)与成对的七言偈文(韵文)交替出现外,实无相似之处,② 这一观点夸大了宝卷与变文、讲经文之间的差异性,几乎否认宝卷与变文、讲经文之间有渊源关系。日本的宝卷研

---

① 张鸿勋:《敦煌讲唱文学的体制及类型初探——兼谈几部文学史的有关提法》,《文学遗产》1982年第2期。
② [美]欧大年:《宝卷——十六至十七世纪中国宗教经卷导论》,马睿译,中央编译出版社2012年版,第19—22页。

河西宝卷研究

究学者泽田瑞穗指出宝卷的直接渊源要到宋元明时代僧侣创作的科仪书、坛仪书、忏法书中去找①。车锡伦先生指出,"宝卷是继承佛教俗讲讲经说法的传统和佛教忏法演唱过程仪式化的特点而形成的一种新的说唱形式。"② 陆永峰也指出,早期宝卷如《目连救母出离地狱生天宝卷》③《大乘金刚宝卷》《佛门西游慈悲宝卷道场》表现出强烈的宗教信仰属性和严格的仪式规范,这些特征与科仪很接近,而与讲经仪式和变文(狭义的变文)有明显的不同。他将早期佛教宝卷《大乘金刚宝卷》与《销释金刚科仪》的仪式进行详细的比较研究,得出早期佛教宝卷在仪式上多与科仪相同的结论。在详细论述了宝卷和科仪的关系后,陆永峰提出宝卷渊源多元性的观点④。

就河西走廊现存的宝卷来看,《敕封平天仙姑宝卷》和《护国佑民伏魔宝卷》两部民间教派宝卷文本的宣讲仪式和正文的说唱结构跟宋元佛教科仪有诸多相同之处,二者具有亲缘关系。

(一) 河西民间教派宝卷念卷仪式源于佛教科仪

河西宝卷的念卷仪式与唐代俗讲仪式有相似之处,但是更为复杂,直接源于宋元佛教科仪。

敦煌遗书中 S.4417、P.3849 两个卷子对唐代俗讲仪式有专门的记载,为了便于对比,我们将敦煌卷子 P.3849 纸背所记一段俗讲仪式抄录如下:"夫为俗讲:先作梵了,次念菩萨两声,说押坐了(素旧《温室经》);法师唱释经题了,念佛一声了,便说开经了,便说庄严了,念佛一声,便一一说其经题字了,便说经本文了;便说十波罗蜜等了,

---

① [日]泽田瑞穗:《宝卷的系统和变迁》,载车锡伦《中国宝卷研究论集·附录》,台北学海出版社1997年版,第266、269页。

② 车锡伦:《中国宝卷研究》,广西师范大学出版社2009年版,第88—89页。

③ 根据车锡伦的研究,现存中国最早的宝卷是北元昭宗宣光三年脱脱氏施舍抄写的《目连救母出离地狱生天宝卷》,宣光三年是明太祖洪武六年(1373),是元末明初的抄本。参见车锡伦《中国最早的宝卷》,载《中国宝卷研究论集》,台北学海出版社1997年版。

④ 陆永峰、车锡伦:《吴方言区宝卷研究》,社会科学文献出版社2012年版,第15—22页。

第二章 河西宝卷的渊源与发展

便念念佛赞了，便发愿了，便又念佛一会了，便回（向）、发愿、取散，云云。"根据这段记录，俗讲的仪式大致是：首先，讲经前押座。法师升座、作梵（念偈）、称念诸佛菩萨名号、说"押座"。《佛说阿弥陀经讲经文》开头一段也有类似的记载："升坐已了，先念偈，焚香，称诸佛菩萨名。"①"押座"即"押座文"，是俗讲开始前唱诵的诗篇，大都为七言，其作用是收摄听众心声，使静心聆听。其次，正式讲经。法师解释经题，说"庄严文"，都讲转读经文，法师解说。讲经过程中间要念诵佛号，法师解说经义先是一段散文，然后是一段韵文唱词，唱词后有一句催经套语"……唱将来"，如《长兴四年中兴殿应圣节讲经文》第一段唱词末尾是"愿赞金言资圣寿，永同金石唱将来。"② 最后，讲经结束。念"佛赞"，发愿，回向、散场。

河西走廊现存的《敕封平天仙姑宝卷》和《护国佑民伏魔宝卷》还保存有完整的念卷仪式。

《敕封平天仙姑宝卷》③ 的仪式如下。

（1）举香赞。

仙姑宝卷，法界来临。平天仙姑下天宫，随处化显神。救渡（度）众生，拔苦出沉沦。

人生天地间，贵贱许多般。

恶者堕地狱，善者往升天。

（2）念诵佛号。

南无香云盖菩萨摩诃萨。

---

① 项楚：《敦煌变文选注》（增订本）下，中华书局2006年版，第1193页。
② 项楚：《敦煌变文选注》（增订本）下，中华书局2006年版，第1111页。
③ 《敕封平天仙姑宝卷》在河西走廊有多个版本，有的版本简称《仙姑宝卷》，其中甘肃省张掖市临泽县政协2006年编印的《临泽宝卷》所收《敕封平天仙姑宝卷》仪式完整。其他版本的《仙姑宝卷》只有正文，首尾仪式均缺。文中所引来自《临泽宝卷》之《敕封平天仙姑宝卷》。

法
南无尽虚空遍法界过显未来佛三宝。
僧

(3) 开经偈。

无上甚深微妙法,百病(千)万劫难遭遇。

我今见闻得受持,愿解如来真实意。

(4) 皈命三宝。
法
皈命十方一切佛,法轮常转渡(度)众生。
僧

(5) 开经赞。

仙姑宝卷才展开,诸佛菩萨降临来。

天龙八部神欢喜,大众宣赞永无灾。

(6) 志心皈命礼。

太华仙苑,青阳宫内,平天仙姑,至圣元君。……大悲大愿,大圣大慈,平天仙姑,冲和洞妙元君。

仙姑原是汉时人,合黎山上苦修行;

功行圆满升天界,威灵感应渡(度)众生。

(7) 正讲。共十九分,散韵相间。

(8) 讲唱完毕。

宝卷圆满,面向真仙,人人用心虔,宣唱宝卷,神圣具欢,上祝皇帝圣寿万年,法界有情,同升极乐天。

(9) 回向。

回向无上佛菩提。

(10) 发愿。

伏愿,经声朗朗,响彻云霄;佛号扬扬,遍诵三界;三涂灾障诸烦恼,一切恶业悉消除。更愿家庭吉庆,□五福之咸臻,世代衍昌,早万事之已足,风调雨顺,国泰民安,五谷丰登,四民

第二章　河西宝卷的渊源与发展

乐业，人人有福寿延长，户户同登安乐国。

　　大哉虚皇道，开悟演真诠。

　　救济众生苦，化显玉女言。

　　合黎泰山顶，青阳应灵源。

　　泓济桥边显，普渡（度）保国安。

　　志心皈命礼，随愿得飞仙。

（11）诵佛。

　　十方三界一切佛，文殊普贤观自在。

　　诸佛菩萨摩诃萨，摩诃般若波罗密（蜜）。

（12）卷终。

　　《敕封平天仙姑宝卷》终。

《敕封平天仙姑宝卷》是甘肃省张掖人根据临泽县板桥镇仙姑寺（今称"香姑寺"）供奉的仙姑娘娘的传说创编并于清康熙三十七年（1698）刊印的宝卷，这可以从卷末题识看出：

康熙三十七年五月吉旦板桥仙姑庙主持经手卷板
太子少保振武将军孙施刊
吏部侯铨州同知金城谢璧编辑
将军府掾书张掖陈清书写
刻字：凉州　罗友义　王璋
　　　福建　颜顺贵　甘州　韩文

通过比较不难看出，早期宝卷与佛教变文的仪式有一定的相似性：讲唱正文之前都有引起之文，讲唱正文有说有唱，散韵相间，还要念佛，正文结束时有回向、发愿，这说明在宣讲仪式上，宝卷对变文有一定程度的继承，渊源颇深。但是，早期宝卷的宣讲仪式比变文要复杂，其中也有变文所没有的元素，如焚香赞、开经偈、开经赞、

· 45 ·

奉请诸天菩萨和罗汉圣僧赴会，奉请诸神护法等。那么，早期宝卷的复杂仪式又是从何而来的呢？泽田瑞穗指出宝卷的直接渊源要到宋元明时代僧侣创作的科仪书、坛仪书、忏法书中去找。

中土佛教的忏法是佛教修行的一项重要内容，科仪是佛教的修行仪式，忏仪中的因素在科仪中大都得到了保留。早期宝卷如《目连救母出离地狱生天宝卷》《大乘金刚宝卷》等仪式上对佛教《销释金刚科仪》多有吸取，民间教派宝卷如罗祖的"五部六册"，其仪式也大致跟《销释金刚科仪》相同。河西宝卷《敕封平天仙姑宝卷》和《护国佑民伏魔宝卷》的仪式跟《销释金刚科仪》、早期宝卷和民间教派宝卷的仪式也大致相同。先看《销释金刚科仪》的宣讲仪式：

> 散叙赞佛—奉请十方贤圣现坐道场—信礼常住三宝—阐述听受《金刚经》的功德—先举香赞，宣讲法会缘起（大意言人生短暂、无常，修佛为根本，先散叙后韵文吟唱，中间还宣念佛号）—请经：念"金刚经启请""净口业真言""安土地真言""普供养真言"；再奉请八金刚、四菩萨护佑道场—唱诵"发愿文""云何梵"—唱诵"开经偈"—开释经题—正讲（按照《金刚经》三十二分，引录原经，散韵相间，予以科释）—释经完毕（先以两段通格式的散韵相间的文字继续宣扬佛理，中间唱诵《般若无尽藏真言》）—诵《心经》—随意回向（散韵相间）—诵"结经发原（愿）文"—诵回向偈，散场。①

《敕封平天仙姑宝卷》的念卷仪式与《销释金刚科仪》的宣讲仪式有诸多相同之处，只是缺少了"赞佛、奉请十方贤圣现坐道场、阐述听受功德、奉请金刚菩萨护佑道场"等环节。早期佛教宝卷的宣卷

---

① 参见陆永峰、车锡伦《吴方言区宝卷研究》，社会科学文献出版社2012年版，第16页。

第二章 河西宝卷的渊源与发展

仪式源于佛教科仪,教派宝卷的宣卷仪式又继承了早期佛教宝卷的传统。从宋元到清初,几百年之后在河西走廊创编的《敕封平天仙姑宝卷》的宣讲仪式仍然承袭了佛教科仪的宣讲仪式,可以看出佛教科仪对宝卷宣卷仪式的深远影响。

河西走廊现存的《护国佑民伏魔宝卷》是从东面传来的民间教派宝卷,它的宣卷仪式也继承了《销释金刚科仪》和早期佛教宝卷的仪式。

河西宝卷继承了变文的内容、某些宣讲仪式以及散韵相间的说唱传统,后来又更多地袭取了佛教忏法和科仪的宣讲仪式,正如车锡伦先生所说,最初的宝卷内容上继承了佛教俗讲的传统,演唱形式上同佛教忏法相结合,形成了一种新的面向世俗佛教信徒的说唱形式。[①] 河西宝卷民间教派宝卷的宣讲仪式直接脱胎于宋元佛教科仪。

(二) 河西民间教派宝卷说唱结构源于佛教忏仪

除了宣讲仪式外,河西宝卷《敕封平天仙姑宝卷》和《护国佑民伏魔宝卷》正讲的说唱结构也深受佛教忏仪的影响,形成了固定的程式。《敕封平天仙姑宝卷》和《护国佑民伏魔宝卷》分"分"(或"品"),每一"分"(或"品")为一个说唱单元,每个说唱单元一般都有固定的格式化的说唱结构,如《敕封平天仙姑宝卷》说唱单元"夷人修庙分第十二":

> 【一剪梅】人人具有一间房,周围四方,上下四方,八面玲珑都开窗。冬也清凉,夏也清凉,一轮明月到中央。里也风光,外也风光,主人入室坐中堂。地久天长,山高水长。[②]

---

① 车锡伦:《中国宝卷研究》,广西师范大学出版社2009年版,第2页。
② 【一剪梅】曲牌的歌词标点应该是:"人人具有一间房,周围四方,上下四方。八面玲珑都开窗,冬也清凉,夏也清凉。一轮明月到中央,里也风光,外也风光。主人入室坐中堂,地久天长,山高水长。"

话说丹进台吉将他老娘火化埋了，赶了二十五匹好马，二十六头毛牛，八个骆驼，四十只滩羊，一共合九九之数，连灾僧等数十人，来到边墙之下，有墩上守军举起烽火，即忙传予守边将军，带了通司来到边外，问："你们做什么来了？"有丹进台吉把他父母兄弟身亡，三次遭殃的情由俱细说了一遍。说："我给娘娘盖庙来了。"边官说："你既然盖庙，来到边界上何干？"鞑子说："我们鞑子家不会修盖房屋，妆塑神像。我们赶了些牛羊马驼予你们，请汉人替我们修盖，塑上娘娘金身，这也是你们汉人的好处了。你们若是替我们做了这桩好事，我们永远不来侵犯你们的边界了。"边官言说："既然如此，你把牛羊马驼丢下回去吧，三个月之内，我替你们把庙盖齐，塑上神像就是了。"丹进台吉叩头谢过回去了。正是：

莫道狼子是野心，改过虔诚即善人。

有边官，打发那，鞑子去了；就吩咐，他手下，使令之人。
你前去，快到那，前村后堡；你予我，传请那，闾里乡邻。
鞑子家，既然有，盖庙之意；更何况，我汉人，不来共成。
若还说，撒了瘟，不肯承认；难道说，汉人们，不如夷人？
有手下，即忙去，说了几位；都是些，地方上，老成之人。
把牛羊，和驼马，赶将去了；共买了，三百两，雪花白银。
买木料，烧砖瓦，购买粮米；择良辰，选吉日，破土动工。
张木匠，李木匠，一起都到；泥水匠，油漆匠，也要几人。
那塑匠，安了胎，就塑金身；那画匠，和颜料，彩画门庭。
搬砖的，运瓦的，忙个不停；筑墙的，挑水的，俱不消停。
一日三，三日九，不觉三月；这庙宇，忽然间，焕然一新。
这还是，娘娘的，神灵保佑；不觉得，三月零，大功成就。
到如今，边墙外，那座后殿；那就是，当年的，古迹原址。
娘娘保佑，大功告成，传流到如今。威灵感应，福庇苍生，

第二章 河西宝卷的渊源与发展

退遍（迩）内外。处处倾心，香火隆盛，万祀与千春。①

赫赫神功大，巍巍庙貌新。

凡有血气者，莫不尊元真②。③

这一个说唱单元由六个段落组成：首先是一段小曲，接着是一段散说，散说后用"正是"引出七言二句诗赞，然后是主唱段（十字句），其后是一段四五言长短句，最后以五言四句诗赞结尾。这一说唱结构可以概括为：

1. 小曲；

2. 散说；

3. 七言二句诗赞；

4. 主唱段十字句；

5. 四五言长短句；

6. 五言四句诗赞。

河西走廊民间教派宝卷的这种说唱结构，我们在研究河西宝卷时称之为六段式说唱结构，其中"（5）四五言长短句"共九句，其句式为："四，四，五。四，四。四，四。四，五。"

河西走廊民间教派宝卷的说唱结构源于佛教忏仪。车锡伦先生考察了佛教净土宗忏法《中峰国师三时系念佛事》，不但其开始的仪式与早期宝卷相似，其演唱过程、文本形式也极其相似。其说唱形式可以概括为：

1. 七言四句；

2. 赋体（相当于散说）；

---

① 这一段的标点应该是："娘娘保佑，大功告成，传流到如今。威灵感应，福庇苍生。退遍（迩）内外，处处倾心。香火隆盛，万祀与千春。"另外，本段中"遍"当为"迩"，根据清刻本《平天仙姑宝卷》改，参见濮文起《民间宝卷》（第十三册），黄山书社2005年版，第540页。

② "莫不尊元真"清刻本《平天仙姑宝卷》作"莫敢不尊亲"。参见濮文起《民间宝卷》（第十三册），黄山书社2005年版，第540页。

③ 程耀禄、韩起祥：《临泽宝卷》，中国人民政治协商会议甘肃省临泽县委员会2006年编印，第18—19页。

3. 七言二句；

4. 主唱段七字句；

5. 长短句。

佛教忏仪的"七言四句"移到末尾且变为五言四句，并将长短句改造为四五言长短句，就形成了早期佛教宝卷的说唱结构，二者的说唱形式十分相似。早期佛教宝卷的说唱结构是：

1. 散说；

2. 七言二句诗赞；

3. 主唱段七字句；

4. 四五言长短句；

5. 五言四句诗赞。

早期佛教宝卷接受了佛教忏法仪式化的演唱形式，伴随教徒信仰活动演唱，形成了文辞格式化的特点，这种仪式化的演唱形式，一直影响到清及近现代的民间宣卷。① 民间教派宝卷的说唱结构继承了佛教宝卷的传统，但也有一点变化，即加唱"小曲"，且主唱段开始大量运用十字句。"小曲"可以在说唱单元最前面，也可以在说唱单元最后面。上文所述河西走廊民间教派宝卷的说唱结构中，"小曲"在说唱单元的前面。"小曲"在说唱单元后面的说唱结构可以参阅车锡伦《中国宝卷研究》第二编第四章"明清民间教派宝卷的发展、形式和演唱形态"之"四、教派宝卷的结构形式"。

就思想内容与题材来看，河西宝卷与敦煌变文有很高的相似度，然而，就早期民间教派宝卷宣卷前的仪式与说唱结构而言，河西宝卷异于敦煌变文，直接源于宋元佛教科仪、忏仪。我们认为，敦煌变文是河西宝卷的远源，宋元佛教科忏是河西宝卷的近源，河西宝卷"不可能是'敦煌变文的嫡传子孙，是活着的敦煌变文''敦煌变文的活化石'"②。

---

① 车锡伦：《中国宝卷研究》，广西师范大学出版社2009年版，第85—86页。

② 车锡伦：《中国宝卷研究》，广西师范大学出版社2009年版，第275页。

第二章 河西宝卷的渊源与发展

四 念卷仪式与说唱结构的简化

康熙以后,清政府严厉镇压民间教派,教派宝卷的发展受到遏制。① 此后民间教派人士利用教派宝卷的形式编唱文学故事,民间宝卷开始逐渐发展兴盛起来,宣卷人也由教派人士转变为一般民众。河西走廊民间宝卷的兴盛期大约在清末、民国时期,这一时期念卷人或识书人创编了大量的民间故事宝卷。

我们田野调查时访谈过的河西走廊念卷人大体上可以分为两代人,较老一代是七八十岁的老人,较年轻的一代年龄大约五十岁上下。较老的一代于中华人民共和国成立前后学习念卷、抄卷,较年轻的一代于20世纪80年代前后学习念卷、抄卷。当谈到自己有没有编写过宝卷时,他们基本上都说只抄写过宝卷,没有编写过;问及有没有听说别人编写宝卷的问题时,较老一代都说没有听说过,较年轻的一代只有个别人听说过。我们的访谈对象中,唯有山丹县一位老人在2006年出于消遣的目的,创编了《杜十娘怒沉百宝箱宝卷》②。从调查结果来看,大量的河西走廊民间宝卷的创编当在中华人民共和国成立前,极有可能就是清末民初。

现存河西走廊民间宝卷与民间教派宝卷相比,念卷仪式与说唱结构都大大简化了。

(一)河西宝卷念卷仪式的简化

民间宝卷跟民间教派宝卷相比,宗教信仰淡化了,教化与娱乐功

---

① 车锡伦:《中国宝卷研究》,广西师范大学出版社2009年版,第143页。
② 此卷是普世秀老先生根据话本小说《杜十娘怒沉百宝箱》改编的。普世秀,1940年生,男,汉族,张掖市山丹县霍城镇人,小学毕业。曾学习《三字经》《百家姓》《中庸》《论语》《孟子》《左传》等。16岁当记工员,58岁当保管,以后当会计。很多字都是后来自学的。2013年12月27日晚上,在河西学院家属楼,笔者对普世秀老先生进行了采访,并借阅了他创编的《杜十娘怒沉百宝箱宝卷》,征得他本人的同意,笔者将此卷转写为word电子文档以作研究用。

能增强了，随之而来的是不再用"分"（或"品"）分章节，宣卷仪式和说唱结构也简单化了。民间宝卷的念卷仪式除了"开经赞"（××宝卷才展开）和正文外，其他仪式在宝卷卷本中完全消失了①。我们进行田野调查时，念卷人都说过去念卷时一般在民众家土炕上安放一个小桌子（河西人称"炕桌子"），念卷前先摆放油馃子、沏糖茶招待念卷人和听卷人。吃喝完毕，收拾馍馍、茶水，擦干净炕桌子，念卷人净手焚香，请过"卷"来，开始讲唱，唱主唱段十字佛（十字句）和七字佛（七字句）时听众"和佛"，即和唱"阿弥陀佛"或"南无阿弥陀佛"。②

其实，明代的佛教宝卷在民众家里作为娱乐方式宣讲时，宣卷仪式就已经简化了，河西走廊民间宝卷的念卷仪式跟《金瓶梅词话》中描写的宣卷仪式基本相同。《金瓶梅词话》第七十四回吴月娘请薛姑子等宣《黄氏女卷》，"不一时，放下炕桌儿，三个姑子来到，盘膝坐在炕上。众人俱各坐了，挤了一屋里人，听他宣卷。月娘洗手炷了香。这薛姑子展开《黄氏女卷》，高声演说道……"③焚香赞后是开经赞："《黄氏宝卷》才展开，诸佛菩萨降临来。炉香遍满虚空界，佛号声名动九垓。"④开经赞后是正讲，说说唱唱，其中有听众和佛。

20世纪80年代前后，河西走廊又兴起了念卷、抄卷活动，那时候的念卷活动基本上不讲究信仰仪式了。我们2013年左右采访过几

---

① 民间教派式微，念卷时正文前后的宗教信仰仪式也逐步取消，其后抄写宝卷时不再抄写这些宗教信仰仪式，新的民间宝卷创编时卷本中自然不会再有这些仪式。
② 2013年12月27日，笔者在张掖市民乐县新天镇高虎家采访了高虎、高维连。高虎，1962年生，男，汉族，高中毕业，务农，原住民乐县永固镇妖寨村高家湖（即第十生产队），2003年10月25日地震后搬迁到新天镇。高维连，1954年生，男，汉族，小学毕业，务农，原住民乐县永固镇妖寨村高家湖，2003年10月25日地震后搬迁到新天镇。高虎、高维连都会念卷，也曾抄写过宝卷，他们分别谈了过去念卷的一些仪式和"和佛"情况。其后，我们采访过的河西宝卷念卷人或者传承人关于念卷仪式的说法基本跟高虎、高维连的一致。
③ （明）兰陵笑笑生：《金瓶梅词话》，陶慕宁校注，宁宗义审定，人民文学出版社2000年版，第990页。
④ （明）兰陵笑笑生：《金瓶梅词话》，陶慕宁校注，宁宗义审定，人民文学出版社2000年版，第992页。

个念卷人,他们中有的还主动联系了听卷人(这些听卷人都是过去听过卷、会"和佛"的,大都五六十岁)给我们念卷。无论是念卷人还是听卷人,他们都有宝卷情结,他们都喜欢念,喜欢听,常常为我们念整本宝卷,如《方四姐宝卷》等。他们为我们表演时,完全不讲任何仪式,吃吃喝喝后,茶几上的食物、茶水、酒水继续摆放着,就开始念卷了,不净手也不焚香。①

(二)河西宝卷说唱结构的简化

现存河西走廊民间宝卷的说唱结构跟民间教派宝卷的六段式相比,"小曲"和"四五言长短句"消失了;主唱段有时也可以用七字句;散说和主唱段之间的七言二句诗赞和结尾的五言四句诗赞的句式也不再严整,可以是七言,也可以是五言,可以是二句,也可以是四句,同时这两个位置的诗赞也变得可有可无。于是,河西走廊民间宝卷的结构就简化为三种,即四段式、三段式和两段式。

四段式说唱结构的格式为:

1. 散说;
2. 五七言诗赞;
3. 主唱段十字句(偶或七字句);
4. 五七言诗赞。

如《杜十娘怒沉百宝箱宝卷》的第一个说唱单元就用了四段式说唱结构。为了阅读的方便,各段段首标上序号(下同)。

(1)却说万里(历)二十年间,日本掌握军权大臣丰臣秀吉作乱,侵犯朝鲜,朝鲜国王上表向我天国告急,天朝发兵泛海

---

① 2014年1月24日,我们在武威市古浪县大靖镇孟文安(当时是河西学院文学院学生)家采访了安文荣老先生,同时安老先生为我们完整地念完了《方四姐宝卷》。安文荣,1942年3月5日出生,男,汉族,家住古浪县大靖镇,初二时因家庭困难而辍学,务农。曾当过生产队保管员、会计,1968年入党。1963年开始念卷。

去救。有户部大臣奏本，目今兵兴之际，粮响（饷）未充，暂开纳粟入监之例。原来纳粟入监的有几般便宜，读了书的特别秀才，如果向公家捐的（得）一定数目，或粮食，或钱，就可宜（以）入国监，入了监就叫监生，也叫太学生。便于皇上，容易准本，就开了这个例，两京的太学生各添至一千多人。内中有个姓李名甲字干洗（先），浙江绍兴府人氏（氏），父亲李布政，所生三子，李甲居长，自幼读书以到县学，未得科举，就父亲援（捐）出钱来，因就在时坐（做）监生。一日，与同乡监生柳遇春，一同游至教坊，同院内与一个名姬相遇。此姬姓杜名微，排行第十，院中人都称为杜十娘，生的（得）浑身雅艳。正是：

（2）提起十娘貌，用语亦难描。

看似天仙女，命运落教坊。

（3）提起那杜十娘遍体娇香，两湾（弯）眉就如那远看青山。

一双眼看似那明秋水润，脸好像莲合（含）苞就要开放。
分明是卓文君重现她身，樱桃嘴不减那白家樊素①。
可怜那一块玉片无瑕辉，误落到那样的凤（风）尘花柳。
李公子见十娘这样美貌，一时间动了心顶（盯）住她身。
那十娘亦有了动情之心，李公子叫鸨儿学生有请。
那十娘我要包多少文（纹）银，老板娘叫一声相公你听。
她不比一般的轻易代（待）客，少了那三十两决不能行。
公子说就依你照样付清，今日个我与她同住一床。
他二人到一起情投意合，就像那天配的蜜月新婚。
杜十娘早有了存（从）良之心，人活到阳世上这样如意。
又见那李公子忠厚志诚，甚有那②向公子诉说心情。
怎奈那李公子言语透漏，怕只怕他老爷不敢应承。

---

① 白家樊素：白居易家的姬妾。白居易诗有"樱桃樊素口，杨柳小蛮腰"的句子。
② 甚有那：原文作"甚有心"。

第二章　河西宝卷的渊源与发展

　　两下情渐深密终日相守，不由的（得）说出了从良之心。
　　李公子他对她海誓山盟，两下里情愈密定成终身。
　　（4）恩深似海恩无底，意（义）重如山义更高。①

三段式说唱结构有两种：
1. 散说；
2. 五七言诗赞；
3. 主唱段十字句（偶或七字句）；
或：
1. 散说；
2. 主唱段十字句（偶或七字句）；
3. 五七言诗赞。

三段式说唱结构中的第一种是河西走廊民间宝卷最常用的一种说唱结构，如《皮箱记宝卷》中的一个说唱单元：

　　（1）却说这段因事（果）发生在大宋年间，山东省济南府南门外三十里之地有个王家庄，有一员外姓王名世成，家大富豪，银钱万贯，人皆称王百万。家有三口人，老妇（夫）人张氏生下一子名叫王金龙，年满一十六岁，聪明过人，五经、四书无一不通，因此请媒人说刘家寨刘太公三女子为婚。正是：
　　（2）女大要指终身路，男大要居（娶）贤良妻。
　　（3）刘员外满寿禄六旬有余，生下了三个女一个长子。
　　二个女嫁于人长男为妻，唯有那三女儿清秀伶利（俐）。
　　有王家来说亲婚事已成，刘太公答应下择日抬人。②

两段式说唱结构格式为：

---

①　引自张掖市山丹县普世秀2006年编写本《杜十娘怒沉百宝箱宝卷》。
②　引自古浪县念卷人安文荣收藏的手抄本《皮箱记宝卷》。

1. 散说；
2. 主唱段十字句（或七字句）。

如《世登宝卷》中的一个说唱单元：

（1）说罢泪纷纷，夫妻大哭一场，世登烦恼又伤情，蒋氏叫员外放宽心养病。世登说："父亲，宽心养病身，儿寿父疾愈，哀告众神灵，父亲你放宽心，有病别胡想，吃五谷病渐轻。你别说儿童，灾难满，病体轻，父母还会过光阴。"员外说："我儿说的（得）有理，我的病不在今朝就在明朝。"又对沈氏说："你有世荣儿，不必再寻出路，蒋氏是念佛之人，别叫生气，好好奉侍（侍奉）她。"又叫来世登说："妻也有了，你供奉双母，好好守家，同过光阴。"员外说到伤心处，手抱娇儿张世登。

（2）叫娇儿我就死不为寿短，我只愁你娘们依靠何人。
有我在大小事有些主张，倒只怕我死去家业分另。
罢了我心慌乱就要辞世，我如今护不得母子四人。
说完话忙穿衣倒在床上，牙关紧口无气问着不应。
有蒋氏见员外已死去了，叫一声奴夫主你辞世尘。
一口气接不住焦黄面皮，张世登一见了大放悲声。
适才间我父母商量说话，到此时却怎么一命归阴。
老父亲身有病给我嘱咐，我老母身无病魂入幽阴。
叫苍天吩咐儿三言两语，你再死把儿留我也甘心。
张世登在孝堂两眼流泪，沈氏妇日夜间起了歹心。
不论我父和母怎样葬送，先提起掌事人实看她心。
谁生的娇养儿看谁使命，谁栽树谁吃果谁人留根。
只怕她起奸心害我性命，只想起生身母摘胆剜心。
老母亲你一去落了安身，丢下儿三口人怎过光阴。
沈氏母每日间愁眉不正（展），又不知她心里又想何情。

第二章　河西宝卷的渊源与发展

她是大心生怒不敢直问，想双亲不得见一夜伤心。①

关于河西宝卷说唱结构的演变情况，在"河西宝卷的说唱结构"一章中有更详细的论述。

随着宗教信仰的淡化，河西走廊民间宝卷宣讲仪式和说唱结构也不断简化。宣讲仪式只保留了开经赞和正文说说唱唱的形式，说唱结构大量使用简化的三段式、二段式和四段式。

五　表演场域与讲唱主体的演变

除了宣讲仪式和说唱结构外，我们还可以从表演场域、讲唱主体两个方面来考察说唱文学从敦煌变文到河西宝卷的发展与演变。

（一）表演场域的变迁

从敦煌变文到河西宝卷，表演场域经历了从佛教寺院，到民间教派的做会场所，最后到普通民众家庭的变迁。

俗讲是僧侣依照经文为世俗听众讲唱佛教教义的宗教性说唱活动，唐代俗讲盛行，俗讲进行的场域在佛教寺院。据日本僧人圆仁《入唐求法巡礼行记》卷三记载，唐武宗会昌元年（841）仅京都长安一次就有七座寺院同时开讲，"正月十五日起首，至二月十五日罢"②。据《资治通鉴·唐纪·敬宗纪》宝历二年条记载，连皇帝也"幸兴福寺观沙门文溆俗讲"。

早期佛教宝卷和民间教派宝卷的宣讲与宗教信仰联系在一起，它们在各种道场、法会上演出。如《目连救母出离地狱生天宝卷》在"盂兰道场"演出，《大乘金刚宝卷》在"金刚道场"演出，《佛门

---

① 引自古浪县念卷人安文荣1980年抄写的《世登宝卷》。
② ［日］圆仁：《入唐求法巡礼行记》，顾承甫、何泉达点校，上海古籍出版社1986年版，第147页。

西游慈悲宝卷道场》在"西游道场"演出。教派宝卷继承了早期佛教宝卷的传统,也在道场、法会上讲唱。

普通家庭邀请僧道到家中讲经说法的传统早已有之。北宋时期信众邀请僧侣到家中讲经说法以消灾祈福的讲经活动在民间盛行,北宋末年佚名的《道山清话》记载:"京师慈云有昙玉讲师者,有道行,每为人诵梵经及讲说因缘,都人甚信重之,病家往往延致。一日,与赵先生同在王圣美家,其僧方讲说,赵谓僧曰:'立尔后者何人?'僧回顾愕然者久之。自是僧弥更修谨,除斋粥外粒米勺水不入口;人有招致,闻命即往,一钱亦不受。"①

明代请僧道到家中讲经说法或宣卷的活动更为兴盛,明代世情小说《金瓶梅词话》花了很多篇幅详细描写薛姑子、王姑子说因果、唱佛曲、讲经和宣卷的活动就是一个有力的佐证。

《金瓶梅词话》第三十九回吴月娘和众人听薛姑子、王姑子说因果,其实就是宣卷,从内容来看宣的是《五祖黄梅宝卷》。

《金瓶梅词话》第五十一回吴月娘等众人听薛姑子演诵《金刚科仪》。

《金瓶梅词话》第七十三回吴月娘等众人听薛姑子讲说佛法,讲的是五戒禅师私红莲的佛教故事。

《金瓶梅词话》第七十四回吴月娘等请薛姑子宣《黄氏女卷》。

《金瓶梅词话》第八十二回吴月娘等请薛姑子宣《红罗宝卷》。

《金瓶梅词话》中写尼姑频繁地进入大户人家讲说佛经、讲唱宝卷,足以说明讲经说法、宣念宝卷的活动已经从佛教寺院进入信众家庭,并成为一种主流趋势,因其具有消灾祈福和娱乐功能,家庭宣卷的形式一直长盛不衰。不难想象,宝卷发展到民间宝卷阶段时,其宗教性质逐渐减弱,教育和娱乐功能逐渐凸显,宣卷活动由大户人家逐步走向一般普通家庭,成为宝卷流行地域家庭教育和娱乐的普遍

---

① 王文濡:《说库》,上海文明书局1915年版,第14—15页。

第二章　河西宝卷的渊源与发展

方式。

根据我们对河西走廊念卷活动的调查，目前健在的八十多岁的念卷艺人仍然能够回忆起民国时期河西走廊念卷活动的盛况，每年到了农闲时期，特别是腊月十五到正月十五的这一个月里，民众（无论贫富）争先恐后邀请念卷先生到自己家中念卷，由于念卷先生少，邀请念卷先生到家中念卷就需要提前"定日子"，跟念卷先生说定某一天到自己家中念卷，好早点做好准备，请亲戚朋友来家中听卷，这也算是家中的一次盛大的聚会了。

综上所述，佛教的俗讲和佛教宝卷都是在佛教寺院组织的各种法会上举行的，这在表演场域上表现出早期宝卷对佛教俗讲的继承。民间教派宝卷也主要在道场法会上举行。随着演唱主体的更替，表演场域逐渐从佛教寺院走向民间。信众邀请僧侣到家中讲经说法的传统也被宝卷所继承，至迟到明代，僧侣开始走进信众家庭宣卷，到了民国时期，家庭宣卷在河西走廊已成为念卷的主要形式并传承至今。

（二）讲唱主体的更替

从敦煌变文到河西宝卷，表演主体经历了从僧侣到教派领袖再到普通俗众的更替过程。

俗讲是僧侣依照经文为世俗听众讲唱佛教教义的宗教性说唱活动，唐代的俗讲主体是僧侣，他们即俗讲僧。俗讲由都讲和法师配合进行，都讲唱出经文，法师就都讲所唱经文进行讲解。周绍良先生在《唐代变文及其他》中说："佛教徒宣扬佛教，在正统上大致可分为两种，一种即讲经，就经释义，申问答辩，以期阐明哲理，是由法师、都讲协作进行的；另一种是说法，是由法师一人说开示，可以依据一经讲说，亦可以综合哲理，由个人发挥，既无发问，也无辩论。"[1] 早期佛教宝卷的讲唱者也是僧侣，他们在各种道场、斋会上

---

[1] 周绍良：《敦煌文学作品选序——唐代变文及其他》，载周绍良《敦煌文学作品选》，中华书局1987年版，第17页。

宣讲，如有道高僧在"盂兰道场"演唱《目连救母出离地狱生天宝卷》等。

《金瓶梅词话》中尼姑宣卷的活动也说明早期的宝卷宣念者是僧侣阶层。《金瓶梅词话》第五十一回写到吴月娘等众人听薛姑子演诵《金刚科仪》："月娘因西门庆不在，要听薛姑子讲说佛法，演颂《金刚科仪》。正在明间内安放一张经桌儿，焚下香。薛姑子与王姑子两个一对坐，妙趣、妙凤两个徒弟立在两边，接念佛号。大妗子、杨姑娘、吴月娘、李娇儿、孟玉楼、潘金莲、李瓶儿、孙雪娥和李桂姐，一个不少，都在根（跟）前围着他坐的，听他演诵。"① 本段引文有四个尼姑为吴月娘等人宣卷，薛姑子、王姑子是师傅，由她们演唱，妙趣、妙凤两个徒弟接念佛号。

民间教派宝卷产生以后，教派宝卷由民间教派领袖人物在教派的各种道场法会仪式上演出，以宣扬教派的教义。

大概到康熙以后，民间宝卷盛行，宝卷的宗教属性削弱，其教育与娱乐功能增强，念卷人也由一般的僧侣、尼姑、民间教派领袖人物变为信众和一般的读书人。根据我们的调查，河西走廊现在七八十岁的宣卷艺人说他们的师傅基本上都是清末民初的秀才，这些秀才文化水平高，不但念卷，而且评卷，即改编创作新的宝卷。中华人民共和国成立后识字的人多起来，一些具有高中、初中甚至小学文化程度的读书人如果喜欢宝卷，也借宝卷抄写并开始学习念卷。由于念卷是照着底本演唱，所以念卷的人应该是识字的，但是也有不识字者不照底本"念卷"的情况。《敦煌民歌·宝卷·曲子戏》中收有《方四姐宝卷》，作者高德祥先生说："《方四姐宝卷》是根据今阳关镇阳关村3组龚秀芝老人的演唱整理，1979年她已72岁高龄了，但她的记忆力依然很好，而且乐感节奏也非常好，唱起来一丝不苟。她是一个忠实的佛教信徒，习惯吃素食，而且把宝卷看得非常重要，一点也不可马

---

① 兰陵笑笑生：《金瓶梅词话》，陶慕宁校注，宁宗义审定，人民文学出版社2000年版，第616页。

第二章　河西宝卷的渊源与发展

虎。所以，她虽然不识字，也没有宝卷底本，讲唱的宝卷都是通过别人的口传而死记硬背的，实属不易。"①

总之，因为内容上的继承性，早期佛教宝卷的演唱主体继承了佛教俗讲的传统，仍然由僧侣宣念宝卷。随着民间教派宝卷的产生，宝卷的演唱主体自然更替为民间教派领袖人物。其后随着民间宝卷的盛行，信众和普通人也加入宣卷者的行列。清末民初以来河西走廊的念卷者主要是秀才，中华人民共和国成立后，具有小学、初中、高中文化程度的读书人也由于念卷活动的盛行而积极参加念卷活动。个别特别喜爱宝卷的信佛人死记硬背某个宝卷而不照底本"念卷"的情况也存在，不过极少。

敦煌变文开创了散韵相间的说唱传统，宝卷继承了变文的内容、题材以及说唱传统，在传承中变异，在创造中发展。从敦煌变文到河西宝卷，表演场域从佛教寺院转移到民众家庭，表演主体从僧侣演变为秀才或普通读书人，表演仪式和唱词结构经历了从简单到复杂再回到简单的过程，形成了现在河西走廊民众熟知的一种特殊的口头说唱文学形式。

---

① 高德祥：《敦煌民歌·宝卷·曲子戏》，香港：中国图书出版社2009年版，第43页。

第三章 河西宝卷的内容分类

关于中国宝卷的分类，车锡伦先生结合宝卷的发展过程，将宝卷分为宗教宝卷和民间宝卷两大类；根据内容和题材，将宝卷分为文学宝卷和非文学宝卷两大类，将文学宝卷又分为神道故事宝卷、妇女修行故事宝卷、民间传说故事宝卷、俗文学传统故事宝卷、时事故事卷五小类。[①] 曾友志根据宝卷故事的内容将宝卷故事分为佛道故事（细分为神佛故事、修行故事、报应故事、神怪故事四小类）、伦理教化故事（细分为家庭教化、一般教化两小类）、法律公案故事和爱情故事（细分为才子佳人故事、其他爱情故事两小类）四大类。方步和将河西宝卷分为佛教宝卷和非佛教宝卷两大类，又将非佛教宝卷分为神话传说、历史民间故事宝卷和寓言宝卷。以上学者关于文学故事类宝卷的分类似乎更侧重于其题材的渊源。我们根据宝卷宣扬忠孝的内容主旨，参考学者们的分类，将河西宝卷进行如下分类：首先按照是否宗教题材分为宗教宝卷和民间宝卷两大类；每一类下再根据其文学特性分为非文学故事宝卷和文学故事宝卷；最后将宗教类文学故事宝卷按其内容主旨分为神道故事宝卷和修行故事宝卷，将民间宝卷中的文学故事宝卷按其内容主旨分为家庭伦理道德故事宝卷和忠义故事宝卷，家庭伦理道德故事宝卷和忠义故事宝卷还可以分为更小的类别。河西宝卷中文学故事宝卷占绝大多数，本章重点论述文学故事宝卷。

---

① 车锡伦：《中国宝卷研究》，广西师范大学出版社2009年版，第5—12页。

第三章 河西宝卷的内容分类

一 宗教宝卷

宗教宝卷中演释宗教经典和宣讲教义的宝卷属于非文学故事宝卷。这类宝卷在河西走廊留存的有《无生老母临凡普度众生宝卷》《无生老母救世血书宝卷》《达摩宝卷》《还乡宝卷》《十二圆觉》《护国佑民伏魔宝卷》等，数量较少。

宗教宝卷中文学故事宝卷比非文学故事宝卷稍多一些，可以分为神道故事宝卷和修行故事宝卷两类。

（一）神道故事宝卷

神道故事宝卷一般讲唱各种神道修炼成佛、成仙、成神的故事或济民解厄、惩恶扬善的故事。河西走廊现存的这类宝卷有《目连救母幽冥宝卷》《目连三世宝卷》《香山宝卷》《仙姑宝卷》《洞宾买药宝卷》《湘子宝卷》《何仙姑宝卷》《灶君宝卷》等，讲唱佛教的佛菩萨、道教的神仙和民间信仰的灶神。

《目连救母幽冥宝卷》《目连三世宝卷》《香山宝卷》是佛菩萨故事，这类宝卷产生的时间最早，一直以传抄、刊刻的方式流传到今天。《目连救母幽冥宝卷》讲唱目连身世。王舍城中傅家庄傅天斗娶妻李氏，李氏乐善好施，吃斋修行。李氏生傅崇，娶妻王氏。傅崇夫妇念经拜佛，广行善事，生子傅象。傅象娶妻刘四娘，生子萝卜。傅象行善积德，三十二岁功果圆满归西。傅萝卜守孝三年后谨遵父亲遗嘱去杭州求道，母亲刘氏受人诱惑而开斋，造下罪恶，秦广王命恶鬼捉拿刘氏。傅萝卜在慧光寺受先天大道，长老将其改名为目连，目连参悟大道七日后回家探母。《目连三世宝卷》讲唱目连救母出离阿鼻地狱的故事。目连的母亲刘氏青提开斋，作孽如山，被打入阿鼻地狱。目连一心念经，超度母亲，灵山雷音寺佛告诉他母之所在，并赐衣钵和九环禅杖去打开地狱门救母。目连急于救母，放走了阿鼻地狱的八百万鬼魂。目连投胎为黄巢，收回八百万冤魂后坐地而亡。目连二世到长安城托生为屠户贺因，长大成人每日宰杀猪羊，为阎君收回猪牛羊之命。幽冥教主见目连已收回生灵，赦其母出地狱，一家人同登天堂。河西宝卷《目连救母幽冥宝卷》和《目连三世宝卷》合起来就是完整的目连救母故事。

《香山宝卷》又名《观音宝卷》，讲唱兴林国妙庄王三公主妙善于香山修行成观音菩萨并度化父亲和姐姐、姐夫修行的故事。《仙姑宝卷》是河西走廊本土创作的地方性民间神宝卷，讲唱仙姑在合黎山修行，功德圆满后扶危救困、惩治邪恶的故事。《洞宾买药宝卷》《湘子宝卷》《何仙姑宝卷》都是人们熟知的八洞神仙修行成仙的故事。《灶君宝卷》写灶君在昆仑山火石上修道成真，玉帝命其执掌人间烟火，稽查各家善恶的故事。这些修炼成佛、成仙的故事大都宣扬修持的方式，修持者往往与佛、仙有缘，受佛、仙点化并经受神佛的一系列考验，道心弥坚，才得功行圆满。

（二）修行故事宝卷

神道故事中，《目连宝卷》《香山宝卷》《湘子宝卷》《何仙姑宝卷》等中目连、妙善公主、韩湘子、何仙姑都是经过修行成为某种神道的，也算修行故事，之所以将其看作神道故事，是就修行者的最终身份为神道而言的。这里所说的修行故事指的是普通人物的修行故事。就中国宝卷而言，受《香山宝卷》的影响，妇女修行故事是中国宝卷的重要题材。现存的河西走廊宝卷中，普通妇女修行的故事有《黄氏女宝卷》《贫和尚出家宝卷》。此外，《岳山宝卷》是男性修行的故事。

《黄氏女宝卷》写黄氏女吃斋念佛，转世后真性未灭，金榜题名，与前世丈夫及家人隐居田园，无疾坐化的故事。《贫和尚出家宝卷》讲唱贫和尚出家后点化妹妹金灯小姐出家修行的故事。《岳山宝卷》中李敖游地狱，见母亲被压在石板底下，为救母出狱，李敖往岳山求道，修成正果，救出母亲。

修行故事宝卷中的修行者往往前世有佛缘，今世"胎里带素"，坚持吃斋念佛，修炼之心坚如磐石，修行过程自然会受到观音菩萨或其他神佛的点化，最后功行圆满。《岳山宝卷》是个例外，修行者并非前世与佛有缘者，只是游地狱看到种种果报现象才萌生修道之心，李敖修行救母的故事多少受到目连救母故事的影响，不过故事情节没有目连故事那么曲折离奇。阎王使李敖真魂游地狱以使其明白阴阳果报：李敖见一仙童拜自己尸首，明白行善成仙；又见恶鬼鞭打自己死尸，明白恶有恶报；又见九个老人拜幼童，明白一子行善，九祖升天。李敖见母被压石板下，决心救母脱离苦难。李敖往岳山求道，勤修苦练，修成正果，最后救出母亲。

二 民间宝卷

民间宝卷中的劝世文和"小宝卷"是非文学故事宝卷。劝世文在河西走廊留存的有《教子成名》《闺阁录全卷》《双受诰封》《训教子孙》《异方教子》《五子哭坟》《卖身葬父》《燕山五桂》《生身宝卷》等。劝世文一般由一些小故事构成，其说教的成分大于故事性，因而将其归入非文学故事宝卷。但其通过简短的故事寄寓深刻的道理，起到劝人向善、孝敬父母、重视子女教育的作用，也有很强的可读性。

《卖身葬父》《天眼难瞒》劝人行善积德，《五子哭坟》写继室虐待前生子，终不得好死，《生身宝卷》教育人们要孝敬父母，报答母亲的养育之恩。其他劝世文大都倡导严格训教子孙，使其成才以扬名立万，如《教子成名》《双受诰封》《训教子孙》《异方教子》《燕山五桂》等。《训教子孙》倡导"严父出好子，桑苗从小育"，讲教育儿女的重要性和教育方法。《燕山五桂》写燕山窦禹钧家道极富，却为人心术不端，一夜做梦父亲怒责之，自此后悔过自新，广行善事，后生下五子，严加训教，五子俱登科。时有冯道赠诗一首云："燕山窦十郎，教子以良方。灵山（椿）一枝（株）老，丹桂五枝芳。"①《教子成名》与《双受诰封》宣扬妻妾守节教子。《教子成名》中周氏丈夫去世后立志守节，孝敬婆婆，严格教育子女。女儿玉兰嫁给向世昌，开导世昌好学上进，劝导二位嫂嫂孝敬婆婆，妯娌和睦。因为周氏严格训教子女，其子书章和女婿世昌均状元及第，封妻荫子。《双受诰封》中冯存义上京赶考，中第七名进士。王小二假传冯在京病故的消息，冯存义妻王氏、偏房莫氏改嫁，小妾碧莲辛苦持家，严格教育莫氏所生之子冯雄。冯雄一十六岁进京赴试，衣锦还乡，冯存义也奉旨归郡，碧莲身受双诰。

《闺阁录全卷》由十个小故事构成：《金腰带》写妻子劝夫戒赌、行善施舍，皇帝赐金腰带之事；《稽山赏贫》讲婶母弃儿留侄，儿子高中进士之事；《鸣钟诉冤》写母亲教女儿如何守节之事；《坠楼全节》写后母以淫邪教儿媳而儿媳节烈不从之事；《土神受鞭》写媳妇卖儿孝敬婆婆之事；《雷打花狗》写不孝子、儿媳遭雷劈之事；《古庙咒媳》写不孝儿媳遭雷劈之事；《活人变牛》写不孝媳妇变牛被打死之事；《医恶妇》写设法教化恶妇之事；《桂花桥》写继室害死正妻，并遗弃前生子，前生子中进士而继母吐血而死之事。十个故事全写已婚妇女，分为正反两种类型，正面形象有孝敬婆婆的儿媳、劝夫戒赌的妻子、不遗弃侄子的婶母、教女儿守节的母亲，反面形象有不孝公婆的媳妇、以淫邪教儿媳的后娘、遗弃前生子的继母。通过两种形象截然不同的善恶果报，教化妇女孝敬公婆、相夫教子、贞烈守节，对于亲生子、前生子和侄子要"幼吾幼以及人之幼"，不要偏爱亲生而遗弃甚至祸害前生子和侄子。

河西走廊现存小宝卷有50卷，收录于《凉州小宝卷》② 一书。

---

① 徐永成、王立泰、崔德斌：《金张掖民间宝卷》（五），张掖市河西印刷有限责任公司2009年印刷，第1922页。
② 赵旭峰：《凉州小宝卷》，中国文联出版社2010年版。

小宝卷又称"道歌子",一般在念卷开始时演唱,也可以在中间休息时演唱,有时多人约在一起也可以专门演唱小宝卷。河西走廊的小宝卷篇幅短小,只有唱词,如《五更修行》《五更拜佛》《哭五更》《五更词》《吃斋词》《十样好》《十二上香》等。车锡伦先生将小宝卷归入文学宝卷[①],我们考虑小宝卷不具有故事性,归到文学故事宝卷不合适,于是将其归入非文学故事宝卷。

河西走廊的民间宝卷绝大多数是文学故事宝卷,受儒家传统文化和佛教行善积德思想的影响,河西宝卷主要说唱忠孝故事。因此,我们把民间宝卷中的文学故事宝卷分为两大类,即家庭伦理道德故事宝卷和忠义故事宝卷。

(一)家庭伦理道德故事宝卷

河西宝卷受佛教行善积德、因果报应的影响,宝卷故事中的人物往往正邪对立,正面人物往往受到反面人物的折磨、迫害,历尽艰险后苦尽甘来,过上荣华富贵的生活;而反面人物因作恶多端,受到应有的惩罚,故事的结局最终归到善有善报、恶有恶报上来。正是因为宝卷借善恶果报来宣扬行善积德,所以宝卷又叫劝善书。宝卷宣扬的"善"除了佛教宣扬的不杀生等教义外,往往跟传统的道德标准、社会行为准则密切关联,凡是符合道德标准、行为准则的行为就是善行,反之则为恶行。《灶君宝卷》对人世间的善行有高度的概括。

> 玉皇大帝开口问,先把善事奏来闻。
> 灶君天尊忙启禀,吾皇在上听我言。
> 百善之中孝为首,孝顺父母翁姑身。
> 丈夫伯叔多敬重,兄弟姊妹尊如宾。
> 敬天礼地奉先祖(祖),安老怀幼广济人。

---

① 车锡伦:《中国宝卷研究》,广西师范大学出版社2009年版,第13页。

河西宝卷研究

> 早晚烧香念佛号，持斋戒杀不食荤。
> 妆金塑像修寺院，造桥铺路助人乐。
> 施茶舍饭行方便，济困扶危恤孤贫。
> 遇有饥荒办赈济，尽心竭力忘晨昏。
> 邻里相争互排解，再不结怨半毫分。
> 见人杀生来劝解，买物放生慈悲肠。
> 勤俭持家遵闺训，恪守五戒不杀生。
> 布衣素食安分过，时分粥饭给穷人。
> 喝清吃淡甘自受，香茶美味待双亲。
> 一天早晚守法度，宽宏大量待人诚。
> 不走邪路欺暗室，常将好话劝乡邻。
> 节俭五谷惜字纸，慎言不入是非门。①

上面一段韵文唱词所阐释的善行除了佛教宣扬的烧香念佛、持斋吃素、修造寺院、装塑金身、不杀生灵、敬天祭祖、修桥铺路等要义外，还包括传统的美德：孝敬父母、敬重公婆、尊敬丈夫、兄弟姊妹团结和睦、尊老爱幼、遵守闺训、勤俭持家、节约五谷、济困扶危、邻里和睦、安分守己、甘受清贫、遵纪守法、说话谨慎等。这些善行在另外一段唱词中得到重申。

> 为善人家遵禁约，百瑞千祥集满门。
> 念佛烧香增福寿，慎独追远吉星临。
> 敬重神明无地狱，放生戒杀得延年。
> 孝顺父母生孝男，敬重公婆儿女贤。
> 父慈子善天神敬，夫唱妇随家道兴。
> 妯娌相亲无烦恼，兄弟和睦土变金。

---

① 徐永成、王立泰、崔德斌：《金张掖民间宝卷》（五），张掖市河西印刷有限责任公司2009年印刷，第1788—1789页。

第三章　河西宝卷的内容分类

　　心存厚道多顺境，守口如瓶万事亨。
　　自治心田无疾病，劝人行善有收成。
　　施茶结得人缘广，舍粥可免瘟疫侵。
　　救难济急多富贵，解困释劫保安宁。
　　妆金来生相貌好，造殿必还禄位崇。
　　修桥铺路寿绵长，持斋受戒得超升。
　　善报各项说不完，但愿人人尽奉行。[①]

　　《灶君宝卷》中劝人行善之善行的重心是家庭伦理道德，反映家庭伦理道德的故事在河西宝卷中占有很大的比重，反映的伦理关系也比较全面。家庭伦理道德故事宝卷的主题是宣扬家庭和睦、和谐，其核心是"子孝父心宽，妻贤夫祸少"。根据不同的伦理关系，河西宝卷中讲唱家庭伦理道德的故事又可细分为孝道故事、继母狠故事、妯母狠故事、婆母狠故事、夫妻关系故事、兄弟关系故事、爱情婚姻故事和悔婚故事等。

　　1. 孝道故事宝卷

　　孝道是河西宝卷宣扬的一个重要主题，凡是关乎父母与子女、儿媳关系的宝卷都离不开一个"孝"字。河西宝卷中集中反映孝道的民间故事宝卷有《张青贵救母》《劈山救母宝卷》《天仙配宝卷》《闫小娃拉金笆》《卖妙郎宝卷》《葵花宝卷》《赵五娘卖发宝卷》《回郎宝卷》《鹦鸽宝卷》等。

　　《张青贵救母》讲唱张青贵割肉奉母的故事，《劈山救母宝卷》写沉香劈山救母的故事，《天仙配宝卷》写董永卖身葬母的故事，《闫小娃拉金笆》讲唱孙子孝顺爷爷的故事，《卖妙郎宝卷》讲唱媳妇柳迎春卖儿、割肉孝敬公婆的故事，《葵花宝卷》讲唱媳妇孟日红割肉孝婆婆的故事，《赵五娘卖发宝卷》讲唱赵五娘卖发孝敬公公的故事，《回郎宝卷》讲唱

[①] 徐永成、王立泰、崔德斌：《金张掖民间宝卷》（五），张掖市河西印刷有限责任公司2009年印刷，第1791页。

曹三戒之妻刘氏狠心杀死儿子回郎孝养婆婆的故事，《鹦鸽宝卷》为寓言故事宝卷，写小三鹦偷桃孝母亲的故事。

以上几个宣扬孝道的宝卷行孝者有儿子、媳妇和孙子，除了《闫小娃拉金笆》《劈山救母宝卷》外，其他的故事都是在天年大旱或家遭火灾而家境一贫如洗的情况下，为了奉养父母不得已卖身、卖子、割取身上的肉甚至杀子。家贫出孝子，这些宝卷故事正是将孝子、孝媳置于绝境之中进行考验，以彰显其真正的孝心，唯其如此，这些孝道故事才有震撼人心的力量。媳妇孝敬公婆的宝卷故事《卖妙郎宝卷》《葵花宝卷》《赵五娘卖发宝卷》等都是丈夫进京赶考中了头名状元入赘相府之后，家乡三年大旱，家中没有粮食可以充饥，生活重担落在妻子的身上。这些妻子都在极端困难的经济条件之下坚守节操，想尽一切办法维持一家人的生计，奉养公婆，有的卖儿、有的割取身上的肉、有的卖发。历尽艰辛，她们终于和自己的丈夫团圆，过上荣华富贵的生活。割肉奉亲故事中割自己身上肉的孝子、孝媳都会得到神灵的保佑而不死。《回郎宝卷》中曹三戒夫妻杀儿子孝母亲，用这种方式宣扬孝道太极端，不可取。

《闫小娃拉金笆》的孝道故事在教育人们孝敬父母方面很具有启发性。闫小娃的父母不行孝道，用柳笆将父亲拉到深山中抛弃。闫小娃拉回空柳笆，父母问他为什么这样做，他说等父母老了也用柳笆把他们拉到深山。这种现身说法的教育是能够收到奇效的，闫小娃的父母幡然醒悟，重新拉回父亲。《闫小娃拉金笆》在构思上能够跳出宝卷孝道故事的窠臼，标新立异，却十分合情合理，符合民众的思维方式，正与河西走廊俗语"辈辈鸡儿辈辈鸣，辈辈的儿孙照样行"相契合。《劈山救母宝卷》所写沉香救母的故事多少受到目连救母故事的影响。母爱是伟大的，孝敬母亲同样是伟大的，唯其孝敬母亲，救母亲于水深火热之中，所以神灵才赐予救母者巨大的法力，使其救出母亲。

2. 继母狠故事宝卷

继母与前生子没有血缘关系，加之家产继承问题，继母与前生子的关系就成了古代的一个非常现实的家庭问题,二者的矛盾常常激化。古代在"继母如母"的孝文化背景下,前生子常常遭继母虐待甚至杀害。"由于继母与继子女并无血缘亲情,又面临着家庭权力的明争暗夺,因此继母与继子女的关系容易趋于紧张,继母虐待甚至加害继子女的故事也屡屡见诸史书,并被文学作品反复渲染,使继母几乎成为恶妇的代名词。"①《二十四孝》中就有两个恶毒继母形象,一个是闵子骞的继母,一个是王祥的继母。闵子骞的生母早亡,父亲续娶,又生了两个儿子。继母常常虐待闵子骞,冬天两个弟弟穿着用棉花做的冬衣,却给他穿用芦花做的"棉衣"。王祥的生母早丧,继母朱氏屡次说他的坏话,使他失去了父爱。

河西宝卷中讲唱继母虐待、毒害前生子及其家人的故事较多,如《继母狠宝卷》《白长胜逃难宝卷》《绣红罗宝卷》《绣红灯宝卷》《刘金定受难宝卷》《蜜蜂宝卷》《小儿祭财神宝卷》等。

《继母狠宝卷》中李雄征剿陕西杨九儿,为国捐躯,继室焦氏毒死前生子李承祖,卖了前生子桃英,逼前生子月英沿街乞讨,将前生子玉英诬告入狱。《白长胜逃难宝卷》写白长胜为避开继母张氏的毒害而逃难的故事。《绣红罗宝卷》写继母沈桂英虐待前生子花仙哥的故事。《绣红灯宝卷》写继母王花儿虐待前生子温彦赞之妻杨月珍并陷害丈夫温员外的故事。《刘金定受难宝卷》写继母谋害前生子张聪及其妻刘金定的故事。《小儿祭财神宝卷》写继母马寡妇利用丈夫爱财如命的心理,教唆其杀害前生子王金怀的故事。

河西宝卷中也有庶母虐待嫡子的故事,跟继母虐待前生子性质相同。《手巾宝卷》写天禄、茴香兄妹俩为避开父亲姜室李三姐的杀害而离家逃命的故事。《世登宝卷》写庶母沈氏虐待、迫害嫡子张世登一家三口的故事。

河西宝卷中,灭绝人性、凶残狠毒的继母、庶母最终恶贯满盈遭

---

① 景风华:《经与权:中国中古时期继母杀子的法律规制》,《中南大学学报》(社会科学版)2015年第6期。

报应,下场可耻,宝卷以此劝化做继母、庶母者对待儿女要有一颗公平心,同时也告诫男子娶继室要娶贤良妇。《继母狠宝卷》说:"做继母,也要把,心放平和;前妻儿,和亲生,一样看待。倘若是,像焦氏,一样毒狠;到日后,自丧身,报应终究。劝男子,若丧妻,想娶继室;要择个,老实人,年岁方称。莫学那,李雄样,错选焦氏;只看她,年纪轻,容貌姿色。败家产,害儿女,毒如蛇蝎;貌虽好,心肠毒,杀生害命。继后妻,原为的,抚养儿女;倒落得,险些儿,绝了子孙。"①

3. 婶母狠故事宝卷

河西宝卷中也有婶母虐待、谋害侄子的故事,如《白虎宝卷》《放饭遇亲宝卷》《落碗宝卷》等。

《白虎宝卷》写婶母刘氏虐待一双侄儿侄女的故事。《放饭遇亲宝卷》写婶母谋害侄子不成,继而虐待侄儿母亲、媳妇的故事。《落碗宝卷》写婶母马氏虐待、谋害侄子刘定僧的故事。狠毒的婶母下场跟凶残的继母相同。

河西宝卷中,"搅家不贤"者往往是女性,特别是继母、庶母和婶母等女性长辈。这些女性的凶残、狠毒可以说达到了令人发指的程度。一个家庭中如果有这样一个恶毒的女性长辈,一定会祸害家人,搅得鸡犬不宁、家破人亡。不过,河西宝卷最终都以受害者大团圆、作恶者遭恶报结束,这种理想化的结局是对教化主旨的升华。

此外,河西宝卷中还有一种狠毒的女性长辈形象,即恶婆婆,因为目前只有一部宝卷,因而放在此论述。河西宝卷中反映恶婆婆狠毒的宝卷是《方四姐宝卷》,写除了丈夫外婆婆一家特别是婆婆虐待折磨方四姐的故事,《方四姐宝卷》反映了一定的客观现实。

4. 兄弟关系故事宝卷

河西宝卷中家庭成员平辈之间的伦理关系最重要的莫过于兄弟关

---

① 徐永成、崔德斌:《金张掖民间宝卷》(二),甘肃文化出版社2007年版,第630页。

第三章　河西宝卷的内容分类

系和夫妻关系。反映兄弟关系的宝卷有《紫荆宝卷》《金龙宝卷》《和家论宝卷》《开宗宝卷》等，宣扬"家和富自生"思想，而家和最重要的是"妯娌和好家不分"，所以河西宝卷中兄弟关系故事宝卷倡导兄弟不分家。

兄弟不和往往是妯娌中出了不良人，教唆丈夫分家或虐待、迫害家里人，前者如《紫荆宝卷》，后者如《金龙宝卷》。《紫荆宝卷》是三兄弟分家的故事，写田氏三兄弟受三弟之妻焦氏的教唆分家，最终又合家过活的故事。田员外有田凌、田洪、田清三个儿子，分别娶王氏、张氏、焦氏为妻。员外夫妇去世后，田凌、田洪去南京做生意，留三弟田清在家上学。田清妻焦氏制造事端教唆田清分家。分家后田清不过三年荡尽家产，又遭天火，夫妻无处安身。焦氏逼田三休了自己，另嫁他人。田大征剿安禄山立军功，并给田二用一千两银子捐了一个粮厅，兄弟两人请假回家祭祖。田三欲自尽，先来祖坟烧纸，兄弟相见，三人不计前嫌合家过活，焦氏冻死荒郊。《金龙宝卷》也是三兄弟的故事，写老二金虎夫妻虐待、谋害嫂嫂、弟弟、妹妹的故事，金虎夫妇罪恶多端遭天火，乞讨为生，最终被雷击。《回郎宝卷》也是三兄弟分家的故事，不过其重在曹三戒夫妻杀子孝母亲，故放在孝道故事中论述。

《和家论宝卷》是教育性很强的一部兄弟关系故事宝卷。林泉有一沈老先生，生有两个儿子，长子沈中仁，官拜都御史；次子沈中义，官拜翰林院大学士。老先生去世，二子回家料理后事，兄弟不和，分家不公，弟告兄，兄告弟。梅知县接到此案十分为难，夫人蒋碧莲出主意用"和家论"来断此案。梅夫人让梅大人写下伯夷、叔齐舍弃王位于首阳山修行之事，和赵王过淮舍太子、娘娘而不舍兄弟之事，挂在大门内。沈中仁和沈中义二兄弟次日到衙门辩冤，看了和家论，抱头痛哭，和睦如初。二人发下宏愿，沈家和睦永不分。二人给梅老爷送了一幅字：

> 兄弟双双贵如金，祖父产业莫相争。
> 架上更衣无你我，能有几日兄弟情。
> 银钱乃是传家宝，手足亲情更重要。
> 打虎不离亲兄弟，上阵必须父子兵。①

《开宗宝卷》虽然重点不在反映兄弟关系，但是写开宗义家眷一千三百余口，二十九代未曾分家另居，全宅上下一团和气，感动天地，主旨与兄弟关系宝卷相同。

5. 夫妻关系故事宝卷

河西宝卷中的一部分宝卷宣扬夫妻情深，应该不离不弃，做到"贫贱不移，富贵不淫"。前面论述的孝道故事宝卷《卖妙郎宝卷》《葵花宝卷》《赵五娘卖发宝卷》中，丈夫上京赶考，状元及第后入赘丞相府，妻子在家孝敬公婆，最终状元郎不弃糟糠妻，夫妻团圆，这跟宝卷宣扬的夫妻关系主旨是一致的。河西宝卷中以说唱夫妻关系为主的宝卷有《苦节宝卷》《团圆宝卷》《白马宝卷》《黑蜜蜂宝卷》《乌鸦宝卷》《铡美案》等。

《苦节宝卷》写张彦因误会而休妻（白玉楼）最终又团聚的故事。《团圆宝卷》写宋金郎和刘宜春夫妻情深，生离死别后又重逢的故事。宋金郎生病吃药无效，岳父将他抛弃到池州岸边。父母要刘宜春再嫁，刘宜春为丈夫戴孝，守节不嫁。宋金郎得到神灵护佑，不但病愈，而且在一古庙中得到八箱金银财宝，在南京买了大宅院，开了铺子。宋金郎到南京购买布匹，并特意雇岳父刘顺泉船运输，夫妻船上相认。

河西宝卷提倡夫妻情深，应该不离不弃，白头偕老，同时也鞭挞好吃懒做、不为人夫、吃喝嫖赌、抛弃妻子和儿女的丈夫，如《白马宝卷》中的熊子贵、《黑蜜蜂宝卷》中的张川蜂、《铡美案》中的陈

---

① 张旭：《山丹宝卷》（下册），甘肃文化出版社2007年版，第31页。

世美。

河西宝卷中，妻子大都任劳任怨，孝敬公婆，勇于承担家庭重担，歌颂了中国传统妇女的优秀品德。"妻贤夫祸少"，贤妻良母是家庭和睦、和谐的重要保障，如果妻子不贤良，丈夫有可能身遭横祸。继母狠故事宝卷中的继室就是这样，她们凶残狠毒，不仅迫害家人，弄得家破人亡，甚至杀害丈夫，如《白长胜逃难宝卷》的继室张氏，在丈夫六十大寿时劝其喝得大醉，将尖钉钉进丈夫的后脑。《小儿祭财神宝卷》的继室马寡妇杀前生子王金怀不成，杀了丈夫王章。在以反映夫妻关系为主的宝卷中也有不贤良的妻子，如《乌鸦宝卷》中的刘玉莲与人通奸，杀害经商回家的丈夫。

6. 爱情婚姻故事宝卷

河西宝卷中爱情婚姻故事宝卷有《风雨会宝卷》《胡玉翠骗婚宝卷》《杜十娘怒沉百宝箱宝卷》《白蛇传》《张四姐大闹东京宝卷》《三神姑下凡宝卷》等。

《风雨会宝卷》写唐玄宗与梅妃江采萍的爱情故事。这部宝卷叙事流畅，结构精巧，文采飞扬，情致缠绵，似出于文人之手。《胡玉翠骗婚宝卷》对骗婚的父母、女儿进行了无情的鞭笞。胡万年夫妻男盗女娼，女儿胡玉翠受父母影响，生性喜好打扮、吃喝，十六岁就学会了利用自己的美貌借婚姻骗取别人钱财，先后骗取了王英员外的一千两白银、一百匹布，木匠高五的五百两银子、五十匹绸缎，铁匠张茂花的三百两银子、三十匹绸缎，气死了高五，逼死了张茂花，最后骗的是白面书生赵森林，索要彩礼四百两银子、三十匹绸缎，成亲不到一月就提出离婚。最终胡万年夫妻被天火烧死，阎君判胡万年夫妻畜类投生，男的送到高五家投马胎，女的送到张茂花家变驴或变马，又派鬼使将胡玉翠的魂勾来，将她送到赵家投羊胎，胡家三口变驴变马去还账。

《白蛇传》《张四姐大闹东京宝卷》《三神姑下凡宝卷》是人神联姻的故事，反映了穷苦百姓对美好爱情婚姻的向往。《张四姐大闹东京宝卷》与《三神姑下凡宝卷》情节雷同，都写金童在凡间有难，张四姐、张三姐知道自己跟金童有几年姻缘，于是私自下凡与金童配为夫妻，依靠仙术过上富贵生活，引起他人的嫉妒，于是官府找借口迫害金童，张四姐、张三姐与官府、朝廷为敌，打败围剿的官兵和天兵天将，最后王母亲自出马，将张四姐、张三姐劝回天庭。此外，孝道故事中的《天仙配宝卷》《劈山救母宝卷》也有人神联姻的情节。

7. 悔婚故事宝卷

河西宝卷中还有一些内容反映破坏婚约的宝卷，毁约者往往是女方的父亲。这些宝卷中，女方的父亲在男方的父亲有权有势或家财万贯时自愿与其指腹为婚或订立婚约，后来男方一家遭遇变故，父亲去世，家道衰落，女方的父亲为了女儿的"幸福"，哄骗男方写下退婚文约或设计陷害男方。然而女儿却十分贞节，"好女不嫁二夫君"，撕毁退婚文约且暗中救助男方，经过一番曲折的奋斗，"有约人终成眷属"。河西宝卷在婚姻问题上代表了民众的心声，即信守婚约。

未来岳父悔婚的宝卷有《红灯宝卷》《金凤宝卷》《如意宝卷》等。

《红灯宝卷》写孙吉高和赵千金的故事。赵知府羡慕孙进朝的财名，请媒人主动将女儿赵千金许配孙吉高。后来孙家衰败，孙员外寿终。孙吉高上街卖水碰上赵知府，赵知府悔婚，哄骗孙吉高写下退婚文约，赵千金贞烈，扯碎退婚文约，约孙吉高三更花园后门赠银，被赵知府发现，孙吉高被送到刘太守衙门，刘太守将孙吉高屈打成招。孙吉高的嫂子陆氏卖儿子保童，恰好卖到赵知府家。赵千金让丫鬟夏莲将保童送回孙家，并约定在孙家门外高挂红灯，更深夜静时赵千金由红灯指引来到孙家。为救孙吉高，赵千金冒孙吉高之名上京赶考，高中魁首，被仁宗招为驸马，洞房花烛夜，赵千金将实情告知公主，二人结为姊妹。仁宗封孙吉高为驸马。

《双喜宝卷》写未来岳父因受蒙蔽，将真女婿赶出家门，而女儿坚贞不移的故事。《双玉杯》写大女婿迫害未来连襟的故事。岳父听信大女婿谗言，而女儿却矢志不移，给未来夫君赠送双玉杯，最终成了眷属。

"子孝父心宽，妻贤夫祸少。"如果每一个家庭都子孝妻贤，继母、庶母就会善待前生子、嫡子，婶母就会善待侄子，婆母也会善待儿媳妇，兄弟关系、夫妻关系就会和睦，家家都会信守婚约，家庭关系自然会和睦、和谐。

（二）忠义故事宝卷

河西走廊民间宝卷的另一个主题是宣扬忠义思想。中国的封建社会家国同构，在家父慈子孝，在朝则君明臣忠。君主贤明，臣子忠心，社会就会清明，人际关系就会和谐。忠义故事宝卷可以分为明君故事宝卷、精忠报国故事宝卷、铲除奸佞故事宝卷、惩治罪犯故事宝卷和侠义故事宝卷。

1. 明君故事宝卷

河西宝卷中有颂扬康熙、乾隆等清代治国明君的宝卷，如《康熙宝卷》《康熙访江宁》《乾隆私访白却寺》《乾隆宝卷》。这些宝卷中的康熙、乾隆皇帝为民做主，私访各地，诛杀反贼，惩治恶霸，救助百姓，是民众心目中的好皇帝。

《康熙宝卷》写康熙私访山东，诛灭反臣索三父子的故事。《康熙访江宁》中康熙私访江宁，救下民女李杏花，惩治恶霸与贪赃枉法的官吏，赢得安徽才子戴圣俞的钦佩。《乾隆私访白却寺》写乾隆私访白却寺，诛灭反贼曹进龙等的故事。《乾隆宝卷》写乾隆施恩周天保和陈月英夫妻的故事。乾隆雨夜宿顺天府延平县北庄村周天保家，将周天保之妻陈月英收为义女，后来惩治了欺压周天保的知县、员外、小进士和抢劫陈月英的周三老汉一家。

2. 精忠报国故事宝卷

精忠报国故事宝卷主要取材于隋唐宋系列英雄传奇章回小说，如《薛仁贵征东》《薛丁山征西》《薛刚反唐》《五女兴唐传》《杨家将》

《呼家将》《说岳全传》《岳雷扫北》等。这些英雄都是能征善战、文韬武略、足智多谋的将帅之才，他们或抗击异族侵略，或戍守边疆以保家卫国，这些小说反映的都是精忠报国的动人事迹。

河西宝卷根据英雄传奇章回小说改编的颂扬精忠报国的宝卷有《薛仁贵征东宝卷》《薛丁山征西宝卷》《薛刚反唐宝卷》《罗通扫北宝卷》《穆桂英大破天门阵宝卷》《杨金花夺印宝卷》《呼延庆宝卷》《精忠宝卷》《岳雷扫北宝卷》《五女兴唐传宝卷》《袁崇焕宝卷》等，其故事情节跟它所取材的英雄传奇小说基本相同但较为简略。

《马乾龙游国宝卷》写奸佞篡国，忠良辅佐太子铲除乱臣贼子而复国的故事。这部宝卷盖取材于评书《马潜龙走国》，"马潜龙"之名书写多有讹误，又作"马钱龙""马乾隆"。晋朝天子选开封府磨匠王东之女王月英为正宫，王东封为太师，两子封为国舅。后来王东弑君篡位，晋王的弟弟司马明投奔胭脂山，以等待时机兴复晋室。王月英在寒宫生下太子，王东的谋士算卦先生黄宗道夜烧寒宫，观音救出娘娘母子，给太子取名马乾龙，并托梦王金贵员外恩养娘娘母子。此后马乾龙历尽艰险，在武林侠士陈林、结拜兄弟邢赞等帮助下，联络各路英雄人马与贤王千岁共同起兵，打进京城，打死黄宗道，铲除王东贼，夺回了皇位。

3. 铲除奸佞故事宝卷

铲除奸佞故事宝卷的主要内容是铲除奸贼（特别是奸相），保护忠良。

有的宝卷写奸臣（主要是奸相）当道，残害忠良，强抢民妇，忠良之后发愤图强，历尽艰险后状元及第，铲除奸臣，家人团圆，如《二度梅宝卷》《侯美英反朝》《丁郎寻父宝卷》《吴江渡宝卷》。《二度梅宝卷》写诛灭奸相卢杞的故事。《二度梅宝卷》是根据章回小说《二度梅》改编的。大唐年间，丞相卢杞害死江南常州府梅魁并假传圣旨捉拿梅家满门。梅魁之子梅良玉逃亡途中，遇上父亲的好朋友陈月升，陈老爷将女儿陈杏元许配梅良玉。卢杞选杏元小姐去北国和番，梅良玉历经坎坷与陈杏元相逢。此后梅良玉与陈月升之子陈春生都化名赶考，分别中头名、二名状元。黄嵩要春生做卢杞女婿，春生大骂，卢杞差人捉拿，众举子围攻卢杞、黄嵩并上殿参本，一个被千刀万剐，一个被点天灯。

有的宝卷写权臣谋害忠良或强抢民妇，被铁面无私、公正廉明的大清官所铲除，如《三搜索府宝卷》《吴彦能宝卷》。《吴彦能宝卷》写宰相吴彦能强抢民妇，被包公所铡的故事。宋仁宗年间，宋天子许下灯山大愿，汴梁城西门竹竿巷田仲祥夫人罗凤英同儿女前去观灯，宰相吴彦能把罗氏抢入府中，逼迫成亲。田仲祥两次告状，都被假扮包公的吴彦能捉拿，幸亏由神灵护佑，才得活命。包公陈州放粮三年回京，田仲祥前来告状，包公设计将吴彦能哄到府中，当堂铡了吴彦能。

4. 惩治罪犯故事宝卷

河西走廊惩治罪犯故事宝卷主要取材于公案故事，有的取材于《包公案》或托名包公的公案故事。取材于《包公案》或托名包公的宝卷有《包公错断颜查散》《忠孝宝卷》①《红葫芦告状宝卷》《皮箱记宝卷》《黄马宝卷》等。

《皮箱记宝卷》写包公审理小偷张小三诬陷新娘刘玉花一案的故事。大宋年间，山东省济南府王金龙与刘太公的三女儿刘玉花定于八月十六日成亲。八月十五日晚上，有一贼人张小三到刘家行窃，被锁在刘玉花的皮箱里。第二天小姐娶到王家，打开皮箱，发现皮箱中藏有一人。张小三、刘玉花被告到县衙，县官赵不清听信张小三一面之词，认为刘玉花和张小三有私情，毒打刘玉花并判处死刑。监斩那天，碰上包公巡查山东，包公重审此案，招了六个秀女，让张小三辨认。张小三从来没有见过刘玉花，只好老实招供。刘王两家重办喜事，重归于好。《黄马宝卷》写岳父见财起意杀害女婿的故事。

河西宝卷有三部冠名《忠孝宝卷》的宝卷：收录于《酒泉宝卷》（三）的《忠孝宝卷》，又名《卖妙郎宝卷》《女中孝宝卷》；收录于

---

① 根据《龙图公案》第三十一回《三宝殿》改编，张掖市甘州区安阳乡代福周收藏。

河西宝卷研究

《宝卷》的《忠孝宝卷》，又名《张青贵救母宝卷》；根据《三宝殿》改编的《忠孝宝卷》。前两个属于孝道故事宝卷，第三个属于包公案故事。

惩治罪犯故事宝卷还有《六月雪》《蜘蛛宝卷》等。《六月雪》取材于元杂剧《窦娥冤》。《蜘蛛宝卷》写的是知县颜炳破赌徒朱红丝杀死新郎陈应元一案的故事。清乾隆年间，湖广武昌府孝感县人丁位南，父亲去世后游走汉阳府，拜胡大有为义父，在城头山上设馆教读。陈村富户陈志杰的儿子陈应元与胡大有女胡素贞中秋举行婚礼，陈应元被盗贼杀死，知县颜炳监押胡素贞和丁位南。颜老爷微服私访到城头山上丁位南设馆处，三更时分见一只大蜘蛛口吐红丝，回到蔡田山一家客店住下，颜老爷得知楼上耍钱的五个赌徒中有一人名叫朱红丝，令兵丁拿下，朱红丝招供。

河西走廊惩治罪犯的公案故事宝卷颂扬为官清廉、铁面无私、敢于为民做主、保护人民群众生命与财产安全的清官，表达了民众祈盼吏治清明的愿望。

最后，忠义故事类宝卷中还有一类侠义故事宝卷，改编自《水浒传》故事，如《武松杀嫂宝卷》《野猪林宝卷》等，数量较少。

河西宝卷中同一部宝卷的思想内容不一定都是单一的，因而按照内容主旨进行的分类不是绝对的，有些宝卷从某一角度看属于这一类，从另一角度看又可属于那一类。比如：《回郎宝卷》属于孝道故事宝卷，但是它也是兄弟分家的故事；《卖妙郎宝卷》《葵花宝卷》《赵五娘卖发宝卷》是儿媳孝公婆的孝道故事，同时也反映夫妻不离不弃。对于这些宝卷，我们根据内容主旨的侧重点将其进行归类。

教化功能是宝卷"信仰、教化、娱乐"三大功能之一，河西走廊普通民众的忠君、孝悌思想教育在一个相当长的历史时期就是由宝卷承担的。因此，按照内容主旨对河西宝卷进行分类是必要的、可行的，对读者了解河西宝卷的思想内容有积极的、重要的作用。

第四章　河西宝卷的婚姻家庭观

河西走廊自古以来就是多民族聚居地，是中外文化交流的中转站，三教文化在这里长期交流融合。独特的地理环境和多元的文化背景形成了河西走廊特殊的历史文化、人文景观、民俗风情、审美情趣，特别是产生了独具地域特色的民间口头说唱文学河西宝卷、凉州贤孝等，它们从诞生之日起，便发挥着教育民众忠君爱国、孝敬父母公婆、兄弟妯娌和睦相处、惩恶扬善等教化作用，倡导构建和睦家庭、和谐社会。河西宝卷中的民间故事宝卷多取材于家庭生活，广泛而深刻地反映了父子关系、婆媳关系、兄弟关系、妯娌关系等各种家庭伦理关系，尤其以大量的笔墨反映了夫妻关系，体现了多元文化背景下多元的婚姻家庭观。

在家国同构的封建社会，婚姻家庭具有特别重要的地位。恩格斯认为封建贵族的稳定爱情是"一种政治的行为，是一种借新的联姻来扩大自己势力的机会，起决定作用的是家世利益，而绝不是个人的意愿"①。中国传统的婚姻家庭观是政治化、伦理化的，三纲五常是伦理道德和教化的核心，"家和国治"是婚姻的终极目标。婚姻的首要目的就是传宗接代。《礼记·昏义》："昏礼者，将合二姓之好，上以事宗庙，而下以继后世也。故君子重之。"②《周易·归妹》："象曰：

---

① 恩格斯：《家庭、私有制和国家的起源》，人民文学出版社1972年版，第76页。
② （清）阮元：《十三经注疏·礼记正义》，上海古籍出版社1997年版，第1680页。

归妹，天地之大义也。天地不交，而万物不兴。归妹，人之终始也。"① 婚姻关系是家庭关系产生的基础，在家国同构的封建时代，它也是国家君臣关系的基础。《周易·序卦》"有天地，然后有万物；有万物，然后有男女；有男女，然后有夫妇；有夫妇，然后有父子；有父子，然后有君臣；有君臣，然后有上下；有上下，然后礼仪有所错。夫妇之道，不可以不久也。"② 《礼记·大学》："古之欲明明德于天下者，先治其国；欲治其国者，先齐其家；欲齐其家者，先修其身；欲修其身者，先正其心；欲正其心者，先诚其意；欲诚其意者，先致其知，致知在格物。物格而后知至，知至而后意诚，意诚而后心正，心正而后身修，身修而后家齐，家齐而后国治，国治而后天下平。"③ 既然婚姻关系是如此的重要，夫妻关系自当受到社会的重视。夫妻在家庭生活中各有其职责和义务，女子料理家务，相夫教子，男子治理国家，养家糊口。《周易·家人》："象曰：家人。女正位乎内，男正位乎外。男女正，天地之大义也。"④

中国传统文化是道德伦理型文化，其影响根深蒂固。河西宝卷大力宣扬伦理道德，其中的婚姻家庭观也是道德伦理型的婚姻家庭观，宣扬三纲五常、三从四德，表彰妇女守身如玉、从一而终、孝敬公婆、嫡庶和睦、相夫教子，也要求男子承担起家庭责任，对贤良的妻子不离不弃。

婚姻制度属于上层建筑，它受经济基础的制约，也受一定的文化背景、道德观念和传统习俗的影响。在多元文化的影响下，河西宝卷中的婚姻家庭观以家庭为核心，倡导家庭和睦、和谐、幸福；以婚姻天定为思想基础，强调姻缘前定；以惩恶扬善为旨归，要求妻子与丈夫的言行要以善为本，反对淫邪。河西宝卷中的婚姻家庭观对传统的

---

① （清）阮元：《十三经注疏·周易正义》，上海古籍出版社1997年版，第64页。
② （清）阮元：《十三经注疏·周易正义》，上海古籍出版社1997年版，第96页。
③ （清）阮元：《十三经注疏·礼记正义》，上海古籍出版社1997年版，第1673页。
④ （清）阮元：《十三经注疏·周易正义》，上海古籍出版社1997年版，第50页。

第四章　河西宝卷的婚姻家庭观

婚姻家庭观念既有继承，又有革新：在男女结合的方式上，既遵循"父母之命、媒妁之言"，也赞成自由结合；在男子的婚姻对象上，既主张一夫一妻制，又肯定一夫多妻制；在夫妇关系上，既要求妻子守贞，从一而终，又要求丈夫担负起道德与责任，对妻子不离不弃。

河西宝卷是中国传统婚姻家庭的大观园，反映了中国传统婚姻家庭观的多元化构成。关于婚俗多元的问题在宝卷文本中也有反映，《风雨会宝卷》："这李隆基一听杨玉环貌美艺高，就生出了占纳之心。我国在唐朝以前，北方各游牧民族经常南侵，封建礼教和婚俗都处在不断的演变中，礼教规矩还不十分严格，帝王们的占有欲无限膨胀，……当时承袭的婚俗并不专一，所以唐初子纳父妾、兄占弟媳的事时有发生。"[①] 这里虽然谈的是唐朝时期受少数民族婚俗的影响，汉族婚姻中也有不合传统礼教的婚姻陋习，但也解释了婚俗多元的原因，即历代婚俗的不断承袭。河西宝卷所反映的婚姻家庭观，也正是封建时代多种婚姻家庭观的积淀。

一　父母之命、媒妁之言

父母之命、媒妁之言的婚姻习俗在先秦已经形成。《诗经·齐风·南山》："析薪如之何？匪斧不克。娶妻如之何？匪媒不得。"[②]《礼记·坊记》："伐柯如之何？匪斧不克。娶妻如之何？匪媒不得。艺麻如之何？横从其亩。娶妻如之何？必告父母。"[③]《礼记·曲礼上》："男子非有行媒，不相知名。"[④]《孟子·滕文公下》："丈夫生而愿为之有室，女子生而愿为之有家。父母之心，人皆有之。不待父母之命，媒妁之言，钻穴隙相窥，逾墙相从，则父母、国人皆贱之。"[⑤]

---

① 徐永成、崔德斌：《金张掖民间宝卷》（三），甘肃文化出版社2007年版，第833页。
② （清）阮元：《十三经注疏·毛诗正义》，上海古籍出版社1997年版，第353页。
③ （清）阮元：《十三经注疏·礼记正义》，上海古籍出版社1997年版，第1622页。
④ （清）阮元：《十三经注疏·礼记正义》，上海古籍出版社1997年版，第1241页。
⑤ （宋）朱熹：《四书集注》，陈戍国标点，岳麓书社2004年版，第297页。

到了汉代，这一儒家的婚姻观得到了承袭，直至清代。《白虎通·嫁娶》："男不自专娶，女不自专嫁。必由父母，须媒妁何？远耻防淫佚也。"①

中国封建社会男女授受不亲，青年男女不能自由交往，他们的结合只能靠第三方的中介，加之三纲五常的宗法制伦理的约束，青年男女是否可以结合不是自己说了算，而是完全由父母做主，由此形成了"父母之命、媒妁之言"的传统婚姻习俗。

男女双方的结合离不开媒妁的说合。《说文解字》："媒，谋也，谋合二姓者也。"②"妁，酌也，斟酌二姓者也。"③ 河西宝卷中不少青年男女的结合都是通过媒妁说合的。《方四姐宝卷》中方员外的儿子娶了于家的姑娘，不幸病亡，两家结下仇怨，于员外夫妇为了替女儿报仇，请媒公李虎说媒，给儿子于可久娶方员外的女儿方四姐为妻。《继母狠宝卷》中李雄前妻去世，"要寻个，合适人，再娶继室。主意定，央媒人，寻亲撮合"④。《侯美英反朝》中侯知县为女儿侯美英写了一张求婚帖，王员外看到，请王媒婆为儿子王永贵到侯家说媒。河西宝卷中也有让槐树、城隍土地做媒妁的。《天仙配宝卷》中七神姑下凡要嫁给董永，董永忙说："行不得，不可胡作乱人伦。人伦大道配夫妻，三媒六亲讲得清。"神姑指出："槐荫树，当作三媒六证人。今与相公做夫妻，去还银钱一同行。"⑤《孟姜女哭长城宝卷》中梨山老母和观音菩萨叫当方土地做媒，一阵大风将范齐郎刮到许家花园，孟姜女请土地神做三媒六证，范齐郎请城隍爷做三媒六证，二人盟誓定下婚约。

---

① （清）陈立：《白虎通疏证》，吴则虞点校，中华书局1994年版，第452页。
② （汉）许慎撰，（清）段玉裁注：《说文解字注》，上海古籍出版社1988年版，第613页。
③ （汉）许慎撰，（清）段玉裁注：《说文解字注》，上海古籍出版社1988年版，第613页。
④ 徐永成、崔德斌：《金张掖民间宝卷》（二），甘肃文化出版社2007年版，第610页。
⑤ 方步和：《河西宝卷真本校注研究》，兰州大学出版社1992年版，第242页。

第四章　河西宝卷的婚姻家庭观

父母是儿女婚姻的主宰者，河西宝卷中也反映了这一传统婚俗。《吴江渡宝卷》中余成龙、苏朝贵同朝为官，两人为儿子余文榜、女儿苏月英结下秦晋之好。《黄氏女宝卷》中黄员外夫妇劝女儿玉姐开斋，玉姐不听，于是将玉姐嫁给屠户赵令芳。《香山宝卷》中妙善公主十六岁，父母欲令其招驸马，妙善反而劝父母修行，受到父亲的惩罚。河西宝卷中仙女要嫁穷小子，穷小子总要先告禀父母，让父母为自己的婚姻做主。《张四姐大闹东京宝卷》中崔文瑞家遭天火，乞讨为生，玉皇大帝的四姑娘张四姐下凡要与崔文瑞成就一段婚姻，崔文瑞说："同我去见生身母，婚姻大事由她定。"[①]

儿女婚姻由父母做主就会产生指腹为婚、娃娃亲等婚姻形式，在河西宝卷中也有所反映。《如意宝卷》中翰林院大学士陈名桂，一日到观音堂烧香求子，碰上兵部大学士崔大人，二人在神前割衣襟以如意为证，"指肚为婚"。《金凤宝卷》中张员外和段员外到圣母娘娘庙焚香求子，并指腹为婚。《五女兴唐宝卷》中李应龙员外的两个儿子李怀珠、李怀玉，与吴成功员外的两个女儿吴月英、吴凤英定下娃娃亲。

中国传统婚姻中有皇帝或官员指婚的习俗，河西宝卷也有所反映。《沉香宝卷》中唐王赐刘锡状元郎，敕封洛阳太守，并将王丞相女王桂英赐配于刘锡。《赵五娘卖发宝卷》中蔡伯喈上京赶考中了首名状元，牛太师奏请皇上降旨，让新科状元蔡伯喈到牛府招亲。河西宝卷中更多的是官员为青年男女指婚。《祭财神宝卷》中赵知县做主使王金怀、秀英二人将来配为夫妻。《蜘蛛宝卷》中因丁位南妻子为申冤而自缢身亡，颜老爷做主将丁位南过继给陈家，并与胡素贞婚配。《包公错断颜查散》中包公断明颜查散案，当堂做媒，把颜查散舅舅的女儿柳金婵许配给颜查散。表兄妹结婚也是中国的传统婚姻习俗，20世纪河西走廊民间还有这一婚俗遗留，不过只限于外甥娶舅

[①] 何国宁、李爱文、单永生：《酒泉宝卷》（第一辑），甘肃文化出版社2012年版，第308页。

舅的姑娘,这样"顺",舅舅的儿子不能娶姑姑的女儿,这样"不顺"。颜查散娶舅舅的女儿柳金婵为妻,符合河西走廊表兄妹结婚的婚姻观念。当然随着人们生活水平的提高、科学生育观念的树立,现在表兄妹结婚的婚姻习俗在人们的观念中已被剔除。

　　经济地位是婚姻的基础,中国的传统婚姻在选择对象上是由父母之命、媒妁之言决定的,在选择标准上无论媒妁还是父母都非常看重门当户对,传统婚姻中的门第观念已经深入人心,门第相配也符合民众的心理。河西宝卷由父母之命、媒妁之言结成的婚姻都自觉不自觉地带有门当户对的观念。《如意宝卷》中陈盛元的父亲是翰林院大学士,崔彩莲的父亲是兵部大学士,二位大人向观音菩萨求子,不期而遇,因为同为高官,门当户对,于是指腹为婚。《金凤宝卷》中张文焕和段凌英的父亲都是家财万贯的员外。《吴江渡宝卷》中余文榜、苏月英的父亲都是朝中高官。《双喜宝卷》中王志福的父亲是尚书,豆千金的父亲是丞相。经济上的平等会带来心理上一定程度的平衡,有利于形成婚姻上的平等与相互尊重,从而维持婚姻的持久,所以婚姻中的门第观念也有其合理的一面。

　　古人一诺千金,君子一言,驷马难追,父母之命、媒妁之言完全是以诚信为保障,关于男女的婚约,父母的口头承诺是神圣的,不得反悔的,具有法律效力。河西宝卷中父母一旦为子女定下婚约,就必须要守约,当男方一家遭遇变故,家境衰败时,女方的父母尤其是父亲悔婚,设计逼迫有婚约关系的男方写下退婚文书,以名正言顺地解除婚约。这样,婚姻的口头约定性、神圣性就会遭到亵渎,这种情况下,河西宝卷理所当然将会捍卫婚约的神圣性,并将这一重任降在有婚约关系的女方身上。女方挺身而出,撕毁退婚文书,或直接到男方家孝养婆婆,或想方设法救助"丈夫",最终男方状元及第或建立军功,或女方女扮男装中状元,"有约人终成眷属"。河西宝卷这种维护婚约神圣性的方式是将父母之命、媒妁之言与妇女守节观念相结合的。《马乾龙游国宝卷》中李靖女儿被妖魔缠身,病得很重,李靖承

第四章 河西宝卷的婚姻家庭观

诺谁治好小姐的病就将小姐嫁给谁。邢赞救了小姐，因邢赞长相丑陋，李靖欲赖婚，小姐说："爹爹难道赖婚不成？"并说自己不嫌邢赞丑陋。于是二人择吉日完婚。《如意宝卷》中陈盛元父亲去世，因家中寒迫，去京城认岳父，崔大人悔婚，迫害陈盛元，崔彩莲得知实情后到华阴县孝养婆婆。陈盛元献策破西蕃立功，与崔彩莲终成眷属。《红灯记》中户部尚书赵朋悔婚，逼孙继高写下退亲文约，并将其下在监牢，女儿赵兰英扯碎文约，怒斥其父，并与丫鬟梦月主仆二人来到京城丞相府，找到中状元后入赘相府的孙继高兄长孙继成，救出狱中的孙继高。

河西宝卷在捍卫婚约神圣性的同时，还将儒家文化与佛道文化相结合，使毁约者最终遭报应，从而有力地说明破坏婚约就是破坏婚姻，破坏婚姻则天理难容。《金凤宝卷》中悔婚的段员外得了噎食病而死。河西宝卷捍卫婚约神圣性的胜利最终落到功名利禄上，建立在这一经济基础上的婚姻是富贵美满的婚姻，这迎合了大众的审美心理，表达出了民众的婚姻理想和美好愿望。

婚约具有神圣性，要想解除婚约，必须双方同意方可，任何一方单方面是不能取消婚约的。河西宝卷故事中总是女方的父亲悔婚，强迫男方写下退婚文约，目的就是不使自己背负毁坏婚约的恶名。宝卷总是站在维护婚约的立场上，"宁拆十座庙，不毁一门婚"，但是男女双方如果不愿结婚，一心吃斋念佛、发愿修行，婚约不但可以自然解除，而且可以违抗父母之命。宝卷的这一观念显然是受了佛道文化的影响。《十二圆觉》中长安城中刘都堂之女刘素贞三岁时与陈知府之子陈天德结下亲事，十六岁时陈家欲择日迎娶刘小姐，观音菩萨前来点化，传其三皈五戒，刘小姐发愿修行。陈天德为了成全刘小姐修行，写下退婚文约交与刘小姐。《香山宝卷》中妙善公主十六岁，父母欲令其招驸马，妙善反劝父母修行，庄王大怒，罚她到花园挑水浇花，后又罚其到白雀寺修行吃苦，希望妙善回心转意，但结果是妙善"心坚如同金刚，志稳犹如泰山"。

河西宝卷研究

　　现代婚姻讲究自由恋爱，但是不少男女的婚姻仍然离不开他人牵线搭桥，父母之命、媒妁之言还在一定程度上发挥着作用，只不过双方的婚姻最终成与否，话语权在于男女双方而不在于父母，父母在儿女婚姻中的专制基本上结束了。

　　河西宝卷故事中除了父母之命、媒妁之言外，也有自己做主、自由结合的。传统的英雄救美，美人以身相许的婚恋在河西宝卷中也可见到。《五女兴唐宝卷》中李怀珠投奔师父，在海家店打死恶霸海里虎，搭救洪海棠，洪海棠以身相许，二人拜天地结为夫妻。李怀玉银子被偷，遇上告老还乡的官员张献，被张献收为义子，张献之女张美容爱慕怀玉，向怀玉倾诉。《侯美英反朝》中龙文景行至山中被山大王张爱的两个儿子张立千、张立万带回山寨为妹妹张兰英浇花，龙文景与张兰英私订终身。

　　受佛道文化的影响，人生世间转世轮回，男主人公往往是上天的星宿下凡，他们身上常常会表现出一些与众不同的奇异现象。河西宝卷中发生在男子身上的奇异现象往往是蛇、蚂蚁之类在他熟睡时从七窍进出，当一个女子看到这种奇异现象时，就会主动以身相许。《侯美英反朝》中侯美英偶做一梦，梦见虎从天降，变成一位年少书生，于是到观音堂还愿，敬罢香来到学馆中散心，看见花亭上睡着一个学生（龙文景），蛇从七窍进出，侯美英以身相许，二人私订终身。《马乾龙游国宝卷》中晋太子典身陶知府家，一日睡觉，"恰逢陶知府女儿陶立春和丫鬟春香前来赏花，看见花园中睡着一人，有许多的蚂蚁从鼻子里进去，从耳朵里出来，又从眼睛里进去，再从嘴里出来。立春说道：'此人命大，日后必能大富大贵。'"小姐为其盖上风衣。晋太子醒来后说："到日后，我若是，登龙之位；就封你，坐昭阳，正宫皇后。"①

　　如果说"父母之命、媒妁之言"讲究门当户对的话，那么，自由

---

① 徐永成、王立泰、崔德斌：《金张掖民间宝卷》（四），张掖市河西印刷有限责任公司2009年印刷，第1158页。

结合就打破了门第观念，因一见钟情或互有恩情而结合。

二　一夫多妻

我国封建社会是以农业自然经济为基础的血缘宗法制社会，它以男权为中心，妇女处于从属地位。男子可以纳妾，可以休妻再娶，但却要求女子从一而终，坚守贞操。所以，一夫一妻制只是对女子所做的要求，男子却可以一夫多妻。一夫多妻制是男权为中心的一种表现，这一婚俗可追溯到周代，《礼记·曲礼下》："公侯有夫人，有世妇，有妻，有妾。"[①]"卿大夫一妻二妾，士一妻一妾。"[②]

河西宝卷中的婚姻家庭大致可以分为两种：一种是普通婚姻家庭，婚姻构成一般是一夫一妻，也有个别是一夫二妻，其特点是婚姻关系别无变化，呈现出一种静态；另一种是与功名利禄相联系的婚姻家庭，婚姻构成是一夫多妻，男子不断地跟相遇的女子订立婚约或拜堂成亲，男女聚散离合，婚姻关系相对呈现出一种动态的发展，最终男子状元及第或建立军功，夫妻团聚。后一种婚姻家庭可称为才子佳人婚姻家庭。

河西宝卷中普通婚姻家庭一夫多妻的不多。《世登宝卷》中河南府洛阳县竹竿巷里张员外有两个妻子——张氏和沈氏。《丁郎寻父》中高仲举受迫害，离别妻子于月英，到湖广武昌府，遇兵部尚书胡老爷，被胡老爷收为义子，与吏部天官张老爷之女成亲。普通家庭一夫多妻有时跟生育或吃斋念佛有关。《五女兴唐宝卷》中李应龙员外娶妻陈氏，因陈氏婚后一直没有生育，员外续娶庞氏。这跟儒家的"不孝有三，无后为大"的孝道观有关。《手巾宝卷》中王忠庆员外之妻张素贞为了安心吃斋念佛，劝员外娶妾以服侍员外，员外娶了李三姐。

[①] （清）阮元《十三经注疏·礼记正义》，上海古籍出版社1997年版，第1267页。
[②] （汉）班固：《白虎通德论》，上海古籍出版社1990年版，第73页。

河西宝卷研究

　　河西宝卷中的才子佳人婚姻家庭反映了封建士大夫的婚姻家庭状况，封建士大夫理所当然三妻四妾，这在河西宝卷故事中往往通过皇帝或宰相之口表现出来。《红灯记》中孙继成高中状元，高丞相当殿奏道："臣有一女年方二九，情愿许与状元为妻。"继成禀告："臣家中已有妻女，不敢从命。"天子说道："朕有三宫六院，你娶两房妻子也不为过。朕赐你两副凤冠霞帔，龙、高二女俱封为诰命夫人。"①《劈山救母宝卷》中刘锡与三圣母成婚后上京赶考，皇帝赐刘锡状元郎，王丞相要将女儿许配刘锡，刘锡推辞说已与华岳三娘成亲，王相爷说："贵人哪里话，你是皇家的贵客，才貌双全，就是三房五房也不过分。况且华岳神圣仙体，我女乃是凡体肉胎，虽是偏房，有官有势何能玷污我。"②河西宝卷中的男子成婚后求功名，一旦状元及第，丞相等高官情愿将千金嫁予状元做偏房而不计名分，反映了封建士大夫的婚姻观。《天仙配宝卷》中董永中状元，赵宰相要将女儿嫁给董永，董永说家中有妻子，不敢再娶，赵宰相说："我们做官人，就娶两三房妻子也不为多。"③

　　河西宝卷才子佳人婚姻家庭故事有一类讲丈夫成婚后上京赶考，状元及第后又做了驸马或宰相女婿。《绣红灯宝卷》中温彦赞娶妻杨月珍，上京赶考中了头名状元后做了翠花公主的驸马。《葵花宝卷》中高彦祯娶妻孟日红，中状元后与丞相之女梁月英成亲。《赵五娘卖发宝卷》中蔡伯喈娶妻赵五娘，上京赶考中了首名状元，牛丞相将其招为女婿，与牛六姐成亲。《忠孝宝卷》中周文宣娶妻柳迎春，上京赶考中首名状元，叶丞相逼他与叶千金成亲。这些才子佳人的婚姻家庭故事情节结构很相似，具有口头文学的程式特征。

　　才子佳人故事中的佳人有两类，一类是才子的结发妻，她们在丈

---

　　① 徐永成、王立泰、崔德斌：《金张掖民间宝卷》（四），张掖市河西印刷有限责任公司2009年印刷，第1264页。

　　② 徐永成、崔德斌：《金张掖民间宝卷》（一），甘肃文化出版社2007年版，第125页。

　　③ 方步和：《河西宝卷真本校注研究》，兰州大学出版社1992年版，第260页。

第四章 河西宝卷的婚姻家庭观

夫不在家时孝敬公婆,一类是才子状元及第后再娶的妻子,地位尊贵,却能积极主动地接纳丈夫的结发妻子,两类佳人所具有的品德正是宝卷所大力宣扬的妇德——贤惠。第一类是孝媳:杨月珍孝敬公公;孟日红割下自己身上的肉孝敬婆婆;赵五娘吃糠孝敬公婆,公婆去世,她又卖发葬埋;柳迎春卖了儿子苗郎孝公婆,婆婆死后又割肉孝公公。这些孝媳最终上京寻夫,与丈夫团聚。第二类是贤媳,她们是出自名门的大家闺秀,具有宽容的胸怀,她们与状元成亲后,并不排斥状元的结发妻子,相反,却能积极接纳丈夫的结发妻,并且在其受伤害时设法援救。《绣红灯宝卷》中杨月珍来到京城寻夫,温彦赞向公主讲明实情,"公主听言便叫人役抬上轿子,去到那王婆店中,把杨氏姐姐请进宫来与驸马相见"①。驸马奉旨到雁门关平寇,国母用酒毒死杨月珍,公主找母亲哭闹,后来太白金星救活杨月珍。《葵花宝卷》中孟日红公婆去世后上京寻找丈夫高彦祯,梁丞相与丫鬟梅香设计用药酒毒死孟氏,梁月英将葵花宝镜揣在孟日红怀中,护住肉身,使她日后能够还阳。《赵五娘卖发宝卷》中牛六姐知道蔡伯喈有父母妻子,派李旺搬取蔡伯喈的家眷。

河西宝卷宣扬因果报应,此类故事旨在说明妻子在家孝敬公婆,丈夫靠妻子所积的功德高中状元,妻子也因此享受荣华富贵。其教化作用也很明显,一是教育媳妇要孝敬公婆,二是教育男子要勤奋好学以博取功名。同时也教育男子功成名就不忘糟糠之妻,这表达了民众的心声。根据《铡美案》改编的《铡美案》宝卷中陈世美获得功名利禄后抛弃妻子儿女的卑劣行径自然为人所不齿,他的被铡,民众是拍手称快的。

河西宝卷才子佳人婚姻家庭故事中另一类是才子受到迫害、在遭受磨难或逃难的过程中与多个女子喜结连理的故事,最终才子或状元及第,或建立军功,夫妻共享荣华。受佛教救苦救难、奖善惩恶思想

---

① 徐永成、崔德斌:《金张掖民间宝卷》(二),甘肃文化出版社2007年版,第722页。

的影响，河西宝卷中才子遇难后总会有神佛或好心人相救，如果是大官员或其他中年男子相救，则将其女许配于他，如果是女子相救，则二人一定私订终身。《二度梅宝卷》中梅魁被奸相卢杞所害，卢杞欲斩草除根，梅魁之子梅良玉逃难，遇到父亲故交陈月升，陈老爷将女儿陈杏元许配梅良玉，遇到邹老爷，邹爷将女儿云英许配梅良玉。《如意宝卷》中陈盛元与崔彩莲乃是父母指腹为婚的一对，陈家家境衰败，陈盛元去京城认岳父，崔大人侄子崔英骗取陈盛元的如意，将其打个半死丢入井中，盖上石板。崔英夫人殷氏命丫鬟张碧莲夜晚救盛元，二人私订终身。

  河西宝卷故事中有的才子在逃难、寻妻或查办大案过程中还会遇到巾帼女英雄并与之结为鸳鸯，这些巾帼英雄不但救助男主人公，而且还能平寇立功。河西宝卷将才子佳人与精忠报国相结合，扩大了佳人的内涵，她们不但孝敬公婆、心地善良贤惠，而且武艺超群，能够平寇立功。《侯美英反朝》中龙文景与侯美英、张兰英、杨金定、蒋桂英四个女子成为夫妇，侯美英武艺超群，张兰英是武状元。《五女兴唐宝卷》中李怀玉与吴凤英、胡玉莲、陈美容、白玉娥、常秀兰五位巾帼英雄结成夫妻。吴月英、吴凤英与胡玉莲、陈美容、白玉娥，杀了黑虎寨大王，把黑虎寨改名五凤岭。李怀玉状元及第，常秀兰中了武状元，他们一起平定五凤岭，又与吴凤英等合兵平定了二龙山。《苦节宝卷》中张彦离家寻找妻子白玉楼，又与刘蕊莲、金秀容成亲，刘蕊莲女扮男装寻夫，投在青龙山金元帅帐下，打败贼首马吞，马吞归顺。《吴江渡宝卷》中余文榜与苏月英有婚约，后与韩小姐、赵金定订婚约。葫芦山强盗围困南京城，赵金定射死刘自明、范虎以解围。这类才子佳人婚姻家庭故事中，男子大都还没成名，还没显露出什么特殊的本领，就能够左右逢源，不管他有无妻室，做父母的总是乐意把女儿许配于他，女子也不计他有几房妻室，总是以身相许。这尽管不合生活的逻辑，但却迎合了大众的审美心理：书中自有黄金屋，书中自有颜如玉，好男儿就该追求功名利禄，有功名利禄就该三

第四章 河西宝卷的婚姻家庭观

妻四妾,这才是荣华富贵的幸福生活。

此外,河西宝卷才子佳人故事中还有一类是男主人公受磨难,他的妻子或是与他有婚约的女子状元及第,而后夫妻团圆。《蜜蜂宝卷》中董良材男扮女装自称苗凤英,被马丞相救下,收为义女。苗凤英借邓红玉尸还魂,中了头名状元。丞相将义女许给新状元,良材与凤英夫妻团聚。《双喜宝卷》中王志福探地穴,观音老母赠三件宝物。王志福献宝,被皇上封为献宝状元。豆千金改名豆科,参加科考,中了二名榜眼,之后王志福与豆千金夫妻相认。《红灯宝卷》中赵知府陷害孙吉高入监,赵千金冒孙吉高之名上京赶考,高中魁首,被仁宗招为驸马,洞房花烛夜,赵千金将实情告知公主,二人结为姊妹。赵千金救出孙吉高,孙吉高与赵千金、公主以及忠心的丫鬟夏莲结成夫妻。河西宝卷讲唱的才子佳人婚姻家庭故事往往经历艰辛与磨难,最终以男主人公状元及第或建立军功、才子佳人团聚的大团圆结束,既宣扬了奖善惩恶的主旨,也满足了民众的审美需求。

河西宝卷的才子佳人故事对封建的重男轻女、男尊女卑思想进行了一定程度的批判。河西宝卷故事中的佳人,有的孝敬公婆,在丈夫上京赶考一去不回而家乡又遭荒旱的情况下,能够含辛茹苦照顾家庭,撑起的是一片天;有的敢于违抗父命,离家出走,追求自己的婚姻幸福,她们或才高八斗,女扮男装考中文状元,或武艺超群,能够平寇立功、保家卫国,丝毫不让须眉。

唐传奇已有才子佳人题材,开元杂剧、明代传奇、清代小说之才子佳人传统的先河,河西宝卷中的才子佳人故事与传统的才子佳人故事有共同之处,也有相异之处。共同之处表现在:摆脱父母的安排,追求自由结合;功名利禄影响着才子佳人的富贵幸福。其相异之处表现在:传统的才子佳人故事是一夫一妻的结合,如《西厢记》中的崔莺莺和张生,《墙头马上》中的裴少俊和李千金等;河西宝卷故事中的才子佳人是一夫多妻,一个才子往往和多个佳人同结连理。传统的才子佳人故事以情爱为择偶标准,追求理想的爱人;河西宝卷中的才子佳人的结合更多的不是因为情爱，而是因为"婚约"、缘分或想当然的一见钟情。河西宝卷才子佳人故事中门当户对的门第观念并不严格，才子可以与一般女子甚至丫鬟结为夫妻；而传统的才子佳人故事的主人公多为名门之后，如《西厢记》中的崔莺莺是相府小姐，张生的先人曾官拜礼部尚书，《墙头马上》的李千金贵为皇族，裴少俊之父是裴尚书。

三 婚姻天定

"佛教未传入我国之前，思想界占支配地位的是天命思想和因果关系。习惯把男女婚姻称之为天命使然，天赐良缘，天作之合。故旧社会诸多男女婚姻，虽多不情愿如意，甚至迫于压力等多种缘故而违心结合，却能在'认命'的心态下予以容忍和逐渐接受下来。佛教传入后，故有的天命思想与外来的因缘之说相结合，又衍化出'前定'观念。认为婚姻是命中注定的，而且嫁给谁，娶什么人均是生前就定下的事，是缘分前定的必然结果。"[①] 河西宝卷婚姻家庭故事深受婚姻天定思想的影响，反映婚姻天定、前定的俗语随处可见。"千里姻缘有锦穿，棒打姻缘不应该。""姻缘本是天造定，双方难得渡鹊桥。""夫妻本是前世定，怎能半路两离分。天上牛郎配织女，人间贤女配才子。""夫妻本是前生配，千里姻缘一线牵。""姻缘本是前世定，天降凤凰配真龙。""凡事皆有天注定，千里姻缘一线牵。""俗语讲，姻缘事，前世所定，哪怕你，挑万遍，终难错过。""有缘千里来相会，无缘对面不相识。"

河西宝卷中不少婚姻家庭故事都反映了婚姻命定、天定、前定的思想观念。《白马宝卷》中杜金定被丈夫所休，嫁给叫花子张三。

---

① 张树卿：《简论儒、释、道婚姻家庭观》，《东北师范大学学报》（哲学社会科学版）1996年第6期。

第四章　河西宝卷的婚姻家庭观

"今日个，来相逢，也是前缘；五百年，姻缘定，且度光阴。"①《牡丹宝卷》中王母娘娘想收牡丹回到天宫，月老奏道："他二人姻缘未满，冤气未尽，收回天宫便是犯了天条。"②《方四姐宝卷》中于家的姑娘嫁给方家，不幸去世，于家求媒人到方家给自己的儿子说媒，想以折磨方家姑娘的方式为自己的女儿报仇，方四姐的父亲竟然答应了婚事，母亲和方四姐伤心不已，方四姐劝母亲说："母亲不必啼哭，婚缘乃是天定，遇合也是造就的。"③《蜜蜂宝卷》中禁子老薛之女薛小云偶做一梦，见白虎星君身戴枷锁，对她说他是董良材，请搭救，二人有一世姻缘，有夜明珠一颗当作聘礼。小云惊醒果然发现一颗夜明珠。正是："白虎困牢笼，小姐梦中惊。姻缘前世定，明珠做媒公。"④《孟姜女哭长城宝卷》中黎山老母与观音菩萨掐指一算，知道范齐郎是二等罗汉星下凡，与孟姜女有婚姻之约，便叫当方土地做媒，一阵风把范齐郎刮到许家花园，与孟姜女结为夫妻。《蜜蜂宝卷》中秦豹欲强奸妹妹秦素梅的丫鬟翠莲不遂，杀了翠莲，却将寄身山神庙中的董良材抓来，诬陷他为杀人凶手。秦素梅看董良材的相貌不像杀人凶手，晚上她梦见翠莲说杀人者是秦豹，土地也托梦给她，说董良材乃是白虎星下凡，与她有宿世姻缘。于是秦素梅救了董良材，并以丫鬟春香为媒证，二人对明月盟誓，互送信物，结成姻缘。

　　婚姻天定的观念还反映在人仙联姻故事中。河西宝卷中人仙联姻的故事都是穷小子跟仙女结亲的故事。穷小子家原本是家财万贯的员外家，后来大都遭遇天火焚烧，一贫如洗，他们都跟某个仙女有一段姻缘，于是仙女下凡，主动与有缘人结成夫妻，改变了他们的困境，具有浓厚的因果报应色彩。

　　《天仙配宝卷》中七神姑错绣龙袍，又偷了王母的胭脂，犯下罪

---

① 徐永成、崔德斌：《金张掖民间宝卷》（一），甘肃文化出版社2007年版，第228页。
② 徐永成、崔德斌：《金张掖民间宝卷》（一），甘肃文化出版社2007年版，第264页。
③ 徐永成、崔德斌：《金张掖民间宝卷》（二），甘肃文化出版社2007年版，第444页。
④ 徐永成、崔德斌：《金张掖民间宝卷》（二），甘肃文化出版社2007年版，第510页。

孽，玉帝于是差七神姑下凡，与董永为妻，"做工还账，受些灾难。三年的姻缘清了，原回天宫"①。董永因与七神姑只有三年姻缘而伤心流泪，"神姑说，这婚姻，命由天定。由不得，我和你，随心自便。"②《劈山救母宝卷》中刘锡赴京应试，到华岳庙抽签讨卦，因在庙墙上题诗惹恼三圣母。圣母吩咐雷公打死刘锡，太白金星告诉圣母她与刘锡前世造就一场姻缘。太白金星说："刘锡他是个有道之人，多受苦难，广济贫困，……况且此人与你有缘，你和他天定两月夫妻，你若不信，婚姻簿上前去察看。"③还说："造就的婚姻难改变，若是错过获罪不轻。"④三圣母怕哥哥二郎神知道她跟凡人婚配后不容情，但又怕违了天命玉帝降罪，"但又听，太白星，说得分明；婚姻簿，先造着，两月之婚。违天命，又恐怕，玉帝降罪；打下凡，投肉胎，匹配他身。"⑤三圣母不敢违背天命，与刘锡结成夫妻。《张四姐大闹东京宝卷》中玉帝之女张四姐与金童崔文瑞有几载姻缘，张四姐看到金童凡间受苦，决定下凡与文瑞成就这段姻缘。《三神姑下凡宝卷》中斗牛宫王母娘娘的三仙女偷偷查看婚姻簿，知道自己与贯州城左金童有三年婚姻，于是私下天宫与阎天佑结为夫妻。宝卷用七言二句诗赞评价此段婚姻："千里姻缘拿线穿，神仙还把凡人羡。"⑥

河西宝卷中人仙婚姻与其他民间故事中人与异类的婚恋有许多相似之处，其基调是快乐的，穷男子不但获得了婚姻，而且得到了妻子的帮助和护佑，摆脱了贫穷，过上了荣华富贵的日子。此外，河西宝卷中人仙联姻故事也遵循"相遇—结婚—分离"或"相遇—结婚—同化"的模式，《天仙配宝卷》和《劈山救母宝卷》遵循"相遇—结

---

① 何国宁、李爱文、单永生：《酒泉宝卷》（第五辑），甘肃文化出版社2012年版，第343页。
② 何国宁、李爱文、单永生：《酒泉宝卷》（第五辑），甘肃文化出版社2012年版，第345页。
③ 徐永成、崔德斌：《金张掖民间宝卷》（一），甘肃文化出版社2007年版，第122页。
④ 徐永成、崔德斌：《金张掖民间宝卷》（一），甘肃文化出版社2007年版，第122页。
⑤ 徐永成、崔德斌：《金张掖民间宝卷》（一），甘肃文化出版社2007年版，第122页。
⑥ 徐永成、崔德斌：《金张掖民间宝卷》（一），甘肃文化出版社2007年版，第148页。

婚—分离"模式，董永和刘锡状元及第，另有婚配，七神姑与三圣母返回天庭。《张四姐大闹东京宝卷》和《三神姑下凡宝卷》遵循"相遇—结婚—同化"的模式，四神姑和三神姑最终要返回天宫，将婆婆和丈夫都带上天宫，因为崔文瑞、阎天佑本来就是金童下凡。河西宝卷中人仙婚姻与传统的人与异类婚恋的故事有一个很大的不同是：传统的人与异类婚恋的故事往往是女子自荐枕席，男子得到性爱的满足，而河西宝卷绝不描写性爱。这固然与三教文化反对淫邪有关，另一方面跟宝卷的演唱场域也有关系，宝卷往往在民众家中演唱，听众一般是一家人、亲戚朋友和邻舍，在这样的场合谈性爱是忌讳的。因此，河西宝卷中婚姻家庭故事有一个突出的特点是"思无邪"，绝对没有男女的性爱描写。

河西宝卷也有抛彩招亲的情节，这也是一种"婚姻由天定"的结亲方式。河西宝卷故事中的抛彩招亲往往是皇室为公主招驸马，或是丞相等高官招女婿，有时彩球打中的是受苦受难的人，使受苦受难者命运发生彻底的改变，有时候打中的是新科状元，成就的往往都是一段美满婚姻。《绣红罗宝卷》中杨海棠到阴间为三郎神众兄弟绣红罗，丢下儿子花仙哥在家受继母沈桂英的虐待、毒害。唐天子为金花公主抛彩招亲，四郎神显灵把花仙哥从陈州接到京城，化一阵清风把彩球刮到花仙哥怀中，花仙哥招了驸马。《红匣记》中陈光蕊中状元，披红挂彩，沿街夸官。殷丞相之女满堂娇打彩选婿，看到陈状元经过，心中暗喜，祷告苍天神明后便将彩球抛下，不偏不倚落在陈光蕊头上。

四 妇女守节

妇女守节观念的提出最早见于《周易·恒》："象曰：妇女贞吉，从一而终也。"① 《礼记》也说丈夫死后妻子不改嫁。《礼记·郊特

---

① （清）阮元：《十三经注疏·周易正义》，上海古籍出版社1997年版，第48页。

牲》："壹与之齐，终身不改，故夫死不嫁。"① 封建礼教要求女子三从四德。《仪礼·丧服》："妇人有三从之义，无专用之道。故未嫁从父，既嫁从夫，夫死从子。"②《周礼·天官·九嫔》："九嫔掌妇学之法，以九教御：妇德、妇言、妇容、妇功。"③ 守节观念与三从四德观念相结合，成了封建社会妇女应遵守的最基本的道德规范。这种观念到了程朱理学时期变本加厉，程颢、程颐在"情"与"理"的问题上提出"存天理，灭人欲"，在男女婚姻问题上提出"饿死事极小，失节事极大"。明代的统治阶级对妇女进行贞德规范，大立贞节牌坊，宣扬节义孝道，使妇女严守礼法，从一而终。要求妇女守节清代亦然。清代《礼部则例》规定：节妇即"自三十岁以前守至五十岁，或年未五十岁而身故，其守节已十年，查系孝义廉全厄穷堪怜者"以及为夫守贞的"未婚贞女"。④《儒林外史》中穷秀才王玉辉受程朱理学"存天理，灭人欲"的毒害，怂恿女儿殉节，女儿绝食，公婆伤痛，他却说"这是青史上留名的事"。女儿死后，王玉辉仰天大笑说："死得好！死得好！"⑤《儒林外史》中丈夫死了，妻子必须要守节，这是程朱理学所推崇的婚姻观。河西宝卷深受程朱理学思想统治下的婚姻家庭观的影响。

河西宝卷在男女婚姻家庭观上承袭了贞节观念与三从四德观念，把坚守贞操与从一而终看作妇女的美德来颂扬。有的宝卷中有专门议论妇德的文字，《风雨会宝卷》："为女人，不可把，妇德看淡；要三从，要四德，贞节当先。未出阁，听父母，教诲指点；到婆家，自然是，随夫主见。正妇容，为女人，每天必办；要整洁，不可以，吊眉斜眼。谨妇言，为女人，出语必善；下流话，不可以，随口喷溅。精

---

① （清）阮元：《十三经注疏·礼记正义》，上海古籍出版社1997年版，第1456页。
② （清）阮元：《十三经注疏·仪礼注疏》，上海古籍出版社1997年版，第1106页。
③ （清）阮元：《十三经注疏·周礼注疏》，上海古籍出版社1997年版，第687页。
④ 《钦定礼部则例二种》，海南出版社2000年版，第10页。
⑤ （清）吴敬梓：《儒林外史》，闲斋老人序，王丽文校点，岳麓书社2007年版，第335—340页。

女红,为女人,立身本钱;才挑起,一家的,千斤大担。守妇德,为女人,更应重看;自己好,更相助,子贤夫安。庶民家,都讲个,节烈闺范;何况我,皇王家,万姓仰瞻。"①《双受诰封》:"盖为妇之道,从一而终,不幸夫逝,志立要坚。当怜公婆年老,痛念故夫恩情,孝亲抚幼,持家立业,总受苦劳,终有好处。一朝子若成名,建坊入祠,受皇恩流芳万古,岂不美哉。"②

(一) 从一而终

河西宝卷婚姻家庭故事受明清贞节观的影响十分明显,一些守节的女子最终要受到皇帝的封赏并为之建立贞节牌坊就是很好的例证。《红灯记》中赵朋悔婚,逼孙继高写下退婚文约,女儿赵兰英撕毁退婚文约,皇帝封赵兰英为贞节女。《如意宝卷》中陈盛元立军功后将崔彩莲孝养婆婆、张碧莲舍命救人的事奏知天子,天子封崔彩莲、张碧莲为一品夫人、二品夫人,并命华阴知县在香兰村为二人立牌坊。《仙姑宝卷》中陈王治去世,其妻单氏立志守节,众乡党为她立贞节牌坊。

河西宝卷婚姻家庭故事中关于妇女"好马不备双鞍,烈女不嫁二夫"之类从一而终的俗语随处可见,充分说明了宝卷受传统贞节观的影响之深。"好马不备双鞍子,好女不嫁二丈夫。""好女不嫁二夫,烈马不备双鞍。""自古妇人重妇道,守贞律己是根本。谋杀亲夫天不容,万古千秋遗臭名。""自古说,好马儿,不备双鞍;节烈女,决不嫁,两个夫君。""好马儿,绝不备,两个鞍子。好女子,绝不会,去嫁二男。""常言说,好马儿,不备双鞍;烈女子,怎能嫁,二位郎君。""岂不知,忠孝臣,不事二主,烈夫人,永不嫁,两个男人。""常言道,真女子,不配二夫。""烈马儿,绝不会,去备双

---

① 徐永成、崔德斌:《金张掖民间宝卷》(三),甘肃文化出版社2007年版,第844页。
② 徐永成、王立泰、崔德斌:《金张掖民间宝卷》(五),张掖市河西印刷有限责任公司2009年印刷,第1879页。

鞍；奴要做，节烈妇，拉扯儿女。"

河西宝卷婚姻家庭故事中有不少烈女不嫁二夫的节烈故事。反映家庭伦理的宝卷故事中为了侵占家产，或继母害前生子，逼儿媳妇改嫁，儿媳妇宁死不从；或婶母害侄子，逼侄媳妇改嫁，侄媳妇不从；或大伯子逼弟妻改嫁，弟妻立志守节；或娣逼姒改嫁，嫂嫂坚决不从。《刘金定受难宝卷》中继母姚氏逼刘金定改嫁，刘氏不从，姚氏百般折磨刘金定，刘金定在磨坊上吊。《放饭遇亲宝卷》中婶母宋氏姑侄虐待侄儿朱春登之妻赵锦堂并逼她改嫁，锦堂坚贞，不肯改嫁，宝卷这样评价赵锦堂："锦堂立誓不改嫁，真正三贞九烈女。"①《仙姑宝卷》中陈王道逼弟媳单氏改嫁，单氏立志守节。《白虎宝卷》中张虎的妻子刘氏劝嫂嫂姚氏嫁人，姚氏不肯。

有的河西宝卷故事中为了不耽误女子的青春，丈夫、公爹或父亲劝她们改嫁，但她们执意不从，坚持守节。《野猪林宝卷》中林冲要写休书让妻子张氏改嫁，张氏说："我是个贞节女，决不嫁人。我要学，孟姜女，万古留名；上刀山，下火海，妻等你身。"②后高衙内要逼张氏成亲，张氏自杀身亡。《赵五娘卖发宝卷》中蔡伯喈的父亲临死前要替儿子写休书让媳妇赵五娘改嫁，赵五娘说："爹爹，好女不嫁二丈夫，烈马不备双鞍子。媳妇就在蔡家，活是蔡家的人，死是蔡家的鬼。"③《团圆宝卷》中刘顺泉夫妇将久治不愈的女婿宋金郎抛弃到池州岸边，女儿刘宜春不依不饶，亲自去找，三月过去，仍未找到，于是为丈夫戴孝并超度亡灵，守节不嫁。

河西宝卷中有的故事写奸人欲霸占他人之妇，女子自残以守贞。《丁郎寻父》中权臣严嵩的手下年七见于月英貌美而心生不良，他指使手下杀人并嫁祸于月英丈夫高仲举，高仲举逃难。年七继续纠缠，

---

① 徐永成、王立泰、崔德斌：《金张掖民间宝卷》（四），张掖市河西印刷有限责任公司 2009 年印刷，第 1249 页。
② 徐永成、崔德斌：《金张掖民间宝卷》（三），甘肃文化出版社 2007 年版，第 943 页。
③ 张旭：《山丹宝卷》（上册），甘肃文化出版社 2007 年版，第 486 页。

第四章 河西宝卷的婚姻家庭观

托媒婆说媒,于月英自剜眼睛,年七方才罢休。

河西宝卷故事中守贞节者往往得到善报,一家人过上富贵荣华的幸福生活。如有不守节者,必遭恶报。《双受诰封》中冯存义妻王氏、莫氏改嫁,唯有妾碧莲辛苦持家,严格教子。碧莲最终身受双诰,一家团圆,满堂吉庆。王氏、莫氏改嫁数年,夫亡家败,王氏溺水身亡,莫氏自缢毙命。

宝卷中男女双方本来有"父母之命、媒妁之言",但是因为男方一家遭变故,家道衰落,于是女方家长悔婚,但女方却因为有婚约而早已把男方看作自己的丈夫,父亲要毁婚约,女儿要守贞节,于是女儿撕毁父亲逼男方写的毁婚书,离家出走,或直接到公婆家孝敬公婆,或冒丈夫之名求取功名以救未婚夫。这类婚姻家庭故事中男女一旦有婚约,女子就已将自己看作男子的结发妻子,至死不渝,这也是女子守节的一种方式。

河西宝卷故事中对于受人强迫再嫁他人的妇女持宽容的态度,具有进步性。《吴彦能摆灯宝卷》中吴彦能强抢民妇罗凤英,罗凤英以自尽反抗,却被土地所救,终被吴彦能强迫成亲。后来罗凤英与田仲祥夫妻团圆,凤英自觉失节对不起丈夫,于是又自尽,黑虎老爷托梦田仲祥,救下罗凤英,邻舍也来劝说,罗凤英才罢了寻死的念头。《忠孝节义洪江宝卷》取材于《西游记》第八回后附录"陈光蕊赴任逢灾,江流僧复仇报本"[①],陈光蕊带妻子殷满堂上任,到江边陈光蕊被贼人李洪、李彪投入江中,殷满堂身怀有孕,为保陈氏骨血,忍辱做了李洪的妻子并随李洪去洪州上任,后来夫妻团圆。《西游记》故事中,殷满堂与丈夫团圆后殷满堂从容自尽,在《忠孝节义洪江宝卷》中删除了这一情节,可见宝卷编撰者开明的立场。不过在另一部同题材的宝卷《红江匣》中,照搬了原作的情节,殷满堂也从容自尽。

---

① (明)吴承恩:《西游记》(上),人民文学出版社1980年版,第92—102页。

（二）坚守贞操

守贞操是妇女守节的另一个重要内容。封建社会把妇女的贞操看得很重要，妇女一旦失贞，将为家族所不容，为社会所唾弃。河西宝卷故事也反映了这一思想观念。

河西宝卷故事中人们所敬仰的女子应该是冰清玉洁、守身如玉的。《昭君和北番宝卷》中昭君和番，途经九姑庙，九姑赐焦毛仙衣，使昭君在番十六年番王近不得她的身，保住了昭君的名节，在民众心中留下了一个纯洁的昭君形象。

贞操作为妇女最重要的妇德之一，在这一点上不允许有半点瑕疵，女子有轻薄之举会被视为不守贞操，女子一旦有通奸失贞的嫌疑将会被告到县衙判刑。《红楼镜宝卷》中陈文琳夫妻生有两女，长女金枝许配周凤祥，小女玉叶许配王启周。陈老爷五十寿辰，两位女婿前来拜寿，陈老爷留二人在府上读书。王启周貌似鬼胎，行为怪异，非常好色，不学无术。玉叶知道王启周的丑行，十分发愁，冒充金枝，半夜三更抱香枕到周凤祥书房，欲成连理，遭周凤祥斥责。周凤祥第二日写了休书离开陈家，陈老爷误会金枝调戏周凤祥败坏门风。玉叶上吊，留下一封书信澄清了金枝的清白。《皮箱记宝卷》中贼人张小三躲藏到刘玉花小姐陪嫁的皮箱里，第二天小姐嫁到王家，为展示小姐的针工，小姐命丫鬟打开皮箱，发现皮箱中藏有一人。张小三、刘玉花被告到县衙，县官赵不清认为刘玉花和张小三有私情，毒打刘玉花并判处死刑。

河西宝卷故事中如果有女子通奸，那她绝对逃不脱死的惩罚，有的还要处以骑木驴的酷刑。《武松杀嫂宝卷》中潘金莲与西门庆勾搭成奸，毒死武大郎，武松砍下潘金莲的头祭奠武大郎的亡灵。《乌鸦宝卷》中刘氏与杨龙勾搭成奸，杀死丈夫王小泉，被判骑木驴游街三日，然后砍首示众，丢在万人坑野狗吞食。《绣红灯宝卷》中温员外继室王花儿和谷和尚通奸，并诬告温员外杀了家人杨昭。温员外之子

第四章　河西宝卷的婚姻家庭观

温彦赞中状元后审明案情，判王花儿骑木驴游街，然后绑到刑场和谷和尚一起斩首。

河西宝卷故事中对淫妇的惩罚往往是惨无人道的骑木驴酷刑，从中可以看出民众对妇女贞操的重视程度，民众不但痛恨淫妇，对教唆妇女通奸的帮凶也是深恶痛绝，也会处以骑木驴的极刑。《武松杀嫂宝卷》关于王婆的下场，宝卷这样写："时辰到，立即让，王婆领刑；木驴子，王婆骑，万民解恨。一时间，那王婆，一命归阴；众人说，死得该，除了祸根。"①

河西宝卷中的婚姻家庭观具有男女平等的思想，一方面要求女子守节，遵守三从四德，孝敬公婆；另一方面也要求男女相敬如宾，男子也要尊重妻子，对妻子不离不弃，和妻子一道承担家庭责任，维护家庭和谐。高彦祯、蔡伯喈、周文宣、孙继成这些才子离别父母妻子上京求取功名，状元及第后被丞相招为女婿，但是他们都没有忘记结发妻子，时刻想念着父母妻子，最终都与替他们在家尽孝的糟糠之妻团圆。《赵五娘卖发宝卷》中蔡伯喈对牛六姐说"新弦不如旧弦好"，表达了民众"糟糠之妻不可弃"的愿望。对于抛弃贤良之妻或不尽丈夫责任、义务的男子，宝卷毫不留情，都给予死的惩罚，如《铡美案》中的陈世美，《白马宝卷》中的熊子贵，《黑蜜蜂宝卷》中的张川蜂。

河西宝卷故事中不论是妻子还是丈夫，都要求他们各尽其责，共同构建和谐、幸福、美满的家庭，既要求女子守贞、从一而终，也要求男子对妻子不离不弃，体现了男女平等的婚姻家庭观，表现了民众所向往的理想的婚姻家庭。河西宝卷宣扬的妻子、丈夫通过道德约束各尽其责以创建和谐幸福家庭的观念，对我们今天和谐家庭的构建仍具有一定的借鉴意义。

中国古代官方关于妇女是否可以再婚问题的正式法律规定，基本

---

① 徐永成、崔德斌：《金张掖民间宝卷》（三），甘肃文化出版社2007年版，第937页。

上是允许女子再婚、寡妇再嫁的。但是宋明理学却把女性的贞节提到了极致，这是对妇女的摧残、人性的泯灭。河西宝卷中关于妇女守节的思想深受程朱理学的影响，这是不足取的。

五 孝敬公婆

尽管男权社会妇女处于附属地位，但是妇女在家庭生活中扮演着十分重要的角色。妇女成婚后孝敬公婆，协调妯娌、姑嫂间的关系，操持家务，是一个家庭和睦相处的关键，古往今来人们都很重视媳妇的温顺善良。《礼记·昏义》："成妇礼，明妇顺，又申之以著代，所以重责妇顺焉也。妇顺者，顺于舅姑，和于室人，而后当于夫，以成丝麻、布帛之事，以审守委积盖藏。是故妇顺备，而后内和理；内和理，而后家可长久也。故圣王重之。"① 妇顺是家庭和睦的关键，女儿出嫁前母亲要对其谆谆教诲，教导的主要内容就是妇顺，妇顺的核心是孝敬公婆。《救劫宝卷》中陈氏在女儿出嫁前训诫说："妯娌之间要和气，团结小姑爱小叔。自古老天一大天，丈夫也称一小天。家有公婆要孝顺，父母好像佛前灯。时时刻刻要拨亮，一口吹灭永无影。为娘把话都说尽，望你牢牢记在心。大当大来小当小，将来婆家留贤名。"② 《方四姐宝卷》中方四姐出嫁前，母亲嘱咐说："迟些睡来早些起，梳妆齐整出房门。公婆面前常问安，低头走路要从容。言差语错要让人，针对针来害死人。啥事还须你先做，不可推托靠别人。小叔小姑莫较劲，就是惹你要宽容。大当大来小当小，休在床前变舌根。内外房中要清净，锅头灶爷要干净。"③

河西宝卷把妻子贤良，儿子孝顺看作家庭和睦幸福的首要内容，

---

① （清）阮元：《十三经注疏·礼记正义》（下），上海古籍出版社1997年版，第1681页。
② 徐永成、崔德斌：《金张掖民间宝卷》（二），甘肃文化出版社2007年版，第682页。
③ 徐永成、崔德斌：《金张掖民间宝卷》（二），甘肃文化出版社2007年版，第444页。

第四章 河西宝卷的婚姻家庭观

宝卷中有相关的俗语:"国正天心顺,官清民自安。妻贤夫祸少,子孝父心宽。"

丈夫不在家,媳妇更应加倍孝敬公婆,河西宝卷故事中就从正面塑造了若干这样的贤孝媳妇形象,如孟日红、柳迎春、赵五娘、龙氏、赵千金、崔彩莲等。这些贤孝媳妇形象可分成两类,孟日红、柳迎春、赵五娘、龙氏是一类,赵千金、崔彩莲是另一类。孟日红、柳迎春、赵五娘、龙氏都是丈夫上京赶考,状元及第后做了丞相的女婿,一去不回,她们代替丈夫承担起孝敬公婆的重担,在家乡遭遇旱灾,家庭十分困难的条件下,孝心不变,甚至于割肉奉亲。赵千金、崔彩莲都有婚约在身,只因男方家道衰败,父亲悔婚,但她们履行婚约,敢于违抗父命,未出嫁就孝婆婆,赵千金为婆婆吊孝,崔彩莲到华阴县孝养婆婆。

河西宝卷中很少讲唱不孝敬公婆的媳妇形象,一旦有,定让她得到恶报。《仙姑宝卷》中一个年轻媳妇想毒死八十余岁的老婆婆,仙姑显灵使其变成狗以示惩戒,宝卷用长短句和五言四句诗赞进行说教:"奉劝世人,孝敬双亲,头上有神明。一心改嫁,毒害婆身。仙姑娘娘,将她报应。不等来世,眼前变狗身。万恶淫为首,百善孝为先。一心行孝敬,头上有青天。"[①]

六 嫡庶和谐

一夫多妻关乎同事一夫的几个女子在同一个家庭中的地位,封建社会中结发妻乃是正妻,其他为妾,在家庭关系上隶属于正妻,形成一妻多妾的婚姻家庭。河西宝卷中一夫多妻的婚姻家庭,嫡庶关系完全按照是否明媒正娶来确定,明媒正娶的结发妻是嫡,反之为庶。宝卷中嫡庶关系跟娶进门的先后有关,先娶的为嫡,后娶的为庶。尽管

---

① 程耀禄、韩起祥:《临泽宝卷》,中国人民政治协商会议甘肃省临泽县委员会 2006 年编印,第 22—23 页。

河西宝卷研究

河西宝卷中许多后娶的妻子地位尊贵，或公主，或丞相的千金等，宝卷都严格按照封建礼教的等级制度确定她们的身份为庶。《天仙配宝卷》中董永先和尤赛金有婚约在先，后赵宰相将女儿嫁给董永，朝中的监察御史是尤家的亲族，御史上殿奏宰相借势先占亲。"天子看本批旨：婚配先后不可紊乱。尤家许配在前，宰相之女许配在后，尤赛金为正房，赵金氏为偏房，两家日后不得争论。"①《绣红灯宝卷》中翠花公主听说杨月珍上京寻夫，主动派人把杨月珍从王婆店中接来并称杨月珍为姐姐。《葵花宝卷》中孟日红上京寻夫，高彦祯后娶的丞相女儿梁月英热情接待，并说"你为正，我为偏，理所应当"②。丞相也怕自己的姑娘做偏房，与丫鬟设计毒害孟日红。《赵五娘卖发宝卷》中牛六姐知道蔡伯喈有父母妻子，埋怨丈夫，"既然说，还有个，赵氏妇人；他姐姐，我妹妹，二人同心。你做官，丢妻子，又抛父母；贪富贵，享荣华，忘恩负义。"③《卖妙郎》中周文选进京赶考中状元，叶丞相逼周文选与自己的女儿成亲。周文选之妻柳迎春到京城找到丈夫，天子传旨让满朝文武给两家讲和，让柳迎春做了正房，叶小姐收作偏房。《铡美案》中公主见了秦香莲说："既然你是秦香莲，见我不跪为哪般？"秦香莲说："论起国法把我管，家法不跪理当然。""国法家法怎样讲，你与我来说分明。""论起家法我为大，你在后来我在先。下轿跪在我面前，口称姐姐本应该。"④

河西宝卷故事中也表达了多个妻子不分尊卑先后，平等相处的思想。《绣红灯宝卷》中杨月珍还魂后与翠花公主就嫡庶关系问题上相互推让，驸马温彦赞说："从今后两人一样称呼。"⑤《苦节图宝卷》中"（白）玉楼、（刘）蕊莲、（金）秀云三人不分大小，拜《苦节

---

① 徐永成、崔德斌：《金张掖民间宝卷》（一），甘肃文化出版社2007年版，第177页。
② 徐永成、崔德斌：《金张掖民间宝卷》（一），甘肃文化出版社2007年版，第110页。
③ 徐永成、崔德斌：《金张掖民间宝卷》（一），甘肃文化出版社2007年版，第311页。
④ 徐永成、王立泰、崔德斌：《金张掖民间宝卷》（四），张掖市河西印刷有限责任公司2009年版，第1228页。
⑤ 徐永成、崔德斌：《金张掖民间宝卷》（二），甘肃文化出版社2007年版，第728页。

第四章 河西宝卷的婚姻家庭观

图》，与张彦为妻"①。

河西宝卷故事中，嫡庶能够和睦相处。地位尊贵的庶妻，听说丈夫的糟糠之妻找上门来，她们都能主动接纳，并自愿称其为姐姐，自己甘愿做妹妹，如上所举翠花公主、梁月英和牛六姐。正是因为地位尊贵的庶妻甘为人后，不计名分，所以嫡庶能够相敬如宾，和睦相处。

嫡庶和睦相处的另一个方面是视嫡子或庶子为己出。《劈山救母宝卷》中刘锡先与三圣母成婚，后与王丞相女王桂英成亲。圣母生下孩子，取名沉香，托土地将孩子送给刘锡，"王夫人，忙接着，抱在怀中。叫一声，我的儿，你好命苦"②。沉香十岁时打死秦国舅之子，王桂英让亲生子秋哥去偿命。《天仙配宝卷》中七仙姑生下董仲书，送下凡来交给赛金恩养，"尤赛金恩养董仲书，就如亲生的一般"③。《丁郎寻父》中于月英生下丁郎，丁郎十岁寻父来到湖广武昌府，大街上遇到高仲举，高仲举不敢相认。关老爷指点丁郎到胡老爷家做工，高仲举后娶之妻张小姐得知丁郎身世，抱住孩子痛哭："儿呀！如此小小年纪，千里迢迢寻找父亲，吃了多少苦啊。"④ 张小姐急忙请来丈夫高仲举，使他们父子相认。

河西宝卷所宣扬的嫡庶关系，在现实生活中存在的可能性很小，具有浓郁的理想色彩，表达了民众的愿望。这跟宝卷的"劝善"功能有关，表现出佛道文化对河西宝卷的深刻影响。

在三教文化的影响下，河西宝卷继承了"父母之命、媒妁之言"、一夫多妻、妇女守节、孝敬公婆等中国传统的婚姻家庭观念，并宣扬婚姻前定的思想。同时，在一定程度上打破了封建的等级观念、门第观念、男尊女卑观念，倡导构建幸福、美满、和谐的婚姻家庭。河西

---

① 程耀禄、韩起祥：《临泽宝卷》，中国人民政治协商会议甘肃省临泽县委员会2006年编印，第482页。
② 徐永成、崔德斌：《金张掖民间宝卷》（一），甘肃文化出版社2007年版，第131页。
③ 徐永成、崔德斌：《金张掖民间宝卷》（一），甘肃文化出版社2007年版，第178页。
④ 徐永成、崔德斌：《金张掖民间宝卷》（二），甘肃文化出版社2007年版，第435页。

河西宝卷研究

宝卷将婚姻家庭的幸福美满寄托在对功名利禄的追求上，具有一定的狭隘性、保守性，但是它褒扬嫡庶和睦相处、要求男子不离不弃，又表现出一定的进步性。河西宝卷宣扬的和谐的婚姻家庭观，对现代婚姻家庭的建立具有一定的借鉴意义。

第五章 河西宝卷的语词程式

"口头程式理论"又称"帕里—洛德理论",是 20 世纪美国民俗学重要的理论流派之一,该理论产生于 20 世纪 60 年代。口头程式理论的产生跟著名的"荷马问题"有关。帕里对千百年来学者们争论不休的《荷马史诗》产生了浓厚的兴趣,他试图回答"荷马是谁?《荷马史诗》是怎样创造出来的?"口头理论解决的基本问题是:一部史诗是逐字逐句记忆下来的呢?还是每一次演唱都是一次再创造?帕里和洛德通过对南斯拉夫歌手的田野调查得出结论:史诗演唱者的每一次演唱都是一种再创造,其主要的创作技法是程式。口头程式理论的核心是程式(formula)、主题或典型场景(theme or typical scene)以及故事范型或故事类型(story-pattern or tale-type),它们构成了口头程式理论体系的基本框架。凭借这几个概念与相关的文本分析模型,帕里和洛德很好地解释了那些杰出的口头诗人为什么能够表演成千上万的诗行,为什么具有流畅的现场创造能力的问题。程式是"在相同的格律条件下为表达一种特定的基本观念而经常使用的一组词"①。典型场景是史诗中重复出现的事件或描写,口头史诗的基本事件、描写在许多民族的传统诗歌中不断重复出现,最终形成俗套固定下来,即高度程式化了。故事型式或故事类型,"这是个依照既存的可预知的一系列动作的顺序,从始至终支撑着全部叙事的结构形

---

① [美]阿尔伯特·贝茨·洛德:《故事的歌手》,尹虎彬译,中华书局 2004 年版,第 40 页。

式"①。程式和典型场景比故事类型的规模要小，故事类型是在整个故事层面上说的。

河西宝卷是念卷人念卷的底本，是书面文本，它是用来口头说唱的，也属于口头说唱文学，口传文学的口头程式特征在河西宝卷中也十分突出。"我们从开始接触文本，第一个印象就是充斥其间的铺天盖地的重复。"② 这和我们接触河西宝卷时的感受是相同的。河西宝卷书面文本具有明显的程式化特点，有语词程式、结构程式、典型场景、重复的说唱结构。河西宝卷书面文本的口头程式特征是如此之突出，以致一些学者认为河西宝卷是对口头文本的记录，"念卷是一种口头讲唱，宝卷是对口头演唱的完整记录，是来自演唱的文本形态"③。宝卷在产生之初是不是对口头说唱的记录，现在尚无文字材料证明，但是从"念卷"这一名称来看，念卷活动应该离不开卷本，这不但可以从我们对河西宝卷的念卷活动调查中得到很好的证明，而且从较早的文字资料中也可找到确凿的证据。河西走廊的"念卷"活动，明清时期称"宣卷"，"宣卷"就是照着宝卷宣讲，这在《金瓶梅》中有详细的记载。

《金瓶梅词话》中，吴月娘等喜欢听尼姑说因果、讲佛法，书中又称说因果、讲佛法为宣卷。第五十一回吴月娘与众人听薛姑子、王姑子演颂《金刚科仪》，潘金莲中途拉着李瓶儿出来，说："大姐姐好干这营生，你家又不死人，平白交姑子家中宣起卷来了。"④ 第七十三回吴月娘晚夕听三个姑子"宣卷"，讲说佛法，内容为五戒禅师私红莲的佛教故事。⑤ 第八十二回也说"宣《红罗宝卷》"。宣卷就是

---

① [美]约翰·迈尔斯·弗里：《口头程式理论：口头传统研究概述》，朝戈金译，《民族文学研究》1997年第1期。
② 朝戈金：《口传史诗诗学：冉皮勒〈江格尔〉程式句法研究》，广西人民出版社2000年版，第232页。
③ 刘永红：《西北宝卷研究》，民族出版社2013年版，第129页。
④ （明）兰陵笑笑生：《金瓶梅词话》，人民文学出版社2000年版，第618页。
⑤ （明）兰陵笑笑生：《金瓶梅词话》，人民文学出版社2000年版，第968—974页。

第五章 河西宝卷的语词程式

展开经卷或念，或唱，众人要"齐声接佛"。第三十九回吴月娘和潘姥姥、杨姑娘、大妗子等众人听大师父、王姑子说因果，内容是《五祖黄梅宝卷》，大师傅说一回，王姑子接偈，众人"齐声接佛"，"念了一回，吴月娘道：'师父饿了，且把经请过，吃些什么。'"吃过茶食，擦干净经桌，"两个姑子打动击子儿，又高念起来"。到了四更天气，还没念完，但是众人都瞌睡了，有的睡了，有的打哈欠，"月娘方令两位师傅收拾经卷"①。宣卷中需要吃茶食，则"把经请过"，即从炕上的小桌移放到别处干净的地方，以免污了经卷，吃过后擦干净桌子，再把经卷请过来放在小桌上，宣完卷则将其收起来，这充分说明宣卷是要照着底本——宝卷来宣，同时也可看出，宣卷就是念卷。从《金瓶梅词话》的描写来看，宣卷者应该没有记住宝卷的内容，宣卷活动不能脱离宝卷底本。第七十四回吴月娘要听宣卷，薛姑子使她的徒弟去取来《黄氏女卷》宣，"这薛姑子展开《黄氏女卷》，高声演说"，"薛姑子宣毕卷，已是二更天气"②。如果薛姑子记住了宝卷的内容，吴月娘要听，她就不必让徒弟去取《黄氏女卷》了。

我们对河西走廊的念卷人进行走访，请他们念卷时，他们无一不是展开宝卷进行说唱，而且大多数念卷人讲唱宝卷并不十分熟练，这主要表现在散文部分读得结结巴巴，不够流畅，唱词部分用曲调演唱，相对较为流畅，但时不时也会因碰到一个陌生的字而停下来。此种情况说明他们对宝卷内容很不熟悉，更不用说记忆了。我们在2013年12月18日采访了时年八十二岁高龄的张掖市山丹县大马营乡何珠德老先生，他十六岁小学毕业就开始念卷，我们特意问他有没有记忆下来的宝卷，他说《侯美英反朝》念的次数多了，记住了，念的时候可以不用翻开卷本。念卷人即使能记住宝卷的内容，也是因为念的遍数很多的结果，对于他们来说没有口头文本，只有书面文本。

宝卷的程式化跟宝卷的口头说唱传统有关，也跟宝卷编创者相对

---

① （明）兰陵笑笑生：《金瓶梅词话》，人民文学出版社2000年版，第469—472页。
② （明）兰陵笑笑生：《金瓶梅词话》，人民文学出版社2000年版，第989—996页。

河西宝卷研究

较低的文化水平有关系。《宝卷——十六至十七世纪中国宗教经卷导论》一书的前言中谈到了宗教宝卷编撰者的文化水平问题:"这些书籍的作者都没有受过很高的教育,因此文风有问题,还有很多错别字。""宝卷体现了中等文化水平的宗教领袖的想象力和献身精神。"① 河西走廊念卷者和宝卷创编者的整体文化水平,比宗教宝卷编撰者还要低一些。文化水平低的创编者主要靠模仿,模仿他们最熟悉的东西,这些东西就是他们在反复的念卷活动中获得的口头演唱传统,即语词程式、结构程式、典型场景和说唱结构。

  河西走廊大量的民间故事宝卷都是念卷者根据书面故事编创的,这些创编者的文化水平大都不高。他们在反复的念卷活动中掌握了宝卷的结构规律、说唱结构、典型场景,同时也记住了大量重复出现的短语或句子(语词程式),在宝卷的编撰中自然运用宝卷的传统进行创编,以保证自己的创造成果是宝卷而不是其他。2013年12月14日,我们采访民乐县六坝乡的王境老先生,他没念过卷,但是非常熟悉宝卷的"套路"。他说:"它的第一个'却说'要介绍这一本卷的时间,里头的主题内容就连开场戏一样。时间正确不正确,拿(代词,指念卷人)就认为是那个年间的。中间的'却说'也多,唱罢就是'却说','却说'给阵子,一念两句诗又唱。它的那个规律就是那样。故事的情节细致的不相同,但是归根的路数都相同,这是套路。比如说,害了人的这种人,最后他应该得到恶报,受了罪的人、做了好事的人,应该得到好报,或者中了状元,或者成了神仙,这是一个。再一个,往往人在危难当中,或太苦难的情况下,到奄奄一息的这个危难当中的时候,突然有一个惊喜,这种情况跟戏一样。你在危难中跳了江了,碰到了王相爷南方视察,说的:'有人落水,赶紧救出这一女子。''你为啥落水?'一说,'唉,这个丫头太困难,我想让她做个干女儿。'翻身一跃成了相爷的女儿了。或者,突然这个

---

  ① [美]欧大年:《宝卷——十六至十七世纪中国宗教经卷导论·前言》,马睿译,中央编译出版社2012年版,第8页。

第五章　河西宝卷的语词程式

贼寇追杀的时候，某某御史大人走山东视察去哩，突然把这个人遇上救下了。……这个就是，危难之下突然摇身一变得到了好报。类似的情况，这个套路就多得很。"① 王境的谈话，涉及宝卷文本的语词程式、说唱结构、典型场景等口头程式，即民众所谓的"套路"。

河西宝卷中的口头程式是在创编中逐渐形成的，它为所有宝卷创编者所共享。河西宝卷的这种"书面口头程式"颇耐人寻味。河西走廊的念卷人把创编宝卷称作"评卷"。2013 年 12 月 27 日，我们在民乐县新天镇高虎家采访高虎和高维连，他们原住民乐县永固镇姚寨村高家湖。高家湖原来有一个老秀才高进堂，"文化大革命"时他的一架子车书被拉去烧了，有三国、宋朝等各朝各代的书，也有很多评书。高虎和高维连说高进堂评过好几部卷，如《狸猫换太子》《蜜蜂计》《薛仁贵征东》《包公案》。高虎是我们采访过的文化程度最高、说唱十分流畅且音色良好的念卷人，他读过评书《薛仁贵征东》，他说《征东宝卷》与评书《薛仁贵征东》内容非常像，由此我们推断《征东宝卷》就是根据评书《薛仁贵征东》创编的。高虎说他曾经编过《瓦岗寨宝卷》（程咬金做混世魔王时），可惜后来遗失了。

2013 年 12 月 27 日晚上，我们在河西学院采访了念卷人普世秀老先生，他生于 1940 年，小学毕业，山丹霍城镇人。他 2006 年评了一部宝卷——《杜十娘怒沉百宝箱宝卷》，卷末注明评卷时间以及第一次评卷等信息："二〇〇六年十一月抄于张掖二中。普世秀评抄，因初次试评，不太压音（韵），请后世念卷先生加评。"普世秀老先生自评的《杜十娘怒沉百宝箱宝卷》为我们研究河西宝卷的口头程式特别是语词程式、结构程式和说唱结构提供了第一手资料。

我们 2014 年收集到古浪县大靖镇安文荣老先生抄写并收藏的《团圆宝卷》，卷末注明抄写时间信息："一九八二年三月四日抄完"。

---

① 2013 年 12 月 14 日，我们在民乐县六坝乡王德安（当时为河西学院学生）家采访了王境，这段话引自他的谈话录音。王境，生于 1946 年，男，家住张掖市民乐县六坝镇，高中未毕业，特别喜欢文娱活动。

河西宝卷研究

这部宝卷在目前为止刊印的所有关于河西宝卷的刊本中均没有收录，它很可能是古浪县某个念卷人创编的。《团圆宝卷》是根据《警世通言》第二十二卷《宋小官团圆破毡笠》改编的，我们将二者进行了细致的对比，发现《团圆宝卷》的情节跟《宋小官团圆破毡笠》完全相同，《团圆宝卷》是运用河西宝卷的口头程式对《宋小官团圆破毡笠》进行的创编。《团圆宝卷》也为我们研究河西宝卷的口头程式特别是语词程式、结构程式和说唱结构提供了珍贵的资料。

口头程式是口头说唱文学的重要特征，不同的说唱艺术具有各自独特的程式标志，我们可以通过程式判断出说唱文学的类型，河西宝卷的程式表现在语词程式、结构程式、典型场景和说唱结构等方面，每一种程式跟河西走廊的另一种民间口头说唱"凉州贤孝"相比都有着明显的差异。河西宝卷的语词程式、结构程式、典型场景和说唱结构是宝卷文本与其他口头传统形式相区别的显著特征。

我们搞清楚了河西宝卷的程式，就能解决河西宝卷是如何创作或改编的问题，因为程式就是宝卷的构造部件，在创作、改编过程中随时根据需要搬用、组织说唱故事。"对于歌手而言，程式是他构筑诗句或者故事的'建筑用砖块'。他的史诗大厦就是这样一块一块垒搭而成的。他不能去斟酌每一个字眼，他需要的是整块的砖头，拿来就用，不能在表演现场加工材料。"[1]

本章先论述河西宝卷的语词程式。

河西宝卷文本中有大量的词、短语和句子被重复使用，反复出现，表达某种特定的意义，它们属于"语词程式"。比如，河西宝卷中表达"死"的意思时，一般用"归阴""一命归阴"或"寻无常"等，这些词语在河西宝卷文本中出现的频率特别高，遍读河西宝卷，会感受到这些词语"铺天盖地的重复"。

河西宝卷文本散韵相间，散文部分用"却说"二字开头，散韵之

---

[1] 朝戈金：《口传史诗诗学：冉皮勒〈江格尔〉程式句法研究》，广西人民出版社2000年版，第233页。

第五章　河西宝卷的语词程式

间过渡一般用"正是""诗曰"或"正是诗曰",这些都是典型的语词程式,体现出河西宝卷形式上的特点。这些语词程式在每一部民间故事宝卷中都大量出现,频率极高,在此不必赘述,下面主要论述其他的一些语词程式。

河西宝卷的语词程式使用频率极高,我们只列举收录于《河西宝卷真本校注研究》《金张掖民间宝卷》(一)(二)中的宝卷以及我们收集到的《杜十娘怒沉百宝箱宝卷》和《团圆宝卷》中的部分用例进行分析,足可窥一斑而见全豹。下面的论述中,宝卷中的引文在其后括号内注明语词程式所出宝卷名(引自刊印本的注明书名和页码),刊印本名称用简称,如《河西宝卷真本校注研究》简称《河西真》,《金张掖民间宝卷》简称《张掖》。另外,《杜十娘怒沉百宝箱宝卷》简称《杜十娘》,《团圆宝卷》简称《团圆》。

一　开经赞程式

河西宝卷文本中开经赞一般用相同或相似的语句来表达,大都是七言四句韵文。开经赞常用的基本语词程式是:"××宝卷才展开,诸佛菩萨降临来。天龙八部生欢喜,保佑大众永无灾。"这一程式使用频率最高。

　　　　十娘宝卷才展开,诸佛菩萨降临来。
　　　　天龙八部生欢喜,保佑大众永无灾。(《杜十娘》)
　　　　神姑宝卷才展开,诸佛菩萨降灵(临)来。
　　　　天龙八部神欢喜,保佑大众永无灾。[《三神姑下凡宝卷》,《张掖》(一),第147页]
　　　　蜜蜂宝卷才展开,诸佛菩萨降灵(临)来。
　　　　天龙八部神欢喜,保佑大众永无灾。[《蜜蜂宝卷》,《张掖》(二),第491页]

有时候开经赞语词程式的个别词语也会有所变化,这种变化体现出河西宝卷程式的灵活性。

  唐王宝卷才展开,诸佛菩萨降临来。
  天龙八部生欢喜,保得大众永无灾。[《唐王游地狱宝卷》,《河西真》,第54页]
  忠孝宝卷才展开,诸佛菩萨降临来。
  天龙八部生光辉,保佑大家永无灾。[《侯美英反朝》,《张掖》(一),第60页]
  团圆宝卷才展开,诸佛菩萨降临来,
  大众贤良听一遍,保佑众生永无灾。(《团圆》)

二　时间程式

河西宝卷开经赞后就是正文,正文开始第一句话交代宝卷故事发生的时间,常用"却说××宝卷(或故事)/因果宝卷出/发生在××年间"语词程式。这一程式出现在正文开头的散说中。

  却说仙姑宝卷出在汉世年间。[《仙姑宝卷》,《河西真》,第9页]
  却说此一宝卷,出在西汉年间。[《昭君和北番宝卷》,《河西真》,第273页]
  却说这部老鼠宝卷,出在大宋年间。[《老鼠宝卷》,《河西真》,第301页]
  却说此一段故事发生在唐朝年间。[《侯美英反朝》,《张掖》(一),第60页]
  却说此段故事出在大明年间。[《葵花宝卷》,《张掖》(一),第100页]

第五章　河西宝卷的语词程式

却说这一段故事发生在明朝年间。[《丁郎寻父》,《张掖》(二),第417页]

却说此一段故事发生在明朝年间。[《方四姐宝卷》,《张掖》(二),第441页]

有时候时间语词程式中用"因果""因果宝卷"或"因果故事"指代某宝卷。

却说此一段因果宝卷,出在宋仁宗年间。[《吴彦能摆灯宝卷》,《河西真》,第93页]

却说这本因果宝卷,出在唐朝年间。[《天仙配宝卷》,《河西真》,第232页]

却说此段因果发生在大宋仁宗年间。[《乌鸦宝卷》,《张掖》(一),第281页]

却说这部因果宝卷出在大唐年间。[《二度梅宝卷》,《张掖》(二),第377页]

却说此一段因果宝卷出在宋朝仁宗年间。[《落碗宝卷》,《张掖》(二),第467页]

却说这段因果发生在大宋景祐年间。(《团圆》)

有时候用"盖闻"而不用"却说",有时候省去"却说",有时候省去某宝卷或因果,直接点明时间。

盖闻此一段因果,出在民国十六年至十八年间。[《救劫宝卷》,《河西真》,第210页]

盖闻此一段因果发生在宋朝仁宗年间。[《鹦鸽宝卷》,《张掖》(一),第245页]

这一段故事出自大唐贞观年间。[《红匣记》,《张掖》(一),

第 84 页]

却说万里（万历）二十年间。（《杜十娘》）

三 "富有"程式

河西宝卷正文开头交代完故事发生的时间后，一般要交代故事发生的家庭背景，宝卷故事往往发生在员外家，非常富裕，常用"家豪大富，骡马成群"来形容。

却说刘全家豪大富，骡马成群，又在城里开着一个金铺。[《刘全进瓜宝卷》，《河西真》，第 80 页]

东京汴梁城有一秀才，姓崔名文瑞，父亲崔员外，家豪大富，骡马成群，金银广有。[《张四姐大闹东京宝卷》，《河西真》，第 127 页]

黄州董家村中，有一员外姓董名善，他妻子冯氏所生一子，单名叫永。家豪大富，骡马成群，牛羊满圈。[《天仙配宝卷》，《河西真》，第 232 页]

那城中有个阎员外，生来家豪大富，骡马成群，堆金积玉，是有名的财东。[《三神姑下凡宝卷》，《张掖》（一），第 147 页]

河南洛阳县麒麟村有一员外，姓董名贵，家豪大富，骡马成群，牛羊满圈。[《蜜蜂宝卷》，《张掖》（二），第 491 页]

有时候"家豪大富"也说"家大富豪"。

却说离城十里有一王员外，所生一子名叫王永贵。家大富豪，骡马成群，金银万贯。[《侯美英反朝》，《张掖》（一），第 63 页]

第五章 河西宝卷的语词程式

富有程式中"家豪大富，骡马成群"是核心，此外还可以配以其他表示富有的词语如"牛羊满圈""金银广有""金银万贯"等。

四 天人感应程式

河西宝卷宣扬因果报应，充满了浓郁的佛道色彩。凡人行善作恶，都逃不脱神佛的法眼，所谓"头顶三尺有神明"。凡间有人身遭大难，就会有"怨气冲天"，神灵自会感应，于是下界搭救受苦受难者。"怨气冲天"语词程式有时也说"恶气冲天"，"怨气冲天"使用频率最高，"恶气冲天"使用频率较低。

玉孙儿，金银女，兵马踏死，屈死鬼，无处去，怨气冲天。千里眼，顺风耳，忙奏玉帝，左金童，右玉女，身遭大难。[《吴彦能摆灯宝卷》，《河西真》，第102页]

（董永）哭倒在地，三魂出窍，一股怨气冲天，感动了玉皇大帝。玉帝差了四值功曹、日月有神去查看分明，才知是董永卖身葬父母，今日上工还银，走到半路，哭倒在槐荫树下。[《天仙配宝卷》，《河西真》，第241页]

孟日红被丞相毒死，阎君看见有怨气冲天。[《葵花宝卷》，《张掖》（一），第112页]

却说鹦鸽哭到五更，可怜一命归阴，魂魄不散，怨气冲天，惊动了上方的观音菩萨。[《鹦鸽宝卷》，《张掖》（一），第256页]

有丁郎，遇人害，怨气冲天；惊动了，上方的，太白金星。老金星，在宫中，心血来潮；拨云头，往下望，细看分明。[《丁郎寻父》，《张掖》（二），第432页]

方四姐回娘家，婆婆要求说："贱人，你把这些东西拿上，绣上鸳鸯八对，大鞋八双，小鞋八双，今天去明天就回来。"……母女们正在为难之中,有南海观音菩萨忽见一股怨气冲天,拨开云头一看,才知道是红鸾星有难。菩萨收了云头下凡护佑。[《方四姐宝卷》,《张掖》(二),第449页]

千里眼、顺风耳观见一股恶气冲天,拨开云头往下一看,金童玉女身有大难。[《吴彦能摆灯宝卷》,《河西真》,第112页]

再说玉皇大帝第四个女儿,名叫张四姐,一日在斗牛官闲坐,忽见一股恶气冲天,掐指一算,方知金童有难。[《张四姐大闹东京宝卷》,《河西真》,第128页]

以上所论述的时间程式、富有程式和天人感应程式等语词程式一般出现在散文中,其他语词程式则主要出现在韵文中。

五 "死亡"程式

河西宝卷文本中的语词程式除了时间程式、富有程式和天人感应程式等外,绝大多数出现在韵文中,且以三音节与四音节短语为主。宝卷文本韵文以十字句为主,其次是七字句,五言韵文较少,偶尔也有四、六言韵文。十字句的节奏为"三、三、四",七字句的节奏为"二、二、三",五字句的节奏为"二、三"。十字句在手抄本中没有标点,但用毛笔在节奏点上加红色圆点表示停顿。在河西宝卷的刊印本中有的十字句内部不加标点,如《凉州宝卷》《山丹宝卷》等,有的十字句内部节奏点上加逗号隔开,如《河西宝卷真本校注研究》《金张掖民间宝卷》等。三音节的语词程式往往出现在五七言和十字句"三"的位置上,四音节的语词程式往往出现在十字句"四"的位置上。

河西宝卷大多讲唱受苦受难、因果报应的故事,这些故事跟人们的生生死死密切相关,所以故事中有许多关于死亡意义的表达,如"归阴""命归阴""一命归阴""见阎君""命见阎君""寻无常"

第五章 河西宝卷的语词程式

等。这些关于死亡的语词程式在河西宝卷文本中随处可见，体现出河西宝卷语言表达上的特点。

"归阴"一般出现在七字句"三"的位置和十字句"四"的位置上，且以十字句"四"的位置上最为常见。

　　任你皇亲英雄汉，谁人保得不归阴。[《何仙姑宝卷》，《张掖》（一），第349页]
　　我若是，见鬼魔，心中摇动，只恐怕，我的命，早已归阴。[《仙姑宝卷》，《河西真》，第12页]
　　有冯氏，听此言，眼泪纷纷，刚张口，还未言，员外归阴。[《天仙配宝卷》，《河西真》，第233页]
　　那婆婆，和哥嫂，小姑之病；磨难了，多半年，俱都归阴。[《方四姐宝卷》，《张掖》（二），第465页]
　　马保珠，叫母亲，不必心急；慢慢儿，生巧计，让她归阴。[《落碗宝卷》，《张掖》（二），第478页]
　　哭了声亲生母丢儿年青，嚎了声儿的娘命已归阴。（《团圆》）

"归阴"出现在"三"的位置则变化为"命归阴"，出现在"四"的位置则变化为"一命归阴"。"命归阴"常出现在七字句"三"的位置上。

　　衣箱取出白绫带，悬梁高吊命归阴。[《刘全进瓜宝卷》，《河西真》，第81页]
　　李氏丢儿命归阴，剩下刘全泪纷纷。[《刘全进瓜宝卷》，《河西真》，第82页]
　　小人不识好和歹，立逼翠莲命归阴。[《刘全进瓜宝卷》，《河西真》，第89页]
　　爹爹苦逼女儿死，情愿勒死命归阴。[《何仙姑宝卷》，《张

披》(一),第346页]

　　譬如未曾生养你,勒死贱人命归阴。[《何仙姑宝卷》,《张披》(一),第346页]

　　我父不问啥情由,一棍打闷命归阴。[《何仙姑宝卷》,《张披》(一),第356页]

　　那年我父命归阴,家事母亲来承担。(《团圆》)

"一命归阴"一般出现在十字句"四"的位置上。

　　一对儿,孤零零,无人照看,悔不该,立逼她,一命归阴。[《刘全进瓜宝卷》,《河西真》,第82页]

　　他只说,渡过河,回他家去;谁料到,霎时间,一命归阴。[《仙姑宝卷》,《张披》(一),第6页]

　　有娘娘,看见了,微微冷笑;合该你,糅羯狗,一命归阴。[《仙姑宝卷》,《张披》(一),第23页]

　　如若是,那皇帝,不听我本;那奸臣,必杀我,一命归阴。[《二度梅宝卷》,《张披》(二),第378页]

　　在路途,无亲人,没人照顾;那梅柏,倒在路,一命归阴。[《二度梅宝卷》,《张披》(二),第383页]

　　请良医来治疗束手无策,吃百药针无效一命归阴。(《团圆》)

　　到明天我俩(两)口如此将计,定叫那病痨鬼一命归阴。(《团圆》)

"一命归阴"也可以出现在散句或七言、四言韵文中。

　　不上半年,便呜呼哀哉,一命归阴。[《继母狠宝卷》,《河西真》,第167页]

　　判官说:"她在阳世命犯三孝,头一孝割肉奉亲;第二孝被

第五章　河西宝卷的语词程式

刘耀抢上山去；第三孝入相府一命归阴。"[《葵花宝卷》，《张掖》（一），第112页]

不辛（幸）宋敦得了一场大病，请医治疗抢救无效，一命归阴，只落得母子二人。(《团圆》)

周岁一过，忽然此女害了豆（痘）疮，医治无效，一命归阴。(《团圆》)

却说鹦鸽哭到五更，可怜一命归阴。[《鹦鸽宝卷》，《张掖》（一），第256页]

今日喜极，跌倒在地，三魂不在，一命归阴。[《天仙配宝卷》，《河西真》，第238页]

看看一命归阴去，众人吓得胆战惊。[《何仙姑宝卷》，《张掖》（一），第355页]

根据表达的需要，"归阴"还可以有"命归阴曹""命将归阴""命都归阴"等变化形式，出现在十字句"四"的位置上。不过，这些表达十分少见。

你的儿，哀告着，哭声不断；她言说，定要我，命归阴曹。[《落碗宝卷》，《张掖》（二），第483页]

谁知道，娘娘意，独坐空房，大桥成，心愿了，命将归阴。[《昭君和北番宝卷》，《河西真》，第297页]

殿后的，我一人，逃命回程；童帅爷，众将军，命都归阴。[《三神姑下凡宝卷》，《张掖》（一），第153页]

"见阎君"基本出现在七字句（或五字句）"三"的位置上。"见阎君"有时也说"见阎王"。

若是无有明师救，数年光阴见阎君。[《何仙姑宝卷》，《张

披》（一），第338页］

　　家有黄金并富贵，难免一死见阎君。［《何仙姑宝卷》，《张披》（一），第339页］

　　寻访明师传妙法，免得临老见阎君。［《何仙姑宝卷》，《张披》（一），第341页］

　　善恶两字随身带，一双空手见阎君。［《何仙姑宝卷》，《张披》（一），第341页］

　　自明上匣床，浑身疼难当。不由号啕哭，就似见阎君。［《落碗宝卷》，《张披》（二），第472页］

　　狠心妖婆心不良，立逼四姐见阎王。［《方四姐宝卷》，《张披》（二），第458页］

"见阎君"也可以出现在十字句"四"的位置，其前可以加上"同""去""早""要"等构成四音节结构。

　　小姐见，丈夫死，心惊胆战；我今日，跳进江，同见阎君。［《红匣记》，《张披》（一），第87页］

　　我和你，夫妻俩，同见阎君；梅夫人，只哭得，昏迷不醒。［《二度梅宝卷》，《张披》（二），第385页］

　　我靠你，小奴才，没有下场；不如我，寻自尽，去见阎君。［《牡丹宝卷》，《张披》（一），第271页］

　　这也是，前世里，冤孽造定；倒不如，寻自尽，去见阎君。［《赵五娘卖发宝卷》，《张披》（一），第305页］

　　幸亏我，在监中，遇了好人；如不然，我的命，早见阎君。［《绣红罗宝卷》，《张披》（一），第221页］

　　你听我，把话儿，细说与你；我的命，不几日，要见阎君。［《赵五娘卖发宝卷》，《张披》（一），第309页］

第五章　河西宝卷的语词程式

"见阎君"出现在十字句"四"的位置上时,变化为"命见阎君"。"命见阎君"有时也说"命见阎王"。

　　待奴家,上前去,看他人马,一个个,都叫他,命见阎君。
[《张四姐大闹东京宝卷》,《河西真》,第149页]
　　大街上,饿死人,到处横躺,可怜了,众百姓,命见阎王。
[《救劫宝卷》,《河西真》,第213页]
　　叫家人,你予我,着实拷打;我叫他,当时间,命见阎君。
[《侯美英反朝》,《张掖》(一),第65页]
　　与我儿,说成婚,饶你性命;说不成,我叫你,命见阎君。
[《侯美英反朝》,《张掖》(一),第65页]
　　自幼儿,从未曾,绳捆索绑;今晚上,疼得我,命见阎君。
[《落碗宝卷》,《张掖》(二),第473页]
　　刘自忠,在一旁,开言叫道;青钢剑,杀贤郎,命见阎王。
[《落碗宝卷》,《张掖》(二),第473页]
　　那一天,我婆婆,命见阎王;又多亏,张太公,前来相帮。
[《赵五娘卖发宝卷》,《张掖》(一),第317页]

"寻无常"在河西方言中是寻短见、自尽的意思,"寻"在河西方言中读如"行",所以有的手抄本中写作"行无常"。"无常"指"无常鬼",传说中无常是人死时勾摄魂魄的使者,人人避之不及,主动去找寻无常鬼,就是自寻短见的意思。"寻无常"语词程式常出现在七字句或十字句"三"的位置上。

　　不如上吊寻无常,不受恶来不受贫。[《白马宝卷》,《张掖》(一),第229页]
　　狠毒妖婆心不良,逼迫四姐寻无常。[《方四姐宝卷》,《张掖》(二),第454页]

罗凤英，落污泪，自羞自叹，倒不如，行（寻）无常，免遭耻笑。[《吴彦能摆灯宝卷》，《河西真》，第123页]

奴有心，寻无常，悬梁自尽；丢下了，高堂母，孝哥儿童。[《牡丹宝卷》，《张掖》（一），第262页]

我急忙，出家来，公差在身；妻与子，寻无常，疼烂我心。[《丁郎寻父》，《张掖》（二），第439页]

根据表达的需要，"寻无常"还可以变化为"寻个无常""寻一个无常"等，用在韵文或散文中。

有四姐，放下桶，泪流两行；奴有心，在此井，行（寻）个无常。[《方四姐宝卷》，《张掖》（二），第445页]

我有心，寻一个，无常自尽；丢下你，在监中，哪有亲人？[《丁郎寻父》，《张掖》（二），第437页]

我的善念做不成了，不如今夜寻个无常死了。[《刘全进瓜宝卷》，《河西真》，第81页]

我一个人活着也没有意思，不如寻个无常倒也安心。[《二度梅宝卷》，《张掖》（二），第387页]

河西宝卷中，死亡程式的使用频率非常高，而且在"核心"不变的情况下还可以有一些灵活的变化形式，这不但为创编者提供了可供选择的"砖块"，而且也有效地避免了重复与单调，使宝卷文本的语言表达更灵活多变。

六　转换程式

河西宝卷在讲唱过程中，从某一情节过渡到另一情节时，也有固定的程式，我们称之为转换程式。河西宝卷的转换程式根据语词的不

第五章　河西宝卷的语词程式

同大致分为四种类型："且按下……，再表那……"；"且不说……，再表那……"；"……权且不表，再表那……"；"……不提。再说……"。每一种类型都有一些变化形式，以满足不同的表达需要。

（一）且按下……，再表那……

"且按下……，再表那……"语词程式一般出现在十字句韵文中。"且按下"出现在上句第一个"三"的位置上（偶尔也出现在第二个"三"的位置上），"再表那"出现在下句第一个"三"的位置上，与"且按下"呼应。这与评话中的"花开两朵，各表一枝"有所不同，但有异曲同工之妙，显示出宝卷情节转换上的特征。"且按下"和"再表那"都有一些变化形式。

　　且按下，这众神，吩咐分明，再表那，黑河岸，居住乡民。
[《仙姑宝卷》，《河西真》，第17页]
　　且按下，三郎爷，送儿还魂；再表那，张员外，夫妻二人。
[《绣红罗宝卷》，《张掖》（一），第202页]
　　且按下，杨海棠，阴司绣袍；再表那，阳间的，进云员外。
[《绣红罗宝卷》，《张掖》（一），第205页]
　　且按下，仙姑神，回身走了，再说那，黑河岸，入水妇人。
[《仙姑宝卷》，《河西真》，第42页]
　　且按下，方四姐，哭哭啼啼；再说那，小于郎，放学回家。
[《方四姐宝卷》，《张掖》（二），第446页]
　　且按下，方家的，痛哭之事；再说那，方四姐，来到婆家。
[《方四姐宝卷》，《张掖》（二），第451页]
　　把这话，且按下，莫可细说，再提起，张四姐，怎样用兵。
[《张四姐大闹东京宝卷》，《河西真》，第156页]

"且按下……，再表那……"出现在五言、七言韵文中时采用

· 127 ·

"按下……，再表……"。

> 按下刘自明，再表李氏人。叫声儿和女，坟前祭父亲。[《落碗宝卷》，《张掖》（二），第479页]
> 按下屈死李翠莲，再说刘全进瓜忙。[《刘全进瓜宝卷》，《河西真》，第88页]

"且按下……，再表那……"也可用在散文中。

> 且按下龙君不表，再说那算卦的先生。[《唐王游地狱宝卷》，《河西真》，第56页]

有时候"且按下"出现在上句第一个"三"的位置上（偶尔也出现在第二个"三"的位置上），"四"的位置有"权且莫表""暂且不表"等与之呼应。

> 且按下，这些话，权且莫表；再表那，太白星，救出文景。[《侯美英反朝》，《张掖》（一），第71页]
> 且按下，张兰英，权且莫表；再表那，龙文景，逃难之人。[《侯美英反朝》，《张掖》（一），第76页]
> 把此事，且按下，权且莫表；再表那，未中的，落榜举子。[《二度梅宝卷》，《张掖》（二），第413页]
> 且按下，老妇人，暂且不表，再表那，李承祖，远路风尘。[《继母狠宝卷》，《河西真》，第184页]
> 且按下，梅公子，暂且莫表；再说那，陈春生，逃难之人。[《二度梅宝卷》，《张掖》（二），第403页]
> 且按下，这些话，暂且莫表；再提起，新状元，去拜丞相。[《赵五娘卖发宝卷》，《张掖》（一），第302页]

第五章　河西宝卷的语词程式

且按下，唐王爷，这话莫表，再说那，魏丞相，去斩龙泾。
[《唐王游地狱宝卷》，《河西真》，第60页]

以上语词程式中出现"权且莫表""暂且莫表"等，跟第三种程式相似，但我们分出的第一种程式的主要特点是前有"且按下"等语词。

（二）且不说……，再表那……

"且不说……，再表那……"语词程式跟"且按下……，再表那……"语词程式结构相同，用法也相同，一般也出现在十字句韵文中。"且不说"出现在上句第一个"三"的位置上，"再表那"出现在下句第一个"三"的位置上，与"且不说"呼应。"且不说"和"再表那"都有一些变化形式。

且不说，状元的，梦中之事；再表那，孟日红，托梦之情。
[《葵花宝卷》，《张掖》（一），第115页]
且不说，三郎爷，要显神通；再表那，沈桂英，行凶之人。
[《绣红罗宝卷》，《张掖》（一），第213页]
且不说，阳间的，父子二人；再表那，阴司的，绣帐之人。
[《绣红罗宝卷》，《张掖》（一），第220页]
且不说，方四姐，还阳之事；再表那，掘墓贼，表得一番。
[《方四姐宝卷》，《张掖》（二），第463页]

"且不说……，再表那……"的变化形式较多。

且不说，做贼的，杀人之事；单表那，黑骡子，就往前行。
[《乌鸦宝卷》，《张掖》（一），第290页]
且不表，他夫妻，痛哭伤心；再表那，三郎爷，送儿还魂。

[《绣红罗宝卷》,《张掖》(一),第202页]

先不说杜十娘船上歌舞,再表那徽州的孙富盐商。(《杜十娘》)

且不说,沈桂英,谋害儿童;再说那,出门的,员外进云。
[《绣红罗宝卷》,《张掖》(一),第212页]

且不说,刘太玄,跌足啼哭;再提起,刘克勤,来到家中。
[《乌鸦宝卷》,《张掖》(一),第294页]

且不说,年七贼,谋害之心;回头来,表一表,女中贤人。
[《丁郎寻父》,《张掖》(二),第424页]

且不提,六亲朋,和那邻居,再提那,老俩(两)口,夸奖儿童。[《天仙配宝卷》,《河西真》,第232页]

不提那,众百姓,出衙之事;再说那,梅知县,转入后庭。
[《二度梅宝卷》,《张掖》(二),第379页]

不提那,翠环儿,和番之事;再表那,陈小姐,跳崖之情。
[《二度梅宝卷》,《张掖》(二),第400页]

不表那,张员外,待客之事;再说那,沈桂英,十日回门。
[《绣红罗宝卷》,《张掖》(一),第206页)]

且不表老俩(两)口心怀埋怨,再表那宋金郎他的命端。(《团圆》)

"且不说……,再表那……"在七言韵文中采用"不说……,再说(或"且说"等)……"。

不说黄龙传妙法,再说何氏小姐身。[《何仙姑宝卷》,《张掖》(一),第369页]

不说黄龙路途苦,且说黄龙家内情。[《何仙姑宝卷》,《张掖》(一),第365页]

不说大士归南海,且说仙女慈悲神。[《何仙姑宝卷》,《张掖》(一),第370页]

第五章 河西宝卷的语词程式

不说员外心大怒,另话纯阳祖师身。[《何仙姑宝卷》,《张掖》(一),第335页]

(三) ……权且不表,再表那……

"……权且不表,再表那……"语词程式也主要用在十字句中,"权且莫表"出现在上句"四"的位置,"再表那"出现在下句第一个"三"的位置,二者互相呼应。"权且莫表"和"再表那"都有一些变化形式。

把文景,读书话,权且不表;再表那,侯知县,姑娘美英。[《侯美英反朝》,《张掖》(一),第60页]

暂且把,美英女,权且莫表;再表那,龙文景,崔氏妇人。[《侯美英反朝》,《张掖》(一),第69页]

张春华,伤心事,暂且莫表;再表那,送信人,来到张家。[《牡丹宝卷》,《张掖》(一),第275页]

阳间的,这些事,暂且莫表;再说那,阴司的,杨氏海棠。[《绣红罗宝卷》,《张掖》(一),第211页]

高仲举,回家去,暂且不表;再表那,俞小姐,主意高明。[《丁郎寻父》,《张掖》(二),第419页]

石桂英,回家去,暂且不表;再提起,石兰英,转回家中。[《牡丹宝卷》,《张掖》(一),第274页]

这些话,权放下,暂且不表;再提起,石桂英,她的嫂嫂。[《牡丹宝卷》,《张掖》(一),第277页]

有李氏,哭丈夫,暂且不表;再说那,不良的,马氏妇人。[《落碗宝卷》,《张掖》(二),第477页]

把这话,权按下,先且莫表;再表那,王员外,富豪人家。[《侯美英反朝》,《张掖》(一),第63页]

这妖婆,打四姐,按下莫表;再把那,小于郎,来表一番。

[《方四姐宝卷》,《张掖》(二),第447页]

　　方四姐,上了吊,按下莫表;再说她,那婶母,独坐房中。
[《方四姐宝卷》,《张掖》(二),第454页]

　　有董永,中状元,按下莫表,再把那,尤老公,细说分明。
[《天仙配宝卷》,《河西真》,第258页]

"……权且不表,再表那……"在七言韵文中采用"……且莫表,再表……"。

　　渔翁樵夫且莫表,再表泾河老龙王。[《唐王游地狱宝卷》,《河西真》,第55页]

　　孟氏还阳且莫表,再表状元这里情。[《葵花宝卷》,《张掖》(一),第224页]

　　此话不表且放下,再把文景表一番。[《侯美英反朝》,《张掖》(一),第78页]

"……权且不表,再表那……"的变化形式有时也用在散文中。

　　刘顺泉去青洲(州)送货,后事如何,只(这)且不表。再说宋敦转过到东山狱(岳)庙西墙边一看,只见一个芦席棚的下面,躺着一个胖大和尚。(《团圆》)

　　却说金郎正(整)天在大街上为生,这且不表。在(再)说当地有个范知县,在宜昌县作(做)官,他和衙门内的一个性(姓)王名琦押司说道。(《团圆》)

《团圆宝卷》搜集自武威市古浪县大靖镇,古浪方言中"这"为翘舌音,声韵跟"只"相同,评卷人或抄卷人常将"这"写作"只",另外,手抄本中的别字也较多。

第五章　河西宝卷的语词程式

（四）……不提。再说……

与前三种程式不同，"……不提。再说……"语词程式主要出现在散文中，偶尔也用在韵文中。"不提"是上句的结尾，其后一般用句号，"再说"是下句的开头。"不提"和"再说"都有一些变异形式。

军民知正月十五放灯，又听圣上传旨全国庆贺，更是高兴不提。再说汴梁城西门竹竿巷内，有一人姓田名仲祥。[《吴彦能摆灯宝卷》，《河西真》，第96页]

却说王母娘娘带了六个仙女下凡，相劝四姐不提。再说四姐取胜回家。[《张四姐大闹东京宝卷》，《河西真》，第159页]

沉香子手持金钺斧往黑云洞去不提。再说二郎神回来见沉香子烧了庙宇，怒气冲冲地高叫。[《劈山救母宝卷》，《张掖》（一），第138页]

沉香装好书信，驾起祥云往长安而去不提。再说正当此时，武宗皇帝驾崩归天。[《劈山救母宝卷》，《张掖》（一），第145页]

就让二人回书房读书不提。再说陈老爷和夫人说："我看了良玉的文章，可以把杏元许配于他。"[《二度梅宝卷》，《张掖》（二），第395页]

杏元慌忙下拜叩头，与云英结为同胞姊妹，同入绣阁换衣服不提。再说党大人和陈春生、梅良玉进关歇了几日。[《二度梅宝卷》，《张掖》（二），第402页]

却说宋金郎在船上处处办事稳当，时时小人（心），别的船夫人人夸奖不提。再说刘顺泉对金郎爱而邻（怜）之。（《团圆》）

"……不提。再说……"的变异形式较多，其中"这话（此话）

不提。再说……"使用频率较高。

　　这话不提。再说田仲祥睁眼观看，荒郊野外，他走来走去。[《吴彦能摆灯宝卷》，《河西真》，第109页]

　　这话不提。再说王员外又将媒婆请来保媒。[《侯美英反朝》，《张掖》（一），第67页]

　　这话不提。再说于家的七个舅母来给四姐过七七。[《方四姐宝卷》，《张掖》（二），第461页]

　　此话不提。再说那包公回府坐在二堂，叫丫鬟把夫人请来。[《鹦鸽宝卷》，《张掖》（一），第252页]

　　此话不提。再说李氏自从丈夫死后，每日只是啼哭。[《落碗宝卷》，《张掖》（二），第477页]

　　不提五娘，再说那蔡状元自从差了家人李旺搬取家眷，一直不见音信，心中十分焦急。[《赵五娘卖发宝卷》，《张掖》（一），第316页]

　　凡民间一切祈福禳灾，求男讨女，千求万应，暂且不提。又说汉武帝时，有西边鞑子浑邪王反（犯）我边界。[《仙姑宝卷》，《河西真》，第18页]

　　不提焦氏兄妹如何计议，再表李雄因老婆凌虐儿女，反添上几层忧愁。[《继母狠宝卷》，《河西真》，第172页]

　　他领了主母之命，依计而行不表。再说李承祖主仆二人，离了京城往陕西出发。[《继母狠宝卷》，《河西真》，第180页]

　　文武朝贺，按下不表。且说昭君娘娘进了毡房，伺候的宫女，礼拜已毕。[《昭君和北番宝卷》，《河西真》，第288页]

　　这些此情且莫表，再说年轻人凑热闹。（《团圆》）

"……不提。再说……"用在十字句韵文中的情况很少见。

张四姐，大报仇，此话不提，再说那，张知县，禀了包公。
[《张四姐大闹东京宝卷》，《河西真》，第 145 页]

七　情感程式

河西宝卷文本中表达"受惊吓""愤怒""流泪""大哭"等情感时都有特定的语词程式，我们统称之为情感程式。

（一）受惊吓程式

河西宝卷文本在表达"受惊吓"意义时，常用"三魂""魂"等词和"吓掉""失了（丢了）""不在"等词语的组合，组成"吓掉三魂""失掉三魂""失了（丢了）三魂""三魂不在"等语词程式，其中"吓掉三魂"使用频率最高。这些语词程式主要出现在十字句韵文中，大都出现在"四"的位置上。

起狂风，下暴雨，雷电齐鸣，天又昏，地又暗，吓掉三魂。
[《张四姐大闹东京宝卷》，《河西真》，第 142 页]
三传令，齐声喊，捉拿妖精，崔文瑞，见此景，吓掉三魂。
[《张四姐大闹东京宝卷》，《河西真》，第 148 页]
那包公，听此言，吓掉三魂，原来是，玉皇爷，四姐之身。
[《张四姐大闹东京宝卷》，《河西真》，第 155 页]
天不亮，开了门，倒在怀中；摸一把，是死人，吓掉三魂。
[《丁郎寻父》，《张掖》（二），第 425 页]
媒婆子，见此景，吓掉三魂；急忙忙，来到了，年七家中。
[《丁郎寻父》，《张掖》（二），第 430 页]
唬（吓）得那，婶母婆，失掉三魂；上前来，忙抱住，把绳剪断。[《方四姐宝卷》，《张掖》（二），第 454 页]
昏沉沉，不知道，天高地厚；梦悠悠，头顶上，失掉三魂。

[《落碗宝卷》,《张掖》(二),第 473 页]

　　把钢刀,照头上,往下一砍,周秀才,头顶上,失了三魂。
[《仙姑宝卷》,《河西真》,第 35 页]

　　只见到,花仙哥,手脚都硬;头顶上,好似是,失了三魂。
[《绣红罗宝卷》,《张掖》(一),第 201 页]

　　江知府,跪堂前,抖衣而颤;吓得他,头顶上,丢了三魂。
[《二度梅宝卷》,《张掖》(二),第 406 页]

　　康妇人,听得说,三魂不在;死了活,活了死,昏昏沉沉。
[《三神姑下凡宝卷》,《张掖》(一),第 151 页]

　　刘文龙,他听的,护送娘娘,只吓得,魂不在,大吃一惊。
[《昭君和北番宝卷》,《河西真》,第 277 页]

　　那差人,听一声,战战兢兢;头顶上,失去了,七魄三魂。
[《二度梅宝卷》,《张掖》(二),第 380 页]

有时候"吓掉三魂"也用在散文中。

　　却说杏元小姐落崖,那些跟随的鞑子吓掉三魂,害怕回去狼主降罪,不好交差。[《二度梅宝卷》,《张掖》(二),第 400 页]

(二) 愤怒程式

河西宝卷文本在表达"愤怒"意义时,常用"冲冲大怒""怒气冲冲""怒冲冲"等语词程式,这些语词程式也主要出现在韵文中,四字短语一般出现在十字句"四"的位置上,三音节合成词"怒冲冲"一般出现在十字句或七字句"三"的位置上。

"冲冲大怒"有时也说"冲天大怒"。

　　她丈夫,听说罢,冲冲大怒,扑上前,采住发,直打妇人。
[《仙姑宝卷》,《河西真》,第 42 页]

第五章　河西宝卷的语词程式

　　张知县，坐大堂，冲冲大怒，叫人役，忙与我，带上贼人。
[《张四姐大闹东京宝卷》，《河西真》，第139页]
　　有相爷，听此言，冲冲大怒；命人役，将梁才，细细搜寻。
[《葵花宝卷》，《张掖》（一），第102页]
　　有杨氏，未开言，冲冲大怒；骂一声，狗贱人，你仔细听。
[《葵花宝卷》，《张掖》（一），第104页]
　　叫爹爹，你不必，冲天大怒；听孩儿，屈情话，说个分明。
[《牡丹宝卷》，《张掖》（一），第267页]
　　梅大人，听此言，冲天大怒；骂一声，狗奴才，说话不忠。
[《二度梅宝卷》，《张掖》（二），第380页]
　　邱大人，听一言，冲天大怒；出签票，拿江奎，不得消停。
[《二度梅宝卷》，《张掖》（二），第405页]

有时"冲冲大怒"也用在散文中。

　　员外一听此言冲冲大怒，骂道："你这个败辱家门的奴才，花仙哥若有好歹，我叫你有命难存。"[《绣红罗宝卷》，《张掖》（一），第210页]

"怒气冲冲"有时也说"怒气冲天"。

　　抡起斧，打开匣，碎石纷纷；沉香子，听母说，怒气冲冲。
[《劈山救母宝卷》，《张掖》（一），第143页]
　　沉香子，听母言，怒气冲冲；像这等，无义人，气煞人心。
[《劈山救母宝卷》，《张掖》（一），第143页]
　　到明天，施巧计，出这恶气；坐不安，睡不稳，怒气冲冲。
[《丁郎寻父》，《张掖》（二），第420页]
　　四差人，把仲举，拿往察院；郭老爷，坐大堂，怒气冲冲。

[《丁郎寻父》,《张掖》（二）,第436页]

　　于妖婆,听此言,怒气冲冲；又把那,小于郎,叫骂几声。
[《方四姐宝卷》,《张掖》（二）,第448页]

　　王知县,坐大堂,怒气冲冲；骂一声,狗奴才,细听根由。
[《方四姐宝卷》,《张掖》（二）,第460页]

　　说了声,大舅舅,身体健康；那二郎,内心里,怒气冲天。
[《劈山救母宝卷》,《张掖》（一）,第139页]

　　见卢杞,在厅上,端然大坐；走上前,叩一头,怒气冲天。
[《二度梅宝卷》,《张掖》（二）,第395页]

"怒气冲冲"有时也说"怒气上冲""怒火冲冲""大怒冲冲",用例较少。

　　知县听,仲举话,怒气上冲；板子打,棍子夹,血水淋淋。
[《丁郎寻父》,《张掖》（二）,第422页]

　　张四姐,听此言,怒火冲冲,骂狗官,想丈夫,万箭穿心。
[《张四姐大闹东京宝卷》,《河西真》,第141页]

　　二郎神,领鬼使,往前行走；手提着,三尖刀,大怒冲冲。
[《劈山救母宝卷》,《张掖》（一）,第138页]

有时"怒气冲冲"也用在散文中。

　　再说沈桂英一见丈夫走了,怒气冲冲地骂道。[《绣红罗宝卷》,《张掖》（一）,第209页]

　　黄嵩在一旁听了,怒气冲冲道。[《二度梅宝卷》,《张掖》（二）,第381页]

　　却说那妖婆坐在前厅,怒气冲冲地叫声："贱人,把你的针线拿来我看。"[《方四姐宝卷》,《张掖》（二）,第452页]

第五章 河西宝卷的语词程式

"怒冲冲"偶尔也说"怒气冲"。

小鹦鸽,怒冲冲,叫骂张婆;有言语,叫我来,与你咏诗。[《鹦鸽宝卷》,《张掖》(一),第248页]

蔡状元,怒冲冲,高声叫骂;骂一声,牛六姐,不良之人。[《赵五娘卖发宝卷》,《张掖》(一),第318页]

有妖婆,怒冲冲,坐在前厅;骂了声,狗贱人,你且当听。[《方四姐宝卷》,《张掖》(二),第452页]

不由得,怒冲冲,开言便骂;骂一声,刘自忠,无义之人。[《落碗宝卷》,《张掖》(二),第468页]

把话说与老龙君,龙王听了怒冲冲。[《唐王游地狱宝卷》,《河西真》,第55页]

黄龙听说怒冲冲,忙把钢叉手中抡。[《何仙姑宝卷》,《张掖》(一),第359页]

从头到尾说一遍,尚书听了怒气冲。[《丁郎寻父》,《张掖》(二),第423页]

(三) 流泪程式

河西宝卷文本在描写流泪时常在"泪珠(或珠泪)""眼泪(或两泪)""泪"等词后加上"纷纷""滚滚""汪汪"等叠音成分来表达,组织成"泪珠(珠泪)纷纷""泪珠(珠泪)滚滚""眼泪(两泪)纷纷""眼泪汪汪""泪纷纷""泪汪汪"等语词程式,表示哭得很伤心、泪流满面的意思。这些语词程式基本上出现在韵文中,四音节语词程式用在十字句"四"的位置上,三音节语词程式用在十字句、七字句"三"的位置上。

"泪珠纷纷""珠泪纷纷"的使用频率都较高。

李玉英,年虽小,生性聪明,见兄弟,遭毒打,泪珠纷纷。

[《继母狠宝卷》,《河西真》,第170页]
　　痛哭的,两眼中,泪珠纷纷;崔妇人,在一旁,劝他住声。
[《侯美英反朝》,《张掖》(一),第67页]
　　蒋大人,听此言,泪珠纷纷;叫了声,龙文景,侧耳细听。
[《侯美英反朝》,《张掖》(一),第78页]
　　进书房,找金钗,全然不见;找不见,不由得,泪珠纷纷。
[《二度梅宝卷》,《张掖》(二),第408页]
　　这也是,造下孽,今日报应,死与活,难料到,珠泪纷纷。
[《救劫宝卷》,《河西真》,第214页]
　　有冯氏,听董永,说了一遍,不由地,两眼中,珠泪纷纷。
[《天仙配宝卷》,《河西真》,第236页]
　　王喜童,远远地,倒身下拜;在亭下,叩一头,珠泪纷纷。
[《二度梅宝卷》,《张掖》(二),第392页]
　　娘哭儿,直哭得,昏迷不醒;兄哭妹,直哭得,珠泪纷纷。
[《二度梅宝卷》,《张掖》(二),第397页]
　　他夫妻,在重台,抱头痛哭;哭一会,难割舍,珠泪纷纷。
[《二度梅宝卷》,《张掖》(二),第397页]

"眼泪(两泪)纷纷"主要用于韵文中,偶尔用在散文中。

　　有冯氏,听此言,眼泪纷纷,刚张口,还未言,员外归阴。
[《天仙配宝卷》,《河西真》,第233页]
　　刘状元,见三娘,腾空去了;和王氏,忍不住,眼泪纷纷。
[《劈山救母宝卷》,《张掖》(一),第129页]
　　那屠申,也哭得,眼泪纷纷;劝一声,老太太,逃命要紧。
[《二度梅宝卷》,《张掖》(二),第385页]
　　对香案,一起儿,倒身下拜;一家人,跪面前,眼泪纷纷。
[《二度梅宝卷》,《张掖》(二),第392页]

第五章　河西宝卷的语词程式

　　我老爷，每日里，双眼流泪；口中念，梅公子，眼泪纷纷。
[《二度梅宝卷》,《张掖》（二），第394页]
　　老夫人，听此言，放声大哭；陈公子，梅公子，眼泪纷纷。
[《二度梅宝卷》,《张掖》（二），第395页]
　　陈春生，在一旁，捶胸顿足；党大人，忍不住，眼泪纷纷。
[《二度梅宝卷》,《张掖》（二），第398页]
　　孟日红，终日里，两泪纷纷；思想起，我丈夫，好不伤心。
[《葵花宝卷》,《张掖》（一），第102页]
　　未开言，不由得，两泪纷纷；真好像，千刀割，万刀绞心。
[《劈山救母宝卷》,《张掖》（一），第132页]
　　王母见，牡丹花，黑干焦瘦；也惹得，观世音，两泪纷纷。
[《牡丹宝卷》,《张掖》（一），第246页]
　　孝哥儿，回家来，找娘吃饭；到跟前，跪在地，两泪纷纷。
[《牡丹宝卷》,《张掖》（一），第265页]

有时也说"泪雨纷纷""雨泪纷纷"。

　　有仙姑，一见了，心中不忍；禁不住，心酸痛，泪雨纷纷。
[《仙姑宝卷》,《金张掖》（一），第6页]
　　梅公子闲时读书，忙时栽花，夜晚想起父母家人，雨泪纷纷，哭了一夜。[《二度梅宝卷》,《张掖》（二），第392页]

"泪珠滚滚"的使用频率高于"珠泪滚滚"。

　　那董永，听母说，伤心之话，也不由，心中酸，泪珠滚滚。
[《天仙配宝卷》,《河西真》，第237页]
　　龙文景，担水桶，泪珠滚滚；出了那，花园门，大放悲声。
[《侯美英反朝》,《张掖》（一），第72页]

未开言,两眼中,泪珠滚滚;叫姐姐,你听我,细说根苗。
[《侯美英反朝》,《张掖》(一),第73页]

大人说,我的儿,你怎逃命?有文景,听得问,泪珠滚滚。
[《侯美英反朝》,《张掖》(一),第81页]

梅良玉,听此言,心如刀割;禁不住,两眼的,泪珠滚滚。
[《二度梅宝卷》,《张掖》(二),第390页]

他二人,前来到,大厅之上;梅公子,跪面前,珠泪滚滚。
[《二度梅宝卷》,《张掖》(二),第394页]

"眼泪(泪眼、泪水、泪珠)汪汪"的用例较少。

叫姐姐,你不必,眼泪汪汪;听妹妹,把言语,细对你说。
[《葵花宝卷》,《张掖》(一),第110页]

有梅柏,出京来,往前急行;每日里,怀怨恨,眼泪汪汪。
[《二度梅宝卷》,《张掖》(二),第383页]

老夫人,问女儿,有何事情?方四姐,低着头,眼泪汪汪。
[《方四姐宝卷》,《张掖》(二),第442页]

梅夫人,和公子,听罢此言;不由得,母子俩,泪眼汪汪。
[《二度梅宝卷》,《张掖》(二),第278页]

二高堂,盼得你,两眼无光;每日里,睁开眼,泪水汪汪。
[《赵五娘卖发宝卷》,《张掖》(一),第307页]

有王妈,走上前,急忙拉住;孟娘子,你不必,泪珠汪汪。
[《葵花宝卷》,《张掖》(一),第108页]

"泪纷纷"使用频率高,主要用于七字句或五字句"三"的位置上。

丫鬟听言泪纷纷,连叫三声不答应。[《侯美英反朝》,《张

第五章　河西宝卷的语词程式

披》（一），第 68 页］

夫妻二人泪纷纷，丫鬟一旁也伤心。［《侯美英反朝》，《张披》（一），第 68 页］

一年四季也安康，邦正听言泪纷纷。［《侯美英反朝》，《张披》（一），第 83 页］

公鹦打食无音信，母鹦哭得泪纷纷。［《鹦鸽宝卷》，《张披》（一），第 245 页］

一更里来好伤心，想起我母泪纷纷。［《鹦鸽宝卷》，《张披》（一），第 256 页］

四姐上轿泪纷纷，一家大小送出门。［《方四姐宝卷》，《张披》（二），第 444 页］

落碗之计太可恨，人人听了泪纷纷。［《落碗宝卷》，《张披》（二），第 483 页］

四姐丧残身，于郎泪纷纷。想起恩爱情，一夜哭五更。［《方四姐宝卷》，《张披》（二），第 459 页］

自忠画了字，自明泪纷纷。弟弟替哥死，恩深情意重。［《落碗宝卷》，《张披》（二），第 474 页］

二人泪纷纷，骨肉两离分。弟弟替哥死，此事人间稀。［《落碗宝卷》，《张披》（二），第 475 页］

妖婆下毒手，定僧泪纷纷。一天不给吃，每日打三顿。［《落碗宝卷》，《张披》（二），第 481 页］

"泪纷纷"有时也用在十字句和散文中。

陈小姐，泪纷纷，开言便说；叫一声，梅相公，洗耳当听。［《二度梅宝卷》，《张披》（二），第 397 页］

小老鼠，两眼泪纷纷，灵魂儿回到了后洞中。［《老鼠宝卷》，《河西真》，第 302 页］

"泪汪汪"常用在十字句、七字句"三"的位置上。

泪汪汪,双膝儿,跪在神前;低下头,祝神灵,来救我身。
[《赵五娘卖发宝卷》,《张掖》(一),第314页]
那时节,二爹娘,盼望儿郎;每日里,泪汪汪,不思茶饭。
[《赵五娘卖发宝卷》,《张掖》(一),第317页]
有六姐,泪汪汪,叫声蔡郎;图像上,就是那,公公婆婆。
[《赵五娘卖发宝卷》,《张掖》(一),第319页]
泪汪汪,挑水桶,往前行走;桶又大,水又重,难以行走。
[《方四姐宝卷》,《张掖》(二),第445页]
方四姐,抱丈夫,哀声不断;泪汪汪,叫一声,奴的丈夫。
[《方四姐宝卷》,《张掖》(二),第448页]
逃难出门离家乡,不由叫人泪汪汪。[《救劫宝卷》,《河西真》,第217页]
五娘来到大街上,手拿头发泪汪汪。[《赵五娘卖发宝卷》,《张掖》(一),第312页]
一更里来好伤心,想起爹娘泪汪汪。[《方四姐宝卷》,《张掖》(二),第453页]
四姐与夫来托梦,一见于郎泪汪汪。[《方四姐宝卷》,《张掖》(二),第458页]

(四) 大哭程式

河西宝卷文本描写悲伤痛哭时常用"大放悲声""放悲声"等语词程式,一般用在韵文中。

"大放悲声"语词程式使用的频率非常高,有时在同一部宝卷中会出现好多次,主要出现在十字句"四"的位置上。

在地下,叫贤妻,大放悲声,只哭得,那董永,昏迷不醒。

第五章　河西宝卷的语词程式

[《天仙配宝卷》,《河西真》,第 254 页]
　　进了府,满家人,一起相会,有赛金,一见面,大放悲声。
[《天仙配宝卷》,《河西真》,第 261 页]
　　董状元,和赛金,听的告别,忙拉住,神姑手,大放悲声。
[《天仙配宝卷》,《河西真》,第 262 页]
　　有文景,听此言,大放悲声;叫了声,张爷爷,饶我性命。
[《侯美英反朝》,《张掖》(一),第 70 页]
　　龙文景,听此言,大放悲声;叫了声,大王爷,饶我性命。
[《侯美英反朝》,《张掖》(一),第 71 页]
　　龙文景,担水桶,泪珠滚滚;出了那,花园门,大放悲声。
[《侯美英反朝》,《张掖》(一),第 72 页]
　　有崔氏,知张全,伤腿已好;一个人,在楼上,大放悲声。
[《侯美英反朝》,《张掖》(一),第 72 页]
　　赵元帅,在马上,大放悲声;出京城,我领了,十万大兵。
[《侯美英反朝》,《张掖》(一),第 75 页]
　　龙文景,听此言,大放悲声;叫小姐,快快地,救我性命。
[《侯美英反朝》,《张掖》(一),第 76 页]
　　出城门,来到了,十里长亭;父子们,一见面,大放悲声。
[《侯美英反朝》,《张掖》(一),第 80 页]
　　众家人,抬棺房,旁边伺候;众百姓,一个个,大放悲声。
[《二度梅宝卷》,《张掖》(二),第 383 页]
　　众衙役,埋葬后,各自散去;梅公子,见无人,大放悲声。
[《二度梅宝卷》,《张掖》(二),第 386 页]
　　梅年兄,你的恩,杀身难报;禁不住,泪珠儿,大放悲声。
[《二度梅宝卷》,《张掖》(二),第 392 页]
　　陈老爷,祭梅兄,双眼落泪;一家人,花亭上,大放悲声。
[《二度梅宝卷》,《张掖》(二),第 392 页]
　　卢杞贼,他逼迫,快快行走;送女的,众百姓,大放悲声。

[《二度梅宝卷》,《张掖》(二),第 397 页]
　　陈杏元,望莲台,倒身下拜;手焚香,跪埃尘,大放悲声。
[《二度梅宝卷》,《张掖》(二),第 399 页]
　　梅良玉,跪坟前,泪如雨下;设香案,摆祭物,大放悲声。
[《二度梅宝卷》,《张掖》(二),第 416 页]

"大放悲声"有时也用在散文中。

　　却说罗氏问了一遍,原来是自己的儿女。一把拉住大放悲声。[《吴彦能摆灯宝卷》,《河西真》,第 118 页]
　　孝哥见母亲回家,跪倒(到)膝前抱住母亲大放悲声。[《牡丹宝卷》,《张掖》(一),第 261 页]

与"大放悲声"相比,"放悲声"使用较少,十字句、七字句和散文中都有使用。

　　正说着,半空中,炸雷猛响,有神姑,说不好,就放悲声。[《天仙配宝卷》,《河西真》,第 255 页]
　　一家人,放悲声,不能前行;猛抬头,见南山,一盏红灯。[《劈山救母宝卷》,《张掖》(一),第 129 页]
　　那丁郎,忙叩头,双膝跪地;张小姐,扶丁郎,也放悲声。[《丁郎寻父》,《张掖》(二),第 435 页]
　　各处问寻无影踪,不由叫人放悲声。[《劈山救母宝卷》,《张掖》(一),第 127 页]
　　神姑一听遭贬谪,眼泪纷纷放悲声。[《天仙配宝卷》,《河西真》,第 242 页]
　　刘锡与王桂英越思越想放悲声,找不见三娘面,泪流涟涟真伤心。[《劈山救母宝卷》,《张掖》(一),第 127 页]

第五章　河西宝卷的语词程式

八　动作程式

河西宝卷文本在表达"忙个不停、毒打、跌、倒、跪、说、看、听"等动作意义时，也常采用较为固定的语词程式，我们称之为动作程式。

（一）忙个不停

河西宝卷文本表示"不敢怠慢或懈怠、听到吩咐立即做某事"这样的意义时，常用"不消停"这一语词程式来表达。根据表达的需要和该程式在韵文中出现位置的不同，又变化出"不敢消停""不得消停"等语词程式。

"不消停"主要出现在十字句、七字句"三"的位置上。

忙赶路，不消停，回到家中；可见得，这先生，信口胡言。[《乌鸦宝卷》，《张掖》（一），第289页]

侯知县，退了堂，掣出令牌；众衙役，不消停，押奔前行。[《乌鸦宝卷》，《张掖》（一），第293页]

一夜打搅唐王主，两个将军不消停。[《唐王游地狱宝卷》，《河西真》，第61页]

龙神土神都拥护，土生水灌不消停。[《刘全进瓜宝卷》，《河西真》，第87页]

两家交战不消停，杀得地黑天又红。[《侯美英反朝》，《张掖》（一），第74页]

大人领旨出了京，跟随人役不消停。[《侯美英反朝》，《张掖》（一），第80页]

龙家父子出了京，马步兵丁不消停。[《侯美英反朝》，《张掖》（一），第82页]

河西宝卷研究

"不消停"有时也出现在十字句"四"的位置上,前面根据文意可加上"忙""都"等单音词凑成四音节结构。

不一时,把匠人,请到家中,动了土,起了工,忙不消停。
[《张四姐大闹东京宝卷》,《河西真》,第 132 页]
众文武,领御旨,相府拜寿;骑马的,坐轿的,都不消停。
[《二度梅宝卷》,《张掖》(二),第 382 页]

"不敢消停"用在十字句"四"的位置上,使用频率很高,同一个宝卷中也会多次重复使用。

有仙姑,遗肉身,荒郊边外,有山神,和土地,不敢消停。
[《仙姑宝卷》,《河西真》,第 16 页]
有娘娘,退入了,别处殿内,众鬼使,领法旨,不敢消停。
[《仙姑宝卷》,《河西真》,第 24 页]
吩咐了,众夷人,乱打乱射,骚奴才,一个个,不敢消停。
[《仙姑宝卷》,《河西真》,第 30 页]
在相府,梁才奉,状元之命;走湖广,搬家眷,不敢消停。
[《葵花宝卷》,《张掖》(一),第 101 页]
有人差,听吩咐,不敢消停;高城县,接来了,乔老夫妻。
[《葵花宝卷》,《张掖》(一),第 119 页]
天色早,不如我,再织几尺;急忙忙,上了机,不敢消停。
[《方四姐宝卷》,《张掖》(二),第 456 页]
大舅母,给四姐,要过头七;于家的,一家人,不敢消停。
[《方四姐宝卷》,《张掖》(二),第 461 页]

"不得消停"同样用在十字句"四"的位置上。

第五章　河西宝卷的语词程式

　　前日个，麻烦你，不得消停，我今日，再请你，献酒谢情。
[《张四姐大闹东京宝卷》，《河西真》，第138页]

　　包老爷，领圣旨，不敢怠慢；有王朝，和马汉，不得消停。
[《三神姑下凡宝卷》，《张掖》（一），第154页]

　　四天王，八金刚，俱下凡间；贯州城，擒妖精，不得消停。
[《三神姑下凡宝卷》，《张掖》（一），第156页]

　　一路上，观不尽，青山绿水；清晨起，晚间睡，不得消停。
[《二度梅宝卷》，《张掖》（二），第380页]

　　邱大人，听一言，冲天大怒；出签票，拿江奎，不得消停。
[《二度梅宝卷》，《张掖》（二），第405页]

（二）毒打杀害

河西宝卷文本中"毒打"或"杀害"动作意义常用"下无情"这一语词程式来表达。这一语词程式主要用来表现恶人欺凌弱者，用鞭子、棍棒甚至钢刀等毒打或杀害受磨难者，表现其无情无义、残酷的非人之举。当然，有时候这一语词程式也用来表示痛打恶人。"下无情"语词程式出现在十字句"三"的位置上的情况比较少见，它常常出现在十字句"四"的位置上，这时根据表达的需要，前面常常加上一个单音节词凑成四音节结构，最常见的是加"就"构成"就下无情"语词程式。

"下无情"出现在十字句"三"的位置上的用例很少。

　　不害他，今夜晚，事不好办；逼迫我，下无情，杀了丈夫。
[《乌鸦宝卷》，《张掖》（一），第290页]

"下无情"常出现在十字句"四"的位置上，前面往往加"要""暗""手"等单音词以凑成四音节结构。

那焦榕，听妹言，信以为真，将玉英，揪过来，要下无情。
[《继母狠宝卷》，《河西真》，第 196 页]

　　邹夫人，也来到，太湖石上；众家人，执起棒，要下无情。
[《二度梅宝卷》，《张掖》（二），第 401 页]

　　白日里，他外出，寻师访友；待到了，五更天，暗下无情。
[《二度梅宝卷》，《张掖》（二），第 384 页]

　　带说着，走上前，一脚踩住，脚板踢，棒又打，手下无情。
[《刘全进瓜宝卷》，《河西真》，第 81 页]

"就下无情"常出现在十字句韵文"四"的位置上，其用例很多。

　　提棒子，照头脑，就下无情，直打得，李玉英，难以支持。
[《继母狠宝卷》，《河西真》，第 196 页]

　　到午时，并三刻，时辰已到，刽子手，举钢刀，就下无情。
[《继母狠宝卷》，《河西真》，第 205 页]

　　一到家，那婆娘，就下无情，把月英，只打得，半死不活。
[《继母狠宝卷》，《河西真》，第 200 页]

　　说话间，将媒婆，丢倒在地；拿棒棰（槌），采头发，就下无情。[《侯美英反朝》，《张掖》（一），第 68 页]

　　老大王，见兰英，怒气冲冲；提钢刀，往下砍，就下无情。
[《侯美英反朝》，《张掖》（一），第 76 页]

　　那妖婆，拿鞭子，就下无情；有小姑，和嫂嫂，一齐动手。
[《方四姐宝卷》，《张掖》（二），第 447 页]

　　我今天，打死你，与儿出气；口中骂，提鞭子，就下无情。
[《方四姐宝卷》，《张掖》（二），第 452 页]

　　有四姐，苦哀告，母亲饶命；老妖婆，提鞭子，就下无情。
[《方四姐宝卷》，《张掖》（二），第 457 页]

第五章　河西宝卷的语词程式

　　脚又大，脸又黄，舌尖嘴巧；手拿着，三寸锥，就下无情。[《方四姐宝卷》，《张掖》（二），第462页]

"就下无情"有时也用在散文中，用例较少。

　　差人不信，手拿皮鞭就往里闯，惹得三姐大怒就下无情，不一时就打死几个差人。[《三神姑下凡宝卷》，《张掖》（一），第152页]

　　急忙来到了厨房里烧了一锅滚水，把花仙哥哄到跟前，一把采住就下无情。[《绣红罗宝卷》，《张掖》（一），第209页]

（三）跌倒在地或跪在地

　　"跌到地上""倒在地上""跪在地上"等动作意义，河西宝卷常在"跌、倒、跪"等表示动作意义的动词后加上"埃尘"或"尘埃"来表达，根据表达的需要组成"跌到埃尘""倒在埃尘""跪在埃尘""跪埃尘"等语词程式。"埃尘"指地面上，这种用法多见于戏曲。如《再生缘》第五八回："送出仪门登了轿，忙忙的，拦轩一拱到埃尘。"京剧《盗宗卷》："［张苍唱］张苍撩袍跪埃尘，拜谢我主的爵禄恩。"河西宝卷用"埃尘"表示地面的用法显然是受了戏曲的影响，在讲唱过程中又将"埃尘"的次序颠倒为"尘埃"，于是"尘埃"在河西宝卷中也表示地面上。"跌到埃尘""倒在埃尘""跪在埃尘""跪埃尘"等语词程式常出现在韵文中，四音节的组合出现在十字句"四"的位置上，三音节的组合出现在十字句或七字句、五字句"三"的位置上。

　　"跌"与"埃尘""尘埃"的组合根据表达需要可以有好几种，常见的是在二者中间加上"到""在"等介词构成述补结构，有时在二者中间加上动词"下""倒"构成动宾结构，"下""倒"作"跌"的补语。

不由人，痛伤心，昏迷一阵，非内侍，急扶持，跌到埃尘。
[《昭君和北番宝卷》，《河西真》，第279页]

剜出来，左眼睛，放在手中；浑身上，血淋淋，跌到埃尘。
[《丁郎寻父》，《张掖》（二），第430页]

老鞑婆，只吓得，三魂不在，小鞑子，只吓得，跌到尘埃。
[《仙姑宝卷》，《河西真》，第31页]

手一拍，起神风，上天去了，只惊得，那董永，跌在埃尘。
[《天仙配宝卷》，《河西真》，第254页]

小丁郎，听母命，不准他去；照墙上，撞一头，跌在尘埃。
[《丁郎寻父》，《张掖》（二），第430页]

两杯酒，刚下肚，便觉难过，不一时，叫肚痛，跌下尘埃。
[《继母狠宝卷》，《河西真》，第190页]

哭一声，屈死妻，跌倒尘埃；有妖婆，上前来，连忙扶起。
[《方四姐宝卷》，《张掖》（二），第459页]

"倒"与"埃尘"常组合成"倒在埃尘"。

祷告毕，将钢刀，拿在手中；割一刀，血淋淋，倒在埃尘。
[《葵花宝卷》，《张掖》（一），第104页]

昏沉沉，将身子，倒在埃尘；魂灵儿，到阴司，去见阎君。
[《葵花宝卷》，《张掖》（一），第110页]

梅夫人，听此言，放声大哭；梅公子，哭一声，倒在埃尘。
[《二度梅宝卷》，《张掖》（二），第384页]

眼看着，陈小姐，走得远了；二公子，双跌脚，倒在埃尘。
[《二度梅宝卷》，《张掖》（二），第399页]

"跪"与"埃尘""尘埃"常组合成"跪在埃尘""跪在尘埃""跪埃尘""跪尘埃"等。"跪在埃尘""跪在尘埃"用在十字句

第五章　河西宝卷的语词程式

"四"的位置上,"跪埃尘""跪尘埃"用在十字句"三"的位置上。

　　杨海棠,也急忙,来到庙中;怀抱着,小儿童,跪在埃尘。
[《绣红罗宝卷》,《张掖》(一),第202页]
　　大堂上,供奉着,皇御圣旨;那卢杞,和黄嵩,跪在埃尘。
[《二度梅宝卷》,《张掖》(二),第414页]
　　正哭啼,忽然间,二郎进门;吓得那,三娘娘,跪在尘埃。
[《劈山救母宝卷》,《张掖》(一),第138页]
　　杜金定,把河灯,放入水面;望空中,跪埃尘,祝告神灵。
[《白马宝卷》,《张掖》(一),第232页]
　　陈杏元,望莲台,倒身下拜;手焚香,跪埃尘,大放悲声。
[《二度梅宝卷》,《张掖》(二),第399页]
　　也只得,跪尘埃,放声大哭,哭一会,不见面,只得住声。
[《天仙配宝卷》,《河西真》,第267页]

"跪埃尘"可以用在七字句"三"的位置上,有时根据表达的需要还可以把"埃尘"与其同义词"地"组合,构成同义连用结构,然后再跟"跪"组合成"跪在地埃尘"等,体现了语词程式表达的灵活性。

　　龙君出宫把旨接,战战兢兢跪埃尘。[《唐王游地狱宝卷》,《河西真》,第58页]
　　翠莲跪在地埃尘:"阎君爷爷听原因。"[《刘全进瓜宝卷》,《河西真》,第89页]
　　小姐雨泪纷纷落,双膝跪倒埃尘地。[《何仙姑宝卷》,《张掖》(一),第346页]
　　员外夫妇受惊吓,双膝跪地在埃尘。[《何仙姑宝卷》,《张掖》(一),第373页]

(四) 说（看、听）清楚

河西宝卷文本在表达"说、看、听"等动作意义时，常在这些表示动作的动词后加上补语"分明"来表达说清楚、看清楚、听清楚等意义。

1. 说清楚

河西宝卷文本在表达"说清楚"这一意义时，常在动词"说"后加上补语"分明"来表达，根据表达的需要和其在句中出现的位置可以变化出"细说分明""说个分明"等语词程式。四音节的语词程式出现在十字句"四"的位置上，三音节的语词程式一般出现在七字句"三"的位置上。

"说分明"一般出现在七字句"三"的位置上。

空中叫声侯美英，听我把话说分明。[《侯美英反朝》，《张掖》（一），第75页]

我和你是姐妹们，你与奴家说分明。[《侯美英反朝》，《张掖》（一），第77页]

三郎听后说分明，叫声弟兄你们听。[《绣红罗宝卷》，《张掖》（一），第203页]

进云把话说分明，羞得员外无颜容。[《绣红罗宝卷》，《张掖》（一），第209页]

俞氏近前劝夫君，听我与你说分明。[《丁郎寻父》，《张掖》（二），第421页]

不说方家待客话，再把四姐表分明。[《方四姐宝卷》，《张掖》（二），第443页]

娘今坐堂审案情，你把事由说分明。[《落碗宝卷》，《张掖》（二），第482页]

[南伍（无）佛调] 金郎问我名和性（姓），我给金郎说分

第五章 河西宝卷的语词程式

明,茅舍是我安身地,人人称我金刚僧。我问金郎宋官人,岳父丢你在山中,你对岳父恨不恨,你给老僧说分明。(《团圆》)

"说分明"也可出现在十字句"四"的位置上,前面常常加上"我""诉""要"等词构成四音节结构。

叫鬼使,你们听,我说分明;花仙哥,那真魂,送入他身。
[《绣红罗宝卷》,《张掖》(一),第202页]
有桂英,叫婆婆,我说分明;未开口,两眼中,泪如雨下。
[《牡丹宝卷》,《张掖》(一),第276页]
有一个,胆大的,开口便说;众年兄,休胡扯,我说分明。
[《二度梅宝卷》,《张掖》(二),第413页]
高仲举,往上跪,口称老爷;听生员,将屈事,诉说分明。
[《丁郎寻父》,《张掖》(二),第422页]
众朋友,和邻居,个个来到;一件件,一桩桩,要说分明。
[《落碗宝卷》,《张掖》(二),第469页]

在表达"说清楚"这一意义的语词程式中,"细说分明"在十字句韵文中使用最多。

有董永,辞了母,来到学中,对师尊,前后事,细说分明。
[《天仙配宝卷》,《河西真》,第237页]
有董永,中状元,按下莫表,再把那,尤老公,细说分明。
[《天仙配宝卷》,《河西真》,第258页]
为儿的,年纪幼,不得知晓,望我母,将实情,细说分明。
[《天仙配宝卷》,《河西真》,第263页]
有美英,梳洗罢,穿戴整齐;叫丫鬟,你听我,细说分明。
[《侯美英反朝》,《张掖》(一),第61页]

河西宝卷研究

    王婆子，听此言，开言便说；叫员外，你听我，细说分明。
  [《侯美英反朝》，《张掖》（一），第 65 页]
    说老爷，你害的，却是何人；你与我，妇人家，细说分明。
  [《侯美英反朝》，《张掖》（一），第 66 页]
    崔氏把，谋害话，细说分明；我未曾，昧良心，伤天害理。
  [《侯美英反朝》，《张掖》（一），第 67 页]
    梅柏说，有名知，无名难晓；你问的，是哪个，细说分明。
  [《二度梅宝卷》，《张掖》（二），第 380 页]
    梅大人，叫一声，书办衙役；你们都，听老爷，细说分明。
  [《二度梅宝卷》，《张掖》（二），第 381 页]
    有宋敦开言来叫声夫人，听为夫把言语细说分明。（《团圆》）
    刘顺泉开言来叫声金郎，听刘叔把言语细说分明。（《团圆》）

  "说个分明"常用在十字句韵文中，有时也用在散文中。

    到金殿，显威灵，开言便说；奏朝廷，我与你，说个分明。
  [《劈山救母宝卷》，《张掖》（一），第 125 页]
    扭回头，把秋哥，一声高叫；娘养儿，你听我，说个分明。
  [《劈山救母宝卷》，《张掖》（一），第 132 页]
    有三娘，叫哥哥，你且息怒；你听我，细细儿，说个分明。
  [《劈山救母宝卷》，《张掖》（一），第 138 页]
    叫哥哥，手按心，自己思忖；谁的是，谁的非，说个分明。
  [《劈山救母宝卷》，《张掖》（一），第 143 页]
    屠申问，今日个，差人到来；因何事，为何情，说个分明。
  [《二度梅宝卷》，《张掖》（二），第 384 页]
    有长老，叫相公，哪里来的？因何事，吊树上，说个分明。
  [《二度梅宝卷》，《张掖》（二），第 388 页]
    陈老爷，说夫人，你不知道；你听我，细细地，说个分明。

第五章　河西宝卷的语词程式

[《二度梅宝卷》,《张掖》(二),第390页]

那知府,黄老爷,住在何处?老年伯,你与我,说个分明。

[《二度梅宝卷》,《张掖》(二),第403页]

他的家,居住在,何州府县?你与我,细细儿,说个分明。

[《二度梅宝卷》,《张掖》(二),第406页]

有什么,真心话,对我细说;与妹妹,知心人,说个分明。

[《二度梅宝卷》,《张掖》(二),第410页]

陈三郎开言来叫声客人,听我把心里话说个分明。(《团圆》)

刘宜春开言来叫声父亲,听女儿把言语说个分明。(《团圆》)

我娘儿两个和你有多大的仇恨,你便千方百计毒害我们,是怎样的情由?今日你快与我说个分明。[《劈山救母宝卷》,《张掖》(一),第143页]

"说清楚"这一意义还可用"说得分明"表达,用例较少。

叫一声,老母亲,你且放心;那签上,字字儿,说得分明。[《牡丹宝卷》,《张掖》(一),第272页]

鬼使说,昭娘娘,说得分明;送在那,大明府,邹府安身。[《二度梅宝卷》,《张掖》(二),第401页]

2. 看清楚

河西宝卷文本在表达"看清楚"这一意义时,常在动词"看"后加上补语"分明"来表达,根据表达的需要和其在句中出现的位置还可变化出"细看分明""看得分明""看个分明"等语词程式。

"看分明"出现在十字句"四"的位置上,前面常加上"去""查""观"等单音节动词构成四音节结构。

全家的,各物件,一齐都卖;谁想要,到我家,去看分明。

[《牡丹宝卷》,《张掖》(一), 第265页]

  但不知,凶和吉,主何征兆;又相信,又不信,去看分明。

[《乌鸦宝卷》,《张掖》(一), 第295页]

  有王母,见指令,不得怠慢,斗牛宫,细细儿,查看分明。

[《张四姐大闹东京宝卷》,《河西真》, 第155页]

  小老鼠,在洞口,观看分明,四下里,并没有,狸猫之身。

[《老鼠宝卷》,《河西真》, 第302页]

  问公子为何情怎不高兴,你面上代(带)愁容我看分明。

(《杜十娘》)

四音节语词程式中,"细看分明""看得分明"使用频率较高。

  你梅香,拿酒杯,加倍小心,出了门,送王钦,细看分明。

[《张四姐大闹东京宝卷》,《河西真》, 第135页]

  王钦他,送崔犯,到我衙中,我急忙,接了状,细看分明。

[《张四姐大闹东京宝卷》,《河西真》, 第145页]

  有判官,陪文曲,细看分明;十八层,地狱门,各处寻找。

[《三神姑下凡宝卷》,《张掖》(一), 第155页]

  老金星,在宫中,心血来潮;拨云头,往下望,细看分明。

[《丁郎寻父》,《张掖》(二), 第432页]

  夫妻俩,进洞房,同床共枕;小于郎,把四姐,细看分明。

[《方四姐宝卷》,《张掖》(二), 第444页]

  战三回,妖道士,败下阵来;红沙神,要显威,看得分明。

[《三神姑下凡宝卷》,《张掖》(一), 第157页]

  众才子,齐上前,要把球抢;有公主,在彩楼,看得分明。

[《绣红罗宝卷》,《张掖》(一), 第219页]

  老夫人,和公子,都不在意;陈小姐,抬起头,看得分明。

[《二度梅宝卷》,《张掖》(二), 第392页]

第五章 河西宝卷的语词程式

王妈妈,在门前,看得分明;有定僧,口提鞋,两手血红。[《落碗宝卷》,《张掖》(二),第482页]

人役们,把定僧,唤上公堂;包老爷,双眼中,看得分明。[《落碗宝卷》,《张掖》(二),第486页]

"看个分明"使用频率较低。

走阴曹,查地府,看个分明;想必是,阴司里,出了妖精。[《三神姑下凡宝卷》,《张掖》(一),第155页]

列位们,若要是,你们不信;菩萨的,金殿上,看个分明。[《鹦鸽宝卷》,《张掖》(一),第256页]

急忙忙老俩(两)口楷(揩)干眼泪,下了炕开院门看个分明。(《团圆》)

3. 听清楚

河西宝卷文本在表达"听清楚"这一意义时,常在动词"听"后加上补语"分明"来表达,根据表达的需要和其在句中出现的位置变化出"细听分明""请听分明""听得分明"等语词程式。四音节的语词程式出现在十字句"四"的位置上,三音节的语词程式一般出现在七言韵文"三"的位置上。

"听分明"常出现在七言韵文中"三"的位置上。

纯阳当时又开言,叫声先生听分明。[《何仙姑宝卷》,《张掖》(一),第339页]

纯阳随即回言答,小姐你且听分明。[《何仙姑宝卷》,《张掖》(一),第338页]

夫人听说回言答,员外你且听分明。[《何仙姑宝卷》,《张掖》(一),第354页]

河西宝卷研究

乾坤夫妻情配合，娇女细细听分明。[《何仙姑宝卷》，《张掖》（一），第 357 页]

焚香点烛哀求告，黄龙母子听分明。[《何仙姑宝卷》，《张掖》（一），第 373 页]

四音节语词程式中，"细听分明"使用频率相对较高。

口呼着，大老爷，细听分明，叫老爷，我不敢，盲目招承。[《张四姐大闹东京宝卷》，《河西真》，第 140 页]

骂一声，张四姐，细听分明，你的父，玉皇爷，万神之主。[《张四姐大闹东京宝卷》，《河西真》，第 157 页]

张四姐，叫母亲，细听分明，并不是，做儿的，不想孝顺。[《张四姐大闹东京宝卷》，《河西真》，第 160 页]

刘自忠，哭啼啼，来到东院；叫一声，大嫂嫂，细听分明[《落碗宝卷》，《张掖》（二），第 471 页]

刘自忠，叫哥哥，细听分明；弟死后，你莫要，挂念心中。[《落碗宝卷》，《张掖》（二），第 477 页]

就这样搭上话乘酒未醒，又开言叫女儿细听分明。（《团圆》）

"请听分明""听得分明"语词程式用例相对较少。

王小泉，称财东，请听分明；我家住，京城外，百木村庄。[《乌鸦宝卷》，《张掖》（一），第 283 页]

王喜童，转回头，高叫船家；叫一声，船大哥，请听分明。[《二度梅宝卷》，《张掖》（二），第 385 页]

且不说，方员外，奉劝妇人；有丫鬟，秋英女，听得分明。[《方四姐宝卷》，《张掖》（二），第 442 页]

方员外，和夫人，听得分明；忙叫声，于姐夫，细问根苗。

第五章　河西宝卷的语词程式

[《方四姐宝卷》,《张掖》(二),第460页]

　　河西宝卷文本的语词程式主要出现在韵文中。十字句是河西宝卷的韵文主体,因而语词程式主要出现在十字句韵文中。为了适应十字句、七字句、五字句的语音节奏,河西宝卷的语词程式除开经赞程式和时间程式外,主要是短语语词程式,基本上是四音节和三音节结构,二音节结构很少。四音节出现在十字句"四"的位置上,三音节一般出现在十字句、七字句和五字句"三"的位置上。同一意义的语词程式可以有不同的变异形式,体现了语词程式运用的灵活性,避免了呆板和单调。从河西宝卷文本的语词程式来看,某种意义的表达,所用语词程式既是固定的、重复的,又是灵活的、富于变化的,是稳定性与灵活性的统一。稳定性使创编者在表达某一意义时有特定的表达方式可依,灵活性使创编者可以根据表达的需要在多样化的表达方式中选择一种恰当的形式,使宝卷的创编适合语境的要求,以更好地表达思想、交流感情。

第六章 河西宝卷的结构程式

河西宝卷文本的结构一般由开头、正文、结尾三部分构成。

一 开头

河西宝卷的开头一般是七言诗赞，其内容主要是奉请诸佛菩萨降临念卷现场保佑大众，即"开经赞"，宝卷开头也可以是教化劝善、要求听卷人仔细听卷、希望观众开心等内容，集中体现宝卷的信仰、教化和娱乐功能。其中最常见的一种开头程式是七言四句开经赞。

（一）开经赞

明王源静补注《巍巍不动太山深根结果宝卷》说："宝卷者，宝者法宝，卷乃经卷。"[1] 那时的佛教徒将宝卷视为体现佛教"法宝"的经卷，现在河西走廊民众仍将河西宝卷看作"经"，《落碗宝卷》开头说："诵念宝卷如诵经，善男信女仔细听。"[2]《征东宝卷》开头："正月新春上元节，看经念佛莫闲歇。诉表大众听心怀，此本经卷把人劝。"[3] 河西宝卷主要的功能之一就是满足民众的宗教信仰需求，

---

[1] 王见川：《明清民间宗教经卷文献》（第一册），台北：新文丰出版公司1999年版，第773页。

[2] 韩延琪等：《民乐宝卷》（二），中国人民政治协商会议甘肃省民乐县委员会2016年编印，第225页。

[3] 高虎1980年手抄本，高虎本人收藏，笔者收藏有复印本。

第六章　河西宝卷的结构程式

所以民众把宝卷奉为神圣的经卷，认为念卷、听卷的效果相当于念佛，信仰、崇拜佛菩萨神灵，就一定会得到保佑，一定会消灾免祸。

宝卷被看作经卷，所以大部分宝卷的开头有"开经赞"。宣念宝卷之前，念卷人要洗手焚香，目的是以崇敬的、严肃的行为仪式请出宝卷，并请求诸佛菩萨、神灵降临念卷现场，保佑念卷人和听卷人无灾无难，平平安安。河西宝卷的"开经赞"一般是七言四句诗赞，这在开经赞语词程式中已有较为详细的论述，兹不赘述。这里有必要提一提《葵花宝卷》的开经赞。

> 葵花宝卷才展开，诸佛菩萨降灵（临）来。
> 天龙八部神欢喜，大众念佛永无灾。①

《葵花宝卷》的开经赞将"保佑大众"变为"大众念佛"。因为在宣卷中，念卷人唱七言或十言唱词时，听卷人要"和佛"——和唱"阿弥陀佛"或"南无阿弥陀佛"，认为念诵"阿弥陀佛"可以得到阿弥陀佛的保佑和救助。宋代以来民众对阿弥陀佛的信仰特别虔诚，"阿弥陀佛是居住在西方极乐世界的佛，凡是心里想着他、虔诚念诵他的法号的人均能得到他的救助。通过这一途径，他们死后可以在阿弥陀佛的净土获得重生。这种直接而简单的获救途径对僧侣和俗家信众都有吸引力。在宋代，虔诚念诵阿弥陀佛法名的各种团体通过与寺庙建立联系而兴盛起来，并由僧侣担任领袖。……自宋代以后，虔诚信仰阿弥陀佛形成了一股强大势力"②。

（二）教化劝善

开经赞反映了河西宝卷满足民众宗教信仰的功能，此外，河西宝

---

① 徐永成、崔德斌：《金张掖民间宝卷》（一），甘肃文化出版社2007年版，第100页。
② ［美］欧大年：《宝卷——十六至十七世纪中国宗教经卷导论》，马睿译，郑须弥审校，中央编译出版社2012年版，第26—27页。

卷还有教化劝善功能和娱乐功能,所以,有的河西宝卷以教化劝善开头。《白长生逃难宝卷》的开头直接点明宝卷的教化作用。

> 因果宝卷说古今,男女老幼请来听。
> 是是非非任议论,受点教育长精神。①

《二度梅宝卷》以劝人行善不作恶开头。

> 我念宝卷迎新春,今是古来古是今。
> 为人在世多行善,莫要作恶坏良心。②

有时候河西宝卷的开头将宗教信仰和教化功能结合在一起,既起到开卷作用,又点明了教化主旨。《蜜蜂计宝卷》的开头,开经赞只用了一句,接着劝善男信女本分做人,不使奸卖乖。

> 蜜蜂宝卷才展开,善男信女都听来。
> 本本分分做人好,使奸卖乖酿祸胎。③

《乌鸦宝卷》四句开经赞后,教导民众善有善报、恶有恶报,不要贪财好色,要孝敬父母。

> 乌鸦宝卷才展开,诸佛菩萨降临来。
> 天龙八部神欢喜,保佑大众永无灾。
> 为人在世莫贪财,贪得财来天降灾。

---

① 李中锋、王学斌:《民乐宝卷精选》(下),中国人民政治协商会议民乐县委员会 2009 年编印,第 839 页。
② 李中锋、王学斌:《民乐宝卷精选》(上),中国人民政治协商会议民乐县委员会 2009 年编印,第 316 页。
③ 王学斌:《河西宝卷集粹》(下卷),中国人民大学出版社 2010 年版,第 576 页。

第六章 河西宝卷的结构程式

即使有钱人不在，不如人在少贪财。
自主造就三更死，谁肯留你到五更。
贪财好色刀下死，拘奸邪淫伤自身。
劝人行善莫作恶，作恶原来天降灾。
恶人自有恶人报，莫见恶人福灵（临）门。
善人自有福皇临，天官赐福人太平。
安须守己第一先，子孙长听父母言。
父母堂前常孝敬，何必死了哭一场。
人心公平天赐福，贤名百丈第一层。
子孙长听父母言，天下太平万万年。①

有时候河西宝卷的开头开经赞后，会对听众提出安静听卷的要求。诵念宝卷是一种神圣的信仰仪式行为，只有怀着虔诚的信仰聆听宝卷才能得到菩萨、神灵的护佑，念卷现场要保持肃静，这也是对念卷人的尊重，同时认真听卷也是宝卷发挥教化功能的前提保证。所以，有的河西宝卷开头开经赞后再加几句要求听卷人肃静的内容，以营造肃穆的念卷氛围。

《苦节宝卷》的开头四句开经赞后要求听卷人认真听卷，不要聊天。河西宝卷要求听卷人仔细听卷，常用"莫可（不可）当作耳边风"之类的句子。

苦节宝卷才展开，诸佛菩萨降灵（临）来。
天龙八部神欢喜，大众念佛永无灾。
善男信女用耳听，莫要当作耳边风。
会听人儿听一边（遍），不会听的他湖（胡）喧②。③

---

① 高虎1980年手抄本，高虎本人收藏，笔者收藏有复印本。
② 河西方言"喧谎"的意思是聊天，闲聊。胡喧意思是胡乱说话干扰正事。
③ 高虎1979年手抄本，高虎本人收藏，笔者收藏有复印本。

河西宝卷研究

　　有时候河西宝卷开头将开经赞和教化、要求听众静听相结合。《逃难宝卷》的开头只有四句，一句开经，一句要求静听，两句教育大众珍惜粮食。

　　　　逃难宝卷才展开，分（奉）劝众生细心听。
　　　　宝卷写出真情理，珍惜粮食最为贵。①

　　《逃难宝卷》（另一版本取名《救劫宝卷》）是古浪县大靖镇人根据民国十六年、十七年、十八年甘肃武威发生的灾难而创编的宝卷，"这是迄今发现的河西人民自己创作的三个宝卷之一"②。1927年武威大地震，1928年"凉州兵变"，1929年武威大旱，古浪县大靖镇人到宁夏中卫去逃难，受尽了艰辛苦难，所以宝卷的开头说这是真实发生的事（"真情理"），并借此教育民众珍惜粮食。

　　《张聪还魂宝卷》的开头四句开经赞后，要求听卷人特别是成人带来的小孩子不要吵闹，然后罗列了一系列听卷的好处来教化人。

　　　　还魂宝卷才展开，诸佛菩萨降临来。
　　　　天龙八部神欢喜，保佑大众永无灾。
　　　　众位男女都上炕，儿童小孩莫吵嚷。
　　　　男女大众都接声，天长日久不害病。
　　　　听了宝卷有精神，为人莫做坏事情。
　　　　要存良心莫害人，洗耳恭听卷内情。
　　　　男子听了还魂卷，身体健康天赐福。
　　　　女人听了还魂卷，神灵保佑生贵子。
　　　　老人听了还魂卷，寿禄能增八十七。

---

① 何成元1981年手抄本，古浪县大靖镇安文荣收藏，笔者收藏有复印本。
② 方步和：《河西宝卷真本校注研究》，兰州大学出版社1992年版，第361页。

第六章　河西宝卷的结构程式

中年听了还魂卷，弟兄和睦不分居。
幼年听了还魂卷，每日高堂孝父母。①

（三）娱乐

除了信仰与教化功能外，河西宝卷还具有娱乐功能，有的宝卷开头把开经赞和宝卷的娱乐性相结合。《苦节宝卷》的开头用一句开卷，然后说愿意听卷者来听卷，听了能够开心快乐。

苦节宝卷初展开，谁若爱听进门来。
古事今说不为古，为给今人把心开。②

有的河西宝卷开头将开经赞和宝卷的教化功能、娱乐功能以及对听众的要求诸多方面结合在一起，较为全面地揭示了宝卷的信仰、教化和娱乐功能。《康熙帝私访山东宝卷》的开头四句开经赞后说听宝卷可以当作消遣方式，接着以善有善报、恶有恶报教导人，最后要求听卷人仔细听卷并引出正文。

康熙宝卷才展开，诸佛菩萨降临来。
天龙八部神欢喜，保佑大众永无灾。
在座诸君听此卷，只为消遣莫当真。
行善之人天赐福，作恶之人见阎君。
我今念卷你们听，莫当闲言耳边风。
这个言语且莫表，再表皇王访山东。③

---

①　宋进林、唐国增：《甘州宝卷》，香港：中国书画出版社2008年版，第519页。
②　何国宁、李爱文、单永生：《酒泉宝卷》（第三辑），甘肃文化出版社2012年版，第149页。
③　张旭：《山丹宝卷》（上册），甘肃文化出版社2007年版，第1页。

此外，有的河西宝卷开头开经赞后简要概括宝卷故事说唱内容。如《皮箱记》的开头。

> 皮箱宝卷才展开，诸位菩萨降临来。
> 皮箱宝卷仔细听，打开皮箱乱婚姻。
> 花烛之夜不团圆，可怜秀女动苦刑。
> 一场官司怎得证，可恨小偷倒栽人。
> 来了救星包青天，重申小姐断冤情。①

韵文开头后进入正讲。河西宝卷的正文散韵相间，散文用来讲说，韵文用来演唱，说说唱唱，一直到终了。宝卷散韵相间、说唱结合的形式可以上溯到敦煌变文，不过，敦煌变文的说唱结构单一，而宝卷的说唱结构较为复杂。散韵相间、说唱结合使河西宝卷的正文结构表现出很高的说唱程式，这在"河西宝卷的说唱结构"一章中论述。

二 结尾

河西宝卷的正文说唱一个完整的故事，正文结束后，还有结尾部分，结尾部分的主要内容是劝人行善，集中实施宝卷的教化功能。河西宝卷的结尾从形式上看都是韵文，大都是七言诗赞，也有以十字句结尾的。河西宝卷的结尾往往结合正文所讲唱的故事内容，有针对性地劝诫人们行善积德，不做恶事，不损人利己，内容涉及民众生活中的方方面面，如孝敬父母公婆，兄弟和睦，妯娌和好，邻里和谐，女子贞节，继母要善待前生子，丈夫娶继室要慎重等等，无不与人们的家庭生活息息相关。由此可见，河西宝卷在对民众的教化方面所起的

---

① 安文荣手抄本，无抄卷时间信息，安文荣本人收藏，笔者收藏有复印本。

第六章　河西宝卷的结构程式

重要作用，是任何抽象的说教都无法与之相比的。

《赵五娘卖发宝卷》结尾用赵五娘吃糠咽菜、卖发以孝敬公婆的故事教育民众孝敬父母，并告诉人们一个深刻的道理：只要孝敬父母，儿孙就会一样孝顺。

> 人生在世孝为先，天地为大父母尊。为人世上不孝敬，生来就是糊涂虫。百鸟都有孝顺意，人不孝敬为忤逆。孝顺人儿长在世，忤逆之子五雷击。谁人能学赵五娘，孝顺父母是榜样。人人要学赵五娘，辈辈儿孙辈辈传。无依无靠赵五娘，吃糠咽菜孝高堂。公婆双方都去世，害得五娘无主意。剪发来到大街上，口打莲花把曲唱。孝心感动天和地，往后定会有好处。莫说土地把梦托，蔡郎现今把官做。五娘上京找丈夫，夫妻团圆在相府。状元牛府招了亲，离别五娘二人去，父母高堂不孝顺，何必死了哭一声。①

《李玉英申冤宝卷》写继母虐待前生子的故事，宝卷结尾劝诫众人做继母不要像焦氏一样，人心狠毒最终会遭报应，劝男子娶继室不要贪图年轻漂亮，因为娶继室的目的是抚养儿女。念卷人晓之以理，用朴实的话语揭示普遍的道理，使宝卷起到了很好的教化作用。

> 这一本继母卷到此完终，众男女听了后要记端详。
> 做继母也要把心放和平，前妻儿和自儿一样待承。
> 倘若是跟焦氏一样毒狠，到日后遭报应后悔不尽。
> 劝男子若丧妻想娶继室，要择个老实人年岁相称。
> 莫学那李雄样错娶焦氏，只看她年纪轻容貌姿色。
> 娶到家害儿女毒如蛇蝎，貌虽好心狠毒杀生害命。

---

① 张旭：《山丹宝卷》（上册），甘肃文化出版社2007年版，第498—499页。

> 续后妻原为的抚养儿女，倒落得险些儿绝了子孙。
> 这些话语不通意义重大，望众位莫当了耳边之风。①

《红灯记宝卷》写赵兰英忠贞不渝的故事，宝卷结尾称赞赵兰英是贞节烈女，贬斥拆散别人姻缘的马氏，教育人积德行善，立德扬名，有错就改。

> 红灯宝卷列女传，男女老少听心间。赵氏兰英遵古道，烈女不嫁二丈夫。一样父母生我身，哪个能学赵兰英。听了此卷拿理论，多做善事积阴德。回心转意要诚心，修身立德扬美名。不像马氏那样做，终究名誉无下落。②

张掖市山丹县念卷先生普世秀 2006 年根据话本小说新改编了《杜十娘怒沉百宝箱宝卷》。公子李甲与名妓杜十娘两情相悦，杜十娘想从良，但李甲惧怕父亲严格的封建正统思想，加之富商孙富的挑拨，酿成一场爱情悲剧。《杜十娘怒沉百宝箱宝卷》针对造成十娘悲剧的原因，在结尾中批评了旧社会父母亲对儿女婚姻的包办和干预，说明男女婚姻的不自由会破坏其一生的幸福生活，对孙富的行为也进行指责，并希望听卷人引以为戒。

《世登宝卷》③ 的结尾规劝妇女相夫教子，搞好妯娌、邻里关系，坚守贞节，不贪图吃穿，不嫌丈夫贫穷、丑陋，与丈夫患难与共。

《对镜宝卷》④ 的结尾演唱念卷、听卷的好处：家庭平安，老人健康，青年勤快，农民丰产，学生写出好文章，姑娘提高针工，孩子听话。这种形式的结尾对听卷行为带来的好处进行了评价，说明听卷

---

① 张旭：《山丹宝卷》（下册），甘肃文化出版社 2007 年版，第 52 页。
② 张旭：《山丹宝卷》（下册），甘肃文化出版社 2007 年版，第 127 页。
③ 安文荣 1980 年手抄本，安文荣本人收藏，笔者收藏有复印本。
④ 安文荣 1981 年手抄本，安文荣本人收藏，笔者收藏有复印本。

第六章 河西宝卷的结构程式

人的行为不仅仅是消遣时间,同时也是受教育和有所助益的活动,满足了听卷人的心理需求,与听卷人进行了心连心的情感交流互动。

《莺鸽宝卷》① 讲唱莺鸽为母亲偷梨子治病以尽孝道的故事,宝卷结尾劝人行孝。同时针对张三捉住莺鸽不放而导致母莺病死的行为,教育人千万不可损人利己,破坏别人家庭,欺大压小。

河西宝卷的结尾除了劝善外,还有一小部分宝卷交代抄卷、请卷以及念卷家庭招待等信息,充满了浓浓的人情味。这一类结尾对于我们研究宝卷的抄写等情况具有重要的资料价值。宝卷流行的时代,读书识字的人不多,加之人们的经济条件比较落后,买纸墨笔砚等文具以及照明用的煤油是很困难的,就这一意义来讲,抄卷人把自己忙里偷闲花费很多工夫抄写的宝卷是当作宝贝一样看待的。所以,宝卷的卷本在某一个较小的村落数量是有限的,喜欢听卷的人往往需要向有宝卷的人家去请,宝卷拥有者当然希望借卷人爱护宝卷,并且勤借勤还。我们在田野调查中借了几本宝卷手抄本准备复印,第二天宝卷收藏者就带信要求送回,我们复印完及时归还了宝卷。另外,过去受经济条件的限制,家庭请念卷先生来念卷,亲戚朋友邻舍来听卷,事先要炸好油馃子,念卷时糖茶、油馃子是招待来客的很好的饮食了,要知道,普通家庭平常几乎是享用不起这样的饭食的。

《烙碗计》的结尾讲唱抄卷人费了工夫、纸墨,但免不了有错别字,希望念卷先生不要笑话。另外还交代如果有人请(借)此卷去念,一定要保护好,不能损坏,并且要及时归还,否则下次不会再借给他。

> 共男女来听此卷,莫当闲言耳边分(风)。
> 此卷抄得太不好,念卷先生莫可笑。
> 费了人工几十分,费了纸墨又用心。

---

① 何成元1979年手抄本,武威市古浪县大靖镇安文荣收藏,笔者收藏有复印本。

> 若有错字找出来，应（印）在卷上莫可笑。
> 若有那（哪）些话不通，请你先生应（印）上过。
> 有人请去卷，不可扯破卷。
> 若有人不还，再请难上难。①

《罗通扫北宝卷》的结尾也讲唱宝卷抄得不好，念卷人不要扯烂宝卷等内容，并对请来念卷的家庭用糖茶、油馃子招待表示感谢，最后请听卷人回家睡觉。

> 这事（是）后语且不表，今晚宝卷结束了。
> 此卷本是一大本，念时不要扯烂了。
> 文化有限写不来，念卷之人难识别。
> 念卷之人莫可笑，字字句句说根苗。
> 回到家中说真情，莫当闲言耳边风。
> 抄卷之人费了心，还说此卷不真情。
> 糖茶油桌（馃）端上来，吃地（得）香来喝地（得）甜。
> 回到家中睡一觉，明天再来问分明。②

《乌鸦宝卷》③的结尾写"经卷满完，送神归天"，与开头"诸佛菩萨降临来"照应，开卷时请菩萨神灵，卷终时送神归天。接着交代本卷是忙里偷闲费了好几天工夫才写成的，希望请卷去念的人要爱护宝卷，同时也交代当时的经济条件买纸墨灯油很困难。最后感谢念卷家庭的招待，请听卷人回家睡觉，意味着夜已很深。

---

① 无名氏1980年手抄本，笔者收藏。
② 高虎1981年手抄本，高虎本人收藏，笔者收藏有复印件。
③ 高虎1980年手抄本，高虎本人收藏，笔者收藏有复印件。

第七章　河西宝卷的典型场景

　　河西宝卷的创编，除了使用语词程式和结构程式外，正文中宝卷故事也常常采用典型场景构建情节结构。典型场景是情节中反复出现的事件或描写，它们在不同的宝卷中被反复使用。一个优秀的念卷人在反复的念卷过程中掌握了宝卷故事中反复出现的事件或描写，在他有了评卷的冲动后就可以运用这些典型场景构建故事，不同的评卷人会根据故事情节和具体的情境，用自己的语言方式再现典型场景。"洛德发现主题并不像程式那样由惯用的词语固定下来，而是由一组意义固定下来的。而一个基本的主题则可以采用多样的形式。当歌手在新歌中听到某个主题时，他倾向于用自己业已占有的材料，将这一主题重新创造出来。"①

　　河西宝卷的正文往往是讲唱一个悲欢离合的故事，男女主人公受尽磨难，最后苦尽甘来，享受荣华富贵。通观河西宝卷，典型场景在不同种类的宝卷中重复出现，典型场景的有机组合构成了河西宝卷的情节结构，掌握了这些典型场景，有助于创作或改编河西宝卷，同时也有助于听卷人对宝卷内容的理解与接受。

一　基本典型场景

　　河西宝卷是劝善书，借佛教的因果报应思想惩恶扬善。宝卷故事

---

①　尹虎彬：《口头文学研究中的程式概念》，《民间文学论坛》1996年第3期。

的主人公往往是行善者和受苦受难者，他们最终得到善报，作恶者最终得到恶报，所以善行、恶行、善报、恶报与故事开头交代时、地、人三要素的内容就构成了河西宝卷的基本典型场景，河西宝卷也正是借这些基本典型场景来宣扬惩恶扬善、因果报应等主题思想的。

（一）交代时间、地点、人物

河西宝卷正文的开头一般要先交代故事发生的朝代、主人公的家乡籍贯以及主人公的身份、家庭关系或姻亲关系等。河西宝卷交代故事发生的时间大都采用"××年间"语词程式。主人公的父亲大都是员外或尚书级别的高官，家中都很富有，常用"家豪大富，骡马成群"语词程式描写。

《包公错断闫叉三》[①] 正文开头这样交代时、地、人三要素："却说《红灯宝卷》[②] 出在宋朝年间，那时风调雨顺，国泰民安。河南开封有个刘员外，名叫刘自芳，娶一妇人，所生一女叫刘金权[③]。再说刘员外有个外甥，叫闫叉三，居住在本府，他母亲是有名的闫太太，是个善良之人，他（她）抚养着闫叉三上学读书，聪明伶俐。"

《红灯记》正文开头这样交代时间、地点、人物："却说这一段因果故事出在明朝正德年间。朝中有两位大臣，一位姓赵名朋，字飞腾，官居户部尚书，住常州府无锡县南门外。夫人王氏早亡，所生一子名叫兰英，又续娶马氏夫人，带来一子名叫马能。另一位姓孙名宏，字德广，任兵部侍郎之职，家住无锡县城东关。夫人徐氏生有二子，长子孙继成，娶山东龙进士之女为妻，所生一女名叫爱姐。次子孙继高，因年幼尚未婚配。一日，朝王见驾已毕，二人坐在班房闲谈

---

① 无名氏1979年手抄本，笔者收藏。
② 《包公错断闫叉三》又名《花灯宝卷》等，此卷中又将《包公错断闫叉三》称作《红灯宝卷》。
③ 权，其他版本作"钗"。

议论，说起儿女之事，一个有心，一个有意，两家当面结亲联姻。"①

（二）善行

河西宝卷着力讲唱的"善行"典型场景主要是孝亲、"母狠子善"之"善"等。"百善孝为先"，宝卷故事着力宣扬的善行就是孝行，宣扬孝道是河西宝卷劝善的一个重要内容，所以河西宝卷中有一些专门讲唱孝道的宝卷，这些宝卷的主人公往往"至孝"，常常采用极端的方式，或杀子奉亲，或割肉奉亲，或卖儿奉亲，或卖身葬母。孝敬父母公婆是河西宝卷常见的一个典型场景。

宝卷孝道故事中儿媳妇孝公婆的故事居多，有杀子奉亲的刘氏、割肉孝婆婆的孟日红、卖儿孝公婆又割肉孝公公的柳迎春、卖女葬婆婆的龙氏、吃糠孝公婆又卖发葬公公的赵五娘等。

儿子孝敬母亲的孝道故事较少，有割肉奉母的张青贵、卖身葬母的董永。《张青贵救母》中母亲忧愁成疾，想吃肉，张青贵割左腿上的肉奉母亲。《天仙配宝卷》中，董永九岁中秀才，母亲急疯病犯，一命归阴，董永卖身葬母。

河西宝卷孝道故事中也有孙子孝敬爷爷的故事，如《闫小娃拉金笆》中的闫小娃。

孝亲典型场景大都有一个共同的背景，那就是家境贫寒，一贫如洗，要么是家产遭天火焚烧，要么是天气荒旱，民不聊生。宝卷将孝子、孝媳置于这样一个艰苦的环境之中，方显其真正的孝心。

河西宝卷中宣扬的善行中有一种比较特殊的情形，那就是母亲非常狠毒，千方百计要谋害前生子或侄子，而子女却很善良，设法保护、营救被害者，甚至在公堂之上指证母亲的恶行，可以称之为"母狠子善"。母狠子善典型场景中继室谋害前生子的故事居多，不管是继室带来之子还是再醮后所生之子，他们大都和异父异母或同父异母

---

① 徐永成、王立泰、崔德斌：《金张掖民间宝卷》（四），张掖市河西印刷有限责任公司2009年印刷，第1255页。

的兄弟相亲相爱，设法保护他们。

《白长胜逃难宝卷》中白员外续娶张氏，张氏虐待前生子白长胜，张氏带来之子李长寿常常规劝母亲，张氏不听。张氏欲毒死白长胜，给他放了毒药的白面饼吃，却给李长寿黑面饼吃，李长寿觉得蹊跷，接过白面饼不让白长胜吃，上学路上把白面饼扔给一条黑狗，黑狗吃了吐血而死。李长寿救了白长胜的性命，并偷来母亲箱中的五十两银子让白长胜带上逃难。《小儿祭财神宝卷》中前生子王金怀发现后娘马寡妇与伙计白进仁、贺发清主仆乱伦，他将此事告诉马寡妇带来的女儿英英，英英早知母亲的丑事，她让金怀先不要将此事说出去，并暗中提防自己的母亲。马氏利用丈夫王员外爱财如命的心理，设计使他杀儿子祭财神，英英扑上去夺下母亲手中的刀，救下弟弟。马氏杀王金怀不成，杀了丈夫，诬告王金怀杀父。王金怀告马氏杀了他的父亲，英英作证，马氏和白进仁被判斩立决。《世登宝卷》中张员外娶张氏、沈氏两个夫人，员外与张氏去世后，沈氏欲害张氏之子世登一家，命世登去杭州做买卖，又将其妻安氏赶出门到八里庄去送水做饭，沈氏之子张世荣为安氏母子带去一只鸡，宰杀时鸡血溅到白衣服上，世荣回家途中遇上大风不辨方向，被一伙强盗带走。沈氏以血衣为证诬告安氏杀了张世荣，安氏被屈打成招。张世荣被强盗带到胡儿地方，找个机会骑马回家，救嫂嫂出狱，又到登丰县找回哥哥，结果被母亲误杀。《刘金定受难宝卷》中姚氏逼前生子张聪去杭州寻父，并与其弟合谋路上杀害张聪。员外回家后忧郁成病，姚氏之子张明与儿媳许桂花欲伺候父亲，姚氏不许，张明偷偷流泪。姚氏逼张聪之妻刘金定饿着肚子到花园担水浇花，许桂花瞒过婆婆，时常做些饭菜给嫂嫂充饥。刘金定在磨坊上吊，张明夫妻痛哭不止。包公审案，张明将母亲和舅舅害人之事如实讲出，姚氏姐弟被铡，张明夫妻和张聪夫妻一样受了皇封。

婶娘谋害侄子也是"母狠子善"的一个类型。《放饭遇亲宝卷》中朱凤员外之妻宋氏定计让侄子朱春登应征入伍，放学路上宋氏之子

第七章 河西宝卷的典型场景

朱春科碰见朱春登,兄弟俩情义深厚,难分难舍。宋氏暗中令其侄宋成在应征路上谋害朱春登,被太白金星搭救。朱春登出征立功,封为平西侯,镇守牧羊关,修书一封托人带回家。宋成改了家书,说春登病危时写了家书,逼朱春登妻子赵锦堂改嫁。朱春科知道事情原委后,去牧羊关找到了哥哥。

侄女救伯母也是"母狠子善"的一个类型。《白虎宝卷》中姚氏与刘氏为妯娌,刘氏让嫂嫂姚氏推磨却不给饭吃,刘氏女爱姐给姚氏偷送馒头。刘氏与其侄刘彪欲杀害姚氏,爱姐送银两帮助姚氏逃命。侄女观音奴不小心打破了碗,爱姐故意装出是自己打破的。

除了孝亲、"母狠子善"之"善"外,河西宝卷善行典型场景常见的还有尚书级的高官或员外收留落难的男女主人公、义士救助落难人、好心的狱卒救助被诬陷的坐监者等等。

天无绝人之路,河西宝卷故事中的行善者、善良者、弱小者等遇到灾祸时总会有人神救助、护佑,这与宝卷的劝人行善主题密切相关。

(三) 恶行

河西宝卷着力讲唱的"恶行"典型场景主要有继母虐待、谋杀前生子、婶母虐待谋杀侄子以及岳父悔婚害女婿等。

河西宝卷中有一些故事反映继母狠主题,常有继母虐待、谋杀前生子或其妻子的典型场景。宝卷故事中,员外结发妻子亡故后,一般总要续娶继室,续娶的继室大都是心肠狠毒之辈,总会想尽一切办法陷害甚至杀害员外前妻所生子女。"母狠子善"典型场景中提到的《白长胜逃难宝卷》中的张氏、《小儿祭财神宝卷》中的马寡妇都是狠毒的继母。此外还有一些反映继母恶行的宝卷,如《蜜蜂宝卷》《绣红罗宝卷》《继母狠宝卷》《绣红灯宝卷》等。

反映婶母虐待、毒害侄子恶行的宝卷有《放饭遇亲宝卷》《白虎宝卷》《落碗宝卷》等。《白虎宝卷》中刘氏的女儿爱姐送银两帮助伯母姚氏逃命后，刘氏又欲杀害嫂嫂的一双儿女观音奴、观音保，张龙阴魂护佑；刘氏欲毒死观音保，土地将碗打落；刘氏让观音保、观音奴担水，却只给一碗米汤充饥；刘氏让二人砍柴，二人在父亲坟上大哭，观音奴被白虎叼走，观音保被李员外收留。《落碗宝卷》中刘自明续娶马氏，马氏带来一子马保珠。刘员外胞弟刘自忠，娶妻李氏，生有一子定僧，一女艾姐。刘自明醉酒杀人，刘自忠替兄顶罪受绞刑。马氏母子向刘自明诬陷说李氏要改嫁，李氏无奈领着艾姐出家修行。马氏母子开始虐待、毒害定僧。刘自明外出讨账，马氏母子毒打定僧；刘自明回家，马氏听了马保珠之计，故意将定僧的饭碗烧得通红，定僧打破了碗，刘自明不问青红皂白打定僧；马氏母子定计要烧死定僧，观音菩萨打发刘自忠魂灵救护定僧；马氏母子又欲勒死定僧，马保珠误把刘自明勒死，却诬陷定僧并将其告到衙门。

河西宝卷中继母狠、婶母狠典型场景中，继母、婶母之狠达到了无所不用其极的程度，反映了旧的社会制度之下为了争家庭之宠、霸占家产而产生的尖锐的家庭、家族矛盾，这也是中国民间传说、故事中常见的一个母题。

河西宝卷中还有反映庶母虐待嫡子、婆母虐待媳妇恶行的宝卷，前者如《手巾宝卷》《世登宝卷》，后者如《方四姐宝卷》等。

河西宝卷中讲唱才子佳人的宝卷故事常常是官员与官员、官员与家财万贯的员外主动为子女联姻，后来男方的父亲去世，家道衰落，女方父亲悔婚并迫害未来女婿，但是女儿却很忠贞，设法救夫君或是离家出走找寻夫君，终成眷属。岳父悔婚典型场景，一方面反映了一定的社会现实，另一方面也是为了表现男女主人公特别是女子对婚姻的忠贞不贰，反映了民众希望信守婚约的普遍心理。反映未来岳父悔婚并陷害女婿恶行的宝卷有《红灯宝卷》《如意宝卷》《双喜宝卷》《五女兴唐宝卷》等。

河西宝卷中典型场景"恶行"还包括奸臣陷害忠良，恶奴仗势强抢民妇，贪官受贿屈打受害人，妻子与他人通奸害丈夫等等。

第七章 河西宝卷的典型场景

(四) 善报

河西宝卷中"善报"典型场景最常见的是中状元、立军功、受皇封、遇贵人、义士相救、神佛护佑等。最终使主人公扭转乾坤而夫妻团圆、家人团聚、惩治恶人的善报是中状元或立军功,中状元是使用频率最高的"善报"典型场景。中状元、立军功后孝敬公婆的妻子、受苦受难的家人都会受皇封,从此安享荣华。受苦受难者在遭受苦难时或遇贵人收留,或遇义士相救,或由神佛护佑,总能保住性命,渡过难关,苦尽甘来。

1. 中状元

河西宝卷的中状元典型场景有两种,一种是故事开头的中状元典型场景,一种是故事结尾的中状元典型场景。前者是故事的开端、起因,后者是故事的结局、善报。故事开头男主人公中状元后往往入赘相府或被招为驸马,妻子在家孝敬公婆,艰难度日,由此引出一段悲欢离合的故事。作为故事开端的中状元典型场景和故事结尾的中状元典型场景放在一起论述。

河西宝卷故事开端中状元后入赘相府的故事大都是媳妇孝公婆的故事,如《卖妙郎》《葵花宝卷》《赵五娘卖发宝卷》《红灯记》。这类故事交代媳妇孝公婆的背景,往往是皇王开了科场,丈夫上京赶考中了头名状元,或因丞相逼婚而招赘相府,如《卖妙郎》中的周文选和《葵花宝卷》中的高彦祯;或因自己愿意而做了丞相的女婿,如《赵五娘卖发宝卷》中的蔡伯喈和《红灯记》中的孙继成。丈夫入赘相府以后不能回家,孝敬父母的义务自然落在了妻子的肩上。其他类型的宝卷故事也有中状元典型场景,如《沉香宝卷》中唐王赐刘锡状元郎,敕封洛阳太守,并将王丞相女王桂英赐配于刘锡,《忠孝节义洪江宝卷》中陈光蕊中了头名状元,丞相将女殷满堂许配于他。在"继母狠"类宝卷中,继母虐待媳妇的原因也可能是丈夫上京赶考中了状元,被皇上招为驸马,长期不回家,妻子无所依靠,不得不受继母的虐待迫害，如《绣红灯宝卷》。《绣红灯宝卷》中的温彦赞中了状元，谎称自己家中没有妻室，做了翠花公主的驸马。

河西宝卷故事中，男主人公中状元入赘相府或做了驸马，久不回家，但是最终不抛弃糟糠之妻，夫妻团圆。只有《铡美案》是个例外。

故事开头的中状元典型场景是故事进一步发展的背景，在这一背景下，妻子在家艰难度日，孝敬公婆或受继母折磨、毒害，历尽艰辛才得以跟丈夫团聚。

河西宝卷中大量的中状元典型场景是作为故事的结尾出现的，是受苦受难的主人公苦尽甘来的善报，是大团圆的前奏。河西宝卷中，受苦受难的人最终苦尽甘来，过上幸福团圆的日子，这一命运转折的最主要的途径就是中状元，中状元以后行善者得到善报，受磨难者结束了苦难的日子，有仇的报仇雪恨，坐监的沉冤得雪，一家分离的得以团聚。这可以分为几种情况：父母孝顺或受磨难，儿子中状元；孝敬亲人者或受难者本人中状元；丈夫受难，妻子中状元；妻子受难，丈夫中状元；女儿受难，父亲中状元等。

儿子因父母孝顺而中状元的宝卷有《忠孝宝卷》和《回郎宝卷》等。《忠孝宝卷》中柳迎春卖儿子苗郎孝公婆，苗郎后来中状元；《回郎宝卷》中曹三夫妻杀了回郎孝敬母亲，后来生下重郎，重郎长大后中了状元。儿子因父母受迫害中状元的宝卷有《侯美英反朝》《吴江渡宝卷》《世登宝卷》等。《侯美英反朝》中龙大人一家受奸人所害，被下在监牢，儿子龙文景中了头名文状元，儿媳张兰英夺得头名武状元；《吴江渡宝卷》中苏朝贵做江苏巡抚，一家人行至江苏境内吴江渡口，遭贼人高凤、李云洗劫，公子苏荣跳江逃生，后来中状元，钦点探花；《世登宝卷》中张世登一家三口受庶母祸害，世登之子张玉童后来中状元。儿子因父亲受迫害而中状元的宝卷如《二度梅宝卷》。《二度梅宝卷》中梅魁被奸臣所害，陈月升被下在监牢，二人之子梅良玉、陈春生分别中头名、二名状元。儿子因父母受磨难而中状元的宝卷有《双玉杯》和《丁郎寻父》等。《双玉杯》中赵昂夫妻陷害张权夫妻，张权之子张廷秀、张文秀二人同中状元；《丁郎寻父》中丁郎父母受年七迫害，丁郎兄弟二人上京赶考，金榜高中。儿子因母亲受磨难而中状元的宝卷有《白马宝卷》《白蛇传》《黑蜜蜂宝卷》等。《白马宝卷》中熊子贵休了妻子，卖了儿女，小玄玄卖与山东张员外，后来金榜高中，封为河南巡黄御史，骑马巡河与母相逢；《白蛇传》中许继祖十七岁得中状元，救出被压在雷峰塔下的母亲；《黑蜜蜂宝卷》中张川蜂不敬母亲，不成人夫，不为人父，妻子石桂英担起养家重担，儿子孝哥中状元。

因父母的缘故而中状元的宝卷还有《黄氏女宝卷》和《鲁和平骂灶》。《黄氏女宝卷》中因母亲吃斋念经，儿子、女婿中状元。《鲁和平骂灶》中鲁和平恨骂灶君遭雷击，其妻芦氏生下一男孩，取乳名雷霆保。雷霆保十八岁抛下老母、妻子谢氏上京赶考，中了状元，被招为驸马。芦氏婆媳上京找到雷霆保，雷霆保不认母亲、妻子，遭雷击。

孝敬亲人者中状元的宝卷有《天仙配宝卷》和《闫小娃拉金笆》等。《天仙配宝卷》中董永卖身葬母，后来中状元夸官三日去拜宰相，赵宰相将女赵金氏嫁予董永；《闫小娃拉金笆》中闫小娃孝敬爷爷而中状元。受磨难者中状元的宝卷有《小儿祭财神宝卷》《包公错断颜查散》《五女兴唐宝卷》等。《小儿祭财神宝卷》中王金怀受继母马氏谋害，后来状元及第；《包公错断颜查散》中颜查散被诬告害了柳金蝉而受酷刑，后来中了状元；《五女兴唐宝卷》中李怀玉受未来岳父迫害，后来中了头名状元。

丈夫受难而妻子中状元的宝卷有《蜜蜂宝卷》《红灯宝卷》《双喜宝卷》等。《蜜蜂宝卷》中继母王花儿陷害前生子董良材，董良材妻苗凤英无计可施自刎，后来借尸还魂，苦读圣贤书，中了头名状元；《红灯宝卷》（《酒泉宝卷》第二辑）中赵千金为救孙吉高，冒孙吉高之名上京赶考，高中魁首；《双喜宝卷》中豆员外欲让女儿与假王志福早点完婚，豆小姐女扮男装逃走，参加科考，中了二名榜眼。

妻子受苦难而丈夫中状元的宝卷有《方四姐宝卷》和《红灯记》等。《方四姐宝卷》中方四姐受尽磨难，丈夫于郎中状元；《红灯记》中孙继成上京赶考，得了重病，误了考期，卖文为生，妻子在家苦度光阴，三年后孙继成高中状元。

父亲中状元为女儿申冤的宝卷如《六月雪》。《六月雪》中窦天章状元及第，与刘小姐完婚。窦娥魂灵到京城刘府给父亲托梦，天子让窦天章查明案情，王知县、张驴儿、散吕义俱问斩刑。

有的宝卷故事中，状元并非考取的，而是钦赐的。《沉香宝卷》中三圣母要求唐王赐刘锡状元郎，敕封洛阳太守；《双喜宝卷》中王志福探地穴获宝，将宝物献给皇上，被皇上封为献宝状元；《鲁和平骂灶》中陆义和庞仁认芦氏为母以尽孝，庞、陆外出贸易在沙丘得宝，二人将四大明珠献给皇上，被封为进宝双状元；《天仙配宝卷》中董永与七仙姑之子董仲书到上学年龄，在老山林会仙桥找到前来沐浴的母亲，七仙姑给儿子天书一卷，朝廷出了妖邪，董仲书拿天书入朝除邪，被封为护国状元。

河西宝卷中中状元典型场景充满了浓郁的因果报应思想。程式化是宝卷创编的传统，河西宝卷的宗教信仰功能和教化功能决定了宝卷故事必须以善报结尾，而最能够彻底改变受苦受难者命运的方式是中状元或立军功，这是最好的善报，是受佛教因果报应思想决定的。受中状元典型场景的影响，宝卷故事中的主人公即使没有考取状元，宝卷创编者也会使他通过其他方式如献宝等获得一个荣誉状元，这样就使得宝卷不断地向传统靠拢，表现出宝卷的特征。

2. 立军功

河西宝卷中行善者、受苦难者一家苦尽甘来的另一个途径是"立军功"。河西宝卷故事中，有的讲唱妻子在家孝敬公婆，丈夫中状元后再立军功；有的讲唱受迫害者立军功。立军功者除了大丈夫外，还有奇女子。

第七章　河西宝卷的典型场景

妻子在家孝敬公婆，丈夫上京赶考，有的中状元，后来又平寇立功，如《绣红灯宝卷》中的温彦赞和《赵五娘卖发宝卷》中的蔡伯喈；有的弃文习武，随军出征立功，如《红灯宝卷》中的孙吉成。受迫害者立军功的宝卷中，有的是受继母的迫害，如《手巾宝卷》和《蜜蜂宝卷》；有的是受婶母的迫害，如《牧羊宝卷》；有的是受未来岳父的迫害，如《如意宝卷》。《手巾宝卷》中王天禄为避继母杀害，与妹妹离家逃难，王天禄上少林寺学成功夫后下山寻母亲、妹妹，遇上奉旨到山东剿捕义军的一支官兵，天禄随军立下战功，被封为潼关镇守使。《蜜蜂宝卷》中董良材挂帅平定七星山，《如意宝卷》中陈盛元给太原府提督大人献策破西蕃立功。

河西宝卷中有巾帼英雄立军功的典型场景。《葵花宝卷》中孟日红改名陈孟光去投军，阵前劝丈夫的结拜兄弟刘耀归顺朝廷，孟日红立军功后受封为贤德夫人。《吴江渡宝卷》中葫芦山强盗围困南京城，余文榜到赵府搬兵，赵参将之女赵金定射死刘明、范虎立了军功。《苦节宝卷》中刘蕊莲打败贼首马吞，马吞归顺。《红灯记》中兰英、梦月经过青峰山，梦月斩杀了四大贼寇，又杀了开黑店害兰英的李虎夫妻，被封为平寇将军。

3. 受皇封

河西宝卷故事的结尾皇帝对中状元或立军功者要加封官职，孝养公婆或受苦受难的妻子和家人以及救助过他们的行善者都会受到相应的封赠。此外，为君尽忠者、兄弟和睦者、女子节烈者、孝敬父母者、行善助人者、弃恶从善者均可受皇封，清官也会擢升。河西宝卷以"受皇封"典型场景彰显美德，为世人垂范，借以达到教育民众的目的。

河西宝卷中男主人公中状元、立军功后加封官职。《苦节宝卷》中张彦中状元，封为翰林院学士；《金龙宝卷》中刘英中了三甲进士，被封为翰林院大学士；《六月雪》中窦天章状元及第，为女儿窦娥申冤，被封为翰林院学士；《鲁和平骂灶》中陆义和庞仁封官职为尚书；《天仙配宝卷》中董永中状元被封为太师，其子董仲书拿天书入朝除邪，被封为护国状元，再封为江南巡抚；《葵花宝卷》中狄将军平寇有功，被封为总兵元帅；《蜜蜂宝卷》中董良材被封为翰林院东阁大学士。

  状元的母亲或妻子受封为"夫人"。《白蛇传》中许仙与白素贞之子许继祖十七岁得中状元，白素贞被封为贞烈夫人；《忠孝宝卷》中周文宣中状元，妻子柳迎春割肉孝公婆，后来柳迎春所生之子也中了状元，柳氏被封为一品夫人；《葵花宝卷》中高彦祯中状元，结发妻孟日红孝敬公婆，高彦祯所娶丞相之女梁月英保护孟日红，两个妻子都被封为一品夫人；《天仙配宝卷》中董永中状元，妻子赛金被封为一品夫人；《如意宝卷》中陈盛元中状元，妻子崔彩莲、张碧莲被封为一品夫人、二品夫人；《苦节宝卷》中张彦中状元，其妻白玉楼被封为正二品贞节夫人，刘玉莲、金秀容被封为二品夫人。

  建立军功者的母亲、妻子也同样受封为"夫人"。《牧羊宝卷》中朱春登立军功，母亲陈氏被封为大贤夫人，妻子赵锦堂被封为一品夫人。《蜜蜂宝卷》中董良材平寇立功，四个妻子均受封，苗凤英冒丈夫名中状元，被封为一品夫人；秦素梅平贼有功，被封为巾帼夫人；薛小云进宝有功，被封为进宝夫人；丫鬟春香也有功德，被封为妻房。

  为君尽忠者也可受封。《刘全进瓜宝卷》中刘全之妻李翠莲借公主之尸还魂，刘全被封为驸马。兄弟和睦者也可受封。《刘金定受难宝卷》中张聪、张明兄弟和睦，仁宗赐封张聪、张明为员外。

  女子节烈者也可受封。《继母狠宝卷》中李玉英身陷囹圄，陈疏上表为弟弟李承祖申冤昭雪，被封为贞节烈女；《鲁和平骂灶》中雷霆保中状元后不认母亲妻子，其妻谢玉莲投河自尽，受封为贞烈贤德夫人；《蜘蛛宝卷》中丁位南妻子为申冤而自缢身亡，抚院大人呈文进京，丁位南之妻钦赐节烈牌坊；《六月雪》中蔡妈妈被封为贤德夫人，窦娥被封为一品贤德夫人。

第七章 河西宝卷的典型场景

孝敬父母者也可受封。《张青贵救母》中张青贵割肉孝母亲，封为员外郎。

行善助人者也可受封。《葵花宝卷》中邻居乔太公帮助孟日红一家，被封为员外，在朝奉君；《如意宝卷》中崔大人逼王知县害陈盛元，王成决意用儿子王瑞风换盛元，最后封王成为平原县县令、其子王瑞风为翰林院大学士；《吴江渡宝卷》中禁子曹顺以哑巴儿换出狱中的苏荣，曹顺受封为员外郎。

弃恶从善者也可受封。《葵花宝卷》中刘耀归顺朝廷，被封为提督官；《苦节宝卷》中青龙山贼首马吞归顺朝廷，被封为总镇官。清官自然会擢升。《张青贵救母》中王知县清廉，举孝子张青贵，被封为扬州府刺史。

河西宝卷中各种封赠大都夸大其词，不尽合乎事实，有的甚至十分荒唐，特别是行善助人者所受封赠。《如意宝卷》中王成是个狱卒，因为决心要用儿子王瑞风换狱中的陈盛元，最后受封为平原县县令，而王瑞风没有任何功劳却被封为翰林院大学士；《乌鸦宝卷》中义盗赵龙刚为王小泉案作证申冤，官封巡都御史，钱万河帮助姨娘打官司，沉冤得雪，封为知县；《二度梅宝卷》中权臣卢杞假传圣旨，要捉拿梅老爷全家斩草除根，屠申知情后向梅夫人报信，梅夫人和梅良玉逃走，最后屠申被封为七品县官；《金龙宝卷》中的金豹就因为曾经受过苦难而被封为河南开封知府。这种情况，一方面是因果报应的程式使然，有善行必有回报；一方面也表达了民众普遍的美好愿望，是民众彰显美德文化心理的反映。

4. 神佛护佑

河西宝卷宣扬因果报应思想，具有满足民众宗教信仰需要的功能，因此，几乎每一个宝卷故事中都有神佛救助孝敬父母者、善良者、受苦受难者的场景。宝卷中出现的神佛特别多，有佛教的如来佛祖、观音菩萨，更多的是道教的玉皇大帝、王母娘娘、太白金星、土地城隍等，他们都时刻关注着凡间受苦受难的众生，一旦有难，则及时护佑。

　　河西宝卷故事中因为神佛的护佑，割肉奉亲者、冤死者往往能够死而复生。张青贵割左腿上的肉奉母亲，刀伤疼痛而亡，观音救活张青贵。《方四姐宝卷》中方四姐吊死在花园里的重阳树上，观音命金童玉女在四姐的口里放上灵丹妙药，保护尸身，后来观音放出四姐真魂，使四姐还阳。《吴彦能摆灯宝卷》中罗凤英的一双儿女被吴彦能派兵马踏死，千里眼、顺风耳奏知玉帝，玉帝派太白金星将其救活。田仲祥被吴彦能打死，扔进护城河，土地看守尸体，值日功曹奏知玉帝，玉帝派泾河龙君搭救，老龙君将圣丹送入田仲祥之口，使其苏醒。管家的老婆将田仲祥一双儿女推入井中，千里眼、顺风耳奏知玉帝，玉帝派泾河龙君搭救。

　　包公在民间传说中被神化了，他不但可以上天堂、下地狱来去自由，而且拥有阴阳床和拨活板两样神器，可以让冤屈而死者还阳。《刘金定受难宝卷》中刘金定在磨坊上吊，继母姚氏将其尸首扔在后花园八角井里。包公查明案情，将刘金定尸首打捞上来，利用阴阳床、拨活板使刘金定还阳复活。《落碗宝卷》中包公使刘自明、刘自忠兄弟还魂。《包公错断颜查散》中包公用阴阳板使柳金蝉、颜查散还阳。

　　死而复生的情节虽然有悖常理，但它既满足了民众的宗教信仰，又满足了人们好人必有好报的心理需求，这在宣扬因果报应的河西宝卷中是不可或缺的典型场景。

　　5. 遇贵人

　　宝卷故事中，神佛在孝敬父母者、善良者、受苦受难者遭受苦难时会及时出现，帮助这些孤独无助者摆脱困境，使其继续活下去；但最终他们要苦尽甘来，享受荣华富贵，还需要通过现实的途径来实现，这一途径就是受苦受难者遇上好心人，这些好心人一般都是清廉的官员或是家财万贯而善良的员外，他们收留、帮助这些落难者、无助者，最终使他们通过中状元或其他途径改变自己的人生命运。有时

第七章 河西宝卷的典型场景

候在性命攸关的时刻,也会遇到侠义之士的救助。

《蜜蜂宝卷》中董良材男扮女装自称苗凤英,被马丞相救下,收为义女。董良材之妻苗凤英中了头名状元,丞相将义女许给新状元,董良材与苗凤英夫妻团聚。《忠孝宝卷》中柳迎春卖儿子苗郎孝公婆,田县官买来苗郎,改名田孝郎,送南学读书,后来田孝郎中状元。《小儿祭财神宝卷》中王金怀父亲被继母马氏杀害,马氏被判斩立决,杨知县认王金怀、英英做义子。后来王金怀状元及第,与英英完婚。《白长胜逃难宝卷》中白长胜为避继母毒害而逃命,跟李知县之女李秀英一见钟情,李知县夫妇同意了女儿的婚事。《丁郎寻父》中高仲举受迫害离别妻子于月英,到湖广武昌府遇兵部尚书胡老爷,被胡老爷收为义子,与吏部天官张老爷之女成亲。《世登宝卷》中张玉童为救父亲,把自己卖给郭员外,在郭员外家读书,后来中了状元。《白马宝卷》中熊子贵休了妻子、卖了儿女,儿子小玄玄卖给山东张员外,改名张云龙,后来金榜高中,封为河南巡黄御史,与母亲、妹妹团聚。《金龙宝卷》中金龙之子桂哥被风刮到山西汾州府,被山东客人刘朝阳带回山东老家,改名刘英,入学读书,后来中了三甲进士。金虎夫人梅氏毒打兰花并将其推入花园井中,真武大帝救兰花到潼关,兰花被陕西巡按赵学士收为义女。《双玉杯》中杨洪将张权的妻子卖给河南客人朱槐以还赃银,朱槐不忍拆散张权夫妇,张权夫妇将二儿子张文秀送给朱槐做螟蛉子,张文秀更名朱瑞卿,后来中了状元。

河西宝卷故事中受苦受难者在遭人杀害时,还会得到侠义之士的搭救,有时候是被派去杀人的人突然良心发现,放了被杀者,有时候是狱卒不惜用亲生骨肉换取被冤枉而入狱者的性命。

《丁郎寻父》中年七陷害高仲举,并行贿使高仲举充军荡浪县,同时收买捕快王英半路杀高仲举。王英妻子刘氏劝夫不听,勒死三岁孩子后上吊身亡,王英半路上良心发现,放了高仲举。《世登宝卷》中沈氏雇了木庄的王老虎在林中杀世登,王老虎放了世登。《五女兴唐宝卷》中李怀玉银子被偷，遇上告老还乡的官员张献，被张献收为义子，张献之女张美容爱慕李怀玉，向怀玉倾诉被张献听到，张献派家人胡定杀怀玉，胡定反而救了李怀玉。《吴彦能宝卷》中丞相吴彦能抢了田仲祥的妻子罗凤英，罗凤英的一双儿女乞讨，路遇吴彦能，吴彦能使王明去杀两个孩子，王明放了两个孩子，刀上抹了自己的鼻血去复命。《铡美案》中陈世美派韩琪去杀秦香莲母子，韩琪知道了事情的原委，放了秦香莲母子后自杀。《吴江渡宝卷》中禁子曹顺以哑巴儿换出狱中的苏荣。《如意宝卷》中崔大人逼王知县害死陈盛元，狱卒王成决意用儿子王瑞风换陈盛元，最后观音赠王成灵丹妙药以搭救陈盛元。

河西宝卷遇贵人典型场景，表达了民众希望在危难时能够得到志士仁人救助的普遍愿望。

（五）恶报

河西宝卷劝人行善的教化功能是从正反两个方面施行的，即通过善有善报和恶有恶报的方式来实现其劝善功能，善有善报是从正面劝善，恶有恶报是从反面劝善。这两方面的教化功能往往是结合在一起的，恶人作恶，同时弱者或善良者就受苦受难。受苦受难者总会有神灵护佑或是碰上好心人搭救或是遇上官员、员外收留抚养，最后有一人中状元，或立军功，或受皇上封赠等，改变一家人流离失所、挨饿受冻、受人折磨迫害等艰难困苦的处境，享受人间的荣华富贵，从而改换门庭，光宗耀祖。作恶者总会得到应有的惩罚，或遭天火乞讨为生，或遭雷击，或被点天灯，或骑木驴，或直接被剐、被铡、被斩、冻饿而死，下场可耻。河西宝卷"恶报"典型场景可分为火焚家财、雷击、点天灯、骑木驴和处死等多种类型。

1. 火焚家财

河西宝卷中火焚家财典型场景较常见，往往起到人物命运转折、推动情节进一步发展等作用。火焚家财有两种情况：一种是故事开端

第七章 河西宝卷的典型场景

主人公命运的转折点,由富贵变得一贫如洗,家道衰落,开始经受磨难;一种是故事结尾作恶之人恶贯满盈,恶有恶报,老天一把天火将其家财烧光,这是对恶人的惩罚。标志家道衰落的火焚家财典型场景也一并在这里论述。

河西宝卷中故事的主人公往往是在家道贫寒等种种逆境中受尽磨难,最后苦尽甘来,宝卷以此来表达贫苦百姓渴望过上幸福生活的美好愿望。人神联姻的宝卷《张四姐大闹东京宝卷》《三神姑下凡宝卷》《天仙配宝卷》中的男主人公本来家庭富有,故事创编者往往以天火焚烧、老员外去世等场景将其置于贫寒境地,然后安排仙女下凡与其成亲,最后过上荣华富贵的日子,表达了"皇天无亲,常与穷人"的强烈愿望。

《张四姐大闹东京宝卷》中东京城秀才崔文瑞父亲去世,家道破败,母子二人苦守清贫,"怎奈又遭天火,房舍焚烧殆尽"①。崔文瑞与母移居古庙之中以乞讨为生,玉帝之女张四姐下凡与崔文瑞成亲。《三神姑下凡宝卷》中阎天佑的父亲是贯州城家豪大富的财东,不料突然失火,财产房屋焚尽,员外气死,阎天佑母子在草房安身。王母娘娘的三姑娘偷偷下凡与阎天佑成亲,利用摇钱树、刮金板、聚宝盆等宝贝让阎天佑一家过上了富贵日子。《天仙配宝卷》中董善员夫人冯氏生下董永后家遭天火,一份家业被火焚尽,董员外得病身亡。董永九岁中秀才,母亲去世。董永卖身葬母,将自己卖于尤华家,守孝三年去做工抵偿债务。玉皇罚七神姑下凡与董永为妻,七仙姑帮助董永还清债务。

河西宝卷中有一些反映岳父悔婚的故事,男主人公的父亲往往是高官或财东,生前给儿子与另一官员的千金定下婚约。后来男主人公的父亲去世,家中又遭火焚,一贫如洗,男主人公只好去投靠未来岳父,岳父悔婚,男女主人公从此经历各种磨难。如《红灯宝卷》和

---

① 何国宁、李爱文、单永生:《酒泉宝卷》(第一辑),甘肃文化出版社2012年版,第307页。

《双喜宝卷》等。

其他有火焚家财而家道衰落典型场景的宝卷还有《团圆宝卷》《刘全进瓜宝卷》等。《团圆宝卷》中宋敦员外家财万贯，夫人刘氏生子宋金郎。宋员外不幸染病身亡，刘氏懦弱，被人明欺暗骗，不到三年家业凋零，又遭火焚，刘夫人也染病身亡，宋金郎开始经受磨难。《刘全进瓜宝卷》中刘全见一道人手拿他妻子的金钗，于是回家痛打妻子，李翠莲上吊自尽，刘全家产被天庭一火焚尽。刘全乞讨为生，见到进瓜榜文，决定揭榜进瓜。

河西宝卷中作为恶报的火焚家财典型场景往往出现在兄弟故事宝卷和继母狠、婶母狠故事宝卷中，那些为了霸占家产，残害兄弟姐妹、前生子、侄子者，最终遭天火，家财被老天收去。

倡导兄弟和睦不分家的宝卷如《紫荆宝卷》《金龙宝卷》《回郎宝卷》等，往往有教唆分家的儿子、媳妇，他们有的霸占家产，有的迫害兄弟姐妹，有的不孝父母，这种不友、不恭、不孝的儿子、媳妇，最终会遭遇天火，一贫如洗，无处安身，沿街乞讨，下场可怜可耻。《紫荆宝卷》中田清妻焦氏教唆丈夫与哥哥田凌、田洪分家，田清不过三年荡尽家产，又遭天火，夫妻无处安身。《金龙宝卷》中金虎夫人梅氏毒打小姑兰花并将其推入花园井中，小叔金豹发现兰花血衣，梅氏又将金豹告到知府衙门，金豹被屈打成招，金虎夫妇又打死嫂嫂黄氏。金虎夫妇遭天火，乞讨为生，最终被雷击死。《回郎宝卷》中河南大旱，曹三家贫如洗。曹大、曹二不孝父母，曹三妻刘氏狠心杀了回郎孝养婆母。曹三夫妻孝心感动天地，玉帝派火德真君一把天火烧了曹大、曹二的家产，曹大、曹二夫妻双双乞讨为生，饿死在山神庙。

在反映继母狠、婶母狠的宝卷中，那些虐待、毒害前生子、侄子或其一家的狠毒女性，最终也遭老天惩罚，火焚家财，乞讨为生。《手巾宝卷》中继母李氏虐待、毒害前生子，家财被火烧，乞讨为生。《白虎宝卷》中张虎妻子刘氏与侄子刘彪虐待、谋害张龙孀妻姚

第七章　河西宝卷的典型场景

氏与遗孤。后来刘氏生下村哥,被火烧死,自己点火又不小心失火,家财被火烧个精光。刘氏无奈卖了田地,银子又被贼偷光,又将女儿爱姐卖了,银子又被人拐走,只落得个沿街乞讨。《苦节宝卷》中钱氏嫁给周岗后,"好景不长,偏遭天火,房屋家财一火而尽"①,二人乞讨为生。

有火焚家财典型场景的宝卷还有《白马宝卷》《胡玉翠骗婚宝卷》等。《白马宝卷》中熊子贵员外听朋友、街坊、算命先生说他命薄而其妻命厚,就一怒之下休了妻子杜金定。后来熊子贵遭天火烧毁家财,卖了儿女,乞讨为生。《胡玉翠骗婚宝卷》中胡万年夫妻凭借女儿胡玉翠的美貌骗取别人钱财,最终胡家遭报应起了天火,烧死胡万年夫妻,胡玉翠沿街乞讨。

宝卷故事中,恶人如果只是霸占家财、欺凌家人,并没害死他人性命,那么遭受的惩罚往往只是火焚家财,乞讨为生;如果有毒害他人之心,则遭天火后仍免不了雷击、饿死的下场。

2. 雷击

中国古人相信天人感应,认为上天一直在关注人间的善恶,当人间罪恶滔天时,老天就会降下灾异对人们进行警告或惩罚,民间普遍信仰的就是作恶多端者必定会遭雷击。一个人遭雷击,说明其所犯的罪行达到了天人共怒的程度,是不可饶恕的。河西宝卷故事中不孝父母公婆者遭雷击,如《闫小娃拉金笆》中的王贵花和闫文大,《鲁和平骂灶》中的雷霆保。虐待并杀害兄弟姐妹、侄儿、侄媳者遭雷击,如《金龙宝卷》中的金虎夫妇,《牧羊宝卷》中的婶母宋氏。不成人子、不为人夫、不为人父者遭雷击,如《黑蜜蜂宝卷》中的张川蜂。暴虐百姓者、不敬神明者遭雷击,《目连救母幽冥宝卷》中傅崇母亲李氏的侄子李伦串通门公萧自然,背着傅崇暴虐百姓,遭雷击;《鲁和平骂灶》中灶君生日,鲁和平破口大骂灶君,遭雷击。

---

① 何国宁、李爱文、单永生:《酒泉宝卷》(第三辑),甘肃文化出版社2012年版,第168页。

3. 点天灯

河西宝卷故事中倒点天灯也是惩罚恶贯满盈者的一种典型场景，这种方式带有原始的野蛮性质，极为惨烈，但它却是最受民众欢迎的惩治罪恶滔天者的方式之一，恶毒之人唯有受到这种惩罚，才能宣泄民众的怨气。宝卷故事中，害死人者、虐待毒害前生子者、谋朝篡位者、陷害忠良者都有可能被倒点天灯。

《葵花宝卷》中丞相梁记和丫鬟梅香用药酒毒死孟日红，并将孟日红尸首扔到后花园枯井之中用石板盖顶，丫鬟梅香被倒点天灯。《绣龙袍宝卷》中孟鹤将范齐郎活活打在长城中，孟姜女献上龙袍，秦始皇喜上心头，将孟鹤倒点天灯。《白长胜逃难宝卷》中张氏谋害前生子白长胜不成又害死丈夫，张氏被点天灯。《世登宝卷》中庶母沈氏联合张保虐待、毒害前生子张世登一家三口，张世登之子张玉童中状元后将沈氏、张保倒点天灯。《绣红罗宝卷》中沈桂英虐待、毒害前生子花仙哥，被倒点天灯。《康熙宝卷》中欲谋朝篡位的奸臣索三、索景父子被吊在百尺高竿上倒点天灯。《二度梅宝卷》中谋害忠良的卢杞和黄嵩一个被千刀万剐，一个被点天灯。《侯美英反朝》中王员外行贿衙门的周邦正害龙大人一家，王员外父子被点天灯。

关于点天灯，《吴彦能摆灯宝卷》中有所交代。吴彦能强抢民妇罗凤英，并欲将罗凤英丈夫田仲祥点天灯，"叫人役，用黄蜡，浑身都浇，棉花裹，香油浇，倒点天灯"①。点天灯大概是在人身上裹上棉花，浇上油、蜡等易燃之物，将其吊在百尺高竿上点燃烧死。这种残忍的惩恶方式是与作恶者的恶行相当的，是作恶者应得的惩罚。

4. 骑木驴

宝卷中的"骑木驴"是针对通奸杀人、不守妇道之妇女的一种酷

---

① 方步和：《河西宝卷真本校注研究》，兰州大学出版社1992年版，第107—108页。

第七章 河西宝卷的典型场景

刑。根据方步和先生的解释,骑木驴是"旧时对女性(淫女)的酷刑。人趴在木车上,车走,一木头从阴道顶破子宫,活活痛死"①。这种酷刑没有史料佐证,并非官方的刑罚,多见于明清小说,可能是小说家所杜撰。

《绣红灯宝卷》中温员外继室王花儿和谷和尚通奸被家人杨昭撞见,二人将杨昭灌醉铡死在草房,温员外醉酒回家,王花儿诬告温员外杀了杨昭,刘知县受贿,将温员外屈打成招。温员外之子温彦赞中状元被招为驸马后,王花儿被判骑木驴游街。《乌鸦宝卷》中王小泉出外经商,妻子刘氏与杨龙勾搭成奸。王小泉回家,刘氏杀死王小泉,包公审明案情,刘氏骑木驴游街三日后被砍首示众,并被丢在万人坑遭野狗吞食。《落碗宝卷》中刘自忠替哥哥刘自明顶罪偿命,刘自明的继室马氏虐待刘自忠的妻子儿女,并误将丈夫勒死,包公判其倒骑木驴、剥皮抽筋。《武松杀嫂宝卷》中的王婆被判骑木驴,万民解恨。

宝卷中所谓"骑木驴"酷刑,尽管惨无人道,但是通奸害人者遭此刑罚,"万民解恨",从一个侧面说明了民众对通奸害人之淫妇的痛恨程度。

5. 处死

河西宝卷故事中作恶的人一般逃不了死亡的命运,除了雷击、倒点天灯、骑木驴等特别的死亡方式外,还有千刀万剐而死、铡死、斩首、冻饿而死等。

千刀万剐是一种最解恨的处死方式。《继母狠宝卷》中焦氏联合其兄虐待、毒害前生子,被判剐刑。《双喜宝卷》中家人张春用蒙汗药酒蒙倒主人王志福,冒充王志福去认亲,后来王志福用刀剐了仇人张春。

河西宝卷故事中清官寥寥无几,人们有冤就去找包公告状,包公总能公正无私,为民做主,无论作恶者是平民百姓还是驸马丞相,最

---

① 引自方步和在《唐王游地狱》文后注⑧对骑木驴的解释。参见《河西宝卷真本校注研究》,兰州大学出版社1992年版,第77页。

后都会被包公铡死。包公在民众眼里近乎神,他无所不能,可以上西天见如来佛祖,到凌霄殿拜玉皇大帝,也可以下阴曹找十殿阎君,来去自如,处处受神佛礼遇,包公还可以用阴阳板将冤死者拨活。《刘金定受难宝卷》中姚氏唆使两个弟弟姚龙、姚虎追杀张聪,又逼张聪之妻刘金定改嫁,刘氏不从,姚氏百般折磨刘金定,刘金定在磨坊上吊,姚氏将其尸首扔在后花园八角井里。包公查明案情,姚氏被狗头铡铡成几截。《落碗宝卷》中马氏母子设计害刘自忠的妻子李氏,毒打刘自忠之子定僧,勒死刘自明,却诬告定僧,包爷铡了马氏母子。《包公错断颜查散》中李保夫妻勒死柳金蝉,包公铡了李保夫妻。《吴彦能宝卷》中宰相吴彦能强抢民妇罗凤英,并屡次欲杀害罗凤英的丈夫和儿女,包公设计将吴彦能哄到府中,当堂铡了吴彦能。《铡美案》中包公铁面无私,铡了驸马陈世美。

　　河西宝卷故事中也有将作恶者直接判斩刑的。《丁郎寻父》中权臣严嵩手下年七、李虎等迫害高仲举,被弃市。《继母狠宝卷》中焦氏的兄长助纣为虐,帮着妹妹虐待、毒害前生子,被判斩首。《刘金定受难宝卷》中姚龙、姚虎帮着姐姐虐待、毒害前生子,被斩首示众。《六月雪》中张驴儿在肉汤中下了砒霜却毒死了自己的母亲,反诬告蔡妈妈,窦娥替蔡妈妈受刑。窦天章查明案情,张驴儿被问斩刑。《小儿祭财神宝卷》中马寡妇与伙计白进仁、贺发清主仆乱伦,两个奴仆争风吃醋,白进仁毒死贺发清。马氏设计使王章杀儿子祭财神,马氏和白进仁被判斩立决。这个宝卷中审案的杨知县是河西宝卷中仅有的几个好知县之一。

　　河西宝卷故事中作恶者还有受冻饿而死的、受疾病折磨而死的、自尽的以及化为动物而死的等等。《白马宝卷》中熊子贵饥饿难当吃糠噎死,《回郎宝卷》中曹大、曹二夫妻饿死在山神庙,《紫荆宝卷》中焦氏冻死荒郊,《方四姐宝卷》中折磨方四姐的翁婆、哥嫂、小姑五人得病受磨难多半年后归阴,《蜜蜂宝卷》中董员外继室吴氏自尽,《白虎宝卷》中虐待嫂嫂、侄儿、侄女的刘氏化作一条大狗而死。

河西宝卷故事中，贪赃枉法的赃官或作恶多端的官吏最终也逃不脱死亡的下场。《金龙宝卷》中王知府被正法，《六月雪》中王知县被斩，《如意宝卷》中王知县被处决，《绣红罗宝卷》中王知县被斩首。以上四个宝卷中贪赃枉法的知府、知县都姓王，可见河西宝卷的高度程式化。《吴江渡宝卷》中水贼高凤、李云的后台范洪被千刀万剐，《丁郎寻父》中天子赏权臣严嵩金碗银筷子乞讨，后饿死。

早期宝卷为佛教宝卷，其后产生民间教派宝卷，再后来民间故事宝卷大量产生。宝卷从产生之日起就宣扬佛教思想，后来的民间教派依托宝卷宣扬教派教义，形成了宝卷宣扬因果报应、地狱轮回思想的传统，宝卷的劝善功能也是借此来实现的。民间宝卷以讲唱故事为主，增强了宝卷的娱乐功能，同时也继承了宝卷的劝善功能，因袭了宝卷的因果报应、地狱轮回思想，因而惩恶扬善、宣扬因果是河西宝卷思想内容上的一个标志性特征。河西宝卷的基本典型场景是与宝卷的思想主题密不可分的，没有这些典型场景，就失去了宝卷的内容主旨。

二　一般典型场景

河西宝卷的典型场景除了基本典型场景外，还有一些非基本的典型场景，它们出现的频率比较低，不是每一部宝卷所必不可少的，但也能体现出河西宝卷的某些特征。河西宝卷的一般典型场景包括哭五更、屈打成招、投尸后花园水井、打莲花、戏剧性重逢等。

（一）哭五更

哭五更是河西宝卷中出现频率最高的一般典型场景，大多数宝卷故事中都有这一程式，有的宝卷故事中甚至有多次哭五更场景。大凡亲人去世、家人离散、饥寒交迫、孤苦无依、伤心痛哭时，人们总是要哭五更，以抒发自己思念亲人、渴望家人团聚、希望摆脱苦难境地等思想情感。哭五更曲调凄惨悲苦，感情凄婉深挚，催人泪下。

　　亲人去世，必有哭五更典型场景，以寄托哀思。《继母狠宝卷》中李雄为国捐躯，儿女互相依偎，抱头哭五更。弟弟李承祖被继母毒死，李玉英姐妹三个哭五更。《二度梅宝卷》中梅良玉的父亲被奸贼所害，他逃亡到父亲的故交陈月升家浇花读书，夜晚想起父母家人，泪雨纷纷哭五更。《天仙配宝卷》中冯氏喜极而亡，儿子董永守灵哭五更。《葵花宝卷》中婆婆去世，孟日红一人孤孤单单，伤心悲痛哭五更。《救劫宝卷》中张三死了，妻子每逢夜晚想起丈夫便哭五更。《方四姐宝卷》中方四姐自尽，丈夫于郎哭五更。《刘全进瓜宝卷》中刘全的妻子死了，儿女无人照看，想起妻子哭五更。

　　亲人别离，伤心难过，必哭五更以伤别离。《丁郎寻父》中丁郎要去寻父，母子离别，母亲俞氏哭五更到天亮。《白马宝卷》中杜金定被休，难舍一双儿女，痛哭到五更。

　　饥寒交迫、孤独寂寞、孤苦无依时，都会用哭五更抒发情感。《救劫宝卷》中的逃难人住在庙中，肚中饥饿，哭五更。《吴彦能摆灯宝卷》中田仲祥被黄风刮到高丽国，夜宿寺院，"寺中寒冷，肚中饥饿，一夜未眠，直哭到五更。"《昭君和北番宝卷》中昭君殉节前，夜深人静，北风呼啸，寂寞孤凄而哭五更。《乌鸦宝卷》中丈夫外出，妻子独守空房，夜晚倍感凄凉，不由哭五更。《仙姑宝卷》中孤儿寡母受大伯欺负，孤苦无依哭五更。

　　思念亲人时也会哭五更。《张四姐大闹东京宝卷》中崔文瑞想起母亲一天来米没粘牙，不知现在怎样，不觉两眼落泪，好不伤心，不由哭五更。《方四姐宝卷》中婆婆毒打方四姐，方四姐疼痛难忍，想起丈夫、父母而哭五更。《劈山救母宝卷》中刘锡与王桂英找不见三娘，伤心哭五更。

　　河西宝卷中的"哭五更"曲调从句式上来看，有多种形式，其中最常见的是"七，七。七，七。四，七"这种形式，有的第六句重

第七章 河西宝卷的典型场景

复第四句,有的不重复。如《继母狠宝卷》中李雄为国捐躯,儿女哭五更的唱词:

一更里来心悲伤,爹爹为国捐躯亡。尸骨丢在沙场上,灵魂何曾转还乡?我的父啊,灵魂何曾转还乡?

二更里来泪纷纷,爹娘都去儿缺情。继母心狠不良辈,日后活命靠何人?我的父啊,日后活命靠何人?

三更里来夜正深,越哭爹爹越伤心。你今已去黄泉路,亲生儿女谁怜悯?我的父啊,亲生儿女谁怜悯?

四更里来睡朦胧,梦见爹爹转回程。手托儿女问长短,长亲娇娇小月英。我的父啊,长亲娇娇小月英。

五更里来泪哭干,爹爹尸骨暴外边。儿女还都年纪小,何人寻骨到塞沿?我的父啊,何人寻骨到塞沿?①

上面六句哭五更唱词一、二、四、六句押韵。

(二) 屈打成招

河西宝卷中善良人总是受恶人欺负、虐待、毒害,恶人杀了人总是嫁祸给善良者,而衙门的知府或知县大都是赃官、贪官,往往接受恶人的贿赂,将被告屈打成招,关在监牢。屈打成招典型场景反映了"天下乌鸦一般黑"的现实。

《继母狠宝卷》中玉英写了两首诗,继母焦氏告她招汉子,玉英被锦衣卫都堂官屈打成招。《绣红罗宝卷》中继室沈桂英错杀了亲生子长寿子,诬告花仙哥,王知县受贿,将花仙哥屈打成招。《绣红灯宝卷》中温员外继室王花儿和谷和尚通奸,并将杨昭灌醉铡死在草房,王花儿诬告温员外,刘知县受贿,将温员外屈打成招。《世登宝

---

① 方步和:《河西宝卷真本校注研究》,兰州大学出版社1992年版,第177页。

卷》中沈氏诬告张世登之妻安氏杀了张世荣，安氏被屈打成招。张世荣找回哥哥张世登，沈氏用生铁棍打张世登，结果误杀儿子张世荣，沈氏诬告张世登打死张世荣，张世登被屈打成招。《金龙宝卷》中金虎夫人梅氏诬告金豹杀了兰花，金豹被屈打成招。《红灯宝卷》中孙吉高与赵知府之女赵千金花园相会，被赵知府发现，送到刘太守衙门，刘太守将孙吉高屈打成招。《双玉杯》中赵昂行贿班头杨洪，指使三个犯人诬陷张权与他们坐地分赃，张权被屈打成招。

　　阅读河西宝卷，会感觉到普天下官府衙门一片浑浊，乌烟瘴气，令人窒息。在这样的社会背景之下，受苦受难者、孤独无助者、受人诬陷迫害者要么求助于神佛的护佑，求得精神上、心理上的寄托，要么求助于有良知的高官和家财万贯而乐善好施的员外，然而最终要惩恶扬善、彻底翻身还得依靠自身，或中状元，或立军功，借权势惩治一切恶人，救出亲人，求得阖家团聚，荣华富贵，这在某种程度上反映了旧制度下普通民众追求功名利禄的普遍心理。

（三）投尸后花园水井

　　河西宝卷故事中，害死或打死了人，处理尸体的方式常常是将尸体扔到后花园水井中，有时候还要在井上盖上石板。这一典型场景中，大都是恶人害死善良人或遭难人，受害人往往是女性等弱小者。

　　《金龙宝卷》中梅氏毒打小姑兰花并将其推入花园井中。金虎打死嫂嫂黄氏，夫妻二人将其尸首丢入后花园井中。《葵花宝卷》中梁丞相与丫鬟梅香毒死孟日红，将孟日红尸首扔到后花园枯井之中并用石板盖顶。《刘金定受难宝卷》中刘金定在磨坊上吊，姚氏将其尸首扔在后花园八角井里。《吴彦能宝卷》中管家的老婆王氏将田仲祥一双儿女推入花园井中。《如意宝卷》中崔英骗取陈盛元的如意，并将其打个半死丢入井中，盖上石板。

　　"头顶三尺有神明"，被投入水井中的受害者都能得到神佛的救助，死而复生，但如果是恶人被打死，断然没有复活的可能。《侯美英反朝》中王媒婆设计陷害龙大人一家,再次来侯家说媒,被侯美英打死扔到后花园枯井之中。

(四) 打莲花

"莲花落"是民间曲艺的一种,旧时本为乞丐所唱,后出现专业演员,演唱者一二人,仅用竹板按拍。河西宝卷故事中,上街乞讨往往要唱莲花落,宝卷称"打莲花"。沿街乞讨打莲花者有两种情况:一种是孝敬公婆者、遭受磨难的弱小者与善良者,如《赵五娘卖发宝卷》中的赵五娘,《绣红灯宝卷》中的杨月珍,《吴彦能摆灯宝卷》中的田仲祥,《刘全进瓜宝卷》中的刘全,《绣红罗宝卷》中的花仙哥,《丁郎寻父》中的高仲举等等;一种是虐待、迫害他人的作恶者,他们受到神灵的惩罚,遭遇天火焚烧,一贫如洗,上街乞讨打莲花,如《白马宝卷》中的熊子贵,《朝山宝卷》(又名《金龙宝卷》)中的金虎、梅氏夫妇等等。河西宝卷中莲花落的内容一般是自述家境、乞讨原因等,以此博得众人的同情,从而得到施舍。下面是《朝山宝卷》中金虎、梅氏夫妇所唱莲花落的内容。

夫妻二人腹中饥,口打莲花泪悲啼。
善爷善奶叫几声,残茶剩饭休喂狗。
舍予贫穷叫街人,暂且充饥救贫人。
说起家来家不远,提起名来也有名。
家住河南开封府,金家巷口有家门。
我父名叫金仁爱,母亲田氏老善人。
生下兄弟共三人,还有一女叫兰花。
大哥为长叫金龙,嫂嫂黄氏女裙钗。
生下桂哥小儿童,因为三月初三日。
真武降香起怪风,孩儿迷失无影踪。
大哥离家找孩童,丢下嫂嫂在家中。

>　　兄弟嫂嫂心狠毒，害死妹妹兰花身。
>　　嫂嫂不知走何方，家丢我们受灾星。
>　　我家天火都烧尽，万贯财产化为灰。
>　　少吃无穿难度日，游街讨吃过光阴。
>　　听得寺中放舍饭，却无一口到肚中。
>　　爷爷奶奶行行好，给上一口救贫人。①

《朝山宝卷》故事中，老大金龙离家去找被怪风刮走的儿子，老二金虎夫妇在家逼走嫂嫂，害死妹妹兰花，将弟弟金豹诬告入狱，后遭受天火焚烧，只好沿街乞讨。金虎夫妇打莲花时却把一切罪责都推到了嫂嫂和弟弟身上，着实可恶。

河西宝卷中"打莲花"的内容用专门的曲调"打莲花"演唱，曲调凄苦，催人泪下，唱出了乞讨之人的可怜。

（五）放舍饭

河西宝卷宣扬行善积德，行善者、孝敬父母公婆者、受苦受难者都会得到神灵护佑，丈夫或者儿子最终或中状元，或立军功，一朝改变自身或家庭的窘境，从而过上幸福的生活，但是富贵荣华后不忘行善，他们总是以放舍饭等形式救济其他挨饿受冻者，而这种善举又会得到善报，失散的亲人往往会赶来吃舍饭，一家人得以团聚。

《金龙宝卷》中金龙之子桂哥中状元，父子回家，路过团圆寺，金龙布施，与妻子黄氏相逢，于是在团圆寺建醮舍饭三日。《手巾宝卷》中王天禄与妹妹离家逃难，王天禄随军立下战功探乡祭祖，在观音禅林寺与母亲、妹妹团聚，在观音寺舍粥一月。《牧羊宝卷》中朱春登立功，奉旨回乡祭祖，在祖坟上放饭百日，受尽磨难的母亲、妻

---

① 徐永成、崔德斌：《金张掖民间宝卷》（二），甘肃文化出版社 2007 年版，第 607 页。

第七章 河西宝卷的典型场景

子赶来吃舍饭，一家团聚。《白马宝卷》中熊子贵休了杜金定，杜金定以白马为媒，与叫花子张三做了夫妻，勤俭持家，家财殷实。杜金定建醮舍饭七日，熊子贵前来吃舍饭。

（六）戏剧性重逢

河西宝卷反映善有善报，恶有恶报，有些宝卷故事的结尾善恶报应放在一个场景中来写，曾经的害人者与被害者或善良者意外重逢，二者的身份、地位、家财已经完全颠倒，形成鲜明的对比、反差，以此对作恶者进行无情的鞭挞，具有强烈的讽刺意味。

《紫荆宝卷》中田大、田二兄弟两人回家祭祖。田三欲自尽，先来祖坟烧纸，碰到两个哥哥。可以想象田三多么尴尬、多么羞愧。毕竟是兄弟，血浓于水，何况田三并未害死亲人，三兄弟和好如初。《金龙宝卷》中金龙的儿子中状元，金龙一家三口与金豹、兰花团圆，在团圆寺建醮舍饭三日，金虎夫妻前来吃舍饭，一家人相逢。因为金虎夫妻残害手足，惨绝人寰，尽管兄弟姊妹不计前嫌，原谅他二人，但"皇天无亲"，二人难逃天谴，遭受雷击。《手巾宝卷》中王天禄探乡祭祖，在观音禅林寺与母亲、妹妹团聚，舍粥一月，王天禄的父亲王忠庆与曾经虐待王天禄母子的庶母李氏赶来吃舍饭。李氏没有害死家人，她和王忠庆最终悔过，一家重归于好。《苦节宝卷》中张彦与妻子白玉楼在驸马府重逢，婶婶钱氏与周岗乞讨来到驸马府，与侄儿、侄媳戏剧性相遇。钱氏虽然没有害死侄子、侄媳妇，但是她与他人通奸，不守妇道，虽然侄儿不计前嫌，但最终仍遭雷击。《白虎宝卷》中张虎的妻子刘氏与侄子刘彪虐待、毒害张龙孀妻姚氏与遗孤观音奴、观音保。后来观音奴中状元，刘氏找上状元府，遭到观音奴和女儿爱姐的斥责，结果变成一条红头、黑尾、白身的大狗，向天嚎叫三声，倒地而死。

程式是传统的产物，是历史的层积，"它是一定地域、一定阶层较为固定的集体描述,真正蕴藏着一定传统中人们普遍的审美文化心理"①。在过去的研究中,程式被称为套语或套话,这是跟作家文学相比较得出的结论,认为口头文学缺乏新颖性。用程式理论揭示口头文学的特征,使我们对口头性有了更为深刻的认识。口头创作程式对于河西宝卷的创编具有建设性的作用,对于听众的接受也有积极的作用。

典型场景也是"建筑用的砖块",河西宝卷的创编者利用结构程式建立起宝卷的框架结构,再根据故事的发展,选择若干典型场景建立情节结构。如果创编传统的媳妇孝敬公婆主题的宝卷,就可以利用已有的程式这样去构思:开经赞;开经赞后接着一段散说,交代故事发生的时间、主人公的家乡和家庭情况等,散说后用一段韵文,其后散韵相间讲唱故事;接下来可以根据故事的情节特点选择丈夫中状元后相府招亲、家乡大旱、妻子割肉奉亲、神佛护佑、公婆去世后妻子上京寻夫、丞相设计害状元的前妻、丞相的女儿救丈夫的前妻、夫妻团圆、探乡祭祖、答谢神灵等典型场景组织情节;结尾用一段韵文进行教化。

河西宝卷的创作程式对于听卷人的接受也有帮助,听卷人在熟悉了宝卷的程式后,可以不必精力高度集中地去捕捉讲唱者讲唱的所有信息,使自己的心理保持一种放松的状态,轻松地接受讲唱信息。因为根据宝卷的程式,听卷人能够从一个情节单元去推知下一个情节单元,即能够预测出情节的发展,每一个情节单元主人公将会遇到一些灾难,听卷人也不会过多地去为主人公担忧,因为他们知道受苦受难者到了危急关头总会有神佛护佑或是遇上好心人搭救。"大众寻找的是一些快捷易懂的表达方法和审美效果。一般读者喜欢的是俗套人物,这会让他们产生非常熟悉的感觉。前卫文学则会通过与常规观念的绝断,这种绝断有时是一种极端的断裂,来进行新的尝试。大众文

---

① 富世平:《敦煌变文的口头传统研究》,中华书局2009年版,第140页。

第七章 河西宝卷的典型场景

学则相反,它提供给读者的是一些最熟悉不过的形式,这些形式是极容易被辨认和理解的,从而满足他们的期待。"① 宝卷中的程式不但不会引起听众的厌倦,相反会使他们产生一种"熟悉的亲切感"②,并且可以减轻他们听卷的压力。对于这一点,朝戈金关于口传史诗的论述也是适合河西宝卷的:"口头表演,词语在时间轴上线性排列,并随时立即消失在空气中。在语速比较快的情况下,听众是难以紧跟着诗句走的。这时候反复出现一些固定的话,就会在欣赏者一方形成放慢了节奏的感觉。这些重复也在客观上形成某种间隔,起到'休止符'的作用。从另一个方面说,程式的高度固定的格式和含义,为方便听众接受信息起到了很大的作用。某个程式片段一提头,听众就知道要说的是什么,接受的过程就变得轻松起来,传通的渠道就会变得顺畅起来。前面讲过的转瞬即逝的事件,就是在这样的反反复复的数叨中得到了温习,也为理解下面的事件做了很好的铺垫。"③

---

① [法]吕特·阿莫西、[法]安娜·埃尔舍博格·皮埃罗:《俗套与套语——语言、语用及社会的理论研究》,丁小会译,天津人民出版社2003年版,第93页。
② 富世平:《敦煌变文的口头传统研究》,中华书局2009年版,第143页。
③ 朝戈金:《口传史诗诗学:冉皮勒〈江格尔〉程式句法研究》,广西人民出版社2000年版,第232—233页。

第八章　河西宝卷的说唱结构

河西宝卷的正文由若干个说唱单元构成，每一个说唱单元散韵相间、说唱结合，使河西宝卷的正文结构表现出很高的程式化。总览河西宝卷，其说唱结构有五种形式——六段式、五段式、四段式、三段式、两段式。五种说唱结构有不同的历史层次，是河西宝卷说唱结构不断演变的结果。六段式是早期教派宝卷的说唱结构，形式十分严整；四段式、三段式、两段式是民间宝卷的常见说唱结构，也是现存河西宝卷卷本中普遍使用的说唱结构；五段式是河西宝卷说唱结构演变的过渡形态。

一　六段式说唱结构

现存河西宝卷卷本中，六段式说唱结构保存最完整的是收录于《临泽宝卷》《金张掖民间宝卷》的《敕封平天仙姑宝卷》（简称《仙姑宝卷》）和《护国佑民伏魔宝卷》以及收录于《丝路稀见抄本宝卷集成》的《佛说销释报恩经》。这三个宝卷是宗教宝卷，一个说唱单元为一"分"或一"品"。"分"或"品"是民间教派宝卷的说唱单元或段落的标志，一"分"或一"品"是一个完整的说唱结构。《敕封平天仙姑宝卷》的说唱单元称"分"[①]，共十九分，每一分先说

[①]　收录于《金张掖民间宝卷》（一）的《仙姑宝卷》称"品"。

第八章　河西宝卷的说唱结构

标题，再说"分"，最后说段落次序，如"仙姑修心分第一""仙姑修板桥分第二""骊山老母度仙姑分第三"等。《护国佑民伏魔宝卷》的说唱单元称"品"，共二十四品①，如"伏魔宝卷品第一""三人和合万法皈一品第二""三官举本玉帝封神品第三"等。

除去《敕封平天仙姑宝卷》的第十九分，《敕封平天仙姑宝卷》的其他十八"分"和《护国佑民伏魔宝卷》的二十四"品"的说唱结构完全相同，都由六段构成：首先是一首小曲，段首标明曲牌；小曲后是一段散说，散说后是七言二句诗赞，其后是主唱段十字句韵文，接下来是四言和五言组成的长短句，最后是五言四句诗赞。②

下面是《敕封平天仙姑宝卷》之"仙姑修行分第一"：

【上小楼】劝世人及早好修，不回头无人解救。贪恋浮生，虚华景界，无尽无休。我只怕事到头一笔都勾，破漏船沉在苦海，想人生不得能够。

盖闻仙姑娘娘生于汉朝之时，观见世人，一切众生，不敬天地，不礼三光，奸盗邪淫，不忠不孝，呵风骂雨，大斗小秤，明瞒暗骗，爱欲贪嗔，多沉地狱，多失人身。于是仙姑一心发愿立志修行，不恋世上繁华，不贪眼前之浮尘，志心向善，念佛看经，恤孤怜寡，敬老惜贫，多行方便，永无退心。

仙姑向善苦修行　　一心只要出沉沦

---

① 收录于《临泽宝卷》《金张掖民间宝卷》的《护国佑民伏魔宝卷》只有上卷，十二品，收录于《丝路稀见刻本宝卷集成》（第十册）的《护国佑民伏魔宝卷》上下卷全，共二十四品。

② 《敕封平天仙姑宝卷》的"仙姑炼魔分第四"中，开头是小曲，结尾是五言四句诗赞，中间的散说、七言二句、十字句和长短句重复出现三次，且第一次缺了长短句，我们查阅了清刻本《敕封平天仙姑宝卷》，并不缺长短句。参见濮文起《民间宝卷》第十三册，黄山书社2005年版，第527—529页。《护国佑民伏魔宝卷》（上）的"伏魔显灵降圣品第十二"最后缺少五言四句诗赞，我们查阅了明刻本《护国佑民伏魔宝卷》（上、下），发现《护国佑民伏魔宝卷》（下）"伏魔爷化人为善品第十三"前面有五言四句诗赞，当是分卷时误把上卷第十二品末尾的五言四句划在了下卷。参见濮文起《民间宝卷》第四册，黄山书社2005年版，第534—538页。

有仙姑，见世人，多行不善；或为奸，或为盗，或为邪淫。
贪上财，爱上利，大斗小秤；嗔人有，欺人无，狗肺狼心。
不敬天，不敬地，呵风骂雨；破人斋，破人戒，毁佛谤经。
男不善，利徒心，损人利己；明中欺，暗中骗，昧着良心。
欺人寡，凌人孤，全然不顾；弟不恭，子不孝，背（悖）逆五伦。
女不善，蛇蝎心，十分厉毒；不敬公，不敬婆，妯娌生心。
哄丈夫，背男儿，白捏黑说；折人儿，磨人女，不知心疼。
这样人，阳世间，多行不善；到阴司，孽镜台，照得分明。
有一日，无常到，谁人看你；地狱里，难脱逃，一十八层。
有仙姑，看破了，浮生苦梦；躲三途，离八难，除是修行。
菩提心，一味是，广行方便；尘世上，虚华界，全不卦分。
仙姑发愿，苦志修行，不惹世埃尘；要躲轮回，赴命归根，心心向善。不断功成，广行方便，大发慈悲菩提心。①

善有善者报，恶有恶者因。
分明两条路，劝君拣着行。②

上面一个说唱单元可以概括为六个段落：

1. 小曲；
2. 散说；
3. 七言二句诗赞；
4. 主唱段十字句（或称"十字佛"）；
5. 四五言长短句；
6. 五言四句诗赞③。

---

① "大发慈悲菩提心"清刻本作"大发菩提心"。
② 程耀禄、韩起祥：《临泽宝卷》，中国人民政治协商会议甘肃省临泽县委员会2006年编印，第2页。
③ 民间教派宝卷六段式结构的名称基本上采用了车锡伦先生《中国宝卷研究》一书中的说法。

第八章 河西宝卷的说唱结构

民间教派宝卷的六段式说唱结构形式非常严格,其中"四五言长短句"的句式为:四,四,五。四,四。四,四。四,四。四,五。

民间教派宝卷的整体结构分"分"(或"品")受到佛经的影响,其直接来源是明代流行极广的讲释经义的佛教宝卷《金刚科仪(宝卷)》和《大乘金刚宝卷》,它们都根据鸠摩罗什译《金刚经》原文三十二分分段说唱。① 早期民间教派宝卷的说唱结构中"小曲"的位置在五言四句之后,即:

1. 散说;
2. 七言二句诗赞;
3. 主唱段十字句(也用七字句);
4. 四五言长短句;
5. 五言四句诗赞;
6. 小曲。

这种说唱结构如《佛说皇极结果宝卷》之"混沌初分天地品始",主唱段是七字句,不过从民间教派宝卷起,开始大量使用十字句。早期民间教派宝卷的"分"(或"品")标题的位置有二:一是出现在散说前,一是出现在(5)五言四句诗赞和(6)小曲之间。车锡伦先生在《中国宝卷研究》中提及《护国佑民伏魔宝卷》的说唱结构,是"小曲"在末尾的六段式,而且"分"(或"品")标题出现在(5)"五言四句"和(6)"小曲"之间。② 一般来说,标题应居于篇首或段首,受此影响或同化,将处于(5)"五言四句"和(6)"小曲"之间的"分"(或"品")标题连同其后的"小曲"提前到段首(或者将"分"或"品"标题前的说唱段落移到"小曲"后),就是现存河西宝卷民间教派宝卷的六段式说唱结构。河西走廊流传的《护国佑民伏魔宝卷》的说唱结构跟《敕封平天仙姑宝卷》完全相同,"分"(或"品")标题在段首,小曲在散说前,如"关

---

① 车锡伦:《中国宝卷研究》,广西师范大学出版社2009年版,第153页。
② 车锡伦:《中国宝卷研究》,广西师范大学出版社2009年版,第152—155页。

河西宝卷研究

老爷转凡成圣品第四"的说唱结构①：

（1）【山坡羊】关老爷转凡成圣，普天下人人供敬。事老爷神通有感，把当今叫得应。万岁爷御敕封，一年年累就功。于皇家安邦定国，降四方不敢动。一来也是万岁洪福阿，二来是关爷神通大。大众闻听六国不乱天下宁，大众闻听国泰民安正好行。

又：

关老爷神通广大，邪魔怪哪个不怕？因为他实心答本，有玉帝敕封下。也是他因果种就，耿直神不恋荣华。长长时慧眼观阿，见天下乱如麻。听咱破苗蛮把倭贼杀。听咱当邪魔不犯中华。

（2）关老爷，广大神通，指山山崩，指水水灭，呼风风来，唤雨雨至。上管天兵，中管神兵，下管阴兵，三界都招讨。协天都元帅，相伴菩萨金身，护佛金相。凡圣双修，从授师罗点化，也得黄天圣道。采天地骨髓，佛祖命脉，日精月华，风中有广，按定五气。炼得行神入妙，与道合真，行者如风，坐者如钟，立者如松，睡着如弓。俱四微意，天得亮，地得清，人得养，物得增，大众惺得么？

（3）四相和合总皈依，一切万法只不得。

（4）关老爷，成正觉，打坐参禅；采清风，唤浊气，默默绵绵。
往上升，只升到，三花聚顶；往下降，只降得，五气潮元。
五气潮，结灵胎，婴儿姹女；大会合，往上返，入圣超凡。
昆仑顶，打伫伫，十方照彻；关老爷，显神通，慧眼远观。
见天下，男共女，同宣宝卷；圣老祖，心欢喜，喜地欢天。
……

---

① 所引文字段落前标上序号，主唱段十字句较长所以省去一部分，参阅明刻本《护国佑民伏魔宝卷》将错讹的文字径直改正，标点符号也做了一些修正。参见濮文起《民间宝卷》第四册，黄山书社2005年版，第502—505页。

第八章　河西宝卷的说唱结构

（5）关爷宝卷，广大神通，喧（宣）卷休当轻。沐手焚香，秉（禀）告神灵。虔虔敬敬，讽诵真经。求福福至，万事都亨通。

（6）宝卷传世间，天下善人喧（宣）。
增福又延寿，大众保平安。①

　　《河西宝卷真本校注研究》《永昌宝卷》（上）、《山丹宝卷》（上）、《宝卷》（一）也都收录了《仙姑宝卷》，《宝卷》（八）收录的《娘娘宝卷》实际也是《仙姑宝卷》。这五个卷本内容残缺不全，其中前四个刊印本所收录的《仙姑宝卷》内容几乎完全一样，应该是从同一个底本传抄而来的，与完整的《敕封平天仙姑宝卷》卷本相比，只有十三分（从"仙姑炼魔分第四"到"仙姑救单氏母子分第十六"），段落标题从"××第一品"到"××第十二品"，其中第五品实际包括原本的"夷人焚庙分第八"和"仙姑一殃夷人分第九"。这四个《仙姑宝卷》异文的说唱结构也残缺不全，《宝卷》（一）收录的《仙姑宝卷》说唱结构残缺稍多一点，其他三个《仙姑宝卷》的说唱结构残缺情况基本相同：七个说唱单元六段式说唱结构完整，但是有的"四五言长短句"句式已经不严整；三个说唱单元缺"五言四句"，其他段落完整；包含于"夷人焚庙第五品"的"仙姑一殃夷人分第九"缺"小曲"和"七言二句"；"仙姑二殃夷人第六品"（对应于原本的"仙姑二殃夷人分第十"）缺"七言二句"；"仙姑修板桥第一品"（对应于原本的"仙姑炼魔分第四"）的说唱结构原本开头是"小曲"，末尾是"五言四句"，中间的其他四个段落重复三次，现存本缺少前面两个"四五言长短句"；《山丹宝卷》（上）收录的《仙姑宝卷》中"四五言长短句"前都加了"却说"。

　　《宝卷》（八）收录的《娘娘宝卷》内容和说唱结构都有残缺。

---

① 程耀禄、韩起祥：《临泽宝卷》，中国人民政治协商会议甘肃省临泽县委员会2006年编印，第81—82页。

内容上缺七、八、九、十、十一、十二、十九共七"分",而且只有前两"分"有段落标题,其后各"分"均无段落标题。说唱结构残缺情况是:所有的说唱单元都没有"小曲";八个说唱单元缺"四五言长短句",有"四五言长短句"的段落,"四五言长短句"前都加了"却说",混同于散说,有的"四五言长短句"与"五言四句"位置颠倒,并与下一个说唱单元的"散说"混为一段;五个说唱单元缺"五言四句",一个说唱单元缺"七言二句"。

总之,民间教派宝卷在传抄的过程中,"散说"和"主唱段十字句"保持不变,说唱结构的其他部分都有可能残缺。跟河西宝卷说唱结构嬗变相关的最有规律可循的"传抄残缺"是全部说唱单元都缺少"小曲","四五言长短句"前加"却说"且句式开始不严整。"小曲"的缺失形成了河西宝卷的五段式说唱结构,"四五言长短句"的进一步消亡形成了河西宝卷的四段式说唱结构。

二 五段式说唱结构

河西宝卷的五段式说唱结构是六段式说唱结构嬗变时产生的一种较为稳定的变异形式,是六段式中"小曲"缺失后形成的说唱结构,这从上文所提及的《娘娘宝卷》中可见一斑。河西宝卷中五段式说唱结构的代表卷本是武威市古浪县大靖镇安文荣老先生收藏的手抄本《手巾宝卷》(以下凡称《手巾宝卷》均指此本),其说唱结构为:

1. 散说;
2. 七言二句诗赞;
3. 主唱段十字句;
4. 四五言长短句;
5. 五言四句诗赞。

下面是《手巾宝卷》中的一个说唱单元,其说唱结构的每个段落都符合五段式的规则。

第八章　河西宝卷的说唱结构

（1）却说素珍出家，不提。再说员外找寻素珍，并无音信，前来到东京汴果（国）城内，忽然与许多的客人要上杭州，一来看个西湖景致，二来卖买（买卖①）经营。众员外一见王员外面带爱（哀）色，心中不乐。便问员外："昔日相逢，喜（嬉）笑忙（快）乐，你今日为何不悦？"王员外便说："列位员外那（哪）知，自（只）因我饮酒大醉，把素珍抱（暴）打了一顿，又将她左眼挖了，夜晚之间不知往那（哪）里去了，两个孩儿遂（逐）日啼哭，要他母亲，咱不由得心内刀割一般。今日出门，一来前去散心，二来找寻张氏。"众位言说："咱们一同上杭州作卖买（买卖），找寻素珍，岂不是好？"

（2）员外听说心嗟叹，烦烦恼恼告众人。

（3）告众位老员外我回家内，吩咐妻看儿女取上金银。
贩红花和紫叶绫罗绸缎，说于他我去了妻也安心。
众员外一起说不去也罢，到家中盼儿女不得出门。
我众人凑本钱回来还我，今日好就收拾起身行程。
员外听眼流泪闷心疼泪，你众不来顾我把我思忘。
我如今写封书稍（捎）回家去，多拜上同床妻看顾儿童。
我今日上杭州不由烦恼，愁又愁儿和女依靠何人。

（4）员外烦恼，感叹伤情，何日得回程。儿女遂（逐）日，两泪纷纷。又想老母，又念父亲。有心回家，朋友拌（绊）住身。

（5）员外在路上，要上杭州城。不住伤心泪，只想两儿童。

早期佛教宝卷《金刚科仪》《目连救母出离地狱生天宝卷》《佛门西游慈悲宝卷道场》等的说唱结构也是五段式，但是主唱段是七字句，即：

---

① 宝卷手抄本中讹误字较多，括号中的字是对其前错别字的纠正。下同。

1. 散说；
2. 七言二句诗赞；
3. 主唱段七字句；
4. 四五言长短句；
5. 五言四句诗赞。

民间教派宝卷的产生在佛教宝卷之后，其说唱结构继承了佛教宝卷但有所创新：增加了"小曲"，主唱段大量使用十字句。《手巾宝卷》又叫《佛说王忠庆大失散手巾宝卷》，由明末南无教教团中的民间艺人编写，属于教派宝卷，其说唱结构本是六段式，即散说前有"小曲"。①《手巾宝卷》五段式说唱结构不是对早期佛教宝卷的继承，而是民间教派宝卷六段式说唱结构的变异。

《手巾宝卷》共有28个说唱单元，结尾有缺失。车锡伦的《〈佛说王忠庆大失散手巾宝卷〉漫录》一文说《佛说王忠庆大失散手巾宝卷》共三十分，据此，《手巾宝卷》大概缺两个说唱单元。《手巾宝卷》28个说唱单元除了都缺"小曲"外，其中1个说唱单元缺"五言四句诗赞"，4个说唱单元缺"四五言长短句"和"五言四句诗赞"。其他23个说唱单元中的"四五言长短句"的句式大都不够严整，主要原因是抄卷人或念卷人对"四五言长短句"的句式不理解，于是在抄写时根据自己的理解或删字，或加字，有的干脆变为整齐的四言八句、九句或十句，也有个别变成了"散说"，但基本上保持了"四五言长短句"的句式面貌。

《佛说王忠庆大失散手巾宝卷》第二十一分"茵香女寺中留下王天禄到潼关关王庙"的"四五言长短句"如下：

招军以就，声细临门，天禄就出征。阵阵得胜，马到成功，金兵见了，无不心惊。边官听说，奏与朝廷圣明君。②

---

① 车锡伦：《〈佛说王忠庆大失散手巾宝卷〉漫录》，《韶关学院学报》2007年第4期。
② 参见车锡伦《〈佛说王忠庆大失散手巾宝卷〉漫录》，《韶关学院学报》2007年第4期。

第八章 河西宝卷的说唱结构

《手巾宝卷》中跟《佛说王忠庆大失散手巾宝卷》第二十一分相对应的说唱单元的"四五言长短句"如下:

> 投军已毕,喜笑迎门。天禄出阵,马到成功。金兵一见,无不心敬(惊)。边官听说,奏于朝廷。

两段相比,从句式上看,《手巾宝卷》这个说唱单元的"四五言长短句"第三句缺了一个"就"字,丢了第四句"阵阵得胜",最后一句缺了"圣明君"三字;从内容上看,这种变化也没有影响意义的表达。

从《手巾宝卷》的说唱结构来看,民间教派宝卷在后期传抄的过程中,先是"小曲"的缺失,其后是"四五言长短句"因不为念卷人或抄卷人所理解而消亡。于是,民间教派宝卷的六段式说唱结构在河西宝卷中就逐渐演变成了四段式,进而演变为三段式和两段式说唱结构。

现存河西宝卷卷本的说唱结构主要是四段式、三段式和两段式三种,根据我们对河西宝卷现存刊本说唱结构的初步统计,三段式说唱结构使用频率最高,两段式次之,四段式又次之。同时,大多数河西宝卷卷本往往兼用三种或两种说唱结构,单纯只用某一种说唱结构的卷本很少见。

三 四段式说唱结构

民间教派宝卷的六段式说唱结构变异为五段式说唱结构,缺少了"小曲",而且不再分"分"或"品"。五段式说唱结构除了"四五言长短句"不够严整外,其他段落基本继承了六段式的传统。在五段式说唱结构中"四五言长短句"消亡而演变为四段式的同时,散说与主唱段之间的"七言二句诗赞"和末尾的"五言四句诗赞"的稳固地位也开始动摇了,一方面二者可有可无,另一方面二者的句式也不再严整,可以是七言,也可以是五言,可以是两句,也可以是四句。此外,主唱段为七字句的说唱结构也开始多起来。河西宝卷四段式说唱结构为:

1. 散说;
2. 五七言诗赞;
3. 主唱段十字句(偶或七字句);
4. 五七言诗赞。

河西宝卷四段式说唱结构的主唱段还是以十字句为主,也使用七字句,但是不常见。四段式说唱结构最常见的是"散说+七言二句+十字句+七言二句",接下来使用频率较高的是"散说+七言二句+十字句+五言四句"和"散说+七言四句+十字句+五言四句",这可以看出早期六段式说唱结构对后世河西宝卷说唱结构的深远影响。除了上面三种四段式说唱结构外,还有"散说+七言四句+十字句+七言四句""散说+七言二句+十字句+七言四句""散说+七言四句+十字句+七言二句""散说+五言四句+十字句+五言四句""散说+七言二句+十字句+五言二句"等。整体上看,河西宝卷四段式说唱结构的五七言诗赞以七言二句、五言四句和七言四句居多。

河西宝卷说唱结构的散文和五七言诗赞之间往往用"正是""诗曰"或"正是诗曰"等词语过渡,有时候主唱段和五七言诗赞之间也可能用"诗曰"等词语。主唱段有时是对散文所叙述的故事情节的重复,但更多情况下是接着散文所叙述的故事情节继续往下演唱。诗赞具有概括评价作用,可以是对前面故事情节的概括,也可以是对后面故事情节的预告,还可以是对人物所作所为的褒扬或贬斥。

先看"散说+七言二句+十字句+七言二句"类型的说唱单元。

《包公错断闫叉三》中李宝害死刘金钗,将尸首与包袱扔在桥下,闫叉三第二天上学,看到表妹的尸首,捡起包袱,送到舅舅家,舅舅

第八章 河西宝卷的说唱结构

和舅母却诬告他害死了表妹刘金钗。包爷两次下阴曹,只因判官是李宝的舅舅,他将生死簿上李宝的名字裁下换成闫叉三,包爷信以为真,严刑拷打闫叉三。下面一个说唱单元叙述的就是包爷二下阴曹后严刑拷打闫叉三的情节。

(1)却说包爷展开生死簿子一看,果然是闫叉三害死刘金权(钗),听了闫(阎)王之话,急忙走了,不多时来到了阳间。包爷醒来,翻身下了床,叫衙役:"给我提来闫叉三审问。"人役去提,闫叉三上前双膝下跪,包爷吗(骂)着:"把你只(这①)个贼人,金权(钗)小姐明明是你害的死(害死的),你还样光(佯装②)不知。"便叫人役拉下去,果(着)实拷打,看它(他)招承不招承。闫叉三还是不招承,包爷吩咐人役把犁铧烧红套在闫叉三头上,铁绳烧红缠在腰中,铁铣(锹)烧红踏在脚下,各样的刑法都上了。那闫叉三痛得两眼发黑,昏迷不醒,七窍流血。包爷问人役招承不招承,人役说还是不招承。包爷无有办法,让人役搬(扳)开嘴一看,闫叉三早已无气了。正是:

(2)铁绳烧红缠腰中,罪人一见失三魂。

(3)包老爷心中怒高声大哭(骂),骂一声胆太大干(敢)来哄我。

明明是你害了金权(钗)小姐,生簿死(生死簿)造就的你害她身。

快与我把铁绳缠在腰中,把铁鞋穿在脚看他言行。

烧的(得)那闫叉三双脚乱跳,养儿的老母亲叫了几声。

叫一声老母亲来救你儿,你若是来的(得)迟不得见面。

眼前下就作(做)了冤枉之魂,自今日烧死我有谁知闻。

---

① 民乐方言中,"这"和"只"音同,所以抄卷人将"这"误抄作"只"。
② 民乐方言中,zh、ch、sh在u前发g、k、h,于是"装""光"同音,所以抄卷人将"装"误抄作"光"。"佯""样"也是音近而误写。

有包爷叫人役把绳换了,三反头又烧红再缠腰中。

阎叉三口无气命归阴间,包老爷在堂上又加型(刑)法。

阎叉三命归阴死(尸)首不倒,有王朝和马汉告智(知)大人。

包老爷听此言胆战心惊,细思想阎叉三有些冤枉。

把死(尸)首抬在那城皇(隍)庙里,到今日下午时三次过阴。

包老爷在(再)过阴全(权)且莫表,再说那阎叉三屈死之鬼。

(4)死(尸)首送在城皇(隍)庙,叉三魂灵往前行。①

明代佛教宝卷如《佛说阿弥陀经宝卷》已经出现四段式的说唱单元,其中没有长短句一段②,虽然只是极少数,但也可见宝卷说唱结构的简单化倾向。河西宝卷的四段式说唱单元由民间教派宝卷六段式说唱结构简化而来,与明代佛教宝卷的四段式说唱单元有明显的差异:主唱段基本是十字句,且主唱段前的诗赞不限于七言二句,主唱段后的诗赞不限于五言四句,而是或七言,或五言,或二句,或四句,但是以七言二句为多。这使得河西宝卷的四段式说唱单元的结构形式有了变化,变得灵活多样。

下面是"散说+七言二句+十字句+五言四句"的例子。

《牧羊宝卷》中朱春登立了军功,当了元帅,回家祭祖,在祖坟大放舍饭,朱春登的母亲和妻子赶来吃舍饭,朱春登、赵锦堂夫妻别后重逢,赵锦堂回答丈夫朱春登问话的一个说唱单元就用了"散说+七言二句+十字句+五言四句"说唱结构,七言二句诗赞由"正是"

---

① 引自《包公错断阎叉三》1979年手抄本,搜集自民乐县六坝镇上王官村,现由笔者收藏。

② 参见车锡伦《中国宝卷研究》第二编第三章《明代的佛教宝卷》,广西师范大学出版社2009年版,第101页。

第八章　河西宝卷的说唱结构

引出。为了简便起见,引文的散说部分省略,主唱段大部分亦省略。

(1) 散说(略)。正是:
(2) 老爷问的亏心事,从头至尾说分明。
(3) 赵锦堂未开言眼泪先掉,告老爷听奴家说个分明。
我本是良家女也有名姓,石河县赵都头生下奴身。
上无兄下无弟又无依靠,我家中遭不幸死的(得)灭门。
十三岁我嫁与县南朱家,聚贤村员外府是我家门。
……
(4) 元帅见母亲,泪眼两纷纷。
妻儿望相公,今日又相逢。①

再看一个"散说+七言四句+十字句+五言四句"类型的四段式说唱单元。

《蜜蜂宝卷》中董员外的继室吴氏勾引员外的儿子董良材不成,设计陷害董良材,说董良材调戏她,并与员外将董良材捆绑欲杀害。董良材的妻子苗凤英无力救丈夫,于是自刎身亡,三魂来到阴曹地府一段用了"散说+七言四句+十字句+五言四句"说唱结构,七言四句诗赞用"正是"引出。

(1) 散说(略)。正是:
(2) 生死有别如梦乡,阴阳只隔纸一张。
生生死来死死生,黄泉路上难相逢。
(3) 苗氏女到阴间她是游魂,缥缈缈入地狱去见阎君。
一路上见鬼使来来往往,有青面和獠牙看得分明。
赤发鬼烧油锅烹炸罪人,青面鬼提钢刀破腹掏心。

---

① 何国宁、李爱文、单永生:《酒泉宝卷》(第一辑),甘肃文化出版社2012年版,第187—188页。

长臂鬼提头发剜掉眼睛,短腿鬼用斧头剁脚后跟。
......
(4)凤英到阴间,阎君开恩典。
文昌赐墨水,日后中状元。①

主唱段为十字句的四段式说唱结构类型细分可有十余种之多,这里不再一一举例。下面举一个主唱段是七字句的四段式说唱结构。

《对指宝卷》中陈光蕊去江州上任,夫妻二人上了贼人刘红的船一段所用四段式说唱结构,散说后用"正是诗曰"引出七言二句诗赞,主唱段是七字句,用"过江调"演唱,最后用"诗曰"引出七言二句诗赞。

(1)散说(略)。正是诗曰:
(2)画龙画虎难画骨,知人知面不知心。
(3)【过江吊(调)儿】
夫妻二人来上船,叫声丈夫把船搬(扳)。
眼看水浪往前翻,层层碟碟(叠叠)真好看。
水流千江(里)归大海,人的时运花正开。
青山绿水依然在,水在江心月在天。
......
诗曰:
(4)可怜聪明美貌女,到今落在贼手中。②

从说唱形式来看,河西宝卷四段式说唱结构的组合丰富多样,灵活多变;从使用的频率来看,河西宝卷中四段式说唱结构较之三段

---

① 何国宁、李爱文、单永生:《酒泉宝卷》(第三辑),甘肃文化出版社2012年版,第249—250页。
② 引自武威市古浪县大靖镇安文荣1979年手抄本《对指宝卷》,笔者收藏有复印本。

第八章　河西宝卷的说唱结构

式、二段式要低。

四　三段式说唱结构

河西宝卷四段式说唱结构进一步简化，省略任意一个"五七言诗赞"，就会形成三段式说唱结构。三段式说唱结构是河西宝卷中最常见的说唱形式，又可分为两种。第一种：

1. 散说；
2. 五七言诗赞；
3. 主唱段十字句（或七字句）。

第二种：

1. 散说；
2. 主唱段十字句（或七字句）；
3. 五七言诗赞。

其中第一种说唱结构在河西宝卷中使用很普遍，第二种比较少见。

（一）散说+五七言诗赞+主唱段

1. 散说+五七言诗赞+主唱段十字句

第一种三段式说唱结构中，散说、五七言诗赞与主唱段十字句的顺次组合不外乎四种，即"散说+七言二句+主唱段十字句""散说+七言四句+主唱段十字句""散说+五言四句+主唱段十字句"和"散说+五言二句+主唱段十字句"，其中"散说+七言二句+主唱段十字句"是河西宝卷说唱结构中使用最普遍的一种类型，其他三种类型的使用频率要低得多。散说与主唱段之间诗赞用七言二句是河西宝卷说唱结构中最常见的诗赞形式，这也可以看出早期民间教派宝卷六段式说唱结构对后世河西宝卷的深远影响。

《杜十娘怒沉百宝箱宝卷》中的说唱结构主要是"散说+七言二

· 219 ·

河西宝卷研究

句+主唱段十字句"这种类型的三段式结构,下面举一例,散说和主唱段有删略。

(1)……妈妈道:"老身五十多岁了,又吃十斋,怎敢说谎,不仗(信)时与你拍掌为定。若翻悔时做猪做狗便了。"正是诗曰:

(2)杜微真心要存(从)良,君子无钱求无方。

(3)到是夜十娘与公子商议,这是那我与你终身之事。
公子说我并非无有此心,但教坊落户籍千金不可。
我囊空如水洗无之奈何,十娘说妾已与妈妈说定。
只要那三百金他(她)就应承,但须要十日内措办之清。
……①

《杜十娘怒沉百宝箱宝卷》的说唱结构中,散说与主唱段都十分冗长,显得单调枯燥,相比之下,《团圆宝卷》中的每一个说唱单元篇幅都比较短小,显得匀称、协调。下面是《团圆宝卷》中的一个完整的"散说+七言二句+主唱段十字句"三段式说唱结构。

(1)却说这段因果发生在大宋景佑(祐)年间,杭州府宜昌县有居民姓宋名敦,字玉峰,所娶妇人(夫人)刘氏,家有万贯家财,还有金银,所谓旱地上有田,水路上有船,生活之富裕,常人家少有。有一天妇(夫)妻二人正在吃早饭的时候,忽然宋敦开言道:"老伴,你我年已过了四旬,腰下尚无儿女,光阴荏苒,白头将老,这一大部份(分)家业该有何人承担?"宋敦言无数句话,不一时不由引起刘氏妇人(夫人)的酸心之泪,滚滚落在胸怀,好不难肠人也。诗曰:

---

① 引自张掖市山丹县普世秀2006年编写本《杜十娘怒沉百宝箱宝卷》。

第八章 河西宝卷的说唱结构

（2）儿女之事有分定，不由人来只由命。

（3）有宋敦开言来叫声夫人，听为夫把言语细说分明。

自古到（道）百草生要民续根，人说在人世上要留子孙。

我俩是年已过四旬开外，在眼前还没个男女儿童。

我家中有钱财房产不缺，乡中人称员外万贯家财。

光阴过日月快百年之后，这家业靠何人承担掌握。

刘妇人（夫人）听此言泪流满面，半响（晌）时哽咽着才来开言。

儿女事有迟早世有分定，皇天爷总不能辜负人心。

在（再）说是你宋家一脉单传，作来辈儿生好传奉香烟。

此这样来推断宋家人丁，难道说我夫妇没有儿生。

有宋敦老俩（两）口正谈细论，忽听得厅（庭）院中有人叫门。

急忙忙老俩（两）口楷（揩）干眼泪，下了炕开院门看个分明。

"散说+七言四句诗赞+主唱段十字句""散说+五言四句诗赞+主唱段十字句"和"散说+五言二句诗赞+主唱段十字句"三种类型的三段式说唱结构使用相对较少，下面各举一例。

《袁崇焕宝卷》中袁崇焕咬破中指，写下十六个大字，交给成基命，接下来的一个说唱单元用了"散说+七言四句诗赞+主唱段十字句"三段式说唱结构，七言四句诗赞用"正是"引出。

（1）散说（略）。正是：

（2）一计不成一计生，管你诚心不诚心。

一封血字有妙用，抵住后金十年兵。

（3）第二天，京城里，艳阳高照，临灯节，比往日，越加热闹。

河西宝卷研究

老百姓，总敢是，不知道道，谁掌权，听谁的，少惹毛躁。
只要是，安稳些，把饭吃饱，管什么，官位儿，你抢他刁。
紫禁城，那钟声，半空缭绕，今日个，又挨着，皇帝出朝。
……①

《莺哥宝卷》中莺哥的母亲生病，想吃梨子，莺哥到四百里外的东京去摘梨子，接下来一段内容用了"散说+五言四句诗赞+主唱段十字句"三段式说唱结构，用"正是"引出五言四句诗赞，接着是一段十字句。

(1) 散说（略）。正是：
(2) 莺哥有孝心，母亲你且听。
孩儿东京去，只为救母亲。
(3) 小莺哥听一言叫声母亲，此一去到东京即便回程。
偷一个好梨子供奉母亲，这也是为儿的一片孝心。
有老莺听一言大吃一惊，在（再）我把小冤家叫上一声。
叫孩儿你一心东京城去，到（倒）叫我为娘的怎得放心。
……②

《卖妙郎》第一个说唱结构用了"散说+五言二句+主唱段十字句"三段式结构，用"正是"引出五言二句诗赞，接着是一段十字句。

(1) 散说（略）。正是：
(2) 妻子送丈夫，不知几时来。

---

① 王学斌：《河西宝卷集粹》（上卷），中国人民大学出版社2010年版，第320—321页。
② 引自张掖市民乐县高虎1979年手抄本《莺哥宝卷》。

第八章 河西宝卷的说唱结构

(3) 周文选，遵父命，上京赶考；妻送夫，两个人，出了家门。

柳迎春，叫丈夫，听我细说；你今走，丢父母，何日回程。
天保佑，到北京，一举高中；写书信，捎回家，你要牢记。
有柳氏，嘱咐罢，转回家门；周文选，出了门，独自前行。
……①

2. 散说+五七言诗赞+主唱段七字句

第一种三段式说唱结构中主唱段是七字句的情况也可分为四种类型：散说+五言四句诗赞+主唱段七字句，散说+七言二句诗赞+主唱段七字句，散说+五言二句诗赞+主唱段七字句，散说+七言四句诗赞+主唱段七字句。这四种说唱结构都很少见，下面各举一例。

《康熙宝卷》写索三、索景被倒点天灯后一个说唱单元，散说后是五言四句诗赞，然后是主唱段七字句。

(1) 散说（略）
(2) 康熙开言道，文武你当听。
今日除奸党，搭救有恩人。
(3) 康熙王爷登金殿，封官赠职立朝班。
山东路上去私访，救命文武都上前。
吏部天官施不全，封你一家半江山。
镇殿将军王进忠，封你世袭子孙荣。
……②

---

① 徐永成、崔德斌：《金张掖民间宝卷》（二），甘肃文化出版社2007年版，第535—536页。
② 何国宁、李爱文、单永生：《酒泉宝卷》（第一辑），甘肃文化出版社2012年版，第155—156页。

河西宝卷研究

《团圆宝卷》中宋金郎父母去世后沿街乞讨打莲花的一个说唱单元，散说后用"诗曰"引出七言二句诗赞，接着是主唱段七字句。

（1）散说（略）。诗曰：
（2）沾（沿）门乞讨真不事（是），不找出路难充饥。
（3）金郎站在大街上，叫声爹娘听端详，
　　说起家来也不远，就在杭州宜昌县。
　　提起名来也有名，我的父亲宋玉峰。
　　父亲去世儿年青，母亲因病也病故。
　　父母双亡孤伶仃，丢下独身一个人。
　　房户地业都吃尽，临完又遭火烧清。
　　满肚无食饥难忍，只得当街乞求人。
　　若有爷爷发慈悲，奶奶就得有善心。
　　爸爸妈妈和婶婶，大哥大姐你当听，
　　残茶剩饭莫喂狗，舍于（予）贫穷叫街人。
　　和善之人富有余，多行方便天也容。
　　穷人身上行方便，庄稼丰收家兴旺。
　　多多可怜叫街人，儿孙扬名显祖宗，
　　辈辈做官有功名，飞黄腾达显本身。
　　东家走来西家行，爷爷奶（奶）叫连声。
　　沿门乞讨难上难，可怜可怜实可怜。①

《槐花宝卷》中高彦珍上京赶考一去不回，母亲杨氏在家因想儿子而生病，媳妇孟日红搀扶婆婆出门看儿子回来没有，接下来的一个说唱单元散说后用"正是诗曰"引出五言二句诗赞，然后是主唱段七字句。

---

① 引自武威市古浪县大靖镇安文荣1982年手抄本《团圆宝卷》。

第八章 河西宝卷的说唱结构

（1）散说（略）。正是诗曰：

（2）门外盼儿郎，两眼泪汪汪。

（3）【林林（淋淋）降香吊（调）儿】杨氏站在门外盼，看我彦珍不回来。想儿想的（得）泪汪汪，盼儿盼的（得）心思酸。少吃无穿受饥寒，为娘想的（得）不安宁。可恨我儿心太狠，上京求名不还乡。为娘养你无指望，怎叫媳妇难奉养。丢下你妻无下场，依门靠户把儿望，怎么不见我儿郎？①

笔者在武威市古浪县大靖镇收集的十几部宝卷中，五七言诗赞后的七字句往往用民间小调演唱。

《小儿祭财神宝卷》中王章继室马氏虐待前生子王金怀，冬天在王金怀的棉衣里装的是树毛子②，王章知道后怒骂马氏，接下来的一个说唱单元散说后用"正是"引出七言四句诗赞，然后是主唱段七字句。

（1）散说（略）。正是：

（2）衣被火烧见真情，员外气愤骂妇人。
手心手背都是肉，哪个后来那个亲？

（3）马氏做事太偏心，不该两样待儿童。
自己养的手心捧，别人养的不当人。
王章见了真实情，怒气冲冲斥妇人。
你做事儿不公正，孩儿把你叫母亲。③

（二）散说+主唱段十字句+五七言诗赞

第二种三段式说唱结构"散说+主唱段十字句+五七言诗赞"

---

① 引自武威市古浪县大靖镇安文荣1979年手抄本《槐花宝卷》。槐花，其他版本作"葵花"。

② 树毛子：柳树、白杨树种子上的白色绒毛，像棉絮。

③ 王学斌：《河西宝卷集粹》（下卷），中国人民大学出版社2010年版，第658—659页。

中，三个段落的顺次组合也不外乎四种，即"散说+主唱段十字句+七言二句诗赞""散说+主唱段十字句+七言四句诗赞""散说+主唱段十字句+五言四句诗赞"和"散说+主唱段十字句+五言二句诗赞"，不过，这四种说唱结构在河西宝卷中都比较少见，下面各举一例。

《丁郎寻父》中年七收买王英，令其押解高仲举并在半路结果高仲举性命，走到一个僻静处，王英欲杀高仲举的一个说唱单元用了"散说+主唱段十字句+七言二句诗赞"结构。

（1）散说（略）
（2）有王英，上前去，挡住去路；叫一声，高仲举，听我说明。
年七贼，一心要，害你性命；他为了，霸你妻，设下牢笼。
你死了，到阴间，莫要怨我；冤有头，债有主，休赖我身。
高仲举，听的说，魂不附体；叫王爷，行善事，饶我性命。
……
（3）打开铁笼飞彩凤，扭断金锁走蛟龙。[①]

《黄氏女宝卷》中黄员外将女儿黄五姐（黄氏女）许配给屠夫赵令芳，赵令芳来娶亲，黄氏女与母亲哭别的一个说唱单元，用了"散说+主唱段十字句+七言四句诗赞"结构。

（1）散说（略）
（2）叫一声小冤家休要悲痛，为娘我也处在无奈之中。
只想说儿与娘呼来唤去，谁知道你的父断了恩情。
我有心看孩儿闺门不出，难道说罢了你一辈婚姻。

---

① 徐永成、崔德斌：《金张掖民间宝卷》（二），甘肃文化出版社2007年版，第426—427页。

第八章 河西宝卷的说唱结构

再叫声赵姐夫听我细说，我的儿并不是不良之人。
因为她不开斋才嫁与你，如不然怎落在两难之中。
赵令芳叫岳母你放宽心，女婿我多年来不敢欺人。
（3）娘母（儿）两个痛悲伤，催备鸳鸯早成双。
犹如刀割亲娘肉，思想起来好悒惶。①

《双喜宝卷》中王志福带仆人张春到山西岳父家认亲，半路上张春用蒙汗药酒迷醉王志福，盗走行李马匹，冒充王志福到窦府认亲。后来王志福到窦府，窦老爷以为王志福是冒充的，王志福向窦老爷哭诉实情的一个说唱单元用了"散说+主唱段十字句+五言四句诗赞"结构。

（1）散说（略）
（2）王公子，跪在地，泪如雨下；叫岳父，你听我，细说分明。
我家在，山东的，济南府中；父亲叫，王昔春，曾做尚书。
我父亲，已去世，留下母亲；我母亲，生下我，独自一人。
有谁知，人逢难，祸不单行；遭天火，将家产，全都烧光。
……
（3）老爷怒冲冲，骂声狗贼人。
快快赶出去，关了我家门。②

《乌鸦宝卷》中王小泉出外经商三年，用黑骡子驮了千两银子回家，路过岳父家进去看望岳父母的一个说唱单元用了"散说+主唱段

---

① 何国宁、李爱文、单永生：《酒泉宝卷》（第三辑），甘肃文化出版社2012年版，第211页。
② 徐永成、崔德斌：《金张掖民间宝卷》（二），甘肃文化出版社2007年版，第557页。

河西宝卷研究

十字句+五言二句诗赞"结构。

(1) 散说(略)
(2) 王小泉正行间日落西山,一会儿看见了岳父家院。
我妻儿在家中暂不可定,到他家看一看再回家中。
到门前太阳落下了骡子,见岳父和岳母施礼问安。
刘太玄见女婿心中大喜,王姐夫离家久今得团圆。
……
(3) 选定黄昏死,焉能到五更。①

"散说+主唱段十字句+五言二句诗赞"极为少见。

河西宝卷第二种三段式说唱结构中,主唱段是七字句的情况十分少见,这里不再论述。

早在明代,佛教宝卷就已经出现了三段式说唱单元,如《香山宝卷》《雪山宝卷》《五祖黄梅宝卷》《刘香女宝卷》。《香山宝卷》《雪山宝卷》《五祖黄梅宝卷》中就有"散说+七言二句诗赞+主唱段七字句"的三段式说唱单元,《刘香女宝卷》中就有"散说+七言二句诗赞+主唱段十字句"的三段式说唱单元。② 这也说明宝卷的说唱结构早在明代就有简化的倾向。

河西宝卷三段式说唱结构中的诗赞可以是七言或五言,句数可以是二句或四句,但以七言二句为多;主唱段一般是十字句,但有时候也可用七字句。这使得河西宝卷的三段式说唱结构也表现出灵活多变的特点。

---

① 何国宁、李爱文、单永生:《酒泉宝卷》(第三辑),甘肃文化出版社2012年版,第338—339页。
② 参见车锡伦《中国宝卷研究》第二编第三章《明代的佛教宝卷》,广西师范大学出版社2009年版,第109—128页。

第八章　河西宝卷的说唱结构

五　两段式说唱结构

河西宝卷的两段式说唱结构是在四段式或三段式的基础之上省减去五七言诗赞而成的，只保留了散说和主唱段，主唱段可以是十字句，也可以是七字句。因此，河西宝卷的两段式说唱结构有两种类型：

1. 散说；
2. 主唱段十字句。

或

1. 散说；
2. 主唱段七字句。

其中以"散说+主唱段十字句"居多。

河西宝卷念卷人普世秀新编的《杜十娘怒沉百宝箱宝卷》所用说唱结构主要是三段式"散说+五七言诗赞+主唱段十字句"结构，偶尔也用"散说+主唱段十字句"和"散说+主唱段七字句"两段式说唱结构。下面各举一例。因其唱词较为冗长，引文的后半部分省略。

（1）却说公子与虔婆辞罢，二人被虔婆推出门来上路。十娘想："我在这院以（已）住八年之久，虔婆这样无情！"不由又留（流）下泪来。心想就连一件衣服、一顿饭钱都不给，还连一时都多不叫住，这样无情！公子见十娘气恨，便说："娘子且住片刻，我去唤个小轿，我你一同到柳遇春寓所，权且住下再作道理。"十娘道："院中姊妹平惜（昔）相厚，理应道别。况且前日又承她们借贷路费，不可不谢。"公子说道："贤娘说得有理。"十娘就同公子到各姊妹处谢别，姊妹中唯有谢月朗、徐素素与杜家相近，尤与十娘想（相）厚。先到谢月朗家，月朗见十

· 229 ·

娘秃髻旧衫，惊问其故，十娘备述来因，又引李甲公子相见。十娘指着月朗对公子说："前日路资是此位姐姐所借，郎君可致谢。"李甲连连作揖，月朗也还了礼，便叫十娘梳洗，又面去请徐素素来家相会。十娘梳洗以（已）毕，谢月朗和徐素素二人拿她们自己用的翠细（钿）花钏、瑶簪、宝珥、锦袖、花裙、鸾带、绣服，把杜十娘装拌（扮）得焕然一新，又备沈（酒）饭庆贺一番。月朗把李公子、杜微让到卧房，二人过夜。次日又大摆筵席遍请院中姐妹，凡于（与）杜十娘好者，无不毕集，都于（与）他夫妇把盏称喜，吹弹歌舞，各呈其祥，务要尽欢，真（直）至到晚，十娘向众姊妹一一称谢。正是：

（2）众姊妹齐说道十妹一别，自今日从郎君李姓之人。
但我等众姊妹相见无日，是何日要起程择上日辰。
姊妹们到时候好来奉送，但姐姐同郎君千里远行。
行期急无准备囊中空虚，有月朗开言道姊妹都听。
我月朗有一言通也不通，当相与共谋之解途之虑。
众姊妹小言语唯唯而散，到晚上他二人仍宿谢家。
至五更有十娘对夫说道，我与你此一去何处安身。
郎君曾计议过有定着否，公子道严家父要我早回。
恋着我不回家正在怒气，倘若是知道了娶妓而回。
必然要加家法不许进门，便说是败家风反致相累。
……

（1）却说十娘把公子按止（安置）在自己房中，自备了饭菜，与公子吃了。到了晚上十娘望公子实在难舍，又看见他的痛苦模样，也流下泪来，忙道："郎君果不能办一钱耶？妾终身之事当如何呢？"公子只是流涕不答一语，二人也就双眼合眠之，渐渐五更天晓。十娘道："郎君，为今之急（计），妾的卧絮褥内藏有碎银一百五十两，此是妾的私蓄，郎君可拿去兑为整银，

第八章　河西宝卷的说唱结构

妾添其半,郎君在(再)谋其半,庶易为力①,或者容易一些。限期只有四日了,万勿迟误。"十娘起身将絮褥付与公子,公子惊喜过望,便叫来童儿持褥而去径到刘(柳)遇春寓中,又把夜来之情对遇春说了。将褥子折(拆)开看时,褥内都裹着碎银子,取出兑时正正(整整)一百五十两。遇春大惊道:"此妇真有心人也!既系真情,不可相负,吾当为足下谋之。"公子道:"趟(倘)得玉成,绝不有负。"当下柳玉(遇)春留李公子在寓,自己出头代借,两日之内凑足了一百五十两,交付公子道:"我带足下告债,非为足下,实怜念杜十娘之情也。"正是:

(2) 李甲拿了三百银,欢喜来见院十娘。

刚是九日还不足,公子代(带)银进了门。

十娘见他代(带)喜色,开言便问李郎君。

借银之事有把握,公子笑说三百齐。

前日分毫求不上,今日为何这样快。

公子就将监生情,给我借钱在你面。

他说你是真心人,憨(感)动他心才借钱。

十娘以手架额道,你我二人确遂愿。

能结白发到头老,不能忘了柳君恩。

二人欢天又喜地,放宽心事过一夜。

头对头儿发誓愿,恩爱激的(得)洒热泪。

……

河西宝卷中"正是""诗曰"或"正是诗曰"是常见于四段式、三段式说唱结构中散说与唱词之间的过渡标志,确切地说,"正是""诗曰"或"正是诗曰"引出的是五七言诗赞。河西宝卷两段式说唱结构的主唱段是七字句时,散说后有时也用"正是""诗曰"或"正

---

① 庶易为力:很容易办到。

是诗曰"等词语引出主唱段；两段式说唱结构的主唱段如果是十字句，散说和主唱段之间一般不会出现"正是""诗曰"或"正是诗曰"等过渡性词语。普世秀老先生创编的《杜十娘怒沉百宝箱宝卷》"散说+主唱段十字句"说唱单元仍然采用"正是"作为散韵之间的过渡，这是很少见的。古浪县大靖镇安文荣1982年手抄本《团圆宝卷》大部分说唱单元采用两段式说唱结构，一小部分说唱单元采用三段式"散说+五七言诗赞+主唱段十字句"说唱结构。《团圆宝卷》采用的两段式说唱结构中，绝大多数是"散说+主唱段十字句"结构，只有一例是"散说+主唱段七字句"结构。《团圆宝卷》"散说+五七言诗赞+主唱段十字句"三段式说唱结构中散说与五七言诗赞之间一律用"诗曰"或"正是诗曰"等过渡，而两段式结构的散说与唱词之间一概不用"诗曰"或"正是诗曰"等词语过渡。下面举两例《团圆宝卷》中的两段式说唱结构。

《团圆宝卷》中宋敦跟随船家刘顺泉到四马桥东岳庙求子，刘宋二人在娘娘庙烧香祝告后，宋敦在庙西墙发现一个死去的胖大和尚一段用了两段式结构，主唱段是十字句。

（1）却说刘宋二人进了庙，梳洗一毕，到娘娘庙前烧香祝告结束，刘顺泉去青洲（州）送货，后事如何，只（这）且不表。再说宋敦转过到东山狱（岳）庙西墙边一看，只见一个芦席棚的下面，躺着一个胖大和尚，呼之不应，象（像）是淹淹（奄奄）欲死。正在这个时候，从侧面来了一个客人，到宋敦面前开言道："这位客人，这官看他作甚？望这个师傅莫非要办个好事吗？"宋敦道："办什么好事，你真言来讲。"这一客人道："你既然要办个好事，听我给你细表。"

（2）有客人听言来你且细表，你家住在那（哪）里高名上姓。

有宋敦抬起头开言便道，家住在杭州府宜昌县城。

第八章　河西宝卷的说唱结构

我姓宋名叫敦字叫玉峰，家也有老伴儿刘氏妇人（夫人）。
只因为我俩（两）口四旬开外，尚无有半个儿一个花童。
听说者（这）娘娘庙神灵有应，我今天来求个许愿心诚。
实（适）才间你说是办件好事，请客人直开言畅谈无阻。
请客人开言来宋官人听，这师傅他年纪义九（九十）高岑（龄）。
修炼在四川省峨眉山峰，三年前来这里讲道传经。
求施生（主）铺修那东狱（岳）庙宇，因为他化布施慕（募）化不成。
谁料想近日来身柴（染）重病，前三天他还言今天不语。
我说是老师傅这样可怜，即早死回仙山坐升昆仑。
这师傅他开言缘分未结，因此上要等着了此原（愿）心。
莫非是这因缘应在你身，舍一个寿具木结此缘分。

《团圆宝卷》正文开头船家刘顺泉到宋敦家借香袱、褡裢去娘娘庙烧香求子，接下来一个说唱单元用了两段式结构，主唱段是七字句。

（1）却说宋敦听顺泉所借东西后不言喘一声，顺泉开口道："莫非玉峰有推辞之意，是也不是？我已经告诉你了，若损坏一件赔两件。"这时宋敦一听言道："顺泉哥说那（哪）里话来，那（哪）有给你不借之理？我是考虑想坐你的宝船顺便我也去娘娘庙内求儿女一回。"顺泉道："你若和我同去，船在东门外港子口停着，你收拾一下速来，马上开船了。"这时宋敦把顺泉领到堂屋内，取下香袱苔（褡）裢，送给刘顺泉拿上走了。宋敦忙忙收拾了另一件香袱苔（褡）裢，代（带）上干粮盘缠，打了个包袱，辞别了刘氏妇人（夫人），到东门外坐船去了。一霎时宋敦来到东门外上了船，刘顺泉抛了锚，摇了摇橹，一帆风顺船到

· 233 ·

了江心,飞驰电速走开了。刘顺泉抬头看江心江岸之景,不由的(得)唱起过江吊(调)儿来了。

(2)船到江心马临岸,首次之人心不开。
一去一去二三里,江水滔滔大无比。
汹涌澎湃浪打浪,船夫忙忙摇橹桨。
烟村烟村四五家,岸边腾腾乱如麻。
岸边鸳鸯对对开,青山绿水景色好。
岸上农夫锄草忙,八九八九十枝花。
山丹芍叶(药)争艳开,桃红樱绿陶醉天。
鸟语花香真可爱,宋敦心中自思想。
新陈代谢理之情,农夫领着孩儿玩,
大树底下小树长,鸳鸯儿子后面跟,
花草也把大小分,动物植物都有根,
难道宋敦无后人?闷闷不乐正行走,
抬头一看船靠岸,娘娘庙不远在眼前。
南来北往求神人,山东人说娘娘灵,
江苏人说娘娘神,去年这里求儿女,
今年生下一孩童,我来这里把愿还。
他来这里也求神,男的女的乱纷纷,
人多地小无处盛,真是挤的(得)水不通。
宋敦一看很高兴,忙下船来向庙行,
暗想娘娘真的灵,赐我宋敦一后生,
反(翻)年儿童为出世,我给娘娘塑金身。

到了明代,宝卷已经出现两段式说唱单元,《金瓶梅词话》第七十四回薛姑子演说《黄氏宝卷》,书中记录了《黄氏宝卷》的内容,既有散说与主唱段七字句组成的两段式说唱单元,又有散说与十字句组成的两段式说唱单元。这同样说明宝卷的说唱结构早期就有简化的

第八章　河西宝卷的说唱结构

倾向。

从《杜十娘怒沉百宝箱宝卷》和《团圆宝卷》可以窥一斑而见全豹，河西宝卷的说唱结构以三段式和两段式最为常见，四段式说唱结构相对较少。

中国宗教历史文献集成《民间宝卷》[①] 收录了三百五十多部宝卷，所采用的四段式、三段式说唱结构非常少，只是偶尔可见，绝大多数宝卷的说唱结构是"散说+主唱段七字句"的两段式说唱结构。由此可见，中国宝卷的说唱结构在由繁到简的演变过程中，不同的地域其演化结果不同。河西走廊以外的其他地域，宝卷的说唱结构大都简化为"散说+主唱段七字句"两段式说唱结构，而河西宝卷说唱结构嬗变后却形成了主唱段以十字句为主的四段式、三段式和两段式三种说唱结构，其中四段式、三段式和"散说+主唱段十字句"的两段式说唱结构可以看作河西宝卷说唱结构的特征，这一特征说明河西宝卷在演变过程中对宝卷说唱结构诸多因素的传承，为讲唱文学说唱结构的研究提供了宝贵的资料。

---

① 濮文起：《民间宝卷》（共二十册），黄山书社2005年版。

第九章　河西宝卷的表演属性

中国宝卷产生于宋元时期，至今已延续了约800年，在今天的吴方言区和北方一些地区仍在活态传承。宝卷在近800年的传承中，有继承也有变异，发展到现在，不同地域传承的宝卷大都表现出一定的地域性差异。研究中国宝卷在不同地域的变体或分支，深入探讨各种地域变体或地域分支的口头表演形式，有助于进一步理清中国宝卷发展演变的脉络，分析宝卷的活态传承延续或行将消亡的原因，并对宝卷这一非物质文化遗产的传承与保护提供一定的理论指导。

河西宝卷是念卷的底本，散文用来念（即"读"），韵文唱词用一定的曲调演唱。一般来说，宝卷不是案头读物，其故事的传播及信仰、娱乐和教化等社会功能的发挥是通过聚众宣念而实现的。每一次念卷活动，都能使听卷人心灵上得到安慰，精神上获得支柱；同时，与因果报应相结合的行善积德教化，又进一步影响了民众的心理，使参与者的伦理道德规范意识反复得到强化；念卷人和听卷人一唱一和的交流互动中，和谐的人际关系得到加强，情绪得到释放，精神获得愉悦，情感体验不断升华。因此，研究宝卷不但要研究它的文本属性，更要研究它的口头属性，口头属性是宝卷的本质属性。宝卷的传承，实际上是宣念宝卷活动的延续，念卷活动终止了，宝卷的活态传承也就消亡了，所以，宝卷的传承问题，实质上就是口头传承问题。研究河西宝卷的口头表演形式，对于正确认识其传承困境，进而探索其保护、传承的有效方式与途径，具有重要的指导意义。

第九章 河西宝卷的表演属性

河西宝卷的表演性可以从表演语境、曲牌曲调及"和佛"等方面进行探讨。

一 河西宝卷的表演语境

河西宝卷是河西走廊民众说唱宝卷的底本,河西人称说唱宝卷为"念卷",念卷具有表演的性质,属于说唱艺术。同时,念卷又是一种特殊的口头表演艺术,因为其说唱始终离不开底本,是照本宣科式的表演,与其他说唱艺术相比,念卷具有特殊的表演语境。

念卷的表演语境包括:社会文化背景与时空环境,宝卷与抄卷传统,念卷人与听卷人(含接卷人,又叫"接佛人")等。

(一)文化背景与时空环境

河西人根据仙姑传说创编、初刊于清康熙三十七年(1698)的《敕封平天仙姑宝卷》正讲前有繁复的宗教仪式,这说明早期的念卷活动主要是为了满足民众的宗教信仰需求而组织起来的。康熙以后,民间教派发展受到限制,于是民间宝卷逐渐兴盛起来,同时,念卷活动的宗教信仰氛围逐渐减弱,娱乐、教化功能逐渐增强。河西宝卷就是在满足民众的信仰、娱乐、教化需求这样一个大的社会文化背景之下活态传承的。宝卷的三大功能是抄卷、念卷活动得以延续的重要动因,是河西宝卷活态传承的推动力。

一些七八十岁的宝卷传承人还能回忆起他们的祖父、父亲讲述的清末、民国时期的念卷情况,特别是20世纪80年代前后河西走廊念卷的盛况至今民众都记忆犹新,这两个时期河西宝卷流通的时空语境基本相同,念卷仪式大大简化了。念卷的场域基本上在农户家的土炕上,时间一般是在农闲时节特别是腊月、正月,这在宝卷卷本中都有记录。"正月新春正上元，读书人家念经卷。"①（《放饭遇亲宝卷》）"我念宝卷迎新春，今是古来古是今。"②（《二度梅宝卷》）由于念卷人少，民众请念卷先生到家里来念卷都要预约，有的念卷人腊月、正月几乎每天晚上都被人请去念卷。念卷的仪式很简单，炕上安放炕桌，主人家摆放待客的糖茶、油馃子，念卷人净手漱口，有时献供品、上香、化表，然后盘腿坐在炕桌前尊位上，置宝卷于炕桌上，开始念唱。"桌儿方方摆炕上，又献供养又上香。大众听我来念卷，听卷之人免灾殃。"③（《蜜蜂宝卷》）20世纪90年代以后，念卷活动极少且不怎么讲究仪式了。

（二）河西宝卷与抄卷传统

现存河西宝卷从题材上看绝大部分为民间故事宝卷，宗教宝卷很少。"从内容来看，纯粹宣讲教义或宗教故事的比较少，如《香山宝卷》《湘子传》等。大多数为民间传说（《神主宝卷》——即《董永宝卷》《孟姜女绣龙袍宝卷》《鹦哥宝卷》等）、历史故事（《康熙宝卷》《乾隆宝卷》《包公三断闫查山宝卷》等）、戏剧情节（《宝莲灯卷》——即《沉香宝卷》《卖妙郎宝卷》《二度梅宝卷》等）、生活世俗的杂卷（《白虎宝卷》《黄马宝卷》《乌鸦宝卷》《紫荆宝卷》等）。"④

就现存河西宝卷结合传承人的追忆来看，河西宝卷的抄写有两个鼎盛时期，一是清末民国，二是20世纪80年代前后。张掖市甘州区花寨乡的河西宝卷国家级传承人代兴位一家，是河西走廊收藏和保护宝卷最多的宝卷世家。代氏收藏宝卷78部，其中10部抄于清代，51

---

① 徐永成、王立泰、崔德斌：《金张掖民间宝卷》（四），张掖市河西印刷有限责任公司2009年印刷，第1235页。
② 何国宁、李爱文、单永生：《酒泉宝卷》（第二辑），甘肃文化出版社2012年版，第366页。
③ 何国宁、李爱文、单永生：《酒泉宝卷》（第三辑），甘肃文化出版社2012年版，第241页。
④ 何国宁、李爱文、单永生：《酒泉宝卷·酒泉民间宝卷概述》（第一辑），甘肃文化出版社2012年版，第4页。

第九章　河西宝卷的表演属性

部抄于民国，1部抄于1966年，7部抄写于20世纪80年代前后，其他抄写于20世纪90年代以后或抄写时间不详。① 由于清末至1966年前抄写的宝卷大都在1966—1976年期间遭到焚毁，现存河西宝卷绝大部分是20世纪80年代前后抄写的。"我们今天看到的手抄本绝大部分为20世纪80年代的记录本。"② "从收集到的30部宝卷来看，在1949年以前抄写的只有2部，解放初期抄写的1部，其余都是1979年以来抄写的。"③

河西宝卷主要靠手抄的方式来传播、流通，抄卷是河西宝卷活态传承的首要保证，长期以来，在河西走廊形成了抄卷传统。一本宝卷少者几千字，多者四五万字，抄写要花时间、费笔墨、费燃料，还会耽误生计。抄一本宝卷实属不易，这种情况在卷本中多有反映。"我本是营尔堡田家庄人，费灯油误生计抄写经文。抄宝卷劝世人真不容易，费纸笔花功（工）夫煞费苦心。"④（《金龙宝卷》）"头顶蜡烛抄此卷。"⑤（《绣龙袍宝卷》）"抄卷人儿苦用心，燃灯费油熬眼睛。花功（工）费精误前称（程），为劝众人早回心。"⑥（《牧牛宝卷》）从中我们可以看出，宝卷是劝化人心的，河西走廊的人们把它看作神圣的"经卷"，抄卷者担负着劝导民众行善积德、对大众进行道德教化的责任，自然把抄卷看作神圣而光荣的事业。同时，家藏宝卷可以趋吉辟邪、护佑子孙，民众也自然把抄卷看作是"做功德"、劝化人心"积阴功"的神圣之事，这是抄卷的根本动力，它满足了宗教信仰与

---

① 代氏收藏宝卷的信息由代氏第四代传承人代继生提供。
② 何国宁、李爱文、单永生：《酒泉宝卷·酒泉民间宝卷概述》（第一辑），甘肃文化出版社2012年版，第4页。
③ 程耀禄、韩起祥：《临泽宝卷》，中国人民政治协商会议甘肃省临泽县委员会2006年编印，第2页。
④ 何国宁、李爱文、单永生：《酒泉宝卷》（第二辑），甘肃文化出版社2012年版，第184页。
⑤ 何国宁、李爱文、单永生：《酒泉宝卷》（第二辑），甘肃文化出版社2012年版，第207页。
⑥ 何国宁、李爱文、单永生：《酒泉宝卷》（第三辑），甘肃文化出版社2012年版，第324页。

道德教化的需求。"行善君子来请看,不可忽略谨慎观。劝君看完抄一本,流传在家子孙贤。"①(《洞宾买药宝卷》)

正因为抄卷不容易,如果宝卷被人"请"去念了,总希望尽快还回来,免得传丢。因此,好多抄卷人在卷末一再申明"好借好还,再借不难"的意思。"好借好还,再借不难。抄写宝卷,要花时间。送者是君子,压者是小人。"②(《绣红灯宝卷》)"卷是《仙女卷》,有人请去念。念完就送回,千万莫怠慢。借念就送不要留,莫学刘备借荆州。"③(《张四姐大闹东京宝卷》)"卷是乾隆卷,有人请去念。念完就送回,勿作昧心汉。"④(《乾隆宝卷》)

(三)念卷人与听卷人

念卷人往往都是抄卷人,念卷、听卷是做功德、积阴功,念卷人、听卷人自有神佛护佑,可以得到增福寿、永无灾、保平安、子孙旺、子孙贤等诸般好处。念卷的诸般好处满足了民众的世俗要求,迎合了人们祈福的心理需求,这种功利目的有时会在念卷中直接宣念出来,并固化在卷本中。"这一本,花灯卷,古今少有;东也请,西也请,确实稀罕。但有人,请念卷,诚心诵念;念罢卷,功德大,善心感天。……接佛人,专心接,莫说闲话;念佛人,功德大,养好子孙。"⑤"念卷之人增福寿,听卷之人永无灾。"⑥(《紫荆宝卷》)"操

---

① 何国宁、李爱文、单永生:《酒泉宝卷》(第五辑),甘肃文化出版社2012年版,第13页。
② 程耀禄、韩起祥:《临泽宝卷》,中国人民政治协商会议甘肃省临泽县委员会2006年编印,第166页。
③ 何国宁、李爱文、单永生:《酒泉宝卷》(第一辑),甘肃文化出版社2012年版,第335页。
④ 何国宁、李爱文、单永生:《酒泉宝卷》(第二辑),甘肃文化出版社2012年版,第328页。
⑤ 程耀禄、韩起祥主编:《临泽宝卷》,中国人民政治协商会议甘肃省临泽县委员会2006年编印,第424页。
⑥ 徐永成、崔德斌:《金张掖民间宝卷》(二),甘肃文化出版社2007年版,第731页。

第九章 河西宝卷的表演属性

心听卷有功名，贵子贤孙辈辈长。"①（《孟姜女哭长城宝卷》）"虚心听了这宝卷，一年四季保平安。信佛之人听此卷，贵子贤孙辈辈生。"②（《于郎宝卷》）"念卷之人下苦心，听卷之人保平安。感谢房主多麻烦，祝你全家保安康。"③（《于郎宝卷》）"许孟姜，哭长城，千变万化；留一部，长城卷，劝化人心。念一遍，又一遍，大有功名；听一遍，又一遍，子贵孙贤。"④（《孟姜女哭长城宝卷》）"听卷若是听的（得）真，永消灾难保安宁。老人听卷寿命长，中年听卷子孙旺。少年听了这本卷，夫妻团圆一世闲。妇女听卷有好处，一家和气家人睦。诸佛菩萨常拥护，永护听卷善男女。"⑤（《牧羊宝卷》）河西走廊念卷活动流行的时期，读书识字的人很少，能抄卷、念卷的人更少，因此，念卷人社会地位很高，被尊称为先生。"自古道念卷人要拿礼请，请着来送着去才是真心。"⑥（《牧羊宝卷》）

尽管河西宝卷发挥着巨大的作用，但抄卷人的文化水平一般都不高，有时他们在卷末也明确地指出卷中错别字多的问题。"此卷抄写别字多，满篇不清黑鸦鸦（压压）。音儿通来词不通，意思明了字不真。"⑦（《于郎宝卷》）"秦朝至今几千年，未免词句有漏欠。可恨我的文墨浅，错字病句难避免。卷册字迹不规正，意思点到亦了然。"⑧

---

① 程耀禄、韩起祥：《临泽宝卷》，中国人民政治协商会议甘肃省临泽县委员会2006年编印，第38页。

② 程耀禄、韩起祥：《临泽宝卷》，中国人民政治协商会议甘肃省临泽县委员会2006年编印，第439页。

③ 程耀禄、韩起祥：《临泽宝卷》，中国人民政治协商会议甘肃省临泽县委员会2006年编印，第439页。

④ 徐永成、崔德斌：《金张掖民间宝卷》（三），甘肃文化出版社2007年版，第891页。

⑤ 何国宁、李爱文、单永生：《酒泉宝卷》（第一辑），甘肃文化出版社2012年版，第193页。

⑥ 何国宁、李爱文、单永生：《酒泉宝卷》（第一辑），甘肃文化出版社2012年版，第192页。

⑦ 程耀禄、韩起祥：《临泽宝卷》，中国人民政治协商会议甘肃省临泽县委员会2006年编印，第439页。

⑧ 何国宁、李爱文、单永生：《酒泉宝卷》（第二辑），甘肃文化出版社2012年版，第208页。

(《绣龙袍宝卷》)《酒泉宝卷》所收《花灯宝卷》文后注曰:"共收集到手抄本五卷。其中毛笔抄本三卷,钢笔抄本二卷。五个卷本来源不清,均为文化水平不太高的人所抄传。卷中错别字甚多,也不注意抄写形式,大都连成一片,没有分行格式,更没有标点符号。"①

虽然念卷具有祈福禳灾、教化民众的功用,但是随着民众信仰观念的淡化,20世纪80年代前后河西走廊念卷活动的复兴重在发挥其娱乐功能,河西宝卷的传承一步步陷入了困境。

二 河西宝卷的曲牌曲调

念卷时,卷本中的韵文唱词要用一定的曲牌曲调演唱,绝大部分曲调在演唱时听卷人要和唱"(南无)阿弥陀佛",这称作"和佛"。学习念卷,实际上就是学习念卷的曲牌曲调,掌握了曲牌曲调,只要识字,就可以念卷了。念卷人掌握的曲牌曲调基本上是在参与念卷的过程中学会的,一般不需要正式的拜师学艺。

关于河西宝卷的曲牌曲调,学者们已经有了一些研究。河西学院王文仁教授从1994年开始调查河西宝卷的曲牌,至2009年,共收集曲名60个,曲子50首。② 至2010年,王教授共搜集曲牌147个,他说其中39个在河西宝卷中已永远地消亡了,有108个至今还在流传。③ 吴玉堂在王文仁研究的基础上得到河西宝卷的曲牌84个。

研究河西宝卷的曲牌曲调,可以从两个方面着手,一是保存在卷本中的曲牌曲调,一是现在仍在传唱的曲牌曲调。

---

① 何国宁、李爱文、单永生:《酒泉宝卷》(第二辑),甘肃文化出版社2012年版,第205页。
② 王文仁、柴森林:《河西宝卷的分类、结构及基本曲调的初步考察》,《星海音乐学院学报》2009年第1期。
③ 王文仁:《河西宝卷的曲牌曲调特点》,《人民音乐》2012年第9期。

第九章 河西宝卷的表演属性

（一）明清小曲

民间教派宝卷往往分"品"（或"分"），每一个"品"（或"分"）包含一个"小曲"，用明清时期流行的小曲演唱。现存河西宝卷中，完整地保存了早期民间教派宝卷说唱结构的有《敕封平天仙姑宝卷》《护国佑民伏魔宝卷》《佛说销释报恩经》等，这些宝卷保存了一些明清时期的曲牌曲调。

《敕封平天仙姑宝卷》[①]共十九分，其中最后一分无小曲，共18个小曲，依次是：【上小楼】【浪淘沙】【金字经】【黄莺儿】【驻云飞】【浪淘沙】【傍妆台】【清江引】【罗江怨】【皂罗袍】【耍孩儿】【一剪梅】【锁南枝】【绵答絮】【画眉序】【驻马听】【谒金门】【一江风】，第7分、第16分中还穿插了【哭五更】曲牌。

《护国佑民伏魔宝卷》[②]共二十四品，共24个小曲，依次是：【上小楼】【红莲儿】【叠落金钱】【山坡羊】【耍孩儿】【旁（傍）妆台】【侧郎儿】【皂罗袍】【折桂令】【锁南枝】【驻云飞】【画眉序】【浪淘沙】【金字经】【绵搭序】【红绣鞋】【桂枝香】【朝天子】【驻马听】【桂山秋月】【寄生草】【粉红莲】【清江引】【一封书】。

《佛说销释报恩经》[③] 24品，第24品未抄曲牌，共23个小曲，依次是：【皂罗袍】【清江引】【金字经】【耍孩儿】【驻云飞】【挂针儿】【挂针儿】【傍妆台】【驻云飞】【海底沉】【混元歌】【还源歌】【叹世歌】【傍妆台】【清江引】【清江引】【山坡羊】【皂罗袍】【挂针儿】【金字经】【浪淘沙】【挂金锁】【海底沉】【五更调】。

此外，《丝路稀见刻本宝卷集成》第三册收录了《七真天仙宝

[①] 收录于《临泽宝卷》的《敕封平天仙姑宝卷》完整地保存了教派宝卷的说唱结构。
[②] 参见张天佑、任积泉《丝路稀见刻本宝卷集成》第十册，天津古籍出版社2019年版。
[③] 《佛说销释报恩经》手抄本原题《佛说释销报恩经卷》，甘肃省张掖市甘州区花寨乡花寨村河西宝卷国家级传承人代兴位收藏，是代氏写本。参见张天佑、任积泉《丝路稀见抄本宝卷集成》第三册，天津古籍出版社2019年版。

传》（凉州版），共四卷，32回，每回两个曲牌。卷一的曲牌依次是：【度人船】【开金锁】【辟鸿蒙】【一剪梅】【照幽灯】【西江月】【一阳复】【洗尘埃】【三棒鼓】【浪淘沙】【步步娇】【驻云飞】【满天飞】【新水令】【望远行】【梅花引】，卷二的曲牌依次是：【浮生梦】【念阿弥】【瑞仙鹤】【散风云】【雌雄剑】【朝丹池】【望北斗】【灵芝草】【鹧鸪天】【步蟾宫】【贺宝筏】【月上弦】【山头月】【火烧天】【沐浴池】【院郎归】，卷三的曲牌依次是：【四朝元】【哭皇天】【归根窍】【龙宫春】【风入松】【菊花引】【狮子序】【鹅浪儿】【遍身香】【高阳台】【临江词】【锦堂月】【梅花魁】【一封书】【喜迁乔】【山坡羊】，卷四的曲牌依次是：【昼堂春】【凤凰阁】【观星象】【观天景】【红绣鞋】【香罗带】【一字禅】【风送云】【耍孩儿】【一枝花】【皂罗袍】【洞仙歌】【迎仙客】【道光明】【普天乐】【性圆明】。

代兴位收藏、代天恩抄写于1928年的《排本子》①，是宝卷曲牌曲调的汇集本，收录的曲牌曲调依次是：【清江引】【恓惶沙】【挂金锁】【浪淘沙】【小采茶】【闹五更】【皂罗袍】【皂罗袍】【傍妆台】【瓶儿经】【采茶】【粉红莲】【耍孩儿】【皂罗袍】【滴泪垂】【叠落金钱】【清江引】【海底沉】【双叠翠】【罗江院】②【皂罗袍】【浪淘沙】【叠落金钱】【挂针儿】【两头忙】【清江引】【楚江秋】【恓惶沙】【清江引】【叠落金钱】【皂罗袍】【哭黄天】【金鹊儿】【孤梅鸠】【番山雁】【皂罗袍】【山坡羊】【傍妆台】【侧郎儿】【折桂令】【锁南枝】【红绣解】③【桂枝香】【粉红莲】【金字经】【上小楼】【红莲儿】【浪淘沙】【柳摇经】，去其重复共34种。

以上曲牌大部分已亡佚，只有【哭五更】【皂罗袍】【浪淘沙】

---

① 参见张天佑、任积泉《丝路稀见抄本宝卷集成》第六册，天津古籍出版社2019年版，收录时标题改为《曲牌本》。
② 罗江院，疑为"罗江怨"之误写。
③ 红绣解，疑为"红绣鞋"之误写。

第九章　河西宝卷的表演属性

【耍孩儿】【山坡羊】【驻云飞】【金字经】【清江引】等一小部分至今还在传唱。

（二）现在传唱的曲牌曲调

河西宝卷现在传唱的曲牌曲调比较丰富，研究者将河西宝卷的曲牌曲调称作宝卷音乐，下面仅以笔者所见研究者和爱好者已经谱曲的宝卷音乐为例来探究河西宝卷的曲牌曲调。

笔者所见已经谱曲的河西宝卷音乐有：河西宝卷整理刊印本《酒泉宝卷》《临泽宝卷》《金张掖民间宝卷》（三）、《民乐宝卷》（下）书末所附宝卷音乐简谱，宝卷研究者王雪的甘肃省高等学校科研项目最终成果《河西宝卷音乐集成》（未正式出版）中的曲谱，河西宝卷市级传承人牛登举创作的河西宝卷简谱。

河西宝卷刊印本所附曲牌曲调去其重复共 18 种。

《酒泉宝卷》所附曲牌曲调有：【平音七字符】【花音七字符】【苦音七字符】【平音十字符】【花音十字符】【洒净词儿】【达摩佛】【灯盏词儿】【湘子哭五更】【哭五更】【莲花落】【浪淘沙】【耍孩儿】【山坡羊】，其中【湘子哭五更】【哭五更】曲调相同，去其重复，共 13 种曲牌曲调。

《临泽宝卷》所附曲牌曲调有：【七字符】【十字符】【花音十字符】【鹦哥赋】【哭五更】【莲花落】【浪淘沙】【耍孩儿】【山坡羊】【驻云飞】，共 10 种。与《酒泉宝卷》相比，《临泽宝卷》的【七字符】与《酒泉宝卷》的【平音七字符】曲调相同，【花音十字符】【哭五更】【莲花落】【耍孩儿】等同名曲牌之曲调相同，【浪淘沙】【山坡羊】等同名曲牌之曲调不同。《酒泉宝卷》与《临泽宝卷》两个刊本曲调重复者 5 种，去其重复，共计 18 种。

《金张掖民间宝卷》（三）所附【七字符】【十字符】【哭五更】【莲花落】，《民乐宝卷》（下）所附的【七字句调】【十字句调】【哭五更】【莲花落】完全跟《临泽宝卷》所附【七字符】【十字符】

【哭五更】【莲花落】曲调相同。

《河西宝卷音乐集成》收录了凉州区、永昌县、甘州区、临泽县、山丹县、民乐县、酒泉市等各县市河西宝卷传承人演唱的曲牌曲调，是目前河西宝卷音乐研究的代表性成果。其收录的曲牌曲调如下：

凉州宝卷曲牌曲调（赵旭峰、李卫善、严兰庆、牛月兰演唱）有：【七字佛】【十字佛】【哭五更】【莲花落】【贫和尚】【熬茶】【白鹤词】【渡世船】【三藏五更修行】【十二上香】【十二月念佛】【十盏灯】【五个茶碗】【五更拜佛】【逍遥词】，共15种。

永昌宝卷曲牌曲调（范积忠演唱）有：【哭五更】【莲花落调】【浪淘沙】【淋淋落】【哎哟调】【摆船调】【催工夯歌】【佛调】【茉莉花调】【尼姑调】【太平调】，共11种。

甘州宝卷曲牌曲调（代继生演唱）有：【四字符】【五字符】【十字符】【十里亭】【和佛调】【莲花落】【浪淘沙】【金字经】【清江引】【贫和尚】，共10种。

甘州、临泽宝卷曲牌曲调（郭云海、王学有、牛登举演唱）有：【开经赞】【孟姜女调】【送王哥调】【皂罗袍】【绣荷包调】【阴调】【哭五更】【孟姜女调】【阴调】【孟姜女调】【阳调】【阴调】【绣荷包调】【莲花落】【皂罗袍】【绣荷包调】【阳调】，其中3个【孟姜女调】、3个【绣荷包调】、2个【阴调】曲调相同，2个【皂罗袍】曲调不同，去其重复共计12种。

山丹宝卷曲牌曲调（陈多祝演唱）有：【打莲花】【浪淘沙】【七字符】【十字符】【五更调】【小寡妇上坟】，共6种。

民乐宝卷曲牌曲调（张龙演唱）有：【哭五更】【莲花落】【七字符】【十字符】，共4种。

酒泉宝卷曲牌曲调（乔玉安演唱）有：【八瞧词】【禅坐调】【吃斋词】【道情】【灯盏词】【花音十字佛】【叫号】【浪淘沙】【莲花落】【炉香赞】【平音七字佛】【平音十字佛】【洒净词】【十报娘恩】【十劝人】【耍孩儿】【耍孩儿】，共17种。

第九章 河西宝卷的表演属性

以上各县市的宝卷音乐曲牌名称相同者曲调均不相同，所以，《河西宝卷音乐集成》收录的河西宝卷曲牌曲调去其重复共75种。

临泽县蓼泉镇河西宝卷市级传承人牛登举为宝卷谱曲11种：【杏花香调】【银丝调】【孟姜女调】【新阴调】【新阳调】【清源调】【杨得财七哭离别情】【皂罗袍调】【花千调】【哭五更调】【莲花落调】。

河西宝卷刊印本所附曲牌曲调、《河西宝卷音乐集成》所收录曲牌曲调、牛登举所谱曲牌曲调中，除了牛登举所谱【孟姜女调】与《河西宝卷音乐集成》之【孟姜女调】曲调相同外，其他同名曲牌之曲调均各不相同。由此可得河西宝卷音乐的曲牌曲调103种。

103种曲牌曲调同名异调者有：【十字佛】（包括【十字符】【平音十字符】【花音十字符】【花音十字佛】【平音十字佛】）9种，【七字佛】（包括【七字符】【平音七字符】【花音七字符】【苦音七字符】【平音七字佛】）7种，【哭五更】（包括【五更调】【哭五更调】）7种，【莲花落】（包括【打莲花】【莲花落调】）9种，【浪淘沙】共6种，【耍孩儿】【皂罗袍】各3种，【灯盏词】（包括【灯盏词儿】）、【洒净词】（包括【洒净词儿】）、【贫和尚】【山坡羊】【阴调】【阳调】各2种。

河西宝卷的韵文唱词以十字句、七字句为主，演唱时听卷人要"和佛"，所以演唱十字句、七字句的曲调称作【十字佛】【七字佛】，【十字佛】【七字佛】是演唱河西宝卷的基本曲调，是每一个念卷人必须掌握的。从河西宝卷音乐的同名异调现象看，不同地域的【十字佛】【七字佛】曲调往往不同。根据我们的调查，同一地域不同的念卷人所唱的【十字佛】【七字佛】曲调也可能不同，而且许多念卷人同时掌握了2种或3种【十字佛】【七字佛】曲调。单就【十字佛】【七字佛】的同名异调现象而言，河西宝卷音乐的曲牌曲调是十分丰富的，远非103种所能概括。以上除【十字佛】【七字佛】以外的其他曲牌曲调从唱词的句式来看，绝大部分是十字句和七字句，其实也可看作广义的【十字佛】【七字佛】。

除了【十字佛】【七字佛】外，河西宝卷较常用的曲牌曲调是

【哭五更】【莲花落】【浪淘沙】，不同地域的【哭五更】【莲花落】【浪淘沙】往往具有不同的曲调，同一地域不同念卷人演唱的【哭五更】【莲花落】【浪淘沙】曲调也可能不同。

　　河西宝卷音乐的同名异调现象，充分说明了河西宝卷曲牌曲调的丰富性和多样性，如果不是穷尽式地调查所有念卷人演唱的曲牌曲调，并对同名曲牌的曲调进行比较，是很难得出河西宝卷曲牌曲调确切的种类数的。

（三）和佛

　　十字句、七字句唱词不管采用什么曲牌曲调，演唱时一般都要和佛。十字句、七字句唱词一般上下两句构成一个对句，和佛可以句句和，也可以两句一和，而以句句和佛为多。

　　句句和佛的形式有多种，下面列举常见的几种（例句均来自上文所举 103 种曲牌曲调）。

　　1. 上句和唱"阿弥陀佛"，下句和唱"南无阿弥陀佛"。

　　　　王员外见媒婆怒气冲冲啊，（和：阿弥陀佛啊）
　　　　恨不得呀割舌头挖了眼睛呀。（和：南无阿弥陀佛啊）

（陈多祝演唱的【十字符】）

　　　　有仙姑啊见世人啊多行不啊善呀，（和：阿弥陀佛呀）
　　　　或为奸啊或为盗啊或为邪呀淫啊。（和：南无阿弥陀佛啊）

（王学有、郭云海演唱的【阴调】）

　　　　一家团圆谢龙天啊，（和：阿弥陀佛啊）
　　　　紫金炉内封宝卷。（和：南无阿弥陀佛啊）

第九章　河西宝卷的表演属性

（张龙演唱的【十字符】）

2. 上句和唱"弥陀佛"，下句和唱"南无佛，阿弥陀佛，弥陀佛"。

　　仲举宝卷才展开哇，（和：弥陀佛哇）
　　诸佛菩萨降临来。（和：南无佛哇啊，阿弥陀佛哇，弥陀佛）

（《酒泉宝卷》【平音七字符】）

　　杨海棠来好命苦，（和：弥陀佛）
　　扣线抟得指头疼呀。（和：南无佛，阿弥陀佛，弥陀佛）

（赵旭峰演唱的【七字符】）

　　妻兄说到明日给你接风，（和：弥陀佛啊）
　　一家人说笑着出了门庭呀。（和：南无佛哎，阿弥陀佛，弥陀佛啊）

（乔玉安演唱的【平音十字佛】）

3. 上下句都和唱"阿弥陀佛"。

　　保根妻杨桃花忧愁得病啊，（和：阿弥陀佛啊）
　　各医院做检查病情严重啊。（和：阿弥陀佛啊）

（牛登举谱曲【皂罗袍调】）

4. 上下句都和唱"南无阿弥陀佛"。

　　有儿女领赤子去对合同呀，（和：南无阿弥陀佛）
　　谁捎书谁传法谁是引进呀。（和：南无阿弥陀佛）

(李卫善演唱的【熬茶】)

两句一和一般和唱"南无阿弥陀佛",也可和唱"南无佛,阿弥陀佛",偶有和唱"阿弥陀佛"的。

> 把仲举让到了酒席桌上,
> 问仲举来到京为何事情。(和:南无阿弥陀佛)

(范积忠演唱的【佛调】)

> 伏魔爷立意深别当非轻,
> 初开板新造卷道教兴隆呀。(和:南无呀阿弥陀佛呀)

(代继生演唱的【十字符】)

> 请观音啊大慈悲啊能救八难啊,
> 请药王啊送灵丹搭脱灾呀星啊。(和:南无佛,阿弥陀佛啊)

(代继生演唱的【和佛调】)

> 人之初性本善先天生就,
> 好与坏善与恶后世形成。(和:阿弥陀佛啊)

(牛登举谱曲【杏花香调】)

和佛是念卷活动的一个重要的、标志性的形式,它营造了浓郁的宗教信仰氛围,增强了念卷活动的神圣性和严肃性,是民众民间信仰的集中体现;同时,和佛也构成了念卷人和听卷人之间的交流互动,使听卷人在参与中获得心灵的净化和身心的愉悦。

第十章　河西宝卷的保护传承

由国际亚细亚民俗学会中国分会主办、张掖市文化广播影视新闻出版局、河西民俗博览园、河西走廊民俗民族文化研究中心、河西走廊非物质文化遗产研究中心等单位承办的"国际亚细亚民俗学会第19次学术大会——丝路民俗中的宝卷与甘州古乐传承国际学术研讨会"于2018年8月15—18日在中国·甘肃张掖市临泽县河西民俗博览园举行，为了促进本次会议胜利召开，使国内外学者全面了解河西宝卷及其传承与保护现状，使他们为河西宝卷的深入研究与传承保护建言献策，由张掖市临泽县河西民俗博览园独家发起"河西宝卷国家级、省级传承人访谈行"采访、摄制活动。笔者有幸参加了这次访谈活动。

访谈活动计划周密，目标明确，任务具体，责任到头，分工合作，统一部署，使我们对河西宝卷的保护传承情况有了更全面的了解和认识。

一　河西宝卷传承人基本信息

通过访谈，我们获取了10位河西宝卷国家级、省级传承人的基本信息，包括传承人的生平、家世、收藏的宝卷和会唱的曲牌曲调等，为今后进一步深入调查河西宝卷及其传承人打下了良好的基础。

(一) 酒泉市传承人

乔玉安[①]，男，汉族，1944年出生，完全小学毕业，酒泉市肃州区上坝镇人，务农。乔玉安家是宝卷世家，他的太爷、堂爷爷、父亲、叔父都会念卷。乔玉安1987年开始正式念卷，收藏有宝卷34部，如《佛说拖天神图真经三品》《三清佛宝三教圣人真经》《曹三杀徊（回）郎宝卷》《女儿宝卷》《训女孝歌宝卷》《方四姐宝卷》《忠烈宝卷》《红罗宝卷》《小老鼠告状宝卷》《密（蜜）蜂宝卷》《熊子贵休妻宝卷》《黑骡子告状宝卷》《黄马宝卷》《黄婆宝卷》《张三姐大闹贯州》《严查山宝卷》《张四姐大闹东京》《鹦鸽宝卷》《达摩宝传》《韩湘祖宝传》等，2009年10月他根据王祥卧冰的故事自编宝卷《生身宝卷》。乔玉安会唱的曲牌曲调有【十二把扇子】【浪淘沙】【哭五更】【十二月修行】【十朵莲花】【葫芦词】【十二炷香】【皂罗袍】【山坡羊】【耍孩儿】【莲花落】【小寡妇上坟】【兰桥担水】【五点红】【淋淋落】【吃菜】【虐婆婆】【散行】【尕女婿】【老人】【十劝人】【瓜蛋词儿】（老人词）等20多个。

(二) 张掖市传承人

代兴位，男，汉族，1954年（身份证为1959年）出生，小学三年级文化程度，家住甘肃省张掖市甘州区花寨乡，务农，河西宝卷国家级传承人。代兴位的祖父代登科考中秀才，因家中贫困，无钱送礼，降为童生，在高台、临泽一带教过书，家门口花寨堡教的时间最长。假期回家，空闲时就抄卷，常被人瞧（请）去念唱宝卷，1941年去世。父亲代进寿，继承了祖父的衣钵，也经常为乡民念卷。1966年代兴位三年级辍学放羊，每天出门时怀里揣上一本卷，念给放羊的人听，遇到不认识的字，就用铅笔写下，回家后请教父亲，他的文化

[①] 乔玉安老先生已于2019年去世。

第十章 河西宝卷的保护传承

知识主要是从父亲那儿学来的。1977 年后社会环境宽松了，代兴位又借别人家的宝卷抄写，以弥补 1964 年遗失的宝卷。代氏祖上存有 80 多部宝卷，20 世纪 60 年代前期上交了一半，后来代兴位又借别人家的卷抄写了 30 多部，如《红灯记》《二度梅》《侯美英反朝》《包爷错断颜查散》《烙碗记》《放饭宝卷》等，现存宝卷 78 部，所收藏宝卷的时间跨度自清乾隆年间至今共 307 年。

代继生，男，汉族，1976 年出生，高中文化程度（高一），家住甘肃省张掖市甘州区花寨乡，务农，河西宝卷省级传承人。代继生继承了代氏的念卷传统，是目前最活跃的河西宝卷传承人，经常参加各种宝卷念唱展演活动。他会唱的宝卷曲牌曲调有【四字符】【十字符】（两种调）【七字符】（三种调）【浪淘沙】【观音调】【哭五更】【打夯调】【清江引】【金字经】【十里亭】【莲花落】【淋淋落】【请佛调】【绣荷包】【十道河调】等十多种。

陈多祝，男，汉族，1943 年出生，高中毕业，山泥集团退休工人，河西宝卷省级传承人。陈多祝念唱宝卷也是祖上传下来的。祖父陈福德会念卷，然而识字不多，不认识的字常请教别人。父亲陈鼎诗，完全小学毕业，人称先生，陈福德念卷时不认识的字也常问他。陈鼎诗一边行医，一边念卷，还喜好书法，又是大傧先生，常常为乡里主持丧仪。陈鼎诗把宝卷传给大儿子陈多儒，自己因为事务繁忙，很少念卷。陈多儒"过目不忘"，记忆力超强，他继承了父亲的医术和宝卷。陈多儒念卷声音高亢，吐字清楚，1959 年去新疆阿克苏行医后，一直不敢回家，直到 1970 年祖母去世后回家一趟，待了 42 天，村民争相请他去念卷，连续念了 39 天。陈多祝念唱宝卷是他的兄长陈多儒传授的，他 1950 年开始接触宝卷，跟着哥哥走村转户，初学接卷（和佛声），兄弟俩一念一接，唱和和谐，"念卷之人高声念，接卷之人音相连"，弟兄俩珠联璧合，受到听卷人的赞扬。陈多祝十五岁开始独立念卷，他还记得第一次在家中念《天仙配宝卷》（又称《七神姑下凡宝卷》）时的情形，1964 年不敢念卷了，1971 年又开始偷着念。

张成舜，男，汉族，1941年（身份证为1943年）出生，初中二年级文化程度，家住甘肃省张掖市民乐县民联乡，务农，河西宝卷省级传承人。张成舜的太爷张连璧，爷爷张吉官，父子二人都会念卷。张吉官上了年纪后，厌烦了念卷，于是就叫孙子张成舜接替他念，那时张成舜十六岁，宝卷上有些字不认识，爷爷就教给他。张成舜的父亲兰州大学毕业后在武威师范教书，假期回家也喜欢抄卷，不幸后来得了急病，三十六岁就去世了。张成舜曾念过《方四姐宝卷》《绣红罗宝卷》《征东宝卷》《征西宝卷》《陈杏元和番宝卷》《昭君和番宝卷》《包公错断严查三宝卷》《康熙私访山东宝卷》等。张成舜1964年以后再没念过卷，2015年他被评为河西宝卷省级传承人，村干部请他出来教别人念卷。张成舜现在手头没有宝卷留存，会唱的宝卷曲牌也仅限于十字句、七字句曲调以及【哭五更】等几种。

（三）金昌市传承人

范积忠，男，汉族，1948年出生，完全小学毕业，家住甘肃省永昌县新城子镇，务农。十三岁跟随同村的两个老人念卷，学和佛，十四五岁开始念卷，十七八岁开始抄卷。目前，范积忠收藏的宝卷有《白玉楼挂画宝卷》《方四姐宝卷》《韩湘子修行宝卷》《蜜蜂计宝卷》《鲁达骂灶宝卷》《烙碗记宝卷》《唐王游地狱宝卷》《丁郎寻父宝卷》《侯美英反朝宝卷》《刘全进瓜宝卷》《小老鼠告状宝卷》《窦娥冤宝卷》《江流儿宝卷》《救劫宝卷》《白马宝卷》《劈山救母宝卷》《卖苗郎宝卷》《天仙配宝卷》《小鹦哥盗桃宝卷》《紫荆宝卷》《昭君和番宝卷》《四神姑下凡宝卷》《仙姑宝卷》等25部，他还自编了一部宣传十九大有关三农政策和劝导民众遵纪守法的宝卷《十九大报告精神与法律选段新编宝卷》。范积忠会唱的曲调有【佛调】【绣香袋调】【莲花落】【淋淋落调】【哭五更】【催工夯歌调】【摆船调】【太平歌】【尼姑调】【浪淘沙】【茉莉花】【离情调】等12个。

第十章 河西宝卷的保护传承

刘银花，女，汉族，1947年出生，小学五年级文化程度，家住甘肃省张掖市高台县城关镇，自由职业者，2009年被批准为河西宝卷第一批省级传承人。刘银花念唱宝卷是跟叔父刘天均学的，刘天均在青海当过兵，喜欢讲故事，在青海学会了念卷，回到家乡后，只要借上卷他就会念。刘银花十三四岁开始念卷，1963年结婚，以前娘家收藏的宝卷不知去向，1966—1981年不再念卷，1982年又开始念卷，1986年进城。她说乡里听卷的人多，城里人上班忙，听卷的人自然少，现在城里听卷的老人大都是乡里搬迁来的。刘银花家现收藏有《鹦鸽宝卷》《乌鸦宝卷》《苦节图宝卷》《回郎宝卷》《刘全进瓜宝卷》《孟姜女哭长城宝卷》《包爷错断颜查散宝卷》《白马宝卷》《康熙宝卷》《紫荆宝卷》《牡丹宝卷》等12部，都是刘银花的老伴借别人的宝卷抄的。刘银花会唱的河西宝卷曲牌不多，有【阿弥陀佛调】【十字佛】【七字佛】【哭五更】【十劝人调】等。

与河西走廊其他地级市相比，张掖市国家级、省级传承人人数较多，这跟当地政府与文化部门的重视分不开。

（四）武威市传承人

李作柄，男，汉族，1930年出生，八岁上学，读了6年私塾，家住甘肃省武威市凉州区张义镇，务农，国家级非物质遗产项目（河西宝卷）代表性传承人。李作柄的祖父李在泾，举人，人称李孝廉，官封酒泉县令，但他淡泊名利，不愿为官，只想和家人在一起过平静的生活，他之所以考取功名，只是为了达到"扬名声，显父母"的目的而已。李作柄的父亲李忠培，读过书，是阴阳先生。李作柄现在行动稍有迟缓，但身体健朗，耳聪目明，言谈举止间常常露出慈祥的微笑，是个十分和善的老人。李作柄抄卷、念卷是从祖上传下来的，他几岁上就开始听爷爷、父母亲念唱宝卷，学习和佛，经过多年的家族熏陶，他学会了念唱宝卷，二十岁左右开始独立念卷。他念卷前的仪式是洗手，上香，把宝卷"请"到擦拭干净的炕桌上。李作柄家传下来的宝卷不多,只有《方四姐宝卷》《二度梅宝卷》《包公宝卷》《红罗宝卷》《白马宝卷》等五种,会唱的宝卷曲牌也很少,只有【十字调】【七字调】【莲花落】【哭五更】等最常见的几种。

赵旭峰,男,汉族,1964年出生,大专学历,家住甘肃省武威市凉州区张义镇,曾在小学任教,现供职于武威天梯山石窟管理处,河西宝卷省级传承人。赵旭峰多才多艺,酷爱文学与绘画,1978年开始跟随李作柄老先生学习念卷,十六岁高中毕业开始独立念卷。赵旭峰是个研究性的传承人,他收藏宝卷十多部,其中一部是清光绪年间的羊皮卷(封面、封底为羊皮),小宝卷几十部,印刷或正式出版了四本宝卷整理本——《凉州宝卷》(一)、《凉州宝卷》《凉州小宝卷》《凉州宝卷精选》。赵旭峰会念唱的宝卷曲牌跟师傅李作柄相同,但他还能演唱多种民间小调。

李卫善,男,汉族,1962年出生,初中毕业,家住甘肃省武威市凉州区张义镇,务农,河西宝卷省级传承人,李作柄的长子。李卫善念唱宝卷是从父亲那儿继承来的,他们家的《方四姐宝卷》等五种宝卷由他收藏。李卫善会念唱的宝卷曲牌跟父亲李作柄相同,他也能演唱多种民间小调。

二 河西宝卷的传承与保护

河西宝卷传承的一个突出特点是家族一脉相承。李作柄、乔玉安、代兴位、陈多祝、张成舜等传承人的记忆中,家族的最早念卷者可以追溯到曾祖父或祖父,时间约在清末光绪时期,从代氏家族珍藏的宝卷抄卷年代来看,清末民国时期,河西走廊念卷活动十分盛行。

(一)卷本的抢救性保护

20世纪六七十年代,河西宝卷受到毁灭性的破坏,不但念卷活

第十章　河西宝卷的保护传承

动被禁止，大批宝卷也遭到收缴或烧毁，河西宝卷濒临失传，一些热爱宝卷的传承人在抢救保护宝卷文本上发挥了巨大的作用。代兴位、李作柄、范积忠等传承人是其优秀的代表。

1962年，代进寿生怕家传的宝卷遭到牵连，于是想让大哥、二哥把父亲传下的宝卷藏在他们家里，但二人都胆小不敢藏，于是代进寿和儿子代兴位把一半宝卷用牛皮纸包裹严实后放进一口大缸中，埋到坟院里，一半留下上缴以掩人耳目。三天后，代兴位的母亲在埋宝卷的地方发现有人的脚印，一家人觉得不安全，又连夜将宝卷挖出，在自家的板炕下面掘坑埋下，谁也不会想到在烧火的炕洞下面还会埋什么东西，这些宝卷因此幸免于难。1966年才把宝卷取出来放在箱子里，不料天下大雨发了洪水，水进屋淹上炕，收藏宝卷的箱子漂在泥水中。第二天一家人把宝卷抬到屋顶上去一页一页晾晒，尽管花费了很大的工夫，但幸好宝卷完好无损。

代兴位是个好学之人，只有三年级文化水平的他念卷时一旦有不认识的字，就用铅笔写下，请教父亲。1978年后社会环境宽松了，又允许念卷了，于是代兴位又借别人的卷来抄写，以弥补被收缴的宝卷。代兴位说："我对宝卷细微得很（细心保护宝卷）。"正是由于代兴位对宝卷细致入微的呵护，他家才收藏了70多部宝卷，其中多半是抄写于清朝和民国的宝卷，这在现存河西宝卷中是抄写年代最早且收藏最多的。

代氏一家抄写宝卷始于清光绪三十三年（1907），这一年代登科抄写了《张青贵割肉救母宝卷》。之后代进寿、代兴位、代继生代代相传，传抄至今，手抄本留存55部，抄写经历117年。代氏自清光绪年间始至今，四代人口手相传，书写了一个河西宝卷的百年传奇。代氏家族从代登科到代继生四代人，为河西宝卷的传承保护做出了巨大的贡献，功不可没。

李作柄家也是宝卷世家，也曾有藏宝卷的经历。1964年全国各地查抄、焚烧书籍，宝卷自然难逃厄运。因为抄家，宝卷没处藏，李作柄把大部分宝卷烧毁了，只将五本最喜爱的宝卷连同一套"小五经"刻印本泥（砌）在墙壁中藏起来。这五本宝卷的主题分别是鞭挞虐待儿媳妇的婆婆、铲除朝中奸佞、歌颂包公秉公执法、谴责庶母虐待嫡生子、鞭笞丈夫的无端休妻行为等，都是民间津津乐道的宝卷。

范积忠也有一段鲜为人知的"偷"宝卷故事。公社曾把收缴来的宝卷搁置在后夹屋，后来（大约是1971、1972年），和他同一个生产队的小伙子们说要去公社拆后夹屋，当时他正在家里脱土块（用模具制作土坯），听到这个消息立马停下手中的活儿赶到公社，在即将拆毁的后夹屋里翻腾起来，果不其然，他找到了收缴的宝卷，挑选了三十多部。狂喜之余却是极端的恐惧，为了防止被人发现，他脱下衬衣，将宝卷包裹起来，用袖子扎紧，不敢走大路，借助山沟山崖的掩护潜行回家，用牛皮纸袋装好宝卷后藏在不烧火的一个炕洞里（土炕一般有两个炕洞，一般都烧火，有时候其中一个不烧火）。可惜范积忠的爱人和他的母亲怕招来灾祸，于是两人一起把宝卷取出来，把插图多的宝卷全部烧毁，仅剩下《白玉楼挂画宝卷》《方四姐宝卷》《韩湘子修行宝卷》《蜜蜂计宝卷》《鲁达骂灶宝卷》等几部。后来范积忠的爱人把这几部宝卷放在盛粮食的柜里，又怕被虫蛀，于是索性用自己的陪嫁包袱包起来收藏。

那时候珍爱宝卷的人是用生命去呵护它的，他们为了抢救宝卷甘冒天下之大不韪，是因为宝卷是人们心中的"宝"，是民众的精神支柱。

我们从传承人那儿获知，在20世纪六七十年代，一些干部也利用职务的掩护偷着收藏宝卷，还有一些"胆子大"的人也敢藏宝卷，否则河西宝卷就会失传。

（二）活态传承的复兴与式微

改革开放以后，允许信仰自由，河西走廊又迎来了一个宝卷的中

第十章 河西宝卷的保护传承

兴时期，念卷、抄卷活动复兴。正是这一时期，五六十年代会念卷的先生（现七十周岁以上）培养了一大批念唱、抄写河西宝卷的传承人（现约五十周岁以上）。现在专家学者田野调查能够看到或搜集到的宝卷绝大多数抄写于20世纪80年代前后。

20世纪80年代河西宝卷的中兴引起了学者的关注，一些学者开始搜集、整理、研究河西宝卷并取得了重要成果。整理研究河西宝卷的先驱要数段平、方步和二位先生，1988年至1994年，段平先生先后出版《河西宝卷选》（兰州大学出版社）、《河西宝卷的调查研究》（兰州大学出版社）、《河西宝卷选》（上、下）（新文丰出版公司）、《河西宝卷续选》（上、中、下）（新文丰出版公司），段平先生的三个河西宝卷整理本共收录43部宝卷，去其重复共35种。1992年，方步和先生出版《河西宝卷真本校注研究》（兰州大学出版社），共收录10部河西宝卷。二位先生的研究开了搜集、整理、研究河西宝卷的先河，其后，河西宝卷爱好者、地方文化管理机构开始整理编印河西宝卷，如何登焕的《永昌宝卷》（上、下册）（永昌县文化局2003年编印），共收录32部河西宝卷；《凉州宝卷·民歌》（《西凉文学》2003年3—4合刊，赵旭峰搜集整理），共收录8部河西宝卷；程耀禄、韩起祥主编的《临泽宝卷》（临泽县政协主持编选，2006年3月印刷），共收录25部河西宝卷。

如果没有20世纪80年代河西宝卷的复兴，河西宝卷这一民俗瑰宝也许就会被淹没在历史的洪流中。

2006年，河西宝卷被列入第一批国家级非物质文化遗产名录后，河西宝卷文本的整理出版如雨后春笋，据朱瑜章先生的统计，2012年前河西宝卷的11个整理刊印本共收录河西宝卷361部，去其重复为110种。[1]

2006年后，河西走廊各地陆续确立河西宝卷传承人，并设立河

---

[1] 朱瑜章：《河西宝卷存目辑考》，《文史哲》2015年第4期。

西宝卷传习所，宝卷传承人在念卷的同时也继续保持抄卷传统。代兴位、代继生仍在继续抄卷，陈多祝手头的宝卷都是现抄的，刘银花家收藏的《鹦鸽宝卷》等12本宝卷都是刘银花的老伴孙吉善抄的。令人欣喜的是宝卷传承人除了抄写宝卷外，还开始自己编创宝卷，如乔玉安2009年创编的《生身宝卷》，范积忠创编的《十九大报告精神与法律选段新编宝卷》。范老先生配合县镇两级政府的工作，到各村去巡回念唱、宣传，得到了政府和民众的好评。他说："念十九大报告听的人少，编成卷听的人就多了，大家愿意听唱的。"陈多祝也新编了一部时事宝卷《说唱新农村》。范积忠、陈多祝用"旧瓶装新酒"的方法新编宝卷，是对传统宝卷的创新，给河西宝卷的发展注入了新的活力，对河西宝卷的传承具有一定的启发性。

21世纪以来河西宝卷仍然保持家族传承的特征，传承人的弟子大都是自己的子女。此外，"夫唱妻和"又是一大特色。河西宝卷10位传承人中，除了李作柄、张成舜、代兴位三人的老伴已离世外，其他传承人的老伴或爱人都是他们的和佛人。

20世纪60年代用生命呵护河西宝卷、抢救河西宝卷的河西人为宝卷的延续做出了卓越的贡献；20世纪80年代前后河西宝卷的复兴，促进了河西宝卷的整理研究；21世纪河西宝卷列入第一批国家级非物质文化遗产名录后，河西宝卷的传承与保护却又面临严峻的考验。

20世纪80年代前后河西宝卷的盛行只是昙花一现，随后很快就式微了，衰微的原因不在于政治因素，而在于宝卷的内在机制出现了问题，即失去了群众基础。河西宝卷衰落的直接原因是高科技的发展给民众提供了新的、更能满足审美需求的娱乐方式，新的生活方式导致的价值观念的变化和神佛信仰的淡化也是河西宝卷渐趋衰亡的原因，这些原因使宝卷逐渐丧失了其赖以生存发展的信仰、教化和娱乐功能。

关于宝卷式微的原因，传承人都有共识："自从有了录音机、电

第十章 河西宝卷的保护传承

视机后,听卷的人就少了。"现在愿意听卷的是一部分老人,大都是怀旧情绪在起作用,年轻人基本上对宝卷不感兴趣。有的传承人干脆实话实说:"宝卷没人听了!"

目前,河西走廊各地设立宝卷传习所,并给传承人下达了相应的任务,但事实上并没有起到预期的效果,因为即使传承人按要求进行传习的时候,根本没有听卷人。这样的宝卷传承基本上是传承人的自娱自乐,是不能从根本上解决问题的。民俗文化的发展具有集体性、自觉性特点,政府学者只能起正确的引导作用,而不能改变现实。笔者曾采访凉州贤孝国家级传承人冯兰芳,我给她留下录音笔,希望她得闲的时候为我录几个她演唱的凉州贤孝曲目,一段时间后,我打电话问她进展情况,她说:"录不了,没人听我没心唱。"文学艺术失去了听众或观众也就标志着这种艺术走到了尽头。

三 河西宝卷的传承困境

中国宝卷能够流传近 800 年,其推动力主要来自其所发挥的宗教信仰、娱乐和教化功能。"那些宣讲宝卷的教门中人或瓦肆艺人是带着虔诚的宗教情感宣讲宝卷的,而众多的教徒与听众也是怀着同样的心情去听宝卷的。在固定的宣讲地点'佛堂'或家庭炕头和瓦肆中,听者被宣讲者的民间秘密宗教教义宣传所激动、所吸引,也被宣讲者的宗教故事、民间传说和历史故事宣唱所感动,产生共鸣,从而使宣者与听者融为一体,在精神上获得慰藉,在思想上得到净化与升华,最终达到了娱神、自娱之目的。在封建社会和半封建半殖民地社会,对于下层民众来说,这恐怕是一种主要的民间娱乐活动了,同时也是明清以来宝卷能在下层社会流传不衰的主要原因之一。"[①]

河西走廊的念卷活动在 20 世纪 80 年代昙花一现后很快走向衰

[①] 濮文起:《宝卷学发凡》,《天津社会科学》1999 年第 2 期。

微，陷入传承困境，这与河西宝卷的口头属性息息相关。一方面是河西宝卷的时空场域限于农户炕头，不在民俗信仰活动中念唱，逐渐失去了它赖以传承的信仰功能；另一方面，念卷人普遍较低的文化素养使得念卷活动没有创新发展，缺乏表演性，落后的表演水平不能满足民众日益增长的娱乐审美需求。

（一）信仰功能的缺失

早期河西宝卷的念卷仪式繁多，具有强烈的宗教信仰色彩，这在河西人自己创作的《敕封平天仙姑宝卷》中有完整的保存。

从传承人的回忆看，1949年以后念卷时正讲前的仪式已简化为净手、焚香、请卷，正讲结束后也没有回向、发愿等仪式。宝卷仪式的简化，说明其宗教信仰功能已经开始缺失。

20世纪80年代前后是河西宝卷的复兴时期，手抄本基本上是改编自小说、戏剧、传统说唱、民间传说等的故事宝卷，极少有宗教宝卷，这进一步说明河西宝卷流传的驱动力几乎仅剩下娱乐功能一翼。而其他地域活态传承的宝卷特别是吴方言区宝卷的传承却仍以满足民众的民间信仰为基础。

北方其他地区的念卷活动跟民众的民俗信仰活动密切结合，宣卷活动也往往由宣卷者组成的班社进行组织，呈现出良好的传播前景。河北冀中平原由"音乐会"组织演唱一些教派宝卷，如易县、涞水的《后土娘娘卷》，音乐会中的宣卷是与土地信仰紧密结合的一种民俗活动；山西永济的道情班社配合请神、上寿、祭祀等民俗信仰活动宣传《三度杨氏宝卷》，永济宣卷同时也在庙会、红事、白事、老人过寿、小孩满月、立碑等仪式性场合进行。[①]青海宝卷的宣唱有两种形态，一种是在岁时节日和农闲时节于村落中心的村庙举行，参与人以汉族中老年人为主；一种是在丧事活动、祈福禳灾、求雨除祟等民

---

① 尚丽新、车锡伦：《北方民间宝卷研究》，商务印书馆2015年版，第11、26页。

第十章 河西宝卷的保护传承

间宗教活动中举行,参与人为中老年妇女,由班社组织,这种宣卷称念嘛呢经。①甘肃岷县在吃斋发丧或祈求儿女、升学、升官、发财、平安等民俗活动中宣念宝卷。②洮岷地区多在民俗宗教活动中宣念宝卷,有专业的宗教念卷群体,如四季会、嘛呢会。③

江浙吴方言区的民间宣卷人一般称作"佛头"或"宣卷先生""讲经先生",这些宣卷艺人或他们组织的宣卷班社在各种法会、庙会等民俗信仰活动中宣卷,他们参与最多的是民众家庭中的民俗信仰活动,如拜寿求子、小儿满月周年、结婚闹丧、节日喜庆、结拜兄弟、遭灾生病、新房落成、家宅不安等,宣卷人收取报酬,以"宣卷"为谋生的手段。④河北易县、涞水音乐会、山西永济道情班社的宣卷人是艺人,念卷人已职业化,永济道情艺人宣卷要收费,念卷活动已商业化。与北方宝卷相比,吴方言区的宣卷或讲经活动表现出很高的职业化、商业化程度。

具有民间信仰基础的宝卷,伴随着祈福禳灾、追亡荐祖等民俗活动的延续,将会在一个较长时期内继续活态传承;失去了民间信仰基础的宝卷,在不能满足民众的娱乐需求时,则会陷入活态传承的困境。

(二)表演方式的滞后

宝卷的娱乐性也是吸引听卷人的一个重要因素,在生产力相对落后的时代,人们的娱乐方式单一,远不能满足民众交流互动的需要,念卷活动正可以提供这样的需求,使民众轻松打发漫漫长夜,情绪得到释放,身心得到愉悦。河西宝卷盛行的时代正是这样,民众请念卷人到自己家里念卷要排队,要及早定日子,否则就请不到。

---

① 刘永红:《青海宝卷研究》,中国社会科学出版社2013年版,第2页。
② 张润平:《岷州宝卷文化形态综述》,《丝绸之路》2019年第1期。
③ 刘永红:《青海宝卷研究》,中国社会科学出版社2013年版,第54页。
④ 陆永峰、车锡伦:《吴方言区宝卷研究》,社会科学文献出版社2012年版,第100、114页。

河西宝卷研究

然而，依附于宗教信仰的娱乐性一旦脱离了宗教信仰，就会显现出其脆弱性的一面。河西宝卷尽管在20世纪80年代前后约十年间非常盛行，但是由于其信仰基础的缺失，很快就式微了。这一方面是因为出现了新的更多更好的娱乐工具如录音机、电视机以及后来的电脑、智能手机等，这些娱乐工具带来了全新的娱乐方式；另一方面也是因为河西宝卷滞后的表演性，已不能满足民众的日益提升的审美需求。

念卷活动能否吸引民众、满足民众的娱乐需求，很大程度上取决于念卷人的表演水平，而表演水平又跟知识修养息息相关。2018年我们对河西宝卷10位国家级、省级传承人进行了调查，他们的文化程度普遍偏低：1人只上了小学三年级，1人读了六年私塾，3人小学毕业，2人初中毕业，1人只上了高一，1人高中毕业，1人大学专科毕业。我们走访过的其他念卷人文化程度也基本上是小学、初中水平。大部分传承人（或念卷人）对所念宝卷内容不熟，一些字不认识，照着卷本念散文部分，往往不流畅，或结结巴巴，或念念停停，或吐字不清，常常割裂了文意，语言表达不流畅。唱的部分相对好一些，但是一个念卷人所掌握的曲牌曲调又十分有限，大都掌握了二三种或五六种，掌握十种以上的人很少，导致演唱曲调很单调，显得枯燥乏味。而江苏靖江的做会讲经，"不像其他地区的宣卷那样'对本宣扬'，而同弹词演唱差不多，佛头说、唱时既叙述故事，也模拟故事人物的声口"[①]。靖江宣卷佛头脱离了底本进行讲唱，绘声绘色，艺术表现力高，表演性、娱乐性很强。

河西宝卷传承人普遍偏低的文化修养，制约了河西宝卷口头传承的创新与发展，远不能满足民众的娱乐需求，这自然会使失去了信仰基础的河西宝卷的活态传承陷入困境。

河西宝卷的传承与保护，恐怕要多向吴方言区的宣卷取经，在满

---

① 陆永峰、车锡伦：《吴方言区宝卷研究》，社会科学文献出版社2012年版，第198页。

足民众的民间信仰与提高表演技艺上多做文章，以适应宝卷活态传承的规律。在探索河西宝卷活态传承的道路上，车锡伦先生的话值得我们深思："把各地宝卷的演唱活动（宣卷）作为表演性的'文化产品'展示，做舞台化的演出，如上电视广播，举办各地宣卷'会演'评比，个别地区让小学生们演唱宝卷（偈子）'传承'等。这样做，实际上将宝卷和宣卷活动离开它所生存的民间信仰活动基础，违背了作为民间宝卷及其演唱活动（宣卷）的发展规律，从长远来说，可能加速本地宝卷和宣卷活动的消亡。"①

四 河西宝卷活态传承对策

失去了群众基础，造成没人听卷的局面，使得河西宝卷的保护与传承处在尴尬的境地，有的传承人为了完成传习任务，采用给听卷人发鸡蛋的策略，下次念卷时听卷人先要打听发什么，如果还发一个鸡蛋的话就不打算去听卷了。此种情况其实也给我们带来一些启发，那就是保护传承河西宝卷，首要的问题是要找回听卷人，重新构建河西宝卷的生存语境，以得到广大民众的参与和支持。

（一）改革创新，提升说唱水平

念卷是表演，是念卷人和听卷人的交流互动，听卷人是念卷语境中一个不可或缺的因素，听卷人在交流互动中，身心得到了某些方面的满足。民众的宗教信仰已经淡化，接受教化是一个潜移默化的过程，听卷人听卷的直接目的是满足娱乐需求，所以当下寻求河西宝卷新的生存语境，建立良好的群众基础，首先要把满足民众的娱乐需求作为第一抓手。

宝卷的娱乐性是吸引听卷人的一个重要因素，河西宝卷传承人也

---

① 车锡伦：《什么是宝卷——中国宝卷的历史发展和在"非遗"中的定位》，《中国民间文学前沿讲堂》2016年第3期。

很重视宝卷的娱乐性，他们也在探索好的念卷方式以赢得观众的喜爱。张成舜的爷爷教他念卷，要求像说书一样字句通顺，表达清楚，否则听卷人会感觉没意思。他说："念卷要字句清晰，语句通顺，让人能听懂。"陈多祝是目前河西宝卷国家级、省级传承人中文化程度较高的传承人，他念卷吐字清楚，特别关注听卷人的理解接受，逐步形成了一边念一边讲解的念卷风格。他说："光念不讲费精神，还说听卷的听不懂。"陈多祝对宝卷内容有独到的理解，他认为宝卷中的诗句有很强的概括力，他还悟出了宝卷源于生活的道理，所以他在念卷的时候把自己对内容的独到见解随时用诗句的形式加以概括，以增强念卷的生动性，从而激发听卷人的兴趣。他念《乌鸦宝卷》念到王小泉外出经商时用"来也空，去也空，来去都是一场空；挣下银子一千两，还叫淫妇送了命"来概括下文内容：王小泉出门经商，妻子在家与人通奸，王小泉挣了银子回家，当晚被妻子害死。此外，他在念卷时也会更改或增加一些内容，给念卷活动增添情趣。如念到卷末口渴了，他就临时增加唱词"接卷之人口干燥，想喝糖茶不好要"，听卷人开心欢笑，主人也连忙端上茶水。其实，陈多祝的谈话风格也深深地吸引了访谈组成员，感觉跟他谈话很有趣，听他念卷也兴致盎然。

  非物质文化遗产具有传承性、活态性和流变性等特点。在新的历史条件下要找回听卷人，重构宝卷的生存语境，除了继续发扬陈多祝、张成舜那样的念卷风格外，还要在说唱风格上进行大胆的改革、创新，进一步加强河西宝卷的娱乐性，使河西宝卷在传承中变异，变异中发展。"非物质文化遗产的传播是一种活态流变，是继承与变异、一致与差异的辩证组合。在它的传播过程中，常常与当地的历史、文化和民族特色相融合，从而呈现出继承与发展并存的状况。"[①] "非物质文化遗产的保护绝非简单的整理与收存，它是与国家和民族发展相

[①] 王文章：《非物质文化遗产概论》，教育科学出版社2008年版，第54页。

第十章 河西宝卷的保护传承

谐的文化再生,是与人民大众日常生活相生相伴的民族文化的延续。"① 所以,改革创新是河西宝卷求生存发展的唯一出路。

河西宝卷的创新,要对"说""唱"形式进行改革,以提高其娱乐性。"说"要变成"讲",念卷人要熟悉宝卷的内容,用生动的语言讲出来,而不是"念"出来。这一点上我们应该要借鉴靖江宝卷佛头的宣卷方式和经验。今天的听众(一些老人除外)文化程度都比传承人高,如果我们还采用古老的方式读宝卷,而且读得不顺畅,有些字还不认识,试想还有谁会认同这样的艺术形式呢?老师上课如果照本宣科而不是娓娓道来,学生也会生厌,任何形式的交流互动都有相同的规律。

"唱"要采用民众喜闻乐见的曲牌曲调。有人认为念卷就要用"宝卷的曲调",我们不完全赞同这种观点。宝卷产生之初"宝卷的曲调"是什么?还不是采用的时兴小调么?今天,这种过去的时兴小调已经远远不能满足民众的审美情趣了,民众都不喜欢听了,那就该废弃了。有的传承人采用民间小调来演唱宝卷,这种做法是值得肯定的。有的学者用河西宝卷曲牌【十里亭】来演唱《阳关三叠》,形式与内容就很和谐,同样,民间小调甚至红歌、流行歌曲的曲调也可以用来演唱宝卷的相关内容,只要形式和内容相协调。有人担心,用民间小调、红歌、流行歌曲的曲调演唱宝卷,就没有了宝卷的标志性特征"和佛"了,其实,一般民众没有宗教信仰,民间宝卷的信仰功能早已淡化,因而河西宝卷就没有理由一定要保留满足宗教信仰的"和佛"形式。另外,河西宝卷的题材也可以变化,宝卷演唱了几百年的故事远离了现代人的生活而不能被新的一代接受,陈多祝、范积忠用时事创编宝卷的做法就值得肯定,它给宝卷的内容注入了新的活力。所以,当下的河西宝卷就应该演唱当下的社会生活,而不必拘泥于传统故事。

---

① 王文章:《非物质文化遗产概论》,教育科学出版社2008年版,第298页。

"穷则思变",改革河西宝卷的说唱形式是符合民间艺术的发展规律的,宝卷传承发展近八百年的历史就是其改革创新的历史。宝卷产生之初是佛教徒用其来宣扬教义、教规的,民间教派人士借用佛教的宝卷形式来宣扬教派的教义,对佛教宝卷进行了改革,主要表现为加唱时兴小曲,主唱段采用当时流行的十字句唱段,改革的目的就是为了迎合大众的口味以吸引民众。清康熙朝镇压民间教派,为了求得生存,民间教派宝卷的内容和形式都发生了变革:念唱正文前的繁复的宗教信仰仪式大大简化,仅剩下洗手、上香、请卷等;内容上主要念唱民间故事、传说故事、神话故事、寓言故事等,主题上以宣扬孝悌思想为主;形式上逐步舍弃早期的时兴小曲(它们已经过时了)和四五言长短句(人们已经不会演唱了)。

我们应该借鉴早期民间教派宝卷的变革经验,采用"老百姓喜闻乐见的形式",加唱当下的时兴曲调,使河西宝卷重获新生。

当然,非物质文化遗产的保护传承要坚持"本真性"原则。河西宝卷的本质是采用老百姓喜闻乐见的说唱形式宣扬孝道、善行、忠信思想,保持这一本真不变的情况下,要敢于大胆改革"说""唱"形式,念唱贴近老百姓生活的故事,增强娱乐性,以满足民众的审美情趣,重新建构宝卷的生存语境。这就要求宝卷传承人要进一步提高念唱宝卷的水平,将念卷变成真正的表演艺术,但也不能哗众取宠,低俗媚众,要保持宝卷主题的严肃性、神圣性,使宝卷的教化、宣传、娱乐功能完美地结合起来。

(二) 多方参与,保护传承主体

在河西宝卷的改革创新方面,专家学者、文化部门的领导和工作人员应大显身手,积极引导、参与创编新宝卷,使河西宝卷的保护传承工作取得突破性进展,为河西宝卷的健康发展开拓新的方向。

在宝卷传承问题上,不能一味地埋怨政府不作为。民间文化的发展有其内在的规律性,是不以政府的意志为转移的。在河西宝卷的保

第十章 河西宝卷的保护传承

护传承上,政府只需搭建平台,提供一定的财力支持,因势利导,但不可横加干涉。政府的支持、学者的研究是外因,真正的内因在于传承人对宝卷说唱形式的改革与创新。

当然,河西宝卷的保护传承还要考虑传承人的生存环境与现状。河西宝卷的10位国家级、省级传承人除了赵旭峰为公职人员外,其他人都没有直接的经济来源,让传承人在自身生存都难以维持的情况下去保护传承河西宝卷是不切实际的,这一点我们在和传承人访谈时是深有体会的。省级传承人张成舜的境况所反射出的沧桑感就很浓郁。他的父亲才学出众却英年早逝。如今的张成舜老人儿孙都出门在外打工,自己孤身一人留守家园,全靠政府给的每月95元的养老金度日。此种情况怎能使一个年近八旬的老人静下心来传承宝卷呢?

因此,我们呼吁政府加大保护传承非物质文化遗产的财政投资力度,提高传承人的待遇,使其生活得到保障,"养生丧死无憾",然后全身心投入河西宝卷的保护传承工作中。

参考文献

一 河西宝卷卷本

1. 刊印本

《新刻岳山宝卷》刻印本，古浪县大靖镇安文荣收藏。

程耀禄、韩起祥：《临泽宝卷》，中国人民政治协商会议甘肃省临泽县委员会2006年编印。

段平：《河西宝卷选》（上、下），台北：新文丰出版公司1992年版。

段平：《河西宝卷选》，兰州大学出版社1988年版。

方步和：《河西宝卷真本校注研究》，兰州大学出版社1992年版。

高德祥：《敦煌民歌·宝卷·曲子戏》，中国图书出版社2011年版。

桂发荣：《金塔非物质文化遗产集萃》第九辑《民间宝卷》，甘肃文化出版社2014年版。

韩延琪等：《民乐宝卷》（一）（二）（三），中国人民政治协商会议民乐县委员会2016年印刷。

何登焕：《永昌宝卷》（上、下册），永昌县文化局2003年编印。

何国宁、李爱文、单永生：《酒泉宝卷》（第四辑），甘肃文化出版社2011年版。

何国宁、李爱文、单永生：《酒泉宝卷》（第五辑），甘肃文化出版社2011年版。

何国宁、李爱文、单永生：《酒泉宝卷》（第一辑、第二辑、第三辑），甘肃文化出版社2012年版。

李中锋、王学斌：《民乐宝卷精选》（上、下），中国人民政治协商会议甘肃省民乐县委员会2009年编印。

宋进林、唐国增：《甘州宝卷》，中国书画出版社2008年版。

王吉孝：《宝卷》（共九册），2013年编印。

王奎、赵旭峰：《凉州宝卷》（一），武威天梯山石窟管理处2007年编印。

王学斌：《河西宝卷集粹》（上、下卷），中国人民大学出版社2010年版。

徐永成、崔德斌：《金张掖民间宝卷》（一、二、三），甘肃文化出版社2007年版。

徐永成、王立泰、崔德斌：《金张掖民间宝卷》（四、五），张掖市河西印刷有限责任公司2009年印刷。

张天佑、任积泉：《丝路稀见抄本宝卷集成》（全十册），天津古籍出版社2019年版。

张天佑、任积泉：《丝路稀见刻本宝卷集成》（全十册），天津古籍出版社2019年版。

张旭：《山丹宝卷》（上、下册），甘肃文化出版社2007年版。

赵旭峰：《凉州宝卷·民歌》，《西凉文学》2003年3—4期合刊。

赵旭峰：《凉州宝卷》，甘肃人民美术出版社2014年版。

赵旭峰：《凉州宝卷精选》，敦煌文艺出版社2019年版。

赵旭峰：《凉州小宝卷》，中国文联出版社2010年版。

2. 手抄本

《白马宝卷》，安文荣1979年手抄本。

《包公错断闫叉三》，1979年手抄本。

《丁郎寻父》，2005年手抄本。

《杜十娘怒沉百宝箱宝卷》，普世秀2006年创编。

《对镜宝卷》，安文荣1981年手抄本。

《对指宝卷》，安文荣 1979 年手抄本。

《方四姐宝卷》，安文荣手抄本。

《方四姐宝卷》，沈维礼 1979 年手抄本。

《佛说父母恩重难报经》，普世秀 2005 年创编。

《红罗宝卷》，安文荣 1980 年手抄本。

《红西路军西征宝卷》（一），代福周 2008 年创编。

《侯美英反朝》，1979 年手抄本。

《侯美英反朝》，沈维礼 1990 年手抄本。

《侯美英反朝宝卷》，2008 年手抄本。

《继母狠宝卷》，2007 年手抄本。

《苦节宝卷》，高虎 1979 年手抄本。

《樱花宝卷》，安文荣 1979 年手抄本。

《烙碗计》，1980 年手抄本。

《罗通扫北宝卷》，高虎 1981 年手抄本。

《马家军残害红西路军被俘、伤病、失散人员宝卷》（二），代福周 2009 年创编。

《皮箱记宝卷》，安文荣手抄本。

《乾隆私访白却寺》，1979 年手抄本。

《世登宝卷》，安文荣 1980 年手抄本。

《手巾宝卷》，安文荣手抄本。

《逃难宝卷》，何成元 1981 年手抄本。

《天仙配宝卷》，无抄卷人及抄卷时间信息。

《团圆宝卷》，安文荣 1982 年手抄本。

《乌鸦宝卷》，2006 年手抄本。

《乌鸦宝卷》，高虎 1980 年手抄本。

《莺哥宝卷》，高虎 1979 年手抄本。

《莺哥宝卷》，高维连手抄本。

《莺鸽宝卷》，何成元 1979 年手抄本。

《张四姐宝卷》，1979年手抄本。
《张四姐大闹东京城》，高维连手抄本。
《昭君和番》，无抄卷人及抄卷时间信息。
《征东宝卷》，高虎1980年手抄本。
《忠孝宝卷》，代福周1979年手抄本。

二 专著

1. 历史文献

《国语·周语》，尚学锋、夏德靠译注，中华书局2007年版。
《钦定礼部则例二种》，海南出版社2000年版。
（汉）司马迁：《史记》，宋裴骃集解，唐司马贞索隐，唐张守节正义，中华书局1982年版。
（汉）许慎撰，（清）段玉裁注：《说文解字注》，上海古籍出版社1988年版。
（后晋）刘昫等：《旧唐书》，中华书局1975年版。
（刘宋）范晔：《后汉书》，中华书局1973年版。
（明）安遇时：《包公案》，北方文艺出版社2013年版。
（明）冯梦龙：《警世通言》，人民文学出版社1956年版。
（明）冯梦龙：《醒世恒言》，人民文学出版社1956年版。
（明）冯梦龙：《喻世明言》，人民文学出版社1956年版。
（明）兰陵笑笑生：《金瓶梅词话》，陶慕宁校注，宁宗义审定，人民文学出版社2000年版。
（明）凌濛初：《初刻拍案惊奇》，人民文学出版社1956年版。
（明）凌濛初：《二刻拍案惊奇》，人民文学出版社1956年版。
（明）施耐庵：《水浒传》，人民文学出版社1997年版。
（明）吴承恩：《西游记》，人民文学出版社1980年版。
（明）张岱：《陶庵梦忆·西湖梦寻》，上海古籍出版社1982年版。
（清）陈立：《白虎通疏证》，吴则虞点校，中华书局1994年版。

（清）顾炎武：《日知录集释》（全校本），黄汝成集释，栾保群、吕宗力校点，上海古籍出版社 2006 年版。

（清）毛奇龄：《西河词话》，载《昭代丛书》丁集卷第三十五，世楷堂藏版。

（清）阮葵生：《茶余客话》，中华书局 1959 年版。

（清）阮元：《十三经注疏》，北京大学出版社 1999 年版。

（清）阮元：《十三经注疏》，上海古籍出版社 1997 年版。

（清）汪中：《新编汪中集》，田汉云校，广陵书社 2005 年版。

（清）吴敬梓：《儒林外史》，王丽文校点，闲斋老人序，岳麓书社 2007 年版。

（清）张隐庵：《黄帝内经素问集注》，上海科学技术出版社 1959 年版。

（宋）司马光：《资治通鉴》，（元）胡三省音注，上海古籍出版社 1987 年版。

（宋）司马光：《资治通鉴》，中华书局 2009 年版。

（宋）朱熹：《四书集注》，陈戍国标点，岳麓书社 2004 年版。

（唐）杜佑：《通典》，中华书局 1984 年版。

安平秋、张传玺：《二十四史全译》，汉语大词典出版社 2004 年版。

班固：《白虎通德论》，上海古籍出版社 1990 年版。

刘笑敢：《老子古今》，中国社会科学出版社 2006 年版。

卢元骏：《说苑今注今译》，台湾商务印书馆股份有限公司 1979 年版。

濮文起：《民间宝卷》（共二十册），黄山书社 2005 年版。

王国维：《王国维遗书》，上海古籍书店 1983 年版。

王文濡：《说库》，上海文明书局 1915 年版。

徐珂：《清稗类钞》，中华书局 1986 年版。

杨伯峻：《论语译注》，中华书局 1980 年版。

杨伯峻：《孟子译注》，中华书局 2005 年版。

［日］高楠顺次郎等：《大正藏》，日本"大正一切经刊行会"1934年版。

2. 现代著作

（1）口头传统理论

阿地里·居玛吐尔地：《〈玛纳斯〉史诗歌手研究》，民族出版社2006年版。

阿地里·居玛吐尔地：《口头传统与民族史诗》，中央民族大学出版社2009年版。

阿地里·居玛吐尔地：《中亚民间文学》，宁夏人民出版社2008年版。

朝戈金：《口传史诗诗学：冉皮勒〈江格尔〉程式句法研究》，广西人民出版社2000年版。

［法］吕特·阿莫西、［法］安娜·埃尔舍博格·皮埃罗：《俗套与俗套——语言、语用及社会的理论研究》，丁小会译，天津人民出版社2003年版。

［美］阿尔伯特·贝茨·洛德：《故事的歌手》，尹虎彬译，中华书局2004年版。

［美］理查德·鲍曼（Richard Bauman）：《作为表演的口头艺术》，杨利慧、安德明译，广西师范大学出版社2008年版。

［美］约翰·迈尔斯·弗里：《口头诗学：帕里-洛德理论》，朝戈金译，社会科学文献出版社2000年版。

［匈］格雷戈里·纳吉：《荷马诸问题》，巴莫曲布嫫译，广西师范大学出版社2008年版。

（2）宝卷研究

车锡伦：《信仰教化娱乐——中国宝卷研究及其他》，台北：学生书局2002年版。

车锡伦：《中国宝卷研究》，广西师范大学出版社2009年版。

车锡伦：《中国宝卷研究论集》，台北：学海出版社1997年版。

河西宝卷研究

车锡伦：《中国宝卷总目》，北京燕山出版社 2000 年版。

车锡伦：《中国民间宝卷文献集成·江苏无锡卷》（共 15 册），商务印书馆 2014 年版。

段平：《河西宝卷的调查研究》，兰州大学出版社 1992 年版。

傅惜华：《宝卷总录》，巴黎大学北京汉学研究所 1951 年版。

胡士莹：《弹词宝卷目》，古典文学出版社 1957 年版。

黄靖：《宝卷民俗》，古吴轩出版社，2013 年版。

李世瑜：《宝卷论集》，台北：兰台出版社 2008 年版。

李世瑜：《宝卷综录》，中华书局编辑所 1961 年版。

李豫等：《山西介休宝卷说唱文学调查报告》，社会科学文献出版社 2010 年版。

刘永红：《青海宝卷研究》，中国社会科学出版社 2013 年版。

刘永红：《西北宝卷研究》，民族出版社 2013 年版。

陆永峰、车锡伦：《靖江宝卷研究》，社会科学文献出版社 2008 年版。

陆永峰、车锡伦：《吴方言区宝卷研究》，社会科学文献出版社 2012 年版。

马西沙：《中华珍本宝卷》，社会科学文献出版社 2012 年版。

庆振轩：《河西宝卷与敦煌文学研究》，人民出版社 2012 年版。

尚丽新、车锡伦：《北方民间宝卷研究》，商务印书馆 2015 年版。

王见川、车锡伦、宋军、李世伟、范纯武：《明清民间宗教经卷（文献）》（十二册），台北：新文丰出版公司 2006 年版。

尤红：《中国靖江宝卷》（上、下），凤凰出版传媒集团江苏文艺出版社 2007 年版。

张希舜、濮文起、高可、宋军：《宝卷初集》（四十册），山西人民出版社 1994 年版。

中共张家港市委宣传部、张家港市文学艺术界联合会、张家港市文化广播电视管理局：《中国·河阳宝卷集》（上、下），上海文艺出版社 2007 年版。

中共张家港市委宣传部、中共张家港市锦丰镇委员会、张家港市文学艺术界联合会编：《中国沙上宝卷集》（上、下），上海文艺出版社 2011 年版。

［美］欧大年：《宝卷——十六至十七世纪中国宗教经卷导论》，马睿译，中央编译出版社 2012 年版。

（3）宗教信仰研究

郭英德：《世俗的祭礼——中国戏曲的宗教精神》，国际文化出版公司 1988 年版。

马西沙、韩秉方：《中国民间宗教史》，上海人民出版社 1998 年版。

濮文起：《中国民间秘密宗教》，浙江人民出版社 1991 年版。

宋兆麟：《中国民间神像》，学苑出版社 1995 年版。

乌丙安：《中国民间神谱》，辽宁人民出版社 2007 年版。

乌丙安：《中国民间信仰》，长春出版社 2014 年版。

喻松青：《民间秘密宗教经卷研究》，台北：经联出版事业公司 1994 年版。

喻松青：《明代白莲教研究》，四川人民出版社 1987 年版。

郑志明：《无生老母信仰溯源》，台北：文史哲出版社 1985 年版。

（4）小说戏曲研究

陈汝衡：《说书史话》，作家出版社 1958 年版。

高原、朱忠元：《中国古代小说戏剧研究》（第八辑），甘肃人民出版社 2012 年版。

胡士莹：《话本小说概论》，中华书局 1980 年版。

林谦三：《东亚乐器考》，人民音乐出版社 1962 年版。

宋子俊：《中国古代小说戏剧研究丛刊》（第三辑），甘肃教育出版社 2005 年版。

宋子俊：《中国古代小说戏剧研究丛刊》（第五辑），甘肃教育出版社 2006 年版。

宋子俊：《中国古代小说戏剧研究丛刊》（第五辑），甘肃教育出版社 2008 年版。

汪笑侬：《汪笑侬戏曲集》，中国戏剧出版社 1957 年版。

王萍：《中国古代小说戏剧研究》（第十辑），甘肃人民出版社 2014 年版。

王晓传：《元明清三代禁毁小说戏曲史料》，作家出版社 1958 年版。

徐宏图：《南宋戏曲史》，上海古籍出版社 2008 年版。

徐宏图：《南戏遗存考论》，光明日报出版社 2009 年版。

叶德均：《戏曲小说丛考》，中华书局 2004 年版。

张燕瑾：《中国古代小说专题》，高等教育出版社 2008 年版。

朱一玄：《明成化说唱词话从刊》，中州古籍出版社 1997 年版。

庄一佛：《古代戏曲存目汇考》，上海古籍出版社 1982 年版。

（5）民俗与民间文学研究

车振华：《清代说唱文学创作研究》，齐鲁书社 2015 年版。

陈岗龙、乌日古木勒：《蒙古民间文学》，宁夏人民出版社 2008 年版。

陈华文：《民俗文化学》（新修），浙江工商大学出版社 2014 年版。

陈建宪：《民间文学教程》，华中师范大学出版社 2009 年版。

陈建宪：《文化学教程》，华中师范大学出版社 2005 年版。

段宝林：《民间文学教程》，高等教育出版社 2006 年版。

富世平：《敦煌变文的口头传统研究》，中华书局 2009 年版。

顾颉刚：《孟姜女故事研究集》，上海古籍出版社 1984 年版。

户晓辉：《民间文学的自由叙事》，社会科学文献出版社 2014 年版。

黄涛：《语言民俗与中国文化》，人民出版社 2010 年版。

柯杨、武文：《洮岷花儿与西北民族民俗文化研究》，人民出版社 2012 年版。

李豫等：《中国鼓词总目》，山西太原出版社 2006 年版。

刘魁立：《刘魁立民俗学论集》，上海文艺出版社 1998 年版。

刘守华、陈建宪：《民间文学教程》，华中师范大学出版社 2007 年版。

刘守华：《道教与中国民间文学》，中国友谊出版公司 2008 年版。

马文辉、陈理：《民间文学类非物质文化遗产保护研究》，中国社会科学出版社 2015 年版。

毛巧晖：《20 世纪下半叶中国民间文艺学思想史论》，上海文艺出版社 2010 年版。

陕西省文化局：《陕西传统剧目汇编剧情简介》，陕西省文化局 1980 年编印。

陕西省艺术研究所：《秦腔剧目初考》，陕西人民出版社 1984 年版。

盛志梅：《清代弹词研究》，齐鲁书社 2008 年版。

孙鸿亮：《陕北说书研究》，天津人民出版社 2011 年版。

万建中：《民间文学引论》，北京大学出版社 2006 年版。

万建中：《中国民间文化》，北京师范大学出版社 2010 年版。

王文杰：《北欧民间文化研究》，学苑出版社 2012 年版。

卫凌：《河东民间说唱研究》，中国社会出版社 2009 年版。

乌丙安：《民间口头传承》，长春出版社 2014 年版。

乌丙安：《中国民俗学》，长春出版社 2014 年版。

薛宝琨、鲍振培：《中国说唱文艺史论》，花山文艺出版社 1990 年版。

于小华、刘琼：《民间说唱艺术形式简介》，西南师院中文系民间文学教学组 1983 年编印。

周星：《民俗学的历史、理论与方法》（上、下册），商务印书馆 2006 年版。

［美］丁乃通：《中国民间故事类型索引》，中国民间文艺出版社 1986 年版。

［日］酒井忠夫：《中国善书研究》，刘岳兵、何英译，凤凰出版传媒集团、江苏人民出版社 2010 年版。

(6) 方言研究

何茂活：《山丹方言志》，甘肃人民出版社 2007 年版。

李贵生：《凉州方言词汇研究》，甘肃人民出版社 2017 年版。

李树俨、张安生：《银川方言词典》，江苏教育出版社 1996 年版。

林涛：《东干语论稿》，宁夏人民出版社 2007 年版。

孙立新：《陕西方言漫话》，中国社会出版社 2004 年版。

孙立新：《西安方言研究》，西安出版社 2007 年版。

王军虎：《西安方言词典》，江苏教育出版社 1996 年版。

邢向东：《西北方言与民俗研究论丛》（二），中国社会科学出版社 2006 年版。

张成材：《商州方言词汇研究》，青海人民出版社 2009 年版。

张成材：《西宁方言词典》，江苏教育出版社 1994 年版。

张文轩、莫超：《兰州方言词典》，中国社会科学出版社 2009 年版。

周磊：《乌鲁木齐方言词典》，江苏教育出版社 1995 年版。

(7) 其他

（明）兰陵笑笑生：《金瓶梅词话》，陶慕宁校注，宁宗义审定，人民文学出版社 2000 年版。

陈寅恪：《隋唐制度渊源略论稿》，生活·读书·新知三联书店 1954 年版。

冯绳武：《中国自然地理》，高等教育出版社 1989 年版。

高荣：《河西通史》，天津古籍出版社 2011 年版。

郭齐勇：《中国哲学史》，高等教育出版社 2006 年版。

黄征、张涌泉：《敦煌变文校注》，中华书局 1997 年版。

黄征：《敦煌孝道故事》，浙江大学出版社 2000 年版。

金元浦：《中国文化概论》（第二版），中国人民大学出版社 2012 年版。

林聪明：《敦煌俗文学研究》，台北：东吴大学"中国学术著作奖助委员会" 1984 年版。

荣新江：《敦煌学十八讲》，北京大学出版社 2001 年版。

王力：《古代汉语》（校订重排本），中华书局 1999 年版。

王文章：《非物质文化遗产概论》，教育科学出版社 2008 年版。

王晓朝：《宗教学基础十五讲》，北京大学出版社 2003 年版。

文学遗产编辑部：《文学遗产增刊》第四辑，中华书局 1959 年版。

伍光和、江存远：《甘肃省综合自然区划》，甘肃科学技术出版社 1998 年版。

项楚：《敦煌变文选注》（增订本），中华书局 2006 年版。

谢树森、谢广恩：《镇番遗事历鉴》，李玉寿校订，香港天马图书有限公司 2011 年版。

姚卫群：《佛教思想与文化》，北京大学出版社 2009 年版。

游国恩：《中国文学史》，人民文学出版社 1963 年版。

袁行霈：《中国文学史》（第二版），高等教育出版社 2005 年版。

詹石窗：《道教文化十五讲》，北京大学出版社 2012 年版。

郑振铎：《中国俗文学史》，商务印书馆 2005 年版。

中国人民大学清史研究所：《清史研究》第 1 辑，中国人民大学出版社 1980 年版。

周绍良、白化文：《敦煌变文论文录》（上册），上海古籍出版社 1982 年版。

周绍良：《敦煌变文汇录》，上海出版公司 1954 年版。

周绍良：《敦煌文学作品选》，中华书局 1987 年版。

［德］恩格斯：《家庭、私有制和国家的起源》，人民文学出版社 1972 年版。

［日］圆仁：《入唐求法巡礼行记》，顾承甫、何泉达点校，上海古籍出版社 1986 年版。

三　论文

1. 期刊论文

苍海平：《快板贤孝及其音乐研究》，《大众文艺（理论）》2008 年第

12 期。

苍海平：《青海贤孝及其音乐研究》，《音乐探索》（《四川音乐学院学报》）2001 年第 1 期。

车锡伦：《"道情"考》，《戏曲研究》2006 年第 2 期。

车锡伦：《〈佛说王忠庆大失散手巾宝卷〉漫录》，《韶关学院学报》2007 年第 4 期。

车锡伦：《〈金瓶梅词话〉中的明代宣卷》，《明清小说研究》1990 年第 3—4 期合刊。

车锡伦：《佛教与中国宝卷》（上），《圆光佛学学报》1999 年第 4 期。

车锡伦：《清末民国常州地区刊印的宝卷》，《民俗研究》2011 年第 4 期。

车锡伦：《什么是宝卷——中国宝卷的历史发展和在"非遗"中的定位》，《中国民间文学前沿讲堂》2016 年第 3 期。

车锡伦：《新发现的清初南无教〈泰山圣母苦海宝卷〉》，《河南教育学院学报》2009 年第 1 期。

车锡伦：《形成期之宝卷与佛教之忏法、俗讲和"变文"》，《民族文学研究》2011 年第 1 期。

车锡伦：《中国宝卷的形成及其演唱形态》，《敦煌研究》2003 年第 2 期。

车锡伦：《中国宝卷的渊源》，《敦煌研究》2001 年第 2 期。

车锡伦：《中国宝卷漫录四种》，《文献》1998 年第 2 期。

车锡伦：《中国宝卷文献的几个问题》，《文献》1998 年第 1 期。

陈安梅、董国炎：《日本研究中国宝卷的进程与启迪》，《图书馆杂志》2016 年第 9 期。

程国君：《论丝路河西宝卷的文化形态、文体特征与文化价值》，《甘肃社会科学》2016 年第 2 期。

丁一清：《贤孝与明清小说传播》，《明清小说研究》2015 年第 4 期。

段宝林：《靖江宝卷的传承与保护研究》，《民族艺术》2007年第3期。

段平：《河西宝卷的昨天于今天——甘肃张掖、民乐念卷活动的调查报告》，《民间文学论坛》1986年第3期。

冯晶、陈丽娟：《传播环境变迁与非物质文化遗产保护——以甘肃武威"贤孝"口传艺术为研究个案》，《东南传播》2011年第6期。

高启安：《〈十重深恩〉与敦煌曲子辞〈十恩德〉〈十种缘〉〈孝顺乐〉》，《敦煌研究》1991年第1期。

韩秉方：《〈香山宝卷〉与中国俗文学之研究》，《北京科技大学学报》2007年第3期。

韩焕忠：《佛教对中国孝文化的贡献》，《武汉科技大学学报》（社会科学版）2009年第6期。

景风华：《经与权：中国中古时期继母杀子的法律规制》，《中南大学学报》（社会科学版）2015年第6期。

孔庆茂：《论非物质文化遗产的文本保护——以靖江宝卷为例》，《寻根》2009年第6期。

雷逢春、孔占芳：《〈白鹦哥吊孝〉创作管窥》，《青海师范大学民族师范学院学报》2009年第1期。

李传军、金霞：《〈父母恩重经〉与唐代孝文化——兼谈佛教中国化过程中的"通儒"与"济俗"现象》，《孔子研究》2008年第3期。

李贵生、王明博：《河西宝卷说唱结构嬗变的历史层次及其特征》，《社会科学战线》2015年第11期。

李贵生：《从敦煌变文到河西宝卷——河西宝卷的渊源与发展》，《青海民族大学学报》2015年第1期。

李贵生：《敦煌变文与河西宝卷说唱结构的形成及其演变机制》，《民族文学研究》2018年第6期。

李贵生：《多元宗教视野下的口头说唱——以甘肃武威"凉州贤孝"

为例》,《青海民族大学学报》(社会科学版) 2011 年第 1 期。

李贵生:《河西走廊非遗保护又结硕果——王吉孝先生〈宝卷〉价值述评》,《河西学院学报》2017 年第 1 期。

李贵生:《源流·仪式·功能:民俗学视野下的"凉州贤孝"》,《华南农业大学学报》(社会科学版) 2009 年第 1 期。

李贵生:《珍珠倒卷帘:一种独特的口头传统结构》,《宝鸡文理学院学报》2013 年第 1 期。

李丽丹:《源同形异说差别:汉川善书与宝卷之比较》,《湖北民族学院学报》2006 年第 6 期。

李世瑜:《民间秘密宗教与宝卷》,1991 年"首届全国宝卷子弟书学术研讨会"论文。

李永平:《"大闹"与"伏魔":〈张四姐大闹东京宝卷〉的禳灾结构》,《民俗研究》2018 年第 3 期。

李永平:《〈沉香宝卷〉的故事增值与结构承续》,《文化遗产》2019 年第 3 期。

廖明君:《靖江宝卷与非物质文化遗产保护》2007 年第 3 期。

刘庆赟:《凉州贤孝的美学特征》,《大众文艺》2010 年第 16 期。

刘庆赟:《凉州贤孝的文学性》,《黄河之声》2010 年第 6 期。

刘守华:《从宝卷到善书——湖北汉川善书的特质与魅力》,《文化遗产》2007 年第 1 期。

刘永红:《明清宗教宝卷中的西王母形象与信仰》,《青海社会科学》2011 年第 5 期。

刘永红:《青海一部古老的宝卷〈黄氏女卷〉》,《西北民族大学学报》2012 年第 4 期。

刘永红:《神圣文本与行为——西北宝卷抄卷传统》,《青海社会科学》2011 年第 4 期。

柳旭辉:《娱乐的仪式——河西宝卷念唱活动的意义阐释》,《中国音乐学》2012 年第 2 期。

陆永峰：《论宝卷的劝善功能》，《世界宗教研究》2011年第3期。

陆永峰：《论宝卷中的民间冥府信仰》，《民族文学研究》2011年第4期。

陆永峰：《民间宝卷的抄写》，《民俗研究》2012年第4期。

罗艺、吴临霞：《甘肃省非物质文化遗产保护的现状浅析》，《西部法学评论》2009年第5期。

马西沙：《〈中华珍本宝卷〉前言》，《世界宗教研究》2013年第2期。

马西沙：《宝卷与道教》，《北京联合大学学报》（人文社会科学版）2013年第1期。

马西沙：《宝卷与道教的炼养思想》，《世界宗教研究》1994年第3期。

马西沙：《最早一部宝卷的研究》，《世界宗教研究》1986年第2期。

倪钟之：《论李世瑜先生的宝卷研究》，《民俗研究》2011年第2期。

牛龙菲：《中国散韵相间、兼说兼唱之文体的来源——且谈变文之"变"》，《敦煌学辑刊》1983年第00期。

濮文起：《〈如意宝卷〉解析——清代天地门教经卷的重要发现》，《文史哲》2006年第1期。

濮文起：《〈圣意叩首之数〉钩玄——清代天地门教经卷的又一重要发现》，《世界宗教研究》2009年第3期。

濮文起：《〈天地宝卷〉探颐——清代天地门教经卷的又一重要发现》，《贵州大学学报》（社会科学版）2008年第6期。

濮文起：《宝卷学发凡》，《天津社会科学》1999年第2期。

濮文起：《宝卷研究的历史价值与现代启示》，《中国文化研究》2000年第4期。

庆振轩：《图文并茂，借图叙事——河西宝卷与敦煌变文渊源探论》，《敦煌学辑刊》2011年第3期。

邱慧莹：《江南的牛郎织女宝卷研究》，《闽江学刊》2011年第1期。

河西宝卷研究

施爱东：《孟姜女故事的稳定性和自由度》，《民俗研究》2009年第4期。

孙寿龄：《凉州贤孝源于西夏》，《发展》2012年第2期。

孙颖：《凉州"贤孝"及其演唱艺术》，《社科纵横》2009年第2期。

谭蝉雪：《河西宝卷》，《敦煌语言文学研究通讯》1986年第1期。

谭蝉雪：《河西宝卷概述》，《曲艺讲坛》1998年第4期。

陶思炎：《靖江宝卷的文化价值与保护方略》，《民族艺术》2007年第3期。

王昊：《〈中国宝卷总目〉补遗》，《文献》2002年第4期。

王坤、黄柏元：《凉州贤孝及其音乐刍议》，《中国音乐》1990年第2期。

王明博、李贵生：《近70年来中国宝卷研究回顾》，《社会科学战线》2019年第3期。

王宁：《儒家文化与元人贤孝剧的兴起》，《山西师大学报》（社会科学版）1999年第4期。

王廷信：《靖江宝卷的非物质文化遗产价值——以〈三茅宝卷〉为例》，《民族艺术》2007年第3期。

王文仁、柴森林：《河西宝卷的分类、结构及基本曲调的初步考察》，《星海音乐学院学报》2009年第1期。

王文仁、石芳：《河西宝卷学科属性之辨》，《黄钟》2011年第1期。

王文仁：《河西宝卷的传承方式探析》，《人民音乐》2011年第9期。

王文仁：《河西宝卷的曲牌曲调特点》，《人民音乐》2012年第9期。

王文仁：《河西宝卷总目调查》，《丝绸之路》2010年第12期。

魏文斌、师彦灵、唐晓军：《甘肃宋金墓"二十四孝"图与敦煌遗书〈孝子传〉》，《敦煌研究》1998年第3期。

魏育鲲：《"凉州贤孝"初探》，《音乐天地》2005年第4期。

谢生保：《河西宝卷与敦煌变文的比较》，《敦煌研究》1987年第4期。

徐旸：《莲花落、评剧、二人转之比较》，《中央民族大学学报》（哲学社会科学版）2007 年第 6 期。

阎廷亮、王文仁：《河西宝卷思想内容及特点浅析》，《北方音乐》2011 年第 12 期。

杨奉国：《凉州"贤孝"音乐中的复调表现探微》，《中国音乐》1991 年第 2 期。

杨利慧：《表演理论与民间叙事研究》，《民俗研究》2004 年第 1 期。

杨绪容：《论〈龙图公案〉的成书》，《中华文化论坛》2003 年第 4 期。

杨永兵：《山西河东地区宝卷及其音乐研究》，《天津音乐学院学报》2012 年第 2 期。

杨永兵：《山西永济道情宝卷文本研究初探》，《中国音乐》2012 年第 3 期。

杨振华：《孝文化成因探析》，《青海师专学报》2008 年第 4 期。

叶涛：《二十四孝初探》，《山东大学学报》（哲学社会科学版）1996 年第 1 期。

尹虎彬：《河北民间表演宝卷与仪式语境研究》，《民族文学研究》2004 年第 3 期。

尹虎彬：《口头文学研究中的程式概念》，《民间文学论坛》1996 年第 3 期。

尹虎彬：《民间故事的神话范例——以后土信仰与民间口头叙事为例》，《民俗研究》2004 年第 3 期。

翟建红：《对河西宝卷中民族精神的认识》，《河西学院学报》2008 年第 4 期。

翟建红：《河西宝卷的解读与民族精神的认识——以宣扬孝道为中心的宝卷文本的研究》，《齐齐哈尔师范高等专科学校学报》2008 年第 5 期。

张鸿勋：《敦煌讲唱伎艺搬演考略——唐代讲唱文学论丛之一》，《敦煌学辑刊》1982 年第 00 期。

张鸿勋：《敦煌讲唱文学的体制及类型初探——兼谈几部文学史的有关提法》，《文学遗产》1982 年第 2 期。

张鸿勋：《敦煌讲唱文学韵例初探》，《敦煌研究》1982 年第 2 期。

张建华：《凉州贤孝和陕北道情比较研究》，《重庆科技学院学报》（社会科学版）2011 年第 9 期。

张灵、孙逊：《宝卷印本形制流变考述》，《中华文史论丛》2012 年第 2 期。

张灵、孙逊：《小说"入冥"母题在宝卷中的承续与蜕变》，《上海师范大学学报》2012 年第 2 期。

张灵：《宝卷对小说的改编及其民间文学特征的彰显》，《文学评论》2012 年第 2 期。

张润平：《岷州宝卷文化形态综述》，《丝绸之路》2019 年第 1 期。

张树卿：《简论儒、释、道婚姻家庭观》，《东北师大学报》（哲学社会科学版）1996 年第 6 期。

赵超：《日本流传的两种古代〈孝子传〉》，《中国典籍与文化》2004 年第 2 期。

郑杰文：《新发现的〈三皇遗训〉与唐代瞽者会社》，《文献》2009 年第 3 期。

周福岩：《表演理论与民间故事研究》，《鞍山师范学院学报》2001 年第 1 期。

周亮：《试论贤孝的艺术价值、社会功能和传承发展》，《科学经济社会》2009 年第 2 期。

周绍良：《记明代新兴宗教的几本宝卷》，《中国文化》1990 年第 2 期。

周小兰：《〈中国宝卷总目〉补遗》，《唐山学院学报》2012 年第 1 期。

朱晓峰：《弹拨乐器流变考——以敦煌莫高窟壁画弦鼗图像为依据》，

《中央音乐学院学报》（季刊）2015 年第 4 期。

朱瑜章：《河西宝卷存目辑考》，《文史哲》2015 年第 4 期。

庄吉发：《清代民间宗教的宝卷及无生老母信仰》（上），《大陆杂志》1987 年第 4 期。

庄吉发：《清代民间宗教的宝卷及无生老母信仰》（下），《大陆杂志》1987 年第 5 期。

[美] 理查德·鲍曼著：《民俗界定与研究中的"传统"观》，杨利慧、安德明译，《民族艺术》2006 年第 2 期。

[美] 约翰·迈尔斯·弗里：《口头程式理论：口头传统研究概述》，朝戈金译，《民族文学研究》1997 年第 1 期。

[日] 冈部和雄：《〈父母恩重经〉中的儒教·佛教·道教》，《世界宗教研究》1996 年第 2 期。

[英] 杰克·古迪：《口头传承中的记忆》，户晓辉译，《民族文学研究》2005 年第 1 期。

2. 硕博论文

（1）硕士学位论文

包小玲：《元杂剧家庭剧与元人家庭伦理文化探究》，硕士学位论文，广西师范大学，2005 年。

陈桂香：《妇女修行故事宝卷研究》，硕士学位论文，台湾中正大学"中国文学研究所"，2007 年。

傅暮蓉：《论宝卷及其演变》，硕士学位论文，中央音乐学院，2004 年。

高敏：《明代〈百家公案〉研究》，硕士学位论文，陕西师范大学，2014 年。

郇芳：《河西宝卷音乐历史形态与现状》，硕士学位论文，西北师范大学，2009 年。

李凤英：《探讨河西宝卷中的儿童文学及儿童形象》，硕士学位论文，兰州大学，2011 年。

河西宝卷研究

李垚：《濒危中的"凉州贤孝"——人类学视角对"凉州贤孝"的调查与研究》，硕士学位论文，西北民族大学，2011年。

林晓君：《泗州佛信仰研究》，硕士学位论文，福建师范大学，2007年。

刘焕：《变迁中的"凉州贤孝"：口头程式与表演活动研究》，硕士学位论文，西北民族大学，2015年。

刘佳：《山西介休宝卷宣唱仪式研究》，硕士学位论文，山西大学，2008年。

刘庆赟：《凉州贤孝的调查与初步研究》，硕士学位论文，西北师范大学，2011年。

马月亮：《河西宝卷的音韵研究》，硕士学位论文，南京师范大学，2011年。

申娟：《酒泉宝卷的调查研究》，硕士学位论文，兰州大学，2011年。

孙小霞：《酒泉宝卷与话本小说的文体共性研究》，硕士学位论文，兰州大学，2010年。

王延泓：《南北高洛宝卷研究》，硕士学位论文，中国艺术研究院，2006年。

王玉寿：《丝路古韵凉州遗风——凉州区音乐文化研究》，硕士学位论文，福建师范大学，2012年。

魏育鲲：《凉州贤孝及其生存现状的调查研究》，硕士学位论文，西北师范大学，2005年。

吴玉堂：《河西宝卷的调查研究》，硕士学位论文，西北师范大学，2010年。

张世琦：《甘肃永昌贤孝研究——以〈烙碗记〉为例》，硕士学位论文，武汉音乐学院，2012年。

郑如卿：《清代宝卷中的妇女修行故事研究》，硕士学位论文，台湾花莲教育大学民间文学研究所，2006年。

（2）博士学位论文

关意宁：《在表演中创造——陕北说书音乐构成模式研究》，博士学位论文，上海音乐学院，2011年。

李萍：《无锡宣卷仪式音声研究——宣卷之仪式性重访》，博士学位论文，上海音乐学院，2012年。

李淑如：《河阳宝卷研究》，博士学位论文，台湾成功大学，2010年。

李永平：《包公文学及其传播》，博士学位论文，陕西师范大学，2006年。

梁景之：《清代民间宗教研究——关于信仰、群体、修持及其与乡土社会的关系》，博士学位论文，中国社会科学院研究生院，2002年。

孙跃：《靖江做会讲经研究》，博士学位论文，华中师范大学，2013年。

张灵：《民间宝卷与中国古代小说》，博士学位论文，上海师范大学，2012年。

张守连：《明成化刊本说唱词话研究》，博士学位论文，复旦大学，2003年。

张秀娟：《宝卷中的四大民间故事研究》，博士学位论文，台湾东华大学，2010年。

后　　记

　　河西走廊是古丝绸之路的黄金段，东西绵延900多千米，不仅是连接新疆、西亚、中亚和欧洲的经贸通道，也是各民族碰撞、交流、融合的文化通道。河西走廊历史悠久，文化资源丰富，享誉中外的"居延汉简""敦煌遗书"都深深根植于河西走廊。"居延汉简"对研究河西走廊汉代的政治、经济、军事、边防、屯田、民族等具有极高的参考价值。"敦煌遗书"是5—11世纪六七百年间的重要文献，是研究唐五代河西走廊宗教、历史、社会生活等的第一手史料。"河西宝卷"则为研究明清以来河西走廊的社会、经济、文化、风俗、信仰等提供了珍贵的资料。"居延汉简""敦煌遗书""河西宝卷"是河西走廊从汉至民国重要的文献资源库。宝卷的研究始于20世纪初，"河西宝卷"的研究较晚，始于20世纪80年代，至今，宝卷研究已经成为显学。

　　《河西宝卷研究》是我们研究河西宝卷的主要成果。全书对河西宝卷的渊源与发展、内容分类、婚姻家庭观、口头程式、说唱结构、表演属性及保护传承等方面进行了研究。本成果李贵生撰写约15.4万字，王明博撰写约11万字。

　　在此，对于为我们的书稿出版给予帮助和支持的领导、同仁一并表示感谢。感谢文学院赵建国院长的鼓励和帮助，感谢河西学院组织部部长高荣教授的关心和资助，特别感谢中国社会科学出版社李金涛先生的耐心指导和辛勤付出。

李贵生　王明博
二〇二〇年十二月二日